My Dearest Enemy
by Connie Brockway

ふりむけば 恋が

コニー・ブロックウェイ
数佐尚美[訳]

ライムブックス

MY DEAREST ENEMY
by Connie Brockway

ふりむけば　恋が

主要登場人物

リリアン（リリー）・ビード……………………私生児として育った婦人参政権論者。

ホレーショ・アルジャーノン・ソーン……農牧場付き地所「ミルハウス」の元所有者。リリーの父親の親戚。

アヴェリー・ソーン……………………………探検家。ホレーショの甥。

バーナード・ソーン……………………………ホレーショの孫。

エヴリン・ソーン………………………………ホレーショの亡き息子ジェラルド・ソーンの妻。バーナードの母親。

フランチェスカ・ソーン………………………ホレーショの独身の娘。

ポリー・メイクピース…………………………女性解放運動にたずさわるリリーの同志。

メリー、キャシー、テレサ……………………「ミルハウス」で働く小間使い。未婚で妊娠中。

ドラモンド………………………………………「ミルハウス」の農場監督。

カール、ジョン、オマール……………………アヴェリーとともに秘境を探検する仲間。

マーティン・キャムフィールド………………「ミルハウス」の近隣に住む地主。

1

ホレーショ・アルジャーノン・ソーンが亡くなったという知らせは、本人からの一通の手紙とともにもたらされた。

一八八七年三月一日
ロンドン　ブルムズベリー
アヴェリー・ジェームズ・ソーン様

アヴェリーへ

私は、もう長くは生きられないと医者に言われた。そろそろ身辺の整理をしようと思う。弁護士が私の遺言状を正式に読みあげる前に、この手紙がお前の手元に届くようにしてある。遺言の内容についてあらかじめ知らせて、心構えをさせるためだ。甥であるお前に対する義務感があるからこそ、特別に配慮してやっているのだから、感謝されてしかるべきだと私は思う。こんな気くばりは、お前の考えなどではおよびもつかないだろうがね。

私の死後、跡継ぎの男子は、お前のまたいとこにあたる孫のバーナード一人だけであることから、お前はおそらく、自分がバーナードの後見人になるものと思っているだろう。だがその想像は間違っている。理由はこれから説明しよう。

最初に指摘しておきたいのは、お前が父親そっくりの気質だということだ。根性を叩きなおしてやろうと私がせいいっぱいの努力をしたにもかかわらず、お前はあいかわらず無責任で強情で、けんか好きだ。強情とけんか好きという性格は、私の若いころのように頑丈で力強い体の持ち主だったら、男たちを率いる指導者となるのに役立ったかもしれない。だが体力的に劣るお前にはそれは期待できない。ひ弱な人間から命令を受けて喜んでしたがう者など誰もいないだろう。

お前はバーナードにとって、よいお手本どころか、危険な存在になるだろう。嘆かわしいことに、バーナードが同じく虚弱体質の兆候を示しはじめている今は特に危ない。お前が何度、病気を口実に学校の保健室のベッドに横になっていたか、何度、家庭教師に学校あての手紙を書かせ、病弱を理由に学期の途中で授業を免除してもらおうとしたか、私はちゃんと憶えている。お前が後見人になったらバーナードを甘やかすにきまっている。巨額の財産を相続するあの子には、そんな育ち方をしてもらっては困る。

そこで私は、古くからの知り合いである銀行の管財人に頼んで、お前に代わってバーナードの後見人をつとめてもらうことにした。

そこでアヴェリー、お前をどうするかだが、すでに述べたように私は、親戚としての義務についてはよく承知している。お前は私の死後五年間、前述の管財人またはミス・リリアン・ビードという人物から、毎月しかるべき額の手当を受けとるものとする。ミス・ビードには私の所有する地所「ミルハウス」の管理を引きつがせて事業経営にあたらせ、五年後に利益が出ていたら、地所を相続させる。利益が出ていなければ、お前に相続させよう。

私がなぜこんな条件つきの遺言を考えたかについては、お前の関知すべきことではない。ミルハウスは私のものだ。譲るにふさわしいと信じる相手に譲り渡して悪いわけはなかろう。

私がかつて、ミルハウスを譲ってやってもいいと言ったのを、お前は憶えているかもしれない。紳士たる私のこと、約束に聞こえただろうあの言葉を忘れたわけではもちろんない。今でも私は、最終的にあの地所の所有者になるのはお前だと固く信じている。なんといっても、ミス・ビードはたかが一九歳の娘だ。そんな娘に地所をいっときでも奪われるなど自尊心が許さないというなら、ますますもって結構だ。

ミルハウスの相続は、お前があの地所をまかせるに足るひとかどの人間になるまでお預けと考えなさい。遺産がすぐに手に入らないからといってくよくよ悩むお前ではないだろう。むしろ時間の猶予を与えられて、かえって幸いと思っているんじゃないか。いとこのバーナードを気にかけることのないお前だが、財産相続にもさほど関心がないようだからな。

五年後には、お前はバーナードの法定後見人になる。それまでのあいだ、私は草葉の陰で、お前が屈辱に耐え、節約を心がけ、一族への義務を忘れないようつとめるのを見守らせてもらおう。

「こっちこそ見守らせてもらいたいよ、あんたが焦熱地獄に落ちるのをね」

アヴェリーは使い古されてぼろぼろになった机から身を離した。間借りしている集合住宅の一室。机は壁の一面をふさいでいた。入居前から部屋にあった不ぞろいのわずかな家具は、代々の住人たちがおいたままにしたものらしい。こんな暮らしに耐えられるのは、いつか自分の城を手に入れられると思うからだ。そう、いつかきっと、僕がミルハウスを所有する日がやってくる。

一五年前、両親を流行性感冒で亡くしたアヴェリーは、その一週間後、後見人であるおじのホレーショに会うため、デヴォン州へ行った。まだ七歳の少年にすぎなかった。

アヴェリーはいまだに憶えていた。馬車に乗って、イトスギの並木道からミルハウスの邸《やしき》へと続く弓なりの道に入っていったときのことを。窓から顔を出して、夏らしい青々とした緑の上にそびえ立つ石造りの館が琥珀《こはく》のごとく輝いているのをひとめ見た少年は、たちまち心を奪われた。

甥が目を丸くして夢中になっているのが面白かったのか、その「目に余る悪ふざけ」癖にまだ気づいていなかったせいか、ホレーショおじはいつにない気まぐれを起こして、ミルハウスをいつか譲ってやろうと少年に約束した。その程度の気前のよさを発揮するぐらいなんでもなかったのだろう。ホレーショにとってミルハウスは、取り立てて騒ぐほどの価値もなかった。親が買った農牧場つきの地所を譲りうけただけのことで、所有するいくつもの地所のひとつにすぎなかったからだ。

それ以降、ごくまれにではあったが、アヴェリーはミルハウスへ遊びにいくことを許された。クリスマス休暇中に二回、ある年の美しい秋に二、三週間。それだけで邸のイメージが脳裏に強く焼きついた。その後病気の回復期に、ロンドンのパブリックスクール、ハロウ校の保健室のベッドで長く退屈な時間を過ごすことがよくあったが、ミルハウスの広間を歩く自分を想像していれば、つらさを忘れられた。

長いこと、ミルハウスが自分のものになるのを待っていたので、まるでひたむきな求婚者のようにあこがれ、求めてやまなかった。ただしその熱い思いは内に秘めたままだった。その思いを表に出してしまったが最後、裏切られるような気がしたからだ。用心深く無関心を装っていたその態度が、災いを招いてしまったようだ。自分のものと信じて疑わなかった邸が今、よりによって婦人参政権を主張する一九歳の娘に譲られようとしているのだ!

アヴェリーは手の中の封筒をぎゅっと握りしめた。苦笑いで唇がゆがむ。長い時間をかけて養ってきた強靭な精神力は、自らの体力の弱さを補うためだ。男として自分の弱さを認め、かねてからめざしてきた紳士らしく、その事実と向きあえるようになっていた。どれほど肉体的、精神的な苦痛を受けようと、運命に翻弄されようと、後見人や同級生の少年たちからの攻撃を受けようと、アヴェリーは痛烈な皮肉の言葉を吐きながらも毅然として、それらを受けとめた。その態度は、少なくとも同級生の少年たちからは尊敬され、称賛されていた。

実際アヴェリーは、病状が悪化したときでも、後見人であるおじのホレーショに手紙で知らせたりしないでくれと教師たちに嘆願したものだった。おじに愛想をつかされるだけだとわかっていたからだ。だが今回のおじの手紙から察するに、アヴェリーの願いはかならずしも聞きいれられていなかったらしい。

アヴェリーが持っているものといえば、明晰な頭脳、特権階級の地主としての地位、そしていつかはミルハウスを相続するという約束だけだった。その約束の地所が今や「お預け」となって、リリアン・ビードとかいう娘の手に渡ろうとしている。

名前もおぼろげにしか憶えていない娘だった。一度、新聞に肖像画が出たのを目にしただけだ。背が高く真っ黒な眉をした、流浪の民《ロマ》を思わせる容貌で、婦人参政権論者のあいだでもてはやされている存在らしい。

この邪魔者の小娘は、いったいどんな手を使ってホレーショおじに取りいったのか？　まさか、あんなばかげた挑戦を受けて立つ道理があるだろうか？　おじの言ったことは絶対に正しい。ミルハウスのような地所を五年にわたって維持管理するなど、たかだか一九の娘にできようはずがない。事業として成功させられるわけがない。

五年だと。アヴェリーは回転椅子の背に頭をもたせかけ、椅子をゆっくりと回しながら、落ちついて考えようとした。だが、どれほど強く自らに命じて気持ちを鎮めようとしても、わきあがってくる怒りを抑えることはできなかった。いまいましい。五年も待てというのか。

どうにも耐えがたかった。アヴェリーはおじからの手紙を丁寧に引き裂き、細かくちぎっ

た。自尊心というのはまことに高くつくやっかいなしろものだが、今のところ自分が持って

いるのはそれだけだ。アヴェリーは筋ばった手のひらを開いて、紙片がひらひらと床に舞い
おちるのを見守った。何をなすべきかはわかっていた。

ギルクリスト・アンド・グード弁護士事務所の一番奥まった部屋。静けさを破るかのように濃い胡桃《くるみ》色の扉が勢いよく開き、中からリリーことリリアン・ビードが飛びだしてきた。手には封筒を持っている。手のひらにうっすらと浮かんだ汗が指先を伝わって、分厚い羊皮紙にまでにじんでいる。

リリーはあたりを見まわした。誰も待合室までは追ってこない。あのきれいな未亡人も、ひょろっとした少年も、ソーン氏の娘だという美しい顔立ちの中年女性も。彼らは間違いなく口をあんぐり開けたまま、いまだに弁護士の机のまわりに座っているだろう。ホレーショ・アルジャーノン・ソーンの遺言の影響を受けるにもかかわらず遺言状の読みあげに立ち会わなかったのは、アヴェリー・ソーンただ一人だった。ミルハウスの相続人と目されていた人物で、もしリリーがこの奇妙な遺言状に記載された条件に同意すれば、法的には彼女の……「被後見人」か、「被保護者」ということになるのだろうか?

そう考えただけで脚が震えだした。

ありがたいことに、開いた窓の下に小さなベンチがあった。リリーはよろめき、硬い座面に倒れこむように腰を下ろした。けさ起きたときには、狭くみすぼらしい屋根裏部屋の家賃

の支払いをどうしようかと思い悩んでいた自分。ところが午後には、農場つきの屋敷の管理をまかせるという遺言を聞かされた。

同時に、自分より年上の男性の後見人となるよう求められている。

また、めまいがしてきた。こんなこと、誰が予想できただろう？　リリーがホレーショ・ソーンに会ったのはたった一度だけ。三年前、両親が不慮の死を遂げた後のことだ。口をへの字に曲げたいかめしい顔つきの老人で、亡くなった妻に敬意を表して、妻の姪にあたるリリーに金銭的援助を申し出るつもりでやってきたという。

無一文だったリリーは恥をしのんでホレーショの申し出を受け、当時創立されたばかりの女子学校に進学した。だが卒業してから悟ったのは、すばらしい教育を受けたからといってすばらしい職が見つかるわけではないということだった。というより、実は働き口などひとつもなかった。ホレーショの遺言状の読みあげに立ち会うようにという予想外の要請が舞いこんだとき、リリーは救われた気がして、情けないほどほっとしたのだった。

わずかながら遺産の分配にあずかれるかもしれないという期待はあったが、差しだされたのは巨万の富を得るチャンスだった。なぜ、こんなことになったの？　リリーは握りしめた封筒を見おろした。びりっと封を切ると、数枚の便箋を取りだした。

一八八七年三月一日

ビードさま

ご存知のように私は、義理の弟（つまり今は亡き貴女の父親）のことを快く思っていなかった。彼は、貴女の母親との関係を正式なものとすべく結婚して、貴女を法的に認知すべきだったのにそうしなかったからだ。それで私は、この過ちによる影響をいくらかでも減じるために、妻に対する敬意のしるしとして、貴女への経済的援助を申し出た。

だから、貴女の名前が新聞に載っていたのを見たときの私の衝撃と失望がいかばかりであったか、想像してみてほしい。婦人運動とかいう活動について書かれたあの記事には、貴女が「結婚という名の法的な奴隷制度」についてこき下ろしているくだりがあった。

結婚というのは女性を守る神聖な制度だ。自分自身の状況を見れば、誰でも（貴女のような立場の人間は特に）この制度を支持してしかるべきと私は思う。貴女は「女性は、男性のできることならなんでもできる。それどころかもっとうまくやる能力がある」という説を主張しているようだが、なんというたわごとだろう！　悲しいかな、私は、強情な若者に説教するのがいかに無駄であるかよく知っているから、貴女には実際の経験から教訓を得られるような提案をしよう。

貴女の主張の正しさを証明する機会を与えるために、ミルハウスの地所の事業を引きついで経営してもらいたい。五年経った時点で、もし経営が順調だったら、ミルハウスの事業と資産をすべて貴女に譲るものとする。そうなれば貴女は大望を果たし、男性に影響されない自立した人生を送っているだろうし、もはやこの世にいない私の見解が間違っていたことを証明し、ふとどきにも喜びに浸っているだろう。しかし、もし貴女が事業に失敗したら、ミルハウスは私の甥、アヴェリー・ソーンのものとなる。

アヴェリー・ソーンには今のところ、あの地所を経営する能力は（貴女と同様）ほとんどない。表面上は、仕事をやりとげるのに必要な男としての器量をそなえているように見えるが、残念なことにまだその能力を発揮するにいたっていない。私が交換条件を盛りこんだ遺言をしたためたのにはそんな事情がある。

アヴェリーには、自己を律する厳しさと謙虚さが必要だ。貴女にアヴェリーの暮らしの経済面の責任を負わせることが、貴女にとっても、アヴェリーにとっても、将来に向けた基礎固めとなるよう願ってやまない。

もちろん貴女が、自分の考えの間違いに気づいて手を引きたいというならそれでかまわない。ミルハウスはアヴェリーに相続させる。そして貴女が「男の庇護のもと家庭を守るのが女のつとめであり、家庭こそ女の居場所である」と公に認めれば、十分に暮らしが立ち行くだけの手当を毎年支払おう。ただし、例の婦人参政権論者とかかわりを持ったとして貴女の名前が取り沙汰されることがもしあれば、手当の支給はただちに取りやめるので、了承されたい。

敬具

ホレーショ・アルジャーノン・ソーン

リリーは手紙を握りつぶしてくしゃくしゃに丸めた。そうすることで意地悪な楽しみを味わっていた。なんておせっかいで、偉ぶった人！　唇をきっと結び、頬を紅潮させる。なんの権利があって、わたしの家族のあり方についてどうこう言えるの？

確かにリリーは私生児として育てられた。だが両親は、ホレーショ・ソーンのような善意を装った俗物から彼女を守ることだけはしてくれた。結婚という制度についていえば――結婚したからといって安全や安心、幸福が保証されるわけではない。保証されるのは、妻が法的な家財として、夫の気まぐれと残酷さの支配下におかれることぐらいだ。子どもさえも法的には夫の所有物になってしまう。わたしの兄や姉もそうだった――思い出すと胸が痛む。リリーはその思いをふりはらい、当面の問題に目を向けた。

どう考えてもホレーショの提案を呑むことはできそうにない。なんとしたたかな老人なのか。あんな遺言の条件を合法と認めさせるとは、驚きだった。当然、誰かが異議を申し立てるだろう。ホレーショの娘か、亡くなった息子の妻か？　だいいち、アヴェリー・ソーン本人が黙っているはずがない。

でも――不安と希望がないまぜになって、また胃がねじれそうになる――もし誰もこの遺言に異議を唱えず、わたしが地所の管理をまかされて、経営に成功したら……考えるだけでわくわくしてくる。もしそうなれば、今度まともな食事にありつけるのはいつだろうかとか、家賃を払えるだろうかなどといちいち心配する必要はなくなる。そのうえさらにすばらしいのは、自分と考えや志を同じくする人に出会える可能性が開けることだ。ひょっとすると魂の伴侶となる相手にめぐりあえるかもしれない。心を奪って奴隷になるよう求めたりしない男性に。

ばかげたことを考えちゃいけないわ。リリーの唇からかすかなほほえみが消えた。あんな遺言、誰かが異議を申し立てて無効を主張するにきまっている。

手の中の便箋の表面に人影が落ちた。ライラックの香りが鼻腔を満たす。リリーは顔を上げた。

目の前にいたのは、ホレーショの息子の妻で未亡人のエヴリン・ソーンだった。窓から射しこむ日の光に照らされて、黙って立っている。軽く組んだ手は震えていた。日ざしを浴びた肌の色は透きとおる白さで、金髪も白っぽく見え、さしずめ夜中に出てくるのを恥ずかしがって昼間だけ出没する幽霊のようだ。

「あなた、身の回りの品を持っていかれますよね」エヴリンは穏やかな声で遠慮がちに言った。「引き取りは御者に頼めばいいでしょう。そのほうがいいとあなたがお考えになればの話ですけれど」

なんのことを言われているのかわからないまま、リリーはエヴリンを見つめていた。

一瞬、エヴリンの顔に頼りなげなほほえみが浮かんだ。「ミルハウスへ引っ越してこられるんでしょう？」ひと呼吸おく。「邸を二軒別々に管理するなんて、お金の無駄でしょうからね」

敵意を抱かれていると想像していたのに思いがけなく親切な言葉をかけられて嬉しくなったリリーは、悲しげな笑みを返した。「わたしが借りている部屋を『邸』と呼ぶ人は絶対にいないと思いますよ」

エヴリンの頰がほんのり赤らんだ。

「失礼をお許しください、ソーン夫人」リリーはそう言って立ちあがった。エヴリンより頭ひとつ高い。これだけ近くで見ると、未亡人のすずやかなグレーの瞳の目尻や、ほっそりとした首の皮膚に細かなしわができているのがわかる。初めの印象より年は上らしい。二五歳よりは三五歳に近いだろう。

リリーは手紙をスカートのポケットに入れた。「ソーン夫人。わたしは最初から失敗を約束されているようなものですわ。遺言の条件はとうてい満たせそうにありません。地所の経営なんて、どこから始めたらいいのか見当もつかないんですもの」

「お気持ち、わかりますわ」エヴリンは同意した。「差しでがましいことをするつもりはないですし、当て推量で言っているだけですけれど、ミルハウスの経営についてはきっと、なんらかの仕組みがちゃんとあって、それで事業が回っているのではないかと思うんです」そう言ってつばを飲みこんだ。

リリーは考えこみながらエヴリンを見た。確かにこの女《ひと》の言うとおりだわ。ホレーショが死んだからといって、ミルハウスの事業の機能が急に停止してしまったわけでもなさそうだ。運営していくためのちょっとしたこつを覚える時間さえ与えられれば、わたしだって……。

「でも、ソーンさんの娘さんはどう思っていらっしゃるのかしら？　すごく有能な方のようにお見うけしましたわ。あかの他人が、特にわたしのような未熟者が、いきなり邸に上がりこんで管理を引きついだりしたら、不快に思われないでしょうか？」

「フランチェスカのことですか？」エヴリンは目を大きく見ひらいた。「あの女《ひと》だったら、ミルハウスにはたまにしか滞在しませんわ。大丈夫、誰があの邸に住んでいようが、誰が地所を管理しようが、フランチェスカはまったく気にしませんから。それに、うちの舅は、わたしと息子にも、フランチェスカにも、十分豊かに暮らしていけるだけのものを残してくれているんですよ」

「でも、アヴェリー・ソーンさんの問題が片づいていませんもの。ミルハウスはもともと、アヴェリーさんのものになるはずだった地所でしょう。きっと遺言に異議を申し立てられますわ」リリーの口調に熱がこもってきた。「申し立てる側としては、法廷に出頭して、遺言の是非の判断を司法にゆだねればいいんです。争点が何であれ、男性だというだけの理由でアヴェリーさんの主張は受けいれられますわ。彼は――」

「アヴェリーはアフリカへ旅立ったんですよ、ミス・ビード」エヴリンは優しい声でさえぎった。「先週の金曜に出発しました」

「なんですって？」

「本人から手紙が来たんです。これからの五年間、いろいろな国を旅して回るのだと書いてありました」

「旅して、回るんですか」リリーはぼんやりとくり返した。

「ええ。手紙の中で、アヴェリーは……遺言の条件については失望したと書いていました。

それと、五年後に自分が戻ってきたあかつきには、ミルハウスの経営を引きつぐことになると確信しているということも」

エヴリンは手を差しのべた。「英国へ帰ってこないかぎり、アヴェリーが遺言に異議を申し立てることはありませんわ。ですから、あの人がどんな心づもりでいるのかわかるまでは、わが家でくつろいで過ごすほうが、あなたにとってもいいんじゃありません？」

「わが家？」アヴェリー・ソーンが争いもせずにあっさりミルハウスの所有権をあきらめたとは、にわかには信じがたかった。だとするとこの地所は、アヴェリーにとってはなんの意味もないものなのだろう。リリーほど必死に「わが家」を求めているわけでもないのかもしれない。

エヴリンは顔を赤らめ、さかんにまばたきをしている。「わたし――いいえ、わたしたち、もちろんミルハウスを明け渡すつもりですわ。できるだけ早く」

「やめてください！」リリーは驚愕して言った。「お願いです。わたし、思いがけない授かりものを譲られるということで、ソーンさんの遺言どおりにやってみたい気持ちはあります。でもそのために皆さんがたをミルハウスから追い出すことになるのなら、このお話をお受けするわけにはいきません」

「あら、わたしたちが住める屋敷《タウンハウス》はちゃんとあるんですのよ。とても……しゃれていて、立派な棲みかですわ」

「でも、それは『わが家』ではないでしょう」リリーは言いはった。

「あらわたし、自分たちがミルハウスに住みつづけて、そのためにあなたが地所の経営を引きつげないことになったりしたらいやだわ。居座るわけにはいきません」エヴリンの明るい色の眉には、美しさの中に芯の強さが表れていた。

「どうしようかしら……」不安そうな視線をちらりと投げてよこす。「そうねえ、もしわたしたちが家賃を支払って、地所の経費の足しにさせていただけるのなら……」

「そうすれば？」リリーはうながした。

「そうすれば、みんなで一緒にあそこに住めるかしら？」

リリーは視線をはずさずじっと見つめた。

「わが家である、ミルハウスに」エヴリンははっきりと言った。

わが家。その言葉で、リリーの心にせつないあこがれが高波のように押し寄せた。生まれてこのかた、わが家と呼べる場所を持ったことがない。街中の家の屋根裏部屋に間借りしたり、郊外の小さな家を借りたりして暮らしてきたからだ。

リリーは、自分に与えられた選択肢について考えた。以前からこれと思い定めて進めてきた婦人参政権というテーマについて口を閉ざす代わりに、相当な額の手当を毎年、いつまでも受けとれる生活を選ぶか。それとも、ミルハウスの経営という、いちかばちかの賭けに出てみるか。

「ええ、大丈夫でしょう」リリーは小さな声で言った。「一緒に住んでいただけるなら、なんとかやれると思います。ただその前にまず、いろいろと片づけておくべきことがありますので、それをすませてからですね。ミルハウスへは、今週の末までには行けると思います」

婦人参政権運動から身を引くですって。自分の意見を言わずにおとなしくしていることなど、リリーにできるわけがなかった。

2

英国　デヴォン州
一八八七年　九月

「あと少しですよ、ミス・ビード」御者はふりむいて目配せをしてから、ふたたび馬に目を向けた。

口をあんぐり開けて見とれたりしないようにしよう。リリーは自分に言いきかせた。こういった邸なら、以前にも訪れたことがある。父親の友人の中には壮大な地所を持っている人が何人かいたからだ。でも——心の中でにやにや笑いながら思う——いつか自分のものになるかもしれない地所の邸を見たことは一度もない。

馬車はイトスギの並木道から、建物の正面へと続く弓なりの道へ入っていく。リリーはさっき自らに言いきかせたことを忘れて、口をあんぐり開けてしまった。

ミルハウスは美しかった。地元産の黄褐色の石を使った館は、まだ築一〇〇年ほどしか経っていない。手斧で切り出した石の塊は、暖かな午前中の日ざしの中で、クローバーから採れる蜂蜜のような色に輝いていた。南向きの建物の正面部分には、階段に続いてすっきりとした造りの玄関扉があり、それをはさんで細長い窓が左右対称に並んでいる。窓ガラスは、珍しく雲ひとつなく晴れわたった青空を映して光っている。

田園地帯に立つ建物にふさわしく、周囲に木々や庭をむやみに配していない邸で、建物の一角の裏のほうに樹齢の古いイトスギが一本あるきりだ。まわりには青々とした畑を縫うように、ところどころにハゴロモグサとリュウキンカが生え、苔むした急勾配の土手の下には水が豊かに流れる小川がある。その向こうでは農夫が畑を鍬《くわ》で耕している。リリーは目を閉じ、息を深く吸いこんだ。耕されたばかりの土の力強い匂いが立ちこめている。最高だわ。

御者は馬車を止め、座席から飛びおりると、リリーの座っている側に回って降りるのを手伝った。そのときちょうど玄関の扉が開き、地味な服装をした中年の男性が階段の一番上に現れた。目鼻が顔の真ん中に集まっている田舎臭くてやぼったい顔立ちで、髪の毛はごわごわと硬そうな白髪だった。

男性の後ろに見える薄暗い玄関の広間には、終わりがないのではと思えるほど長い人の列ができていた。若い人から中年まで、ほとんどは女性だが、少年も数人混じっていた。エプロンをつけた者もいれば、それぞれの仕事を想像させるお仕着せを着ている者もいる。この邸の使用人たちだった。

リリーの実家では、使用人といってもお手伝いさんぐらいしか雇ったことがなかった。

外階段を上っていくと、中年の男性が急いで前に進みでてきた。「自己紹介をさせていただきます。ミス・ビード、私はジェイコブ・フラワーズと申します」

「フラワーズさん、あなたのお役目は？」

「私が執事でございます。邸内の使用人の監督をつとめております」列に並んだ者たちを手ぶりで示して言う。「こちらがその使用人です。ご紹介いたしましょうか？」

無数の目が自分に注がれているのを感じたリリーはうなずくしかなかった。フラワーズはリリーを先に立たせて中に招き入れた。列の横を歩きながら、執事は矢継ぎ早に名前をあげていく。紹介された使用人は順々に頭を深く下げたり、膝を曲げるお辞儀をしたりする。まるで田舎のお祭りの射的場でおもちゃの鉄砲に撃たれて跳ねあがる、ブリキのウサギのようだ。

最後に控えていた調理場の女中――リンゴのようなほっぺをした少女で、妙にぴんと張ったエプロンをつけている――を紹介されるころには、リリーの頭はくらくらしていた。

「全部で何人いるんですの？」

「二九名です、ミス・ビード」フラワーズは誇らしげに言った。「ただし屋外で働く使用人を含めずに、です。といっても」執事は高慢な目つきで妊娠しているらしい小間使いを見やった。「まもなく、二八名になるでしょうが」

「そんなにたくさんの人たちがこの邸内で働いているんですか？　皆さん、どんな仕事をしているんですの？」女中たちの仕事は、その荒れた手、炭の汚れ、洗剤の強い匂いで容易に想像がついたが、六人の青年の役割はなんなのだろうとリリーは不思議に思った。六人とも背が高く、一分のすきもない身だしなみで、白い手袋をしている。「この人たちは何の担当ですか？」

「銀皿を運んだり、町まで行って小包などを取ってくる仕事をします」リリーがとまどった表情をしているので、フラワーズはつけ加えた。「晩餐会で給仕をしたり、馬車馬を押さえたり、広間のシャンデリアを下ろしたりいたします。もちろん、上げる作業もですが」

「もちろん、そうでしょうね」リリーはつぶやき、ふりかえって使用人の列を見た。全員の顔がこちらを向いた。驚いている者もいれば、興味しんしんといった感じの者もいる。挑みかかるような目つきをしている者が数人。この表情にはなじみがある。「あんたの身分が上だなんて認めない。どうせ流浪の民の子孫だもの、逆にそっちが下じゃないか」と内心思っているのが見え見えだ。

リリーの胸の鼓動が高鳴りはじめた。何か言わなければ、と言葉を探す。

そして震える声で話しだした。「わたしはこれからの数週間で、ミルハウスの運営を変えていくつもりです。余剰人員だと判断した人たちには辞めていただきます。もちろん、ここを去るときには推薦状を書いてさしあげます」

「『余剰人員』というのは、どういう意味でしょう？」一人が訊いた。

「能力の面で、この地所を日々運営していくのに不要と思われる人たちのことです」

「心配しなくていいよ、ペグ。あんたの特殊技能なら、いつだってお呼びがかかるさ」

男性の声がし、続いて笑い声があがった。リリーの視線は、その声の主であるずうずうしそうな一人の少年に向けられた。

「出ておいきなさい」

「えっ？ いったいどんな権利があって——」

「権利はあります。あなたはもう、わたしの使用人ではありません」

二人は長いあいだにらみ合いを続けた。リリーの脚はぶるぶる震えていたが、スカートに隠れて見えないのは幸いだった。少年は怒りにまかせてののしりの言葉を吐くと列を離れ、開いたままの玄関扉からすたすたと出ていった。残りの使用人たちはぽかんと口を開け、信じられないといったようすで少年の行動を見守った。

「今後このミルハウスでは——わたしの家では、女性の仕事は重んじられ、仲働きの女中も料理人と同じように尊敬されるものとします」リリーは宣言した。

「おやまあ、そんな子たちに図に乗られては困るわ」小柄な白髪の料理人の女性がつぶやいた。名前はなんと、ケトル《やかん》という。

「わたしは、ミルハウスの経営を成功させたいと思っています。自分のためだけでなく、すべての女性のために。というのは、名もなく、地位もなく、名門の生まれでもないわたしのような女性が、粘り強さと勤勉さによって、ミルハウスの規模の地所を成功に導くことができたら、女性の可能性がどれだけ広がるでしょう？ 率直に言います。皆さんの協力をお願いします。一人ではこの仕事をやりとげられません。もし揺るぎない忠誠心をもってわたしに仕えることができないというなら、ここには皆さんの仕事はありません」

「あたし、お嬢さまの力になりますわ」妊娠した小間使いが震える声で言った。

「よろしい！」リリーは言った。「あとの皆さんも、わたしが今言ったことを思い出して、自分の将来についてじっくり考えてください。今週末までに、今後のやり方を決めましょう。それでは皆さん、下がって結構です」

列はいっせいにくずれた。使用人たちは散り散りになり、廊下の奥へ、扉の向こうへ、階段の上へと消えていき、ついにはリリーと執事のフラワーズだけになった。

「お嬢さま、どうも、よろしくありませんな」と険しい表情で言う。「言っておきますが、私が管理する邸ではそんな共産主義的な戦術を認めるわけにはいきませんから」

リリーは執事の目をまっすぐに見て深呼吸をした。「フラワーズさん、この邸を管理するのはあなたではなく、わたしです。どうやらあなたは、わたしという個人と、わたしの……戦術がお気に召さないようですので、これ以降、執事は不要ですと言えば満足していただけるんでしょうね」

「えっ、何を……」

「フラワーズさん、あなたを解雇します」

一瞬、くってかかってくるのではないかとリリーは思ったが、執事は吐きすてるように何か言っただけでくるりと向きを変え、足音高らかに立ちさった。

リリーは目を閉じた。自分の大胆さにあきれる思いだった。安堵で膝から力が抜けそうだった。

「あの、わたし、一票投じますわ」すぐそばでかすれぎみの女性の声がした。「といっても、もし投票権があったらの話ですけれど」

リリーの体が熱くなった。目を開けると、ホレーショの娘で、中年になった今も独身のフランチェスカが横に立っていた。

フランチェスカほどオールドミスらしくない女性もいないだろう。灰色がかった金髪の巻き毛が、物憂げな淡い色の目の上にかかり、唇の端をかすめている。むらなくローズピンクに染まった唇は自然の色とは思えないほど鮮やかだ。服装もオールドミスらしくない。近づいてくると、緑を帯びた青の琥珀織《タフタ》のドレスが妖しげに揺れ、衣擦《きぬず》れの音をたてた。

「フランチェスカ・ソーンです。本来ならエヴリンがお迎えするはずでしたのに、失礼しました。実はエヴリンは昨日ハロウ校から呼びだされまして、そちらに行っているんです。バーナードの具合が思わしくなくて――ご心配にはおよびませんわ、もともと気管支が弱くて、ときどき喘息の発作が起きるんですが、安静にしていればおさまりますから、大丈夫です。お気づきかもしれませんけれど、エヴリンはいるだけで人を落ちつかせるところがあるので」

リリーはうなずいた。

「わたし、ミス・ビードにきちんとごあいさつしておいてほしいとエヴリンに頼まれました。ということで、こうしてごあいさつしているんですわ」フランチェスカは唇の端をつりあげ、からかうような笑みを浮かべた。

「ミス・ソーン。わたしのやり方、性急すぎるように見えましたかしら。だとしたら、申し訳ありません」

「フランチェスカと呼んでくださいな。実はわたし、パリに向けて出発する予定だったんです。でも、今のあなたの宣言を聞いたからには――」ふたたびあの謎めいたほほえみ。「そうね、しばらくここにいることにしようかしら。かまいませんわよね?」

「もちろんですわ」リリーはとまどった視線をフランチェスカに向けた。きれいにととのえられた髪型、高価そうなドレス。

「ミス・ビード。わたしと、わたしが雇っている使用人たちについてはご心配なさらないで」リリーの視線をとらえてフランチェスカは言った。「父はきっと、自分の死後、娘が遺産に頼って暮らすことになるだろうと思っていたでしょうね。まあ、その考えは間違っていたわけですけれど」肩をすくめる。「でもエヴリンの場合は違いますね。あの女《ひと》は夫のジェラルドが亡くなったあと、バーナードを連れて、身の回りの品だけを持って家を出たので。けっきょくこの邸に落ちついて、それ以来ここに住んでいるんです。もちろん、追いだすことはできますよ」

リリーはぎょっとして身を引いた。「そんなこと、しませんわ!」

「なぜですの? 男性はよくそういうことをしてるじゃありませんか」

「それこそ、女性は男性に頼らないほうが幸せだという根拠のひとつですわ」

「まあ、神さま。憶えておいてくださいな」フランチェスカは手を胸にあて、天を仰いだ。「今の発言は彼女であって、わたしじゃありませんわよ！　どうかわたしには罰をお与えになりませんように。さあいらっしゃい、ミス・ビード。二階の部屋にお茶を持ってこさせるよう言いつけてありますから。こちらへどうぞ」

リリーはフランチェスカのあとについて歩きながら、邸内の美しい調度に熱い視線を向けた。東洋ふうの細長い絨毯、クジャク石がはめこまれたテーブル、細くふわふわした花びらを持つ金色のキクが、あふれんばかりに生けられた高価なセーブル焼の花瓶。

フランチェスカの発言は挑発的だったが、リリーが予想したよりうまくことが運んでいた。ホレーショ・ソーンの遺言の影響を受ける人ほぼ全員に会えた。いざこざを起こしそうな人はいない。ただし——。

「アヴェリー・ソーンをのぞいては」リリーはつぶやいた。ミルハウスの相続人となるべきこの人物について、リリーはずっと考えてきた。アヴェリーの名を思いうかべるたびに良心がちくりと痛み、いやな気分に襲われた。良心の痛みのあとにやってくるのは疑念だった。

「何かをたくらんでるにちがいないわ。それだけはわかる」

「今なんておっしゃったの？」フランチェスカが言った。

「アヴェリー・ソーンさんが先手を打って、わたしがミルハウスを運営するのを阻止しようとしているのではないでしょうか」思ったことをそのまま口に出してしまうのはリリーの悪い癖だった。

だが、フランチェスカは気分を害したようには見えない。「なぜそう思われるのかしら？」

ごまかしてしまおうかとも考えたが、アヴェリー・ソーンに関して何かいい知恵が得られるかもしれないと思いなおした。「世界の国々を見てみたい、しかも奥地を探検してみたいとアヴェリーさんが望んでいると聞いて、怪しいと思ったんですわ。わたしの目の届かない場所に身をおくことで、ミルハウスを奪おうとしているような気がして」

フランチェスカはめんくらっていた。「でも、どうやって？」

「わたしが後見人として十分な生活費を送る義務を怠っていると見せかけるのがねらいじゃないでしょうか。そんな奥地にいれば、遺言の条件としてわたしが提供するはずの毎月の手当を届けることができないだろうという計算で」リリーはとりすましてウエストのあたりで手を組み、ほほえんだ。「そんなたくらみ、うまくいきませんわ。うちの両親の友人だった人は世界じゅうにいるんです。アヴェリーさんが人間の住む場所から一日やそこらで行けるところにいるかぎり、生活費はかならずお届けできます」

「誤解なさっているんじゃないかしら」フランチェスカは心から言っているようだった。「アヴェリーはそんなことをたくらむタイプじゃありませんわ」

フランチェスカは憂いを帯びた中にも優しさをたたえた表情でため息をついた。「陰でこそこそやるような人じゃないんです。理由はわかりませんが、アヴェリーは自分こそ紳士の中の紳士だという信念を抱いてずっと努力してきました。単なる思いこみにすぎないんですけれどね。上流社会の紳士としてのふるまいはほとんど身についていませんし、ときにその未熟さが哀れなほどに出てしまうんですの。アヴェリーにとっての『紳士らしさ』は礼儀作法というより高潔さなんでしょうね――といっても、本人は真っ先に否定すると思いますが」

「ミス・ソーン。アヴェリーさんはなんといっても男性です。どんなことでも思いどおりにできるし、なんでも手に入れられるんですから」リリーはさとすように言った。

確固たる論法で攻められて、フランチェスカはいかにも降参といったふうに両手を上げた。「お赦しください、ミス・ソーン」リリーはあわてて言った。「大切なわが家であるこのお邸について無神経なことを申しあげて。それが簡単に誰かのものになるなどと考えるのはおいやでしょうね。なのに寛容なお心でお聞きいただいて、恐縮ですわ」

フランチェスカはすばやくふりかえった。「あら、それは違いますよ。この邸をわが家だと思ったことはありませんわ。実のところ、エヴリンのものでもないし。先ほど言ったように、エヴリンは夫のジェラルドが亡くなったあと、この邸に住むようになっただけですから」

「お気の毒に」

「そうおっしゃってくださるのはあなただけですよ」フランチェスカは、リリーの腕に自分の腕をからませ、らせん階段へといざなった。「兄のジェラルドは、エヴリンに男の子を産んでもらおうと、何年も待っていましてね。ようやく望みがかなったとき、ふらふらになるまで酔っぱらって、牡馬に鞍をつけろと言いはって――なぜって、男の子を授かったばかりの父親が、まさか去勢馬に乗れはしないでしょう？――跡継ぎが生まれたとご近所一帯にふれまわるために、その牡馬にまたがって出かけたんです。それで、息子の最初のひと泣きがおさまるより早く、落馬して首の骨を折ってしまったんですの」

「まあ、なんて痛ましい」リリーは思わず大声を出した。

「ジェラルドは妻にひどいしうちをしていました。エヴリンはいまだに、結婚生活で受けた心の傷が癒えないぐらいなんです。彼女がどんな扱いを受けたか、わたしより、使用人に訊いてみられたらいいわ。あら、ごめんなさい。こんな衝撃的な話、驚かれたでしょう」

「いえ、大丈夫です」

リリーは似たような話を幾度となく聞いていた。夫に虐待を受けたからといって離婚を求める女性はほとんどいない。虐待の証拠を示そうとしても、体に消えない傷が残る場合はまれだ。また、夫を残して家を出る女性もごくわずかしかいない。夫と別れることによって子どもたちと離れ離れになってしまう可能性が高いからだ。そう、リリーの母親が子どもをあきらめざるをえなかったように。

リリーは気張って、あごをつんと上げた。自分の父違いの兄姉に思いを馳せたのは、もうずいぶん前のことになる。

フランチェスカが不思議そうな目で見ていたが、リリーは黙っていた。二人は階段の最上段まで上り、踊り場に出た。そこから左右に向かって廊下が延びていた。

「さあ、邸の中をご案内しますわ」フランチェスカはそう言うと、少しわざとらしい、歯切れのいい早口でしゃべりはじめた。「ミルハウスには部屋が二二あります。実際はもっと多いかもしれないし、少ないかもしれませんね。数えたことがないんですよ。でも、寝室が八つあることは確かですわ。わたし、全部の部屋で寝たことがありますから」その目つきはわざと何かをほのめかしているようだった。

リリーは愛想よくフランチェスカを見返した。母親にしっかり守られて育てられはしたが、リリーは成長の過程でふしだらな人たちもたくさん見てきた。動揺させようとしても無駄よ。そんなことで動じるわたしじゃないわ。「それなら、どの部屋のベッドのマットレスが一番快適か、教えてくださいますわよね」

フランチェスカの驚きが、突如として大笑いに変わった。「やっぱり、ここに滞在することにしてよかったわ」

フランチェスカの案内で、リリーはアーチ型の戸をくぐり、小さな展示室に導きいれられた。窓に面する形で何枚もの肖像画が飾られている。たぐいまれな青みがかった緑の鋭い目と官能的な唇という共通点が、絵の中の人物の血のつながりを示していた。

二人は、やせっぽちの少年を描いた、最近の作品らしい油絵の前で立ちどまった。ソーン家特有の目と唇を持つこの少年の鼻は幅広で、骨が折れているのではないかと思わせる曲がり方をしていた。画家は（リリーの意見では賢い選択とは言いがたかったが）少年に、貴族がよくやる姿勢をとらせていた。骨ばった片手を腰にあて、片脚を前に出した格好だが、そのためにひょろりと細いふくらはぎと、骨の目立つ手首がかえって目立った。

「どなたです？」リリーは訊いた。

「ソーン家の中で、ミルハウスに愛着を持っている唯一の人物。アヴェリー・ソーンです」

この大きな鼻のやせた少年が、アヴェリー・ソーンですって？　これがミルハウスの相続争いの相手？

「五年前に描かれたものですの。アヴェリーが一七歳のときでした。もう二、三年会っていないけれど、成長してたくましくなったと聞いています」

「それはよかったですね。彼は……聡明なほうですか？　あの、ずいぶん気むずかしそうに見えるので――」リリーは急に黙りこみ、真っ赤になった。

「まあ、まあ」フランチェスカはくすりと笑った。「わたしの大事ないとこなんですよ。でも、質問にお答えするわ。アヴェリーはたまに父にあてて手紙をよこしていたけれど、その文面から判断するに、聡明だと思いますよ、確かに」

リリーはおそるおそる肖像画の中の少年を観察した。鼻は、よけいな口出しでもしたときに殴られて折られたのかもしれない。目は深く落ちくぼみ、半目ぎみになっている。唇には冷笑が浮かんでいた。

　そのときリリーの心に入りこんできたのは、自分がアヴェリー・ソーンからミルハウスの相続権を奪いたいという理由だけで、彼を厳しい目で見ているのではないかという思いだった。いいえ、そんなことないわ。リリーはその考えをしりぞけた。男子たるアヴェリー・ソーンには、自分の未来を確固たるものにするチャンスはいくらでもあるだろう。だが、リリーに与えられたチャンスはただひとつ。これしかないのだった。

3

中央アフリカ　フランス領コンゴ
一八八八年　三月

アヴェリーは首の後ろに止まって血を吸っていた蚊をぴしゃりと叩きつぶし、歩く速度を上げた。ここまで奥地に来ると蚊の大きさも半端ではなく、小鳥ぐらいあるように感じられる。くわえていた葉巻を口から離し、青みがかった濃い煙をふうっと吐きだす。これで蚊の中で意気地のないやつらだけでもひるませてやれればいいのだが。

アヴェリーが野営地に入っていくと、大学時代の級友、カール・ダーマンが鍋から顔を上げた。怪しげな匂いのするシチューをかきまぜている。マホガニーの木の幹に寄りかかって座っているのはジョン・ニーグルで、探検隊の隊長をつとめるアメリカ人だ。外気の暑さにもかかわらず、毛布にくるまってがたがた震えている。目は半分閉じられたままだ。

ジョンは六週間前から、マラリアに感染していた。頬はげっそりとこけて幽霊のようで、自信に満ちて皆を率いていたたくましい隊長の面影はない。幸いなことに一行はスタンリーヴィルから一五、六キロの地点にいた。アヴェリーはそこへ一日がかりで出かけ、ジョンをヨーロッパへ帰還させるための手配をすませてきたのだ。

「どうだい、調子は？」アヴェリーは訊いた。

「最高、というほかないね」ジョンはガチガチと鳴る歯のあいだから言った。「手配はすんだかい？　僕は家へ帰れるのか？」

「ああ、大丈夫。帰れるさ」ジョンの張りつめた表情がやわらぐのを見て、アヴェリーは思った。マラリアに倒れたのが自分だったら、どこへ送還されていただろうか。自分にはわが家と呼べる場所がない。胸を張って帰れる家庭、皆が温かく迎えてくれる安らぎの場がない。まだ、今のところは。

「それだけじゃないぞ」アヴェリーはポケットから小包を取りだした。「英国から僕宛の小包が届いていた」

「誰からだい？」ジョンが訊いた。そのどんよりした目に好奇の光が宿ったのを見て、アヴェリーは嬉しくなった。

答える代わりに小包の包装を破って開ける。封筒が一枚出てきた。表書きには意志の強そうな筆跡でアヴェリーの名が、裏には「英国　デヴォン州　ミルハウス　リリアン・ビード」という差出人の名が書かれている。

「あの女《ひと》からだ」アヴェリーは言った。

「どの女《ひと》からだって？」にわかに興味を覚えたらしいカールが訊いた。「お前、女性の知り合いはいないはずだろう。女なんかまるっきり興味ないって感じだからな。大学時代、秘密の二重生活を送っていたというなら話は別だけどね。気むずかしい学者肌として通っていた男が、陰では口のうまい女たらしとして大活躍だったとか」

ジョンがつぶやいた。「いや、そう聞いても驚かないな。アヴェリーのやつ、カメレオンみたいにいろいろな面を持ってるからね」野営地の明かりに照らされたジョンの顔は、脂汗で濡れて光っている。「今回の探検旅行でさんざんな目にあっているのに、ちっともこたえてないみたいだものな。あえて言わせていただくと、伸び放題のひげをたくわえた勇ましき探検隊長は僕だぜ。アヴェリーの役まわりは、才気煥発ながら病弱な記録係ってところだったんだがなあ」

アヴェリーは不愉快そうに肩をすくめた。少しばかりいまいましいが、認めないわけにはいかない事実だった。これほど危険の多い生活にかかわろうとは思ってもみなかった。ましてや、その中で活躍することになろうとは。

「ジョン。お前が元気になりさえすれば、隊の序列も何もかも、もとに戻るさ」聞きたくない話になってきたので話題の方向を変えようと、アヴェリーは封筒をかかげてみせた。「それより僕が知りたいのは、あの女《ひと》がいったいどうやって、この手紙をこんな奥地まで届けさせることができたかだよ」

「女には女なりの方法があるんだよ」カールは謎めいた口調で言った。ナイフを使って最後に残った缶詰の牛肉を黒ずんだ鍋の中に入れると、刃を舌でなめてきれいにした。

「お前の育ったところじゃ、最低限のテーブルマナーも教えないのか？」ジョンがあきれたように訊いた。

カールは答えず、代わりに懐中時計のふたを開けて時間を確かめ、ぱちんと閉じた。カールはかつてアヴェリーに語ったことがある。人間には、確実に約束された時間などない。どんな未来も保証されてはいない。名前も、家族も、わが家も、人の所有するものや大切にしているものは皆、一瞬で消えてしまうことがあるのだと。

カールの故国では内乱が起きて、それが国家の崩壊を招き、貴族たる彼の家族も殺された。アヴェリーの考えを読みとって、憐れまれたくないとでも思ったのか、カールはうつむいたまま言った。「その手紙、読んで聞かせてくれよ」

アヴェリーは封筒に切れ目を入れ、中に息を吹きこんで開けると、逆さにして振った。一〇ポンド札が一八枚、ぬかるみの地面に舞い落ちた。「いったいぜんたい、なんなんだ？」

「手紙の中身を読めばわかるんじゃないか」ジョンがうながした。

「そうだな」アヴェリーは言うと声にだして読みはじめた。「『ソーンさま。この手紙をスタンリーヴィルにお届けします。コンゴを旅する人々はかならず、最後にはこの町に行き着くものだという確実な情報を得たので、きっとお手元に届くのではないかと思いました。これからは、手紙をどこに送ったらよいか、そのつど教えていただけますでしょうか？　おそらくお気づきではないでしょうが、あなたに毎月十分な生活費をお送りしなければ、わたしはあなたの後見人としての条件を満たしていないことになります。それによって、将来、わたしの遺産相続の権利が危うくなるのです』」

この小娘、僕の名誉を汚すようなことをよくも言えたものだな。アヴェリーは信じられない思いだった。リリアン・ビードは僕を挑発しようとしている！　ホレーショおじが遺言によって二人につきつけたばかげた挑戦を受けて立ち、しかも勝算は自分にあるとふんでいるらしい。

アヴェリーは続きを読みあげた。「『実際、あなたの居所がなかなかつかめないのは、意図的にわたしの手の届かない場所ばかり選んで旅しているわけではなく、単なる偶然のなせるわざだと、わたしは信じております』」

「まったく、なんて疑い深い、心の卑しい女なんだ！」アヴェリーは思わず口走って、カールをびくりとさせた。「おい、聞いてくれよ。『それでも、男の方とやりとりするときにはいくら用心してもしすぎることはありません』だと」

「男だって？」アヴェリーは眉をつりあげた。「僕は紳士だよ。まあ、婦人参政権論者とつるんでいるミス・ビードのことだから、紳士とつきあった経験に乏しいんだろう。だから紳士とすれちがっても、それとわからないかもしれないね」

カールはとまどった表情でアヴェリーを見つめた。「なんて豊かな想像力なんだ」とつぶやく。

「誰についてなんのことを言っているのかさえ、僕にはわからないね」

「そりゃよかった」カールは言った。「さて、その手紙だが……」続きをうながすように、言葉尻を浮かせる。

アヴェリーは続きを読みあげた。

「『あなたに、三カ月分の生活費をお送りいたします。さて、ここからは別の用事です。わたしは、あなたがロンドンをそそくさと去った時点で未払いになっていた請求書を確認し――』。『ロンドンをそそくさと去った』だと！　この鼻持ちならない小娘め。この書き方だと、まるで僕が卑怯にもこそこそ逃げだしたみたいじゃないか」

ぜいぜいとあえぐような笑いがジョンの喉からもれた。「いやあ、面白い。こんなに楽しませてもらったのは久しぶりだよ。お前の痛烈な皮肉に対抗できる女性がいようとはね」

ジョンのやつ、熱にうかされているからだな、と思いながらその言葉を無視したアヴェリーは、便箋をめくって次の一枚に進んだ。

「『あなたがロンドンをそそくさと去った時点で未払いになっていた請求書を確認し、支払いをすませておきました。わたしは先祖が庶民の出身だからでしょうが、狩猟用の上着一着の費用として五〇ポンドの支払いをしたときには、息が止まるかと思いました。好奇心からおうかがいするのですが、狩猟のときには、単なる〝上着〟を着てなさるわけにはいかないのでしょうか？　ちゃんとした〝狩猟用の上着〟でなければ、キツネが機嫌をそこねたりするのでしょうか？　言うまでもないことですが、今後はこのような請求に対しては一切負担いたしません。あなたのお手当として、三カ月ごとに一八〇ポンドを送金することにしました。というわけで、最初のお手当を同封します。この金額が生活費には不足だと思われるなら、贅沢をしないで暮らすことを覚えられればよいことかと思います。よろしくお願いいたします。リリアン・ビード。追伸　クリスマスにミルハウスへいらっしゃるのなら、ぜひどうぞ。アフリカへ旅立たれたと聞いて、あなたのおとうと分バーナードは想像力をかきたてられたようです』」

「なんてすばらしい女《ひと》だ」カールが言った。「英国へ戻ったらすぐにでも求婚することにしよう」

アヴェリーはカールに向かって片方の眉をつりあげた。「ばかばかしい。彼女はお前のタイプじゃない」

「どうしてわかるんだよ？」カールはあざ笑った。

「だってお前は、判断力のある男性なら誰でもそうだが、優しくて女らしい女性にあこがれるだろう。彼女はそうじゃないからな。肖像画なら見たことがあるんだ。社会主義者が読むくだらない新聞に載ってた。やせてて目が深く落ちくぼんでて、婆さん予備軍っていうところだったな」

「婆さん予備軍？」めんくらったジョンが首をかしげた。

「婆さん予備軍。名詞だよ。まだ老婆になっていない女性のことだ。英国の老婦人の若かりしころ、と言ってもいい」アヴェリーは偉そうに言った。

「でも、新聞がわざと醜く描かせた肖像を載せたかもしれないじゃないか」ジョンが反論した。二人の友人の顔に活気がよみがえるのを見て、アヴェリーは心中ひそかにリリアン・ビードに感謝した。

「あのね、ジョン。美しい女性というのは、顔の造作がきれいにととのっているとか、偶然にも目の色合いがすてきだとか、髪質を決定づける毛穴の形にめぐまれているとか、たったそれだけで望むものはなんでも手に入るんだよ。もしこのミス・ビードが賢い女性なら、唇をへの字に曲げるよりつねにほほえむようつとめれば、天から与えられた美しさに花をそえることができる。大事にされ、可愛がられ、甘やかされて一生を送れる保証が得られるってわけさ」

「で、何が言いたいんだい?」カールが訊いた。

「僕が言いたいのはね、手紙の内容を見てもわかるように、ミス・ビードはいやみな性格ではあるが、知的な女性だ。だから、もし彼女にほんのわずかでも美しさというものがあれば、その美貌を利用してもうとっくに結婚しているはずだよ」

ジョンは納得していないようだった。「でも肖像画家が、彼女の政治的な見解が気にくわなくて醜く描いたのかもしれないだろう」

「そう。その政治的な見解が、彼女が美しくないという僕の説を裏づけているじゃないか。考えてもみたまえよ、君たち」アヴェリーは、ものわかりの悪い友人たちに対する忍耐をにこやかな笑顔にちらつかせながら言った。「だいたい、顔立ちの美しい婦人参政権論者なんて見たことがあるかい?」

英国　デヴォン州
一八八八年八月

「隠れてる子たち、みーんな出てこい！」

リリーは跳びあがって空中で膝をかかえると、バシャンと大きな音をたてて見事に水車池の中央に飛びこんだ。水中から顔を出すとはじけるように笑いだし、頭をぶるぶるっと振って、まわりに広がる水面の波紋に向けて威勢よく水のしずくをばらまく。

そんなリリーの姿を、バーナードは土手の端でうっとりと眺めていた。

「ほら、あなたの番よ！」リリーは手を高く上げ、少年に向かって振った。

「もっと泳ぎが上手になってからのほうがいいかなあ」バーナードは心もとなさそうに答えた。

リリーは鼻にしわを寄せた。「今だって、とびきり上手に泳げるじゃないの」

青白かった少年の顔に喜びの赤みがさした。連れてくるのを思い立ってよかった、とリリーは嬉しくなった。母親のエヴリンは、息子がたまに水泳を稽古するとなるとつきっきりで監視したがるのだが、今日はこっそり、というわけではないが、うまくその目を逃れることができた。

ぽっかりとあおむけに浮かんだリリーは、土手を急いで駆けおりてくるバーナードを待ちながら思った。社会の規範にとらわれない両親に育てられたために得をすることもある。泳ぎができるというのもそのひとつだ。

　まもなく、バーナードが池に入ってきたらしい音がした。水を飲んだのか、あえぐような声――リリーは胸の鼓動がわずかに速まるのを感じながら待った。が、すぐに少年の呼吸音が聞こえはじめた。ときおり苦しめられる喘息の発作のぜいぜいいう耳ざわりな音とは違い、規則正しい息づかいだ。

「本当に、僕の泳ぎ、とびきり上手だと思う?」犬かきで近づいてきたバーナードはおずおずと訊いた。

「すばらしい泳ぎよ」リリーは認め、くるりと体を回転させて立ち泳ぎを始めた。あごが水面下に隠れたり現れたりする。

「学校の同級生で、あなたの半分でも水泳ができる子はいないんじゃないかしら。まともに泳げる子がいたとしての話だけれど」リリーはいたずらっぽく言った。「水泳って、紳士の娯楽とは結びつきにくいですものね」

「でも、僕は泳ぐのが好きなんだ」バーナードはきっぱりと言った。「それでも、僕は紳士……だよね?」

「もちろん、そうよ」

　リリーが断言したので、心配そうだったバーナードがたちまちほっとしたような顔をした。

「紳士であるってことがそんなに大切?」リリーは優しく訊いた。

　バーナードの細くやつれた小さな顔に衝撃の色が表れた。

「もちろんだよ。僕はソーン家の人間だからね。紳士だっていう自覚は、家に代々伝わる宝物みたいなものなんだ。つまり——英国人らしいってこと。紳士がいなければ、この世は野蛮な場所になっちゃうもの」

「そんなこと、誰が言ったの？」リリーはからかった。

しかしバーナードは、これほど重要な問題についてからかわれてはたまらない、といったようすだ。「アヴェリー兄さんだよ」

「ああ」なるほど、気がつくべきだった。英国じゅうの少年や大衆紙の読者にとって崇拝の的の探検家、アヴェリー・ソーンが吹きこんだ考えね。

「それがどうかした？」他人の感情に敏感なバーナードの顔を、心配そうな表情がふたたびよぎった。

リリーが見たくない表情だった。この九歳の少年を、なんとかして楽しい気分にさせてみよう。今日の午後は、二人にとって「サボる」時間なのだから。リリーにとっては地所を運営し管理するという責任から、バーナードにとっては紳士になるという責任から逃れられるいい機会だった。

「いいえ、なんでもないわ」リリーは言った。

あおむけになってひんやりとした水に浮かんだリリーの顔に、暖かな日ざしが降りそそいだ。水につかった髪が広がり、黒い絹糸のように揺れている。水にぽっかり浮かんでいる、ただそれだけなのに、なんて気持ちいいのだろう。リリーが喜びを満面にたたえた笑みを見せると、バーナードもつられて笑顔になった。

「どう、今度は潜水のしかたを習ってみたくない？」

フランチェスカとエヴリンとともに邸の玄関外の階段の一番上に立ったリリーは、手に持った封筒をあごにとんとん当てていた。下のほうでは荷馬車の御者と、庭師の長をつとめるホブが二人がかりで、荷台から大きな木箱を降ろしている。

「また、以前雇ってらした小間使いの誰かからの手紙？」荷馬車を興味なさそうに見やりながらフランチェスカが訊いた。「それにしてもあなた、あの小間使いたちを全員、小さな子どもを抱えた未亡人だと称して、事情を何も知らないお宅に就職させたんだから大したものだわ。ミルハウスで、ここ二年のあいだに一二人も未亡人になったばかりの女性を雇ったなんて、おかしいと疑う人はいなかったのかしら？」

リリーは答えない。まともに聞いてもいなかった。以前にも、フランチェスカとのあいだで話題になったことだからだ。ミルハウスの使用人はその多くが、妊娠した未婚の若い娘たちだった。

まかない付きで部屋を提供し、わずかな給料で娘たちを雇ったリリーは、彼女たちの赤ん坊が生まれたあと、就職用に立派な推薦状を書き、かなりの額の慰労金を渡し、必要とあれば偽の結婚許可証を作ってやった。そしてデヴォン州から遠く離れたところで、使用人がすぐにでも欲しいという家に次々と送りこんだ。誰の目から見ても、申し分のない取り決めのはずだ。それをフランチェスカがなぜ面白がるのか、リリーは不思議だった。

「あれ、いったいなんだと思います?」エヴリンが木箱を手ぶりで示してささやいた。

リリーはあたりを見まわし、玄関の上から垂れるツタのつるに気づいた。少し切らないといけないようだ。これこそ自分のものだという強い誇りに満ちた目で、ミルハウスの建物全体に目を走らせた。ピンクを基調とした御影石《みかげいし》の階段も、真鍮《しんちゅう》の表札も、重厚な木の扉の表面も、美しく輝いている。

「ひょっとすると、リリーの婦人参政権論者のお仲間が、預かっておいてほしいといって爆弾か何か送ってきたのかもしれないわね」フランチェスカがほのめかした。「あのポリー・メイクピースなら、そのぐらいのことはしかねないわ、きっと」

リリーは、フランチェスカに軽くとがめるような視線を送った。人柄は温厚とは言えないものの、ポリー・メイクピースが女性の権利運動に取り組む姿勢の真剣さは疑いようがなかった。

「その手紙は木箱と一緒に送られてきたの?」エヴリンが訊いた。

リリーはうなずいた。

「じゃあ、読んでみて」フランチェスカがうながす。

「わたし宛じゃなく、バーナード宛ですから」もどかしさを隠せないままリリーは言った。

「バーナードは先週学校に戻ったでしょ」とフランチェスカ。「一緒に送られてきた手紙なら、木箱の中身について何かしら指示が書いてあるわよね。本人だって、取り扱いに間違いがないよう、まずはわたしたちに読んでおいてもらいたいと思うんじゃないかしら」

「そのとおりよ」エヴリンが賛成した。「あの子だったら、きっとそう思うでしょうね」

「本当に？」リリーが訊くと、二人は力強くうなずいた。「じゃあ、人の手紙を盗み読んだといって責められたりしないなら――」

「まさか！」エヴリンが心外そうに言った。

「リリー、あなたがそんな人だなんて思うはずがないでしょ？　ありえないわ」フランチェスカはいかにも驚いたといったふうに目を丸くしてみせた。

リリーは機嫌を直したふりをすることにした。封を切り、中から便箋を取りだす。「あの人からです」勝ちほこった口調で言った。

あの人。それ以上の説明は必要なかった。エヴリンは満足と非難がないまぜになった表情で唇をきっと引き結び、フランチェスカはにっこり笑った。

リリーは咳払いをした。「出だしはこうです。『一八八八年三月一四日。親愛なるおとうへ、そして誰だか知らないが、この手紙を読もうとする人へ』」ふん、とあざけるように鼻を鳴らして続きを読みあげる。『バーナード、君にお届けするビリーを、気に入ってくれるといいが。ビリーは男嫌いで気むずかしく、この世に生を受けた中でもっともひねくれた根性を持っており、ちなみにメスだ。ところで、君の後見人に伝えておいてほしい。ここで取りあげたビリーが誰かを思いおこさせるとしても、他意はないのだと。また、〝ビリー〟という名前が彼女の名前に似て聞こえるのも、興味深くはあるが単なる偶然にすぎないのだ

「リリー、どうしてそんなにくすくす笑っていられるの?」エヴリンが憤慨した口調で訊く。「この人、本当にどうしようもないわね。やることが見えすいてて」

「ええ、わかってます」リリーは言い、ついにこらえきれずに笑いだした。

「あなた、あの悪党にからかわれてるのよ」

と』」

「続きを読んでちょうだい」フランチェスカがせかした。

「『ということで、僕としては、騎士道精神にのっとって、ビリーに性転換させるのがもっとも得策だと思っているんだ。どうせビリーにとってはどちらでもかまわないことだろうから。ビリーはここアフリカで、近隣の村を恐怖に陥れていたんだが、僕がルガー四四口径で退治してやった。そのため僕は、自分で言うのもおこがましいが、神として部族民に崇めたてまつられているんだ』ですって。はん!」リリーは吐きすてるように言った。

「リリー、いいから先を」フランチェスカが懇願するような声で催促した。

「あ、そうでしたね」リリーは続きを読んだ。「『神になるのもそうそう悪くないものだ。君もいつか経験してみたらいい。といっても君の今の生活では、神にまつりあげられる可能性は低いかもしれないね。でもバーナード、勇気を出しなさい。アメリカや、アフリカには、そして英国にさえも、いまだに男が自らの運命を支配している家があることを忘れないで』なんてひとりよがりで、おせっかいな――」

「ほら」いらいらしたフランチェスカが口をはさんだ。「およこしなさい、最後まで読んであげる」と言うと、リリーの手から手紙を奪って文面にすばやく目を走らせ、彼女の読み残した部分を見つけだした。

「『とはいえ、神という地位にも難点はある。僕は当面、村人たちの期待に応えなくてはならない。部族の象徴である動物を探す巡礼の旅に同行してくれと頼まれている。そのため残念ながら、あと一年は英国へ帰れそうにない。もしかしたら来年のクリスマスには戻れるかもしれない。その間《かん》ずっと君のことを気にかけているからね。お母さんとフランチェスカおばさんによろしく。それからもちろん、僕らが言いつけにしたがうべきあの女《ひと》にもよろしく伝えてくれ。君の兄貴、アヴェリー・ソーン』これで終わり」フランチェスカは便箋をたたんだ。

「『ビリー』って、何だと思う?」エヴリンの視線は、木箱を開けようとしている二人の男性に釘づけになっている。

「さあ、何でしょう? ソーンさんが、バーナードに『わくわくする冒険』の思い出の品を贈るのをもうやめるよう、願うばかりだわ」リリーはそう言ってから、すねたような自分の声に気づいた。「家の中は彼から送られたくだらない品であふれかえっていますもの。マサイ族の頭飾りだの、多産を祈って作られた像だの、動物の剝製だの――」

「リリー、なあに、その言い方。うらやんでいるように聞こえるわよ」フランチェスカが注意した。

「そのとおり、うらやんでいるんです」リリーは涼しい顔で認めた。「世界じゅうをぶらぶら旅して回りながら書いた記事を新聞に売って暮らせるなんて。子どもっぽい気まぐれにふけりつつ、大金をもうけられるんですから、うらやましく思わない人はいませんよ」

フランチェスカはどっちつかずの態度で肩をすくめた。彼女自身、パリで三カ月ほど気まぐれにふける生活を楽しみ、英国へ戻ってきたばかりだった。

「わたしはうらやましくなんかないわ」エヴリンが言った。「今のままで十分幸せよ。リリー、あなたもそうだと思っていたのに」

「わたしだって幸せですわ。でも、ホレーショ・ソーンさんの遺言の意図は、甥のアヴェリーさんに五年間、質実剛健な生活を送らせて、そこから学んでもらうことだったと思うんです。五年の期限まであと四年ですけれど、まだアヴェリーさんが更生した兆しはありません。むしろ、月日が経つごとにますます無責任になっていくように思えるぐらい。昨年だけでも、何度自分の命を危険にさらしたか——彼の書いた記事どおりのことが実際起こっていたとしての話ですけれど。といっても、本当のはずがありませんよね。あんなやせっぽちで弱々しそうな人が、離れ業みたいな冒険をやってのけられるなんて？ 新聞にアヴェリーさんの肖像画が載ったこと、ありますか？ もちろん、ないですよね。肖像を載せたりしたら、冒険談の信憑性がなくなりますもの。そう思いません、エヴリン？」

若き未亡人は共感を示すかのようにうなずいた。

「ね、ごらんになったでしょ、フランチェスカ？　エヴリンも同じ意見ですって」

「エヴリンはいつだってあなたの味方じゃないの」フランチェスカは飽き飽きしたような声

で言った。袖をまくりあげた荷馬車の御者のたくましい腕に気をとられていたのだ。「わたしは、アヴェリーの記事は心躍らせるものがあって面白いと思うわ」

「ミス・リリー。全然、だめですわ」手の甲で額の汗をぬぐいながら庭師のホブが言った。

「木箱のふたが貝みたいに固く閉じちまってて。これじゃ、ドラモンドんところへ行って、誰か人手を借りてこないと」

「まあ、そんな」リリーはドラモンドに何かを頼むことを考えるだけでいやだった。農場の監督をつとめるドラモンドは筋金入りの女嫌いなのだ。そのうえあいにく、英国でもっとも優秀な農場監督でもあった。

「困ったわね」フランチェスカが言った。

フランチェスカが失望のため息をもらしたとたん、うつむいていた荷馬車の御者がさっと頭を上げた。集中した顔は赤らみ、意欲がみなぎっている。にわかに男気を見せて木箱の上に跳びのった御者は、毛むくじゃらのマンモスに槍を突きたてようとするネアンデルタール人さながらに、かなてこを木箱のふたの下にこじ入れた。えいっとばかりに押し下げた瞬間、木の板がメリメリと裂ける音がした。フランチェスカは感嘆の笑い声をあげた。御者が渾身の力をこめると、木箱の前面の板がバリッとはがれ、大きな音をたてて地面に落ちた。

リリーはかすかな称賛の気持ちを抱きながら思った。そう、誰になんと言われようと、フランチェスカは男性の扱い方を心得ている。それは誰だって認めざるをえない。顔の前で片手を振ってもうもうたる埃をよけながら、リリーは階段を下り、目を細めて木箱の中をのぞいた。

「なんなの？」エヴリンが訊いた。

そこに鎮座ましましていた「ビリー」は、怪物としか思えない動物の剝製だった。リリーをにらむガラスの目玉は悪意に満ちている。

「ワニみたいね。三メートル半ぐらいあるわ」じっと見ていたリリーは深いため息をついた。

「ホブ、これ、アフリカスイギュウの隣においておくしかないわね」

4

エジプト　アレキサンドリア
一八九〇年　四月

「『親愛なるソーンさま』。この最初のあいさつの文句に、ぞっとするものを感じるんだが？それとも、僕が極度に神経質になっているだけかな？」アヴェリーは口にくわえていた葉巻を取り、友人たちを見わたした。話を聞いているのは、カール、八カ月の養生のあと復帰したジョン、そしてトルコで仲間に加わったオマール・サリマンだ。

カールとジョンはもどかしげに、先を読むよう手ぶりでうながした。ホテルのバルコニーの壁に据えつけられたたいまつの火が二人の顔を照らし、縞模様の影を落としている。下に見えるのはアレキサンドリア湾で、ナイル川を渡る小型帆船《フェラッカ》や屋形船《ダハビヤ》、さらには快速帆船《ジーベック》などのさまざまな船がひしめいていた。

「『親愛なるソーンさま、あなたのお手当を同封しました』。うん、ここには間違いなく殺気がこめられてるな。わかった、わかったって。ちゃんと読むから。しかし、お前たちがどうしてこの女《ひと》の手紙に興味を示すのか、謎だよな」

謎だなんて、まったくの嘘だ――葉巻の灰を指でとんとん叩いて落としながらアヴェリーは思った。なぜ彼らが興味を抱くのかはわかっていた。リリー・ビードは、アヴェリーが地球上のどこにいようとかならずつきとめて送金してくるばかりか、二人の書簡のやりとりをいつのまにか言葉によるボクシングに変えてしまっていた。しかも彼女のほうがポイントを稼いで、有利な試合運びをしているように見えることもあった。

この文通についてはアヴェリー自身も面白いと感じていたし、自分にとって重要なこと（といってもごく限られた意味で）になりつつあると認めていた。何カ月も女っ気なしで過ごすのだから、ほんのわずかでも女性にかかわる話が読めるのなら（たとえリリー・ビードのように女らしさに疑問がある場合でも）歓迎したくなるのは無理はない。

「おいアヴェリー、そんなにじっと手紙を見つめるのはやめろよ。ミス・ビードがよっぽど気のきいたしゃれでも書いてきたんじゃないか」

「いや。ジョン、そんなに期待をこめた言い方をしなくてもいいだろう」アヴェリーは手紙をふたたび斜めにしてたいまつの明かりにかざし、続きを読みはじめた。

「『バーナードに言われたとおり、またあなたの手紙を先に読ませてもらって――荷物も開けてから――それ（荷物ではなく、手紙のことです）をバーナードの学校に転送することにしました。ソーンさん、これ以上、あなたの〝命をかけた〟冒険の悲愴な記念品でミルハウスをあふれさせてくださらなくても結構です。一番最近届いたワニのお土産は、アフリカスイギュウと、それからあの汚らしいネコ科の大きな動物につけられた魅力的な名前はなんでしたっけ？　そうそう、〝ネパールの幽霊〟でした。あの隣においてあります。ソーンさん、ほとばしる文学的な情熱を少しは抑える努力をしてみてください。かわいそうにバーナードは、あなたがあのトラに襲われたとかいう話を本気で信じてしまっています』いや、強烈だね」アヴェリーは思わず肩をぐるりと回した。「僕の肩の傷もうずくよ」

「お前がトラにさんざんにやられた話を信じてないのか、彼女は？」それまで黙って座っていたオマールが口を開いた。「偉大な探検家アヴェリー・ソーンを、そこらの女が疑うなんて、どういうことだ？」

アヴェリーはオマールに清らかなほほえみを向けた。オマールは、「世界でもっとも偉大な探検家の一人」に数えられるアヴェリーと同行するという明確な目的を持ってこの探検隊に加わったのだ。

「まったく、どういうことだろうね？」そうつぶやくとアヴェリーは、またカールに口をはさまれないようにと、手紙の続きを読みだした。

「『まさかとは思いますが、例のトラの話がほんのわずかでも真実を含んでいると仮定して、バーナードのためにあなたに忠告しておきます。ばかげたことに首をつっこんで命を危険にさらさないようにしてください。だいたい、命をかけるのに賢明なやり方があるとでもいうんでしょうか。こんなことをわざわざ言ってさしあげなくてはならないとは、さすが男性と感心するばかりです』」

「やられたなあ」ジョンが言った。「次のくだりを聞いてみろよ」

「ふん！　こんなのは序の口さ」アヴェリーは断固として言った。「次のくだりを聞いてみろよ。『あなたが子どもっぽい旅行熱にうかされて時間の感覚をすっかり失っているといけないので、念のためお伝えしますと』――カール、鼻を鳴らすなよ。うるさくて気が散るじゃないか――『そろそろ、将来ご自分が負うべき責任について考えはじめたほうがいいのではないでしょうか。責任といっても、まもなくあなたには関係がなくなるミルハウスの経営のことではありません』」

「まさか、本気で言ってるわけじゃないだろう」カールが言う。

「いや、本気だ。なんてやっかいな女なんだ」アヴェリーは葉巻をぐっと嚙みしめた。リリー・ビードのミルハウスに対する執着心は、もう手がつけられないほど強くなっている。けっきょく、手に入れられなくて深い失望感を味わうだけなのに。リリー・ビードの意気消沈した姿は想像したくなかった。数年間にわたって娯楽を提供しつづけてくれたという意味で、借りがあるからだ。

もしかするとリリー・ビードは、ミルハウスが欲しいと思う気持ちの強さでは僕にまさるとも劣らないのかもしれない、とアヴェリーはうすうす感じはじめていた。だがあいにく、ミルハウスは僕のものだ。子どものころから相続を約束された、僕のものなのだ。

カールが困惑した表情でアヴェリーを見ながら言った。「だけど、ミス・ビードにミルハウスを取られたとしても、そう悲観すべき事態とは言えないんじゃないかな。むしろ地所がお前のものになったほうが、かえって困らないか。お前はなんて呼んでいたっけ——そう、『あの毒舌の、女もどき』の面倒をみるはめになるかもしれないんだから」

アヴェリーはうめき声をあげた。「うーん、考えてみたことがなかったけど、お前の言うとおりだな。そこが困ったところだ」

「よくわからないな」オマールは腑に落ちないようだった。「ミス・ビードがミルハウスの権利を失ったからって、なぜアヴェリーが彼女の面倒をみなくちゃならないんだ？　確か彼女の生活費は、ホレーショ・ソーンの遺言で保障されているはずだろう」

「遺言には条件があるんだよ」アヴェリーは言った。「女性解放に関する彼女の主張を撤回する声明を公に発表して、それ以降はおとなしく引っこんで静かに暮らし、婦人参政権を唱える不満分子とつきあわないようにするなら、生活費は保障される、というわけさ」

アヴェリーは懐中時計のふたを無為に開けたり閉めたりしながら、カールに向かってあごをしゃくってみせた。「カール、オマールに教えてやってくれよ。お前は二年間、ミス・ビードの手紙の内容を聞いてきたんだからわかるだろう。この女《ひと》が口をつぐんでおとなしくしていられると思うか？」

「ありえないね」

「だけど、それがどうして、お前が彼女の面倒をみることにつながるんだ？」オマールが訊いた。

アヴェリーが葉巻を持った手を空中でひらひらと振ると、火のついたほうの端が薄闇の中で光った。「だってオマール、僕は英国の紳士だよ」

ジョンがうめき声をあげ、カールが鼻先でせせら笑ったが、アヴェリーは気にとめなかった。「英国の紳士というのはなぜか、強情っぱりの女性が自業自得で苦しむのをどうしても放っておけないたちなのさ。理由は訊かないでくれ。これは永遠の謎なんだ」

オマールはいらだたしげな表情を見せた。「おい、それでもわからないよ。ちゃんと説明してくれ」

アヴェリーは続けた。「事業に失敗してこの茶番劇が終わったら、ミス・ビードは一文なしになる。だが紳士たる僕は、彼女をミルハウスから追いだすわけにはいかない。不本意ながら、生活の面倒をみてやらなくてはならなくなる。考えてみてくれよ。自分の人生を『空いばりする男の退屈な長談義を聞かされる日々』と呼んでいる女性と、毎日、朝食をともにするなんて、想像できるか?」

「なるほど」オマールはまだ納得できないようすで言った。

アヴェリーは一服深く吸いこむと、香り高い煙を吐きだして唇のまわりに漂わせた。なぜかはわからないが、自分がややこしい事態に陥りそうなのに気づいたにもかかわらず、さほど動揺していなかった。

「そろそろ手紙の残りを読んで聞かせてくれてもいいだろう?」ジョンがせっついた。

「どこまで読んだっけ? ああ、そうだ。ミス・ビードがいつものようにあからさまな言い方で、ミルハウスを勝ちとるつもりだという意思を明らかにしたところまでだった。さて、そのあとはこう続く。『バーナードについてお知らせします。あの子はまだときどき喘息の発作を起こして、母親のエヴリンを心配させていますが』アヴェリーは眉をひそめた。『学校ではあいかわらずいい成績をおさめています。エヴリンとしてはできるものなら中途退学させたいと思っているようですが、銀行の管財人からは、命にかかわる大病でも患わないかぎり、ホレーショ・ソーンの遺言を守ってバーナードをそのまま学校にとどまらせるよう指示されています。この国では、すでに故人となった男性のほうが生きている女性より力があるのです。なんという横暴でしょう。もちろん、あなたは反対なさると思いますが』

いや、反対はしない。確かに横暴きわまりない遺言だった。その昔ホレーショおじは、アヴェリーについても同じような指示をした。「病に倒れないかぎり、アヴェリーにはとことんがんばらせること」、「私の屋敷では、ひよわな者を大事に扱って世話をするような者は誰もいないから、アヴェリーは学校の診療所にとどまらせること」、「いかなる状況においても、校長はあの子を甘やかさず、厳しく――」

「アヴェリー、なぜそんなしかめっ面をしてる?」ジョンはそう訊くと、頭にターバンを巻いた使用人に向かって、酒のお代わりを持ってくるよう身ぶりで示した。

アヴェリーはクリスタル製の灰皿で葉巻をもみ消した。「いや、特に理由はないよ。『あなたからバーナードに、励ましの言葉をかけてやっていただければと思います。あの子はあなたを英雄として尊敬しているのです』」

尊敬だって。そうなるとリリー・ビードは、僕をぎゃふんといわせる機会が見つからないのではないかと、戦々恐々としていたにちがいない。

「『バーナードは、あなたがアフリカで神の地位にまつりあげられた話が特に気に入ったようです。実は、わたしも気に入っています。あの話が、〝わたしたちヨーロッパ人は外国人のユーモア精神を見くびりすぎている〟という、長年の自説を裏づけてくれたからです。かしこ。リリアン・ビード』」アヴェリーは笑いだした。

「ミス・ビードを敬愛するね、僕は」カールはそう宣言すると、グラスを持ちあげて祝杯をあげるしぐさをした。

「彼女からの手紙を読んでやるたびにお前はそう言うな」アヴェリーは言い、上着のポケットに手紙をしまった。

「本当だからさ。あれだけの意気込みで自己主張する男はいないからな。堂々たるものだ」

「まったくだ」アヴェリーは躊躇なく同意した。「そこが問題なんだ。ミス・ビードは自分が女主人の地位に甘んじなくてはならないというのに、堂々たる主人役を演じたがっているのさ」

デヴォン州、ミルハウス

一八九一年　一二月

「おはよう」フランチェスカは朝食のテーブルで、エヴリンの隣に座った。紅茶をついでくれたのは、最近ミルハウスに雇われたくりくりの巻き毛の小間使いで、「馬小屋の裏での冒険」の結果がそろそろお腹に表れはじめている娘だった。

「おはよう、フランチェスカ」リリーは封筒の束をぱらぱらとめくりながら、ぼんやりとしたようすで答えた。

三人の女性は心地よい沈黙の中で食事を進めた。その静けさをたまに破るのは、フォークの先が上品に皿にぶつかる音や、暖炉で燃えている丸太がパチパチとはぜる音だけだ。血はつながっていないが大切な家族を見わたして、リリーは言い知れない満足感を覚えた。もちろんこの二人の女性が、まだ見ぬ兄や姉よりいとしい存在であるわけはない。かといって、それが本当であるかどうか確かめる機会はけっして訪れないだろう。

頭をよぎったその考えが、リリーのせっかくの心安らかな気分に水をさした。

「何か面白い知らせはあった?」フランチェスカが訊いた。

「あまりないですね」とリリーは答えた。「キャムフィールドさんが、新しく飼いはじめた羊についてわたしの意見を聞きたがっているぐらいで」

「お隣に引っ越してこられたばかりなのに、キャムフィールドさんはリリーにご執心のようね」とフランチェスカ。

「ばかばかしい」リリーは言った。ミルハウスに隣接する農場の新しい所有主であるマーティン・キャムフィールドは、立派な容貌であるばかりでなく、男性には珍しく女性を同等の存在として扱う、度量の大きい人物だ。「わたしが検討してみたうえでの意見を聞いてみたいと思われただけですよ」

「キャムフィールドさんて、物のよくわかった、開けた方みたいね」フランチェスカはさりげなく言った。「いかにも進歩的なふるまいをしそうな感じ。古くからのしきたりに縛られたりしないで」

「ええ、そういう方ではないでしょうね」リリーはフランチェスカをけげんそうに見ながら、ゆっくりと答えた。

「ああいう男性だと、因習にとらわれない現代的な関係を築けそうだわ」

リリーは思わず顔を赤らめた。フランチェスカが心の中の思いをそのまま口にしていることに気づいて、きまり悪さはさらに増した。マーティン・キャムフィールドは羊を洗うための洗羊液についてリリーの意見を求めはしたが、お茶に誘ったことは一度もなかった。でも、誰が誘ってくれるというのか？　リリーは名もなく、財産もない私生児だ。年を経るごとに、胸に秘めた恋へのささやかな希望がますます小さくしぼんでいくのだった。

「その中にはほかに、何かあった？」エヴリンが訊いた。

「え、今なんて？」

「ほかにどんな知らせがあったのかって訊いたの」

「ええと、ドラモンドさんが、この冬のあいだに水車池の底をさらって、土手を新たに作ったほうがいいと書いてよこしています。もちろん、わたしにはそんなお金の余裕はないですけれどね。それからポリー・メイクピースから、『女性解放同盟』の毎年恒例の総会を、四月にこの邸で開いてもいいかという打診が来ています」

「男みたいな服を着たあの女《ひと》たちでしょう」エヴリンは嫌悪感をあらわにして言ったが、リリー自身もはいているその「男みたいな」ブルマーにちらりと目をやると、つけ加えた。「何も、あなたが……あの……その服を着ているからって魅力的でないと言っているわけじゃないのよ。あなたのように品格がある女性なんてめったにいませんもの」

「ありがとう」リリーは言ったが、自分の服装がエヴリンにどう思われているかはよくわかっていた。

「わたしが賛成できないのはあの女《ひと》たちの服装だけじゃないの」エヴリンは続けた。「とにかく、あなたがつきあうのにふさわしい人たちとは思えないのよ、リリー」

リリーはエヴリンをまじまじと見た。この人はたまに、突如として母親のようにふるまうことがあり、驚かされる。

「わたしも反対よ」フランチェスカが断固たる口調で言い、リリーをますます驚かせた。「あのメイクピースとかいう女《ひと》、臆面もなくあなたを利用して。きっと嫉妬してるのよ。あなたが指導者としての資質をすべてそなえているのに、自分にはそれがないから」

フランチェスカの発言にどぎまぎしながらも、リリーは彼女の思いやりを感じた。同時に、無用の心配だと感じてもいた。確かに自分はポリー・メイクピースに利用されている。だが、自らの良心の呵責をやわらげるためならその程度の小さな代償は払ってもいいと考えていた。ここ四年のあいだ、リリーはミルハウスの事業経営で手いっぱいだった。その四年間を、男女同権を訴える運動に捧げることもできたはずなのだ。

慎重に言葉を選んで答えなければ、とリリーは思った。この二人を絶対に傷つけてはならない。

「まさか。ポリー・メイクピースは『女性解放同盟』の会長にもなろうかという人ですよ。わたしなんか足元にもおよばないわ。恥ずかしいことですけれど、もう同盟の活動にはかかわっていないし。持てる時間はすべてミルハウスの仕事につぎこんでいますもの」

「でもリリー、この家にあんな人を入れるなんて！」エヴリンは言った。「彼女について、わたしたち何も知らないじゃないの。それにほかのお仲間だって、信用できるかどうか。どんな素性の人たちか、わかったものじゃないでしょう？」

リリーはため息をついた。「同盟の人たちを家に入れたくないのなら、遠慮なしに言ってくださいな。でも、素性とか身元が確かでないという点では、わたしのほうがよっぽど怪しいと、上流階級の人たちは思うでしょうね」

「まあ、そんなこと、間違っても言うものじゃないわ！」エヴリンはびっくりして大声をあげた。「リリー、わたしたちがあなたをどんなに大切に思っているか。あなたなしではどうしていいかわからないわ。この邸を住み心地のいい、ゆったりとくつろげる家にしてくれたのはあなたよ」

「『ゆったりと』よりも『ゆるすぎるほどに』というほうが正しいんじゃないかしら」リリーは答えた。リリーが地所を運営していた四年間は、エヴリンにとって、えんえんと続く少女のパジャマパーティもどきの楽しい経験だったらしい。「とにかく、このミルハウスを『わが家』といえる存在にしたのはわたしじゃなく、あなたですから。遺言で定められた五年間が終われば」できるだけ穏当な表現を探す。「わたしはここを出なくてはならないでしょうね」

「でも、なぜ?」エヴリンは叫ぶように言った。フランチェスカは紅茶をひと口飲んだ。その表情はいつになく重々しい。

「もしわたしがこの勝負に負けたら、そのままいてくれとソーンさんがおっしゃるはずもないし」リリーの唇に皮肉な笑みが浮かんだ。「もし勝ったとしても、わたしには農場を維持していけるだけの資金がないですもの。そんな多額のお金は用意できませんから、農場は売るしかなくなるでしょうね」

リリーはつらい気持ちが顔に出ないようつとめた。エヴリンとフランチェスカをいとしく思っていたし、ミルハウスを愛していた。日当たりがよく暖かい台所と、埃がうっすらと積もった静かな寝室が好きだった。現実のものとは思えないような舞踏場と、三階のひさしの下にはめこまれた場違いな感じのステンドグラスの窓が気に入っていた。池の中で小競り合いをしているカモたちや、毎朝小道を下っていくリリーを間抜け顔でじっと見つめる太った羊たちや、元競走馬だったよぼよぼの馬たちに愛着があった。

エヴリンが鼻をくすんといわせた。「なんとかできる方法があるはずよ」

「五年の期限が来てから心配すればいいことですから」リリーは励ますように言った。「ほら、見てくださいな。バーナードから手紙が来てるわ。どうぞ、エヴリン」

バーナードは一二歳になっていた。少年がためしに紳士服をはおってみるのと同じように、大人ぶってみたい年ごろだ。といってもバーナードの場合、大人の服は合いそうにない。一二歳にしては並はずれて背が高いが、体重は今より一五センチ低かったころとほとんど変わっていない。極度に緊張すると、皮膚がまだらに赤らんで声が裏返ってしまう。

「なんて書いてあるの?」フランチェスカが訊いた。

エヴリンは文面にざっと目を通した。「夏になったらすぐ、ミルハウスへ帰ってくるらしいわ」

「体の調子はいいの?」フランチェスカは心配を声に出さないようにして訊いた。あの薄情な老校長が、差しせまった理由もなしに予定より早めの帰宅を許可するなど、考えられなかった。

「病気が重くなったわけじゃないから安心してくれって書いてあるわ。ただ、二、三週間だけでも余分に休ませてもらえれば体によさそうだからって、あの子が校長を説得したようよ」エヴリンの平静な顔が急にくしゃくしゃになった。「ねえ、リリー。もしあの子の体調が多少悪くても、この家に泊まらせてやってかまわないわよね?」

「もちろん」リリーはうけあった。やりきれない気持ちだった。ホレーショ・ソーンの遺した何通もの手紙が銀行の管財人の手元にあり、それに書かれた命令がバーナードの生活を支配しているのだ。

「夏のあいだ、あの子がここでわたしたちと一緒に過ごすのは悪くないわよね？」リリーが賛成してくれたことに哀れなほどの感謝を示してエヴリンが訊く。

「大歓迎よ」とフランチェスカ。「男性はたくさんいればいるだけ、嬉しいわ」

「フランチェスカったら！」エヴリンがたしなめた。「バーナードの前でそんな言い方をしてもらっちゃ困るわ」

「ええ、もちろんだめです。お行儀よくしてくださいね、フランチェスカ」リリーは気もそぞろにつぶやいた。その目は手に持った手紙の束の最後の一通に注がれていた。アヴェリー・ソーンからで、宛名はミス・リリアン・ビードとなっている。『言いつけにしたがわせようとする女《ひと》』でもなく、『解放されたミス・ビード』でもなく、『御方さま』でもない。リリーの全身をかすかな戦慄が走った。きっと、何か異変があったのだ。あとで読むつもりで手紙を束の一番下に入れかえる。

一五分後、リリーは自分の書斎で、窓の外を眺めて立っていた。窓の下に咲いているフユバラのクリーム色の花びらが、緑色の葉の中で雪のごとく輝いている。リリーは手紙の封を切った。

わが好敵手どの

昨日、カール・ダーマンが死にました。グリーンランドの雪原を犬ぞりで走っていたときのことです。カールは僕の先を行っていて、二〇メートルも離れていなかったと思います。

すぐそこにいると思った次の瞬間、彼の姿が消えました。雪の吹きだまりのそばの割れ目《クレバス》の中に堕ちてしまったのです。僕らは一日がかりで遺体を引きあげました。

あなたにはカールの死を知らせておこうと思いました。やつはしょっちゅう、あなたと結婚するつもりだと宣言していましたから。あなたからの手紙を読んできかせるたびに笑っていました。国も、家も、家族も、何もかも失って、笑うことなどめったになかったのに。そうして何も持たずに死んでいったカールを、あなたは笑わせたのです。

きっとカール自身も、自分があの世へ旅立ったことをあなたに知ってもらいたかったにちがいありません。どうか彼にほほえんでやってください。あなたと結婚するというばかげた考えに対してでも結構。あなたの手紙を評価してくれたことに対するほほえみでも、どんな理由によるほほえみでも結構です。僕は宗教心の篤い人間ではありませんが、あなたのほほえみは、カールに捧げる祈りの言葉にかぎりなく近いものになると信じます。

アヴェリー・ソーン

リリーはのろのろと便箋をたたんだ。視線を長いあいだ外に向けていた。ようやく窓から離れると、部屋にとどまって、手紙を書きはじめた。

5

カリブ海　ドミニカ諸島
一八九二年　四月

子どもっぽい筆跡で一字一字丁寧に書かれた手紙がアヴェリーの笑みを誘った。

親愛なるアヴェリー兄さんへ
お元気でお過ごしのことと思います。僕は今年、まあまあの健康状態で学校生活を過ごし、夏は早めにミルハウスへ帰るつもりでいます。
お母さまは、ミルハウスが「楽しいわが家」であるあいだは、あそこでの滞在をできるだけ楽しむようにしなさいと手紙に書いていました。ミス・ビードが、地所が自分のものになったら売るつもりでいるからなのだそうです。でも、それは難しいんじゃないかと思います。というのは、畑が洪水にあって、春小麦が全部水びたしになってしまったからです。
かわいそうに、ミス・ビードは心を痛めているようです。お母さまからの手紙によると、泣いていたそうです。泣くような女《ひと》じゃないのに。
僕も何かしてあげられたらいいのにと思いますが、あと一〇年ぐらい経たないとミス・ビードを守ってあげられそうにありません。お母さまが言うには、ミス・ビードは自分で自分を守りたがっているのだそうです。どうしてそんなことをしたがるんだろう？　わかりますか？　そのわけは、お母さまにも想像がつかないみたいです。たぶんミス・ビードは勇気を出してがんばろうとしているのだと僕は思います。
ですから言わせてください。もしあなたが紳士なら、ミス・ビードを守ってあげてほしいんです。もうすぐミルハウスへ帰ってきて、かならずそうしてくれると信じています。
僕は、アマゾン川流域を下る旅のようすをつづった例の連載を読みおわったところです。すごくわくわくしました！　ミス・ビードも感動していましたよ。以前、あなたの冒険が勝手気ままな旅にすぎないとミス・ビードが決めつけていると、書いてらっしゃいましたね。でもそれは勘違いです。本当にそう思っているかどうか本人に手紙で尋ねたところ、すぐに返事が来たんです。その中でミス・ビードは、あなたほど密林《ジャングル》が似合う人はいない、と言いきっていましたから。
あなたのおとうと分
バーナード・ソーンより
「つまり彼女は、僕の家を売ろうと考えているわけだな？」アヴェリーのかすかな笑いが消えていった。「それにバーナードのやつ、どういうつもりだ？　『もしあなたが紳士なら』だと？」

アヴェリーは心ここにあらずといった感じでポケットからカールの金時計を取りだした。五年の「猶予期間」が終わりに近づき、かねてからの予想どおりリリー・ビードは苦境に立たされているらしい。春作の穀物が洪水でやられてしまったって？　この分だと、彼女から地所の権利を返してもらって事業を立て直そうにも、ほとんど何も残っていなさそうじゃないか。

もしかすると早めに英国へ帰って、事業の経営を引きつぐ前にどんな難題が待ちかまえているか見きわめておいたほうがいいかもしれない。アヴェリーは正直言って、放浪の旅にはもう飽き飽きしていた。なつかしいわが家へのあこがれはそれまでになく強くなっている。一カ月かそこら予定を早めて帰国したところで、なんの不都合がある？　それに早く向こうに着けば、リリー・ビードの今後の身のふり方をどうすべきか（彼女に対して何ができるか）、落ちついて考える余裕ができる。

そうしよう。今すぐ英国へ戻らねばならない理由ならいくらでもある。そう心を決めるとアヴェリーは時計をポケットに入れ、埠頭に向かって大またで歩きはじめた。

デヴォン州　ミルハウス
一八九二年　五月

リリーは、エヴリンを呪う言葉をつぶやきながら急ぎ足で廊下を歩いていた。バースで一週間過ごす予定のエヴリンは、よりによって今朝出発したばかりだった。

あのいまいましいハロウ校がなぜ今ごろになって突然、わたしのたび重なる要求を聞きいれて、バーナードの帰宅を許したのだろう？　それに、一人きりでロンドンからの長旅だなんて、大丈夫だったのかしら？

小間使いの言葉も気になった。一〇月に採れるカボチャのようにぱんぱんにふくれたお腹をかかえた（それでも出産まであと二カ月ある）テレサは、歯を見せてにこにこ笑いながらリリーにこう言ったのだ。「ソーンさまが書斎のほうでお迎えするとおっしゃいました」それを聞いてリリーは啞然《あぜん》とした。

「ソーンさま」がわたしを「お迎えする」ですって？　バーナードったら、何をもったいぶっているのかしら。

テレサのことはまあ、どうでもいいわ。それより、バーナードの困ったふるまいのほうが問題だ。少年は、前回帰宅したとき、朝から晩までリリーにつきまとって離れなかった。おそらく片思いの芽生えだろう。かといってリリーには、どう対処すればいいかはわからなかったが。

男性としての自分を意識しはじめたばかりのバーナードの自信を打ちくだくようなことはしたくない――それに、背だけひょろりと高くて肩幅が狭いやせっぽちで、やつれた目のまわりが落ちくぼんで黒っぽくなったバーナードには、できるだけ多くの励ましが必要だった。子どもに対するような扱いをしてはいけない。かといって大人の男性とは違う。どんなつもりで接すればいいかしら。少年っぽさの残る男性と考えればいいか、それとも男らしさをそなえた少年か――。

まったく、わたしったら！　リリーは書斎の戸口で立ちどまり、自分の頭をぽんと叩いた。バーナードはたかだか一二歳なのよ。一〇代になったばかりなんだから、うまく扱えないわけがない。気さくに話しかけることだ。慈愛たっぷりに温かく接してやればいい。でも、感情をこめたまなざしを向けられたら気づかないふりをしなければ。まなざしだけじゃない、どんな形にせよ感情をあらわにしてきたら要注意だわ。

リリーは深呼吸をひとつすると書斎に入っていき、中を見まわした。いた。窓のほうに向けておかれた背の高い袖《そで》椅子に座っている。背もたれの上端から金色の巻き毛がのぞいていた。哀れにも縦にばかり成長して不格好な体つきになりつつある少年は、またさらに数センチ背が伸びたにちがいない。

「あらあなた、ここにいたのね！」リリーは声をかけた。「くつろいでいるみたいね。よかったわ」だがなんの反応もなかった。

照れているんだわ。わたしと顔を合わせる前に勇気を奮いおこそうとしているらしい。そんなバーナードが哀れだった。家に帰ってみたら母親は旅行に出かけているし、おばのフランチェスカはどこにいるやらわからない。たった一人、あいさつに出迎えてくれたのは自分が慕っている女性だけだとは。片思いならリリーも身に覚えがあった。かなわぬ恋はつらいものだ。

「さあ、いらっしゃいな」リリーは快活な口調で言った。「これから二人で、食料貯蔵室を襲うっていうのはどう？　長旅のあとでお腹もすいてるでしょうし、フランチェスカがボンボン通りで買った極上のボンボン菓子をどこに隠してるか、わたしちゃんと知ってるのよ」

そして待った。ちゃめっ気たっぷりの誘い方とは思ってもらえなかったのか、笑い声も起こらない。

「わたしたち、あなたの今度の誕生祝いには何がいいかしらって、ずっと話していたのよ。最近、夜になるとその話で持ちきりだったの」リリーは椅子のほうへ近づいた。「鉛の兵隊は？　子どもっぽすぎるわね。最新の箱形写真機はどうかしら？　それとも釣竿はどう？　ミルハウスの敷地内には魚がよく釣れる小川があるのよ」

リリーはここぞとばかりに切り札を出した。「アヴェリーは、釣りに夢中なんですってね」

これなら、バーナードも抵抗しきれないだろう。この少年がアヴェリー・ソーンに心酔していることは疑いようのない事実だからだ。やはり思ったとおり、椅子にもたれかかった体がわずかに動いた。

「このごろ二人で一緒に過ごせる時間が少なくなって、残念だと思ってるのよ」リリーは優しく言った。「でも、すぐにもとのようになれるわ。景色のきれいな小川の土手なんて、また一緒の時間を過ごすのに最高の場所じゃないかしら？　どう？　さあ、こっちへ来て、リリーおばちゃまを抱きしめてちょうだい」

それでようやく、椅子のほうでまともな動きがあった。日に焼けた力強そうな手が見える。左手の小指に認め印つきの幅広の金の指輪をしている。両手で椅子の肘掛《ひじか》けをつかんで立ちあがったのは長身の男性だった——きわめて背が高く、肩幅が広く、背筋がすっと伸びた男らしい体のその人物は、ふりかえってリリーと向き合った。

「抱きしめるのも心地よさそうだが」穏やかだが皮肉な口調で、ゆっくりとした話しぶりだ。「残念ながら、ボンボン菓子で我慢するしかないだろうな……リリーおばちゃま」

リリアン・ビードははっとするほど美しかった。その容姿に衝撃を受け、先入観をすべてくつがえされたアヴェリーは、言葉がうまく出てこなくて四苦八苦していた。

だがありがたいことに、ふりむく前になんとか立ち直って、柔和な表情をつくることができた。最初からリリーの姿を見ていたら、気のきいたひと言さえ発することができなかっただろうし、その結果、出会って二分もしないうちに、リリーに優位に立たれてしまっていただろう。容貌の美しさなどこのさい関係ない。五年近くの書簡のやりとりを通じてアヴェリーが学んだのは、何があっても、絶対に、リリー・ビードを優位に立たせてはならないということだった。

リリーの顔は額から頬にかけて広く、小さくてとがったあごに向かって細くなっている。目尻の上がった異国風の瞳がこちらを見つめている。目をふちどるまつ毛は長く濃く、澄んだ白目に影を落としている。

唇はエジプト人のようにふっくらとしており、サクランボの果汁でも飲んでいたのではないかと思わせるほど鮮やかに赤い。きっちりまとめて結いあげた豊かな漆黒の髪は、ほっそりとした長い首をきわだたせ、ただでさえ人目を引く容姿をさらに印象的なものにしていた。

はっと息をのむほどの美しさだ――アヴェリーはあらためて思った。リリー・ビードがこんな女性だったとは。まさか、ありえない。

片手を喉にあてたそのしぐさは魅惑的でもあり、身構えているようでもある。服装に目を向けると、男性用とおぼしき飾り気のない麻のシャツを着て、黒っぽい毛織地をはぎ合わせた――なんと、ブルマーをはいている！　簡素で男性的な服装にもかかわらず――いや、たぶんそれだからこそ――リリーは異国風で場違いな存在に見えた。まるでトルコの後宮で悲嘆にくれている女奴隷のようだ。

そのときアヴェリーは、しばらく無言のままリリーを凝視していた自分に気づいた。もちろんリリーのほうも、こちらをじっくり観察していたことはいうまでもない。だが彼女の目の表情は、鑑賞して楽しんでいるとは言いがたかった。

リリーはついに口を開いた。「大変失礼いたしました、どうぞお赦しください。ほかの人と間違えてしまったものですから」上流階級ふうの堅苦しい話し方がなんとも魅力的で、異国風の容貌をかえって引きたてた。

僕は頭がどうかしているにちがいない。ひと目見たときにはっとするほど美しいと感じたリリー・ビードが、今度は魅力的に思えてくるなんて。「いや、お目にかかれて光栄――」

「荷物はたくさんありますか?」リリーは訊いた。

「いや、それほど多くはありません」アヴェリーは歩みよった。リリーの肌の色はタヒチ島の砂を思わせた。アヴェリーを見あげたとき、黒くまっすぐな片方の眉の下に傷あとがあるのがわかった。「ごあいさつが遅れまして。ミス・ビード、ようやくお会いすることができて嬉しいです。あなたが――」

「社交上の決まりきったあいさつを交わして時間を無駄にしなくてもいいでしょう」リリーは一歩後ろに下がった。「バーナードはどこですか?」

僕のあいさつに合わせて、女領主の役を演じてくれればいいのに。「知りません」アヴェリーは答えた。「どこかにおきざりにでもしたんですか?」

「わたしが?」驚いて目を丸くする。トルココーヒーのように深みのある黒の、澄みきった瞳。その目がにわかに細められた。「失礼ですが、バーナードの付き添いでいらした方なんですから、親しい口をきくのはご遠慮願ったほうがいいようですわ。その点、ハロウ校の学生監も同意見だと思いますけれど。ところで、どなたでしょう? サッカーの監督でいらっしゃる?」

なんてことだ。この小娘は、僕が誰かわかっていないらしい。殴られたような衝撃だった。確かに僕は、四大陸を旅行中ずっと追いかけてきた辛辣な内容の手紙の差出人リリー・ビードは誰か、大勢の女性の中から見つけてみろと言われても、できなかっただろう。なぜなら、新聞に掲載された肖像画のおぼろげな記憶しか頼りになるものがなかったからだ。

だがリリーの場合、そんな言い訳は通らない。僕の肖像画が二階の廊下にかかっているじゃないか——アヴェリーは身をこわばらせた。少なくとも昔は、かかっていたはずだ。

冷静かつ穏やかな態度を保ち、一分のすきもないほど礼儀正しくふるまおうという決意をすっかり忘れたアヴェリーは、リリーの前を通りこして廊下へ出た。いまいましいブルマーの布地がすれあう音が後ろから聞こえる。

「ちょっと、どこへ——」

リリーの問いかけにもかまわずアヴェリーは、自分の肖像画を探そうとやっきになっていた。この世でたった一枚しかない肖像画で、ホレーショおじのたっての願いで描かせたものだ。確かに、以前はどうでもいいと思っていた絵だが、最近——ごくごく最近になって——かなり重要なものだと感じるようになっていた。つまり、絵の持つ意味が自分にとって大事だということだ。もしリリーがあれを取りはずさせていたとしたら？　よくもまあ、そんなことを。

「いったい、何様のつもりです？」追いつこうと必死のリリーは息をあえがせ、重たいブルマーを勢いよく揺らしながら言う。「こんなふるまいをして、くびになっても知りませんよ！」

アヴェリーは中央の廊下をずんずん進んだ。簡素ながらもどことなく品のある雰囲気を感じながら部屋をいくつも通りすぎていく。飾り気はないが光沢のある黒檀《こくたん》のテーブル、使いこまれて端がすりきれた東洋ふうの細長い絨毯、蜜蠟《みつろう》とレモン油の匂い。らせん階段を上り、邸内に無数にある一族の肖像画の一部が飾られている棟へと向かった。ここだ。曾祖母のキャサリン・モントローズの肖像画の隣に、あったはず――。

アヴェリーは足をとめた。あった。以前とまったく同じ場所に、自分の肖像画がちゃんとかかっていた。傾いてさえいない。

顔をしかめてアヴェリーはふりかえった。リリー・ビードはすぐ後ろ、三〇センチと離れていないところに立っていた。両手を腰にあて、頬骨のまわりがぽっと赤らんでいる。

「あと二分でわたしの家から出ていってください。出ていかなければ放り出しますからね」

上流階級らしい話し方は健在だが、傲慢な婦人慈善家ふうの態度はすでに失われている。この僕を「わたしの家」から放り出すだって？　二人の視線がぶつかり合った。アヴェリーはさらに距離を縮めたが、リリーは後退しようとしない。後ずさりするどころか、立ち向かってくるつもりらしい。まさにこの女《ひと》らしいではないか。闘争的で、無愛想で、うぬぼれが強くて――。

「そもそもあなたが正面玄関から入ってくるなんて……」リリーの声がしだいに小さくなる。

その視線はアヴェリーから肖像画のほうに向けられ、そこでいったん止まり、もう一度アヴェリーに戻った。リリーの表情はきわめて豊かで、ばかばかしいほどに読みとりやすい。愕《がく》然《ぜん》としているようすが顔のすみずみにまで表れている。よし、いい兆候だ。

アヴェリーは肖像画の中の少年の姿勢をまねた。絵の製作中に幾度となくとらされたポーズだった。「かなり似てると思いませんか？」

「ソーンさん」リリーは抑揚のない声で言った。

「はい」

「あなた、ここで何をしてるんです？」

「何年ものあいだ忠実に手紙の返事を書きつづけた相手に対するあいさつが、それですか。もう少しなんとかならないものかな？」

「忠実ですって？」リリーはとげのある声でくり返した。「忠実だったのはわたしのほうですよ。五年にわたってあなたの居所を探しつづけるという苦労をしたんですから。次の目的地はどこか、手紙にほのめかされた手がかりをたどっていくうちに、ときどき、ばかげたがらくた探しをしているみたいな気分にさせられましたもの。うちの両親の友人で、世界各地に住んでいる人たちの助けがなければ、あなたの所在さえつきとめられなかったでしょうね。ときには見当もつかなかったこともあったし。だってあなた、一度も居場所をきちんと教えてくださらなかったでしょ――この冬なんて、絶対に死んだにちがいないと思ったぐらい」

リリーは言葉を切り、本題からそれた話をしてしまったことがしゃくにさわるかのように頭を振った。「で、ここで何をしてるっておっしゃいましたっけ？」

「いや、何も言ってません」アヴェリーは片手を上げた。「僕がここにいる理由は明らかじゃありませんか。あなたに与えられた五年の期限が間近に迫っているし、僕としては、これ以上旅を続けたいという強い気持ちもないので、まずはミルハウスへ来て、地所のようすを見てみようと思って。あなたから引きつぐ事業がどんな状況か確かめるためにね。新しい地域に入る場合、その前にじっくり偵察しておくのは鉄則でしょう」

「ずいぶん自分勝手な思いこみだこと」リリーは硬い声で言った。「もしミルハウスの事業で利益が出ていたら、どうするんです?」

アヴェリーはほほえんだ。この笑顔ならいかにも心が広そうに見えるだろう。ただし、本当に寛大な気持ちになっているわけではなかったが。「もし自分の思いこみが間違いだと証明されたら、僕は今回の滞在を旅のあいまの休息の時期と考えて、ありがたく過ごすことにしますよ。何かたくらんでいるのでは、などと疑う必要はまったくありませんから」

「わたしは、もともと疑い深いたちなんです。差しつかえなければ、これからもそうありつづけるつもりですわ」リリーの視線は肖像画とアヴェリーを行ったり来たりしながら、絵と本人を見比べている。そうして似ていない点を発見すれば、偽者として追いだす理由になると考えているかのようだ。だが、見れば見るほどリリーは浮かない表情になっていく。「どこに泊まるおつもりですか?」

「それはもちろん」アヴェリーはあたりを見まわし、大きく腕を広げて包みこむようなしぐさをした。「ここ、ミルハウスですよ。まだチャンスはあるんでしょう? つまり、最終的に所有権を握るのが誰かは、八月になるまで決まらないんでしたよね?」

「ええ、そのとおりです」固く結んだ唇のすきまから発された言葉だった。柔らかい笑みを浮かべ、ゆったりとしているときのほうがずっと美しい唇から。

アヴェリーは目をそらした。こんなふうに考えてはいけない。自分に言いきかせる。だめだぞ、アヴェリー。得策じゃない。

「よかった。自分が事情をちゃんと把握できているかどうか、確かめたかったんです。それに、バーナードからぜひにと招かれていましてね。といってももちろんあなたは、ミルハウスの現在の住人として、僕が滞在するのを断ることもできるわけですが」アヴェリーは今リリーの権利に気づいたかのように、からかいぎみに首をかしげた。

「とんでもない。そんなこと、できるはずありませんわ。ぜひ滞在してくださいな……バーナードのお客さまとして」

「ありがとう」

リリーが顔をしかめた。緊張感みなぎる表情とうっすらと赤らんだ首の肌で、狼狽しているのがわかる。そのようすにアヴェリーは釘づけになった。

アヴェリーは今まで、女性とのかかわりをあまり持ったことがない。両親が死んだのは七歳のときだが、当時すでに寄宿学校で数年間過ごしていたから、生活が目に見えて変わったわけではなかった。どうせ近くにいてはくれない両親という後見人が、やはり近くにいてくれない後見人ホレーショ・ソーンに交代しただけの話だ。もちろん、その変化によって女性と接触する機会が増えることもなかった。

アヴェリーは、他人にはけっしてもらさなかったが、美しい女性にいやおうなしに惹かれてしまう自分を意識していたし、その理由もよく承知していた。同時に、さえない容貌の男が美しい女《ひと》にあこがれを抱くことの空しさもわかっていた。幸い、わざわざ自分を苦しめて楽しむたちではなかった。

パーティなど社交の場にあまり出ないアヴェリーは、その数少ない機会に数人の若い女性と短い会話を交わしながら、あこがれの女《ひと》を遠くから見つめるだけで満足するしかなかった。それまでは、女性を自分のものにしたいという望みをけっして抱かないようにしていた。だが、英国への帰途、金髪のきれいな女性が近づいてきた。遺産相続人で、世界一周の旅に出たばかりだった彼女は、お互い自己紹介してから一時間もたたないうちに、アヴェリーを最初の寄港地にしようと決めたらしかった。

彼女は親しげで積極的な態度を示し、冒険家とおつきあいするのはこれが初めてよ、と夢見心地でささやいた。異性として求める対象がアヴェリーその人でなかったとしても、彼が象徴する何か（それが何かは神のみぞ知るだが）を求めていたにちがいない。それが何か、アヴェリーはあえて詳しく問いただそうとはしなかった。

二人が別れたあと、アヴェリーはこの金髪の女性を思い出したが、それはどことなくなつかしいような、淡々とした気持ちにすぎなかった。おそらく彼女の気持ちも同じだったろう。彼女はアヴェリーの心を騒がせる危険な存在ではなかったし、アヴェリーも彼女にとってそんな存在ではなかったはずだ。

しかしリリー・ビードについては、事情がまったく違う。

五年近くものあいだ手紙のやりとりを続け、アヴェリーの言葉を読んできた好敵手リリーに、アヴェリーは深い敬意を抱いていた。複雑な気持ちながら、まぎれもない機知のきらめきを高く評価していた。

危険だった。彼女を性的な夢想の対象を超えた崇高な存在としてあがめてしまいそうで、かえって怖かった。しかもそんな熱い思いを、アヴェリーの相続財産を奪うつもりだと公言している女性に向けるなど、危険きわまりない愚かな行為だった。絶対に、この心の動揺をリリーに知られてはならない。手ごわい敵に格好の武器を与えてしまうことになる。

アヴェリーはリリーと視線を交わし、しばらくお互いの出方をさぐりあった。五年近くのあいだ、この背の高い黒髪の女性はアヴェリーの想像力を十分かきたててきた。競争相手であると同時に、いらいらさせ、また楽しませてくれる存在だった。その彼女がいったいなぜ、こんなに胸が痛むほど美しくなくてはならないんだ？

「で、いつまで滞在するつもりですか？」

空想にふけっているところを邪魔されたアヴェリーはむっとして訊きかえした。「今、なんて言いました？」

「いつまで、滞在する、つもりですか、と訊いたんです」

アヴェリーは体をこわばらせた。リリーはほほえんだ。ふっくらした唇に勝ちほこったような笑みをかすかに浮かべている。この女《ひと》は、外見こそ夏の華やぎのごとく甘く見えるが、かみそりの刃のごとく鋭い切れ味の舌を持っている。わずかでもチャンスを与えられれば、その刃を研ぐ革砥《かわと》としてアヴェリーを利用しかねない。

この数年間、アヴェリーは数多くの危険きわまる状況に遭遇してきた。直感だけを頼りに、生きるか死ぬかの瀬戸際で決断を下してきた。自らの直感の正しさが証明されたことが、今まで何度あったことか。その直感が今、叫んでいる。気をつけろと警戒信号を発している。なんということだろう。アヴェリー・ソーンはリリー・ビードに惹かれていた。

アヴェリーは咳払いをして答えた。

「そうですね、僕が求めるもの、つまりミルハウスを手に入れるまで、滞在するつもりです」そしてリリーに背を向け、立ちさった。

6

リリーは啞然としてひと言もなく、立ちさるアヴェリーの後ろ姿を見つめていた。彼がしたのは挑戦状を叩きつけたことに他ならず、実のところ明らかな意図を含めた脅しも同然だったが、リリーの頭にあるのは、フランチェスカの言葉が正しかったという事実だけだった――アヴェリー・ソーンは成長してたくましくなっていた。

肩幅が広くなりすぎて合わなくなった上着は、縫い目が引っぱられてきつそうだ。がっしりとした首をおおうシャツの一番上のボタンはとまらないため、はずしてある。白い袖口からのぞく手首は、骨太でしなやかな印象だ。

リリーは上体を横に傾け、アヴェリーが廊下を大またで歩く姿を観察した。シャツの襟にかかっている長めの巻き毛、広い肩、筋肉のよく発達した長い脚。

アヴェリーが廊下の角を曲がって初めて、自分が息をつめて見守っていたのに気づいたリリーは、へなへなと窓にもたれかかった。その勢いで肩が窓枠にどすんとぶつかった。向かいの壁にかかった肖像画をにらむと、みっともないやせっぽちの少年が自意識過剰な姿勢でにらみ返してくる。アヴェリーの手は、この絵の作者が描いたとおりに大きくなっていた。

手のひらが広く、指が長い、力強い手だ。

リリーは目を上げて、肖像画の顔の部分に注目した。存在感のある鼻、宝石のごとく輝く青みがかった緑の瞳、大きめの口。アヴェリーの顔の特徴をとらえた肖像になってはいるものの、一連の手紙の書き手としてリリーが思いえがいていた人物には見えなかった。

リリーの想像では、アヴェリーは、アーヴィングの小説『スリーピー・ホロウの伝説』の主人公、怖がりのイカボッド・クレーンのような雰囲気のはずだった。興奮しやすく、頼りなげで、身のこなしのぎこちない小心者。ところが実物のアヴェリーは、ゆったりと優雅な手足の動きが印象的で、自信に満ちた青年だった。

声も、想像の中のアヴェリー・ソーンとは違っていた。男っぽいが人をいらいらさせる鼻にかかった声を予想していたのに、実際の声を聞いて震えがきた。カスタードクリームのような深みがあり、低く響きがよく、耳ざわりがよいばかりか心の琴線に触れ、聴覚の中枢に訴えるしらべとなって押しよせる。その声のすばらしさにリリーは陶然となった。

なんてことなの。いらだたしさをあらわにして、リリーは背筋を伸ばした。あんまりだわ。アヴェリー・ソーンがこんな人だったなんて。彼は鍛えぬかれたたくましい体と、どこかの部族に古くから伝わる聖像にはめこまれた宝石を思わせる瞳と、ひと夜の冒険で獲物を手に入れた大きなオス猫のような声の持ち主だった。こんな人、見たことがない――。

リリーは手をだらりと垂らした。ふと気がついて目を大きく見ひらき、息を深く吸いこんだ。アヴェリー・ソーンは、今まで出会った中で一番男らしい男性だわ。しかも、飛びぬけて魅力的な。

ええ、そのとおりだわ。リリーはあごをつんと上げた。見事なまでの自分の正直さに拍手を送りたい気持ちだった。同時に、体が震えるのを感じていた。

頭を振って、アヴェリーの姿を脳裏から消そうとした。わたしには守るべき未来がある。よけいなことに気をとられて、一ペニーたりとも失うわけにはいかないのだ。小麦畑が洪水の被害にあって以来、農場の経営を黒字に保つのがやっとという状況が続いている。

わたしが事業に失敗することを期待してアヴェリーがやってきたのは明らかだ。でも、ハゲタカのように死骸をあさろうとしているのなら、まだ早い。負けるものですか。わたしはまだ死んでなんかいないし、死ぬつもりもない。

どうせこんな心の乱れはすぐにおさまってしまうはずよ、と自分に言いきかせた。以前にも似たような経験があるからわかる。

リリーは一五歳のとき、父親が面倒をみていた青年の一人に夢中になった。夏のあいだ、一家の住むアパートに滞在していたこの青年が、世界で一番すてきで魅力的な男性に思えたのだ。ただし、彼自身もそう信じてうぬぼれていた。ずっと彼の近くで過ごしていたリリーがそれに気づくのに、一週間しかかからなかった。

そうだわ、解決策があった! リリーはふたたび足をとめ、片方のこぶしをもう片方の手のひらに打ちつけた。これから、できるだけ多くの時間をアヴェリーのそばで過ごすことにしよう。そうすれば、熱もすっかり冷めるにちがいない。

この処方箋に満足して、リリーは自分の部屋へ向かった。手を洗い、髪のピンを刺しかえ、ブラウスを首のまわりにレースのついたものに着替えるまで、上機嫌でいられた。

食堂へ行ってみると、キャシー以外は誰もいなかった。キャシーはミルハウスで現在雇っている三人の小間使いの一人だ。小柄なブルネットで、腰まわりがぴっちりしすぎたスカートをはいている。妊娠六カ月になるのだが、ミルハウスへ来たときに着ていたスカートを無理してはいているからだ。リリーとしてはきまり悪いことこのうえない。

「何をしてるの？」リリーは訊いた。

キャシーはとっておきの磁器の食器の横に、銀のフォークを注意深く並べていた。集中のあまり緊張した表情で、コーヒースプーンを取り皿の上のほうにきちっとおく。「では、あの方にお会いになったんですね？」ようやく口を開いて訊いた。

「誰にですって？」

「アヴェリー・ソーンさまですわ。アフリカだかどこだか知りませんが、外国からお帰りになって、もうお邸に着いていらっしゃいます」

「ああ、もう会いました」リリーは冷やかに言った。

「まあ、よかった！　それにしてもソーンさまって、どこからどこまで、勇敢な探検家って雰囲気ですよね？　あの方が書かれたお話、あたし全部読んでるんです、ひとつ残らず。ぞくぞくするような大冒険のお話でした。ご本人も、いかにもそんな冒険をやってのけそうな感じですわ。大男で、力強くて、それに——」

「キャシー、もうわかったわ」リリーはこの邸の管理にあたって、きわめて民主的な方針をとっていたため、小間使いたちも自分の意見を述べる機会に恵まれたし、ときにはうながされずとも自主的に口を差しはさむことがあった。

「それより、昼食なのにどうして上等の食器を使っているのか、説明してちょうだい。ミス・フランチェスカのお客さまでもお迎えする予定なの？」

キャシーは最後のバターナイフを並べおえた。「さあ、存じませんけど。ただ、ケトル夫人に言われたんです。ソーンさまのために一番いい食器をお出しするようにって。ソーンさまがお帰りになったからには、このお邸も、もっとちゃんとした——いえ、その、伝統的な領主邸のやり方で運営されるようになるって」

『ソーンさまがお帰りになったからには』？『ちゃんとした領主邸のやり方で』ですって？リリーは口のまわりの筋肉が引きつるのを感じた。

キャシーは一歩後ろに下がった。「きっと、悪気があって言ったことじゃないと思いますわ。ケトル夫人は、五年間、料理の腕をふるう意欲をかきたててくれる方がいなかったっておっしゃってましたから。自分ほどの料理人にとってこれほど気力をくじかれることはないって。といっても」気弱そうにつけ加える。「これ、ポートワインをちょっと飲んだときの夫人の口癖なんですけどね」

「そうなの？」リリーは言い、自分が冷静で理性的な声を保っていることに満足した。「ケトル夫人はお酒の勢いで、ミルハウスが昔の栄光を取りもどすという幻想を抱くようになったようだけれど」自説を強調するためだけに声の調子を上げる。「今、この邸を管理しているのはわたしですし、あと二カ月は引きつづき管理していくつもりですから」

キャシーは呆然としてリリーを見つめている。

「さて」リリーはスカートのひだをととのえた。「もうテーブルの用意をしなおす時間はないけれど、これからはふだん用の食器を使うことにします。それから、ソーンさんはしばらくここに滞在されるらしいので、角の寝室を使っていただけるよう準備しておいてちょうだい。あの方も、食事前に落ちついて手や体を洗える場所があったほうが——」

「一番上の階に青を基調とした寝室がありますでしょ、ヒマラヤスギの木の陰の。ソーンさまは、あの部屋を使わせてくれとおっしゃいました」

「だめよ」リリーはきっぱりと言った。「あの階の部屋は全部、布でおおって入れなくしてあるでしょう。誰かの気まぐれのためにあなた方に余分な仕事をさせるわけにはいかないわ。角の寝室だって別に問題ないはず——」

「もう、入ってらっしゃるんです」キャシーはおどおどして言った。「ソーンさまがお着きになったとき、ミス・ビードがいらっしゃらなかったので、ケトル夫人がソーンさまのお好みをうかがったんです。そしたら、いつもあの寝室を使ってきたから今さら習慣を変えるつもりはない、とおっしゃったものですから、メリーとあたしとで、お部屋のご用意をしてさしあげました」

着いて二時間もたたないのに、アヴェリー・ソーンはすでにリリーの威信を揺るがし、支配権を奪い、この邸の統制を乱している。

「あまり時間はかかりませんでした」

「ええ、あっというまだったわね」リリーは同意してから、キャシーが言ったのは寝室の用意に時間がかからなかった、という意味だったと気づいた。

「キャシー、もう下がっていいわ」

キャシーは膝を曲げてお辞儀をすると、逃げるように去っていった。リリーは銀のナイフやフォーク、磁器の皿、クリスタルのグラスといった食器類をしばらく眺めていたが、今さっき見たばかりのものを思い出した――キャシーはわたしに向かって、膝を曲げてお辞儀をした。

ミルハウスでは、誰も膝を曲げてお辞儀をしないのが習いとなっていた。女性たちは敬意を持ってそれぞれの仕事をこなし、見返りとして敬意を持って扱われる。

リリーは、自分がアヴェリー・ソーンに惹かれてしまったことが一番差しせまった問題だと考えていた。だが差しせまった問題は別にあった。アヴェリーは、リリーがミルハウスで苦心してなしとげた女性の地位向上の成果のひとつひとつを脅かしている。せっかくリリーが気を配って働きかけて、自由で自立した女性に変貌させた使用人たちが、アヴェリーがやってきたとたん、膝を曲げてうやうやしくお辞儀をし、「かしこまりました、だんなさま」を連発する「しもべのような召使」になりさがってしまった！　といっても彼女たちは皆、この家に「しもべとして召し仕える」ほど長く働いていないのだから、それ自体おかしなことだったが。

数分後、廊下の柱時計の鐘が正午を告げると、フランチェスカが食堂に入ってきた。飲みかけのシェリー酒の入ったグラスを手にし、ギルバート&サリヴァン（19世紀に共同でオペラを創作した劇作家と作曲家）の歌を陽気にハミングしていたフランチェスカは、リリーに目をとめた。

「日に焼けた肌をして肩幅の広い男性って、とても美しくて魅力的だと思うわ」

「ソーンさんにお会いになったんですね」

「ええ。ついさっきね。それで思い出したんだけれど、ドラモンドに使いをやって、夕食用に子羊を一頭つぶすよう伝えておかなくてはね」

「宴会用の子牛のほうがいいんじゃありません？」リリーはそっけなく訊いた。

フランチェスカは自分の席の前に並べられた皿の上のほうに、そっとシェリー酒のグラスをおいた。「アヴェリーのあの体つきからすると、これから毎月の食費がだいぶかさみそうね」

「あの人、そんなに長くは滞在しないんじゃないでしょうか」

「ほう、そうですか？」異議を唱えるアヴェリーの声が戸口のほうから聞こえた。「ごきげんよう、フランチェスカ。こんなに早く、またお目にかかれて嬉しいですよ」

リリーはふりかえった。入ってきたアヴェリーは昼食用の服に着替えていた。大柄な体を、多少流行遅れとはいえ非の打ちどころのない（ただし小さすぎる）上着に包んでいる。髪を洗ってきたらしいが、まだ乾いていない。濡れた巻き毛が白いシャツの襟を湿らせ、力強く大胆な風貌に、少年のように性急な印象を加えている。思わず見とれそうになったリリーは、その衝動を抑えるのがやっとだった。

アヴェリーはフランチェスカの頬にキスしたあと、格好の餌食《えじき》を前にして誘惑に勝てないライオンのようにきらりと光る目をリリーのほうに向けた。見る者を不安にさせる意図を持った視線だ。

アヴェリーの大きめの口の両端が上がり、目を見張るほど魅力的なほほえみになった。目尻には深い笑いじわが広がり、浅黒い肌に白い歯の輝きがまぶしい。

「ミス・ビード。またお会いしましたね」

「こんにちは、ソーンさん」親しくしすぎると侮られる、親しくしすぎると侮られる。リリーは心の中でくり返した。そのとき、不吉な予感がした。親しくしすぎて、まったく別の感情が生まれたらどうするの？

「お部屋はちゃんと使える状態になっていましたかしら」リリーは言った。「あの寝室のある棟はふだん、入れなくしてあるんです。建物の一番はずれですし。でも、あなたがお選びになった部屋ですから、ご不満が残らないようにしてさしあげたいですわ」

リリーにねらいを定めたアヴェリーは、一メートルぐらいの距離まで近づいてきて立ちどまった。間近に迫られて、リリーは後ずさりしたいのをこらえた。アヴェリーは驚くほど背が高く、体からある種の生気を発していた。その見えない力は、これまで使ったことのないリリーの感覚に訴えかけてくる。

「ご迷惑をおかけするつもりはなかったんです」アヴェリーは言った。ほほえみはもう消えている。「あそこは子どものころ、ここに滞在したときに使っていた部屋で、それ以外に憶えている部屋がなかったもので」

「いいえ」リリーはあわてて言った。「迷惑だなんて、とんでもありません」

そのようすを見てアヴェリーは眉をひそめた。リリーの姿勢はこわばり、笑顔は引きつっている。かいま見えるのは……恐れだろうか？　僕の何を恐れなくてはならないんだ？　僕にミルハウスを奪われるかもしれないという不安があるのは当然だが、それ以外の何を恐れているのか。

そんなことを考えてもしかたがない。警戒心がのぞくリリーの黒い目を見おろし、蜂蜜色の肌にさっと赤みがさしたのに気づく。なんて魅惑的なんだ。

「フランチェスカ、どうぞお座りください」アヴェリーはリリーから目をそらして言った。

フランチェスカは思いがけない喜びにほほえんだ。「あらアヴェリー、お気づかいいただいて。いつ社交の礼儀を覚えたの？」

「何をおっしゃってるんだか、わかりませんね」アヴェリーは言うと、重そうなマホガニーの椅子に目をやり、完全に床から浮かせるようにしてテーブルの下から引きだした。「僕は紳士ですから。淑女《レディ》のために椅子を引いてあげるのは当然です」

アヴェリーはフランチェスカの腕をつかんで引っぱると、テーブルの前のあいた場所に立たせ、後ろから椅子を押しこんで座らせた。ちょっと力を入れすぎてしまったかもしれない。

フランチェスカはきょとんとした目で見あげている。

「せかすつもりはなかったんだけれど――」フランチェスカがつぶやいた。

「ミス・ビード、どうぞ」アヴェリーはテーブルの角を回ってリリーの椅子を引きだし、片手でぶら下げたまま彼女が位置につくのを待った。

リリーもアヴェリーの行動に驚いたかのように目をしばたたいて突っ立っている。礼儀作法を知らないのだろうか。椅子を引いてもらって腰かけるという単純な動作にとまどっているとは？　まあ、女性ばかりの家だから、普通とは違った習慣があってもおかしくないか。

「さあ、どうぞ」アヴェリーはうながした。

リリーはごくりとつばを飲みこみ、おそるおそるテーブルの前に進んだ。アヴェリーは椅子をリリーの後ろにすべらせて、ぐいと前に押しやった。椅子の座面の角が膝の裏に当たったのか、リリーは一瞬ふらついた。その腕をしっかりとつかんで体を支えてやったアヴェリーは、たちまち衝撃で凍りついた。

ただちょっと触れただけなのに、これほど激しく体が反応するとは。今までになかった経験だった。

突如としてアヴェリーは、リリー・ビードの存在を強く意識しはじめた。引きしまってはいるがしなやかな二の腕の感触。活力が満ちあふれる肌の温かみと、なめらかでしっとりした手ざわり。彼女の腕をなでさすりたかった。もっと触れてみたかった。だがこの女性は、リリー・ビードという宿敵だ。アヴェリーは手をすばやく引っこめた。

リリーは顔を上げた。なんとすばらしい目の輝きだろう。彼女も同じように感じているはずだ。間違いない。

アヴェリーが上体をかがめると、リリーが口を開いた。

「ソーン夫人がお出迎えできなくて、残念でしたわ」その言葉にアヴェリーはなんともいえない不満と失望を覚えた。「あなたがいらっしゃるのがあらかじめわかっていたら、夫人はきっと旅行を延期なさったと思いますよ。ところで、羊肉はお好きかしら？」

アヴェリーは羊肉が大嫌いだった。いやがる気持ちが顔に出たのに気づいたのか、リリーは抜け目のない表情になった。「もちろん、マサイ族のご馳走とは少し違うかもしれません。でも、できるかぎりおいしい料理をお出ししますから」

「マサイ族のご馳走ですって？」フランチェスカが訊いた。

「ソーンさんは、バーナードに宛てた手紙で、部族民の宴会でいただいたご馳走について詳しく書いていらしたんです。きっと主賓として招かれたのでしょうね」

「いや、主賓ではなくて」アヴェリーは居心地が悪そうにつぶやいた。しまった。バーナードへの手紙に書いた、かなり誇張した描写のことを忘れていた。「たまたま通りかかってご馳走になっただけです」

「それで、どんなご馳走だったの？」フランチェスカが訊く。

リリーはほほえんだ。「虫でしたよね？」

フランチェスカは口をあんぐり開けた。「あなた、虫を食べたの？」

「それと、ヘビでしたね」いたずら心を抑えきれずに、リリーはつけ加えた。出会って初めて、アヴェリーは困った表情になっている。恥ずかしがっていると言ってもいいぐらいだ。

「虫とヘビ。神にお供えするために、部族の儀礼には欠かせない食べ物なんでしょうね。おいしかったですか？」

「いくら食べても飽き足らないほどうまかったですよ」アヴェリーはリリーを見つめて言った。もう緊張はやわらいでいた。

僕をからかっているんだな。今まで女性にからかわれたことは一度もない。初めての経験だ。あまり不快な気分でもない、と思いながらアヴェリーは席についた。

「ダリアの花の陰にひそんでいる最高の美味を英国人が発見したが最後、牧羊産業はたちまち衰退の憂き目にあうでしょうね」

リリーは声をあげて笑った。すてきだ。あけっぴろげで、てらいがなく、心をそそる笑い声。だがその表情は急に近寄りがたくなり、笑顔はすぐに消えた。まるでアヴェリーにすきをつかれ、だまされて危険な領域に連れこまれるのを警戒するかのように。

リリーは、楽しげな表情で会話に聞き入っていたフランチェスカのほうを向いて尋ねた。

「今年もまた、ダービー観戦に行かれるんですか？」

変わらぬ笑みをたたえているフランチェスカは、シェリー酒をごくりと飲みくだしてから答えた。「どうしようかしら。今度の火曜日に出発するつもりでいたんだけれど、そんなに急ぐ必要もないのよね。ダービー当日まであと三週間もあるんですもの。リリー、心配しなくても大丈夫よ。引退する子たちの名前は、かならず全部調べておいてあげるから」

「引退する子たち？」アヴェリーは首をかしげて不思議そうに訊いた。

「リリーは現役を退いた競走馬を集めているの」

「馬を、ですか？」アヴェリーが驚いて目を向けると、リリーは自分の皿をじっと見つめている。そうか。リリー・ビードなら当然、馬ぐらい収集しているだろうさ。よりによって、僕の大嫌いな動物を。喘息に悩まされた少年時代の呪わしい記憶と切っても切れない関係にある馬を。アヴェリーは、馬に接触することでひどいアレルギー反応を起こす体質だった。しかも、とてつもなく重い症状になってしまう。もちろんこの弱点は絶対にリリーに知られてはならない。

「ええ、少しですけれど」リリーは口の中でもごもご言った。そのとき食堂の扉がさっと開き、車椅子に乗った女性が戸口に現れた。前にまっすぐ伸びたままの片方の脚は、綿のあて布をして包帯でおおってある。赤茶色の巻き毛が垂れた広い額には汗が浮かび、茶色の目は勝ちほこったように輝いている。

女性はうんうんうなりながら上体を折るようにして体重を前に移し、車椅子の車輪を動かして敷居を越えた。アヴェリーは急いで立ちあがった。

「すみませんが、場所を空けてくださるかしら？」深みがあり、よく響く声だった。北部地方出身者に特有の抑揚の変化が心地よい。

「お手伝いします」アヴェリーは言い、手を貸すために近づいた。

「どなたですか?」女性は頭を後ろにそらしてアヴェリーを見た。

「アヴェリー・ソーンと申します。ミス・ソーンのいとこです」後ろに回って車椅子をテーブルのほうへ押す。

「アヴェリー・ソーンさん?」

女主人として果たすべき役割を思い出したらしいリリーが席を立ち、女性のすぐ横にやってきた。注意深く、危険な犬の口輪をはずすかのような慎重さで車椅子を押し、テーブルの前の定位置まで動かす。

「ミス・メイクピース、昼食をご一緒できるとは思いもよりませんでした」リリーが言った。

「どうやって下りてこられたんです? まさか階段を使ったわけじゃありませんよね?」

「女性が自分の力を実際より低く見せたり、本当はできるのにできないふりをしたりすればするほど、自分だけでなく、すべての女性にとって大きな害をもたらすことになるんです」

ポリー・メイクピースはそう言うと、自分のナプキンを取って膝の上に広げた。フランチェスカに向けたその視線で、ポリーの考えは明らかだった。フランチェスカが、女性の地位をおとしめるふたつの罪深い行為のうち少なくともひとつ、というよりおそらく両方をおかしている、と言いたいらしい。

フランチェスカがあくびをした。「あら、失礼。昨夜、寝るのが遅かったものですから」

「それにしても、車椅子でいったいどうやって階段を?」リリーが訊いた。

「小間使いの女の子たちに車椅子ごとかついでもらって階段を下りて、そのあと平らな部分は一人で大丈夫でしたわ」

「これからは僕にお手伝いさせてください」アヴェリーは申し出た。

「いいえ、結構よ。女性というのは男性に頼って何かをしてもらうと、弱くなるものなんです。わたしに我慢できないものがひとつあるとすれば、それは弱い――」

「とにかくよかったですわ、お昼をご一緒できるなんて」リリーは口をはさむと、自分の席に戻った。さっきとは別の、やはり妊娠している小柄な小間使い（アヴェリーの記憶では確かメリーという名だった）が威勢よく進みでて、皿をもう一枚テーブルの上においた。

「ソーンさん、こちらお客さまのミス・ポリー・メイクピース。『女性解放同盟』の共同創設者の一人です。わたしたち、ついこのあいだ、この邸で同盟の年次総会を開いたんですが、ミス・メイクピースは運悪く、演説の途中で演壇から落ちて、脚を骨折してしまって。というわけで、ここで養生しておられるんです」

「そうでしたか」アヴェリーは言った。リリーが、僕の家を婦人参政権論者の集会に使っているだって？ 気にくわない。許せなかった。馬の収集はともかく、政治思想を持った女性の集まりとなると話は別だ。馬だったら少なくとも、家の外に飼っておけるじゃないか。

「ミス・メイクピースは、例の小さな同盟の書記にリリーが指名されたことに反対して、弁舌をふるっておられる途中で落ちてしまったの」テーブルの真ん中におかれたデカンターに手を伸ばしながらフランチェスカが言った。「ちょっとだけ、リリーへの攻撃に熱が入りすぎてしまったのよね」

　ポリーの顔が赤紫色に染まった。リリーの頬も真っ赤だ。

「わたしは、同盟のためにどうすれば一番いいかを考えて指名に反対しただけで、個人的な感情からではありません。それはミス・ビードもわかってくれていますわ」ポリーは言い、アヴェリーのほうを向いた。「はじめまして。ソーンさんのこと、お噂にはうかがっていましたわ。探検家でいらっしゃるんですってね。生死を賭けた大冒険をなさっているとか。で、言わせていただくと、今現在、ロンドンの貧しい女性を待ちうけている冒険ほど――」

　折よく台所の扉が開いたので、フランチェスカは安堵の表情になった。ケトル夫人が、大きな磁器の深皿を捧げもったキャシーをしたがえて入ってきた。ふた付きの皿からはおいしそうな匂いが漂ってくる。

　ケトル夫人はアヴェリーの前で立ちどまり、皿のふたをさっと持ちあげた。「アヴェリーさま、タマネギのコンソメスープ《スープ・ア・ロニオン》でございます」とささやき声で言う。

「うん、結構だね」アヴェリーはうなずいて言った。

「スープのあとは、帆立貝と鮭のグラタン《コキーユ・サン・ジャック・オー・ソーモン》。続いて肉料理が、羊の腿肉焼《テンドロン・ド・ジゴ》。野菜料理は、ほうれん草とフォアグラのサラダ《サラデピナール・ゾー・フォワ・ド・グラ》。最後の締めくくりがレモンのタルト《タルト・オ・シトロン》でございます」

「ありがとう、ケトル夫人」アヴェリーは礼を言いながら、夫人がリリーと目を合わせないよう、つねに顔をそむけているのに気づいた。

　もしリリーが、毎食こんな贅沢な料理に金を費やし、無一文の婦人参政権論者たちが集まる会議のために場所を提供し、引退した競走馬を愛玩用に買いつづけているのだとしたら、ミルハウスの経営は破綻寸前にちがいない。つまり、地所を相続できるかどうかについてアヴェリーが抱いている小さな懸念は解消されたことになる。

アヴェリーは小さな銀のスプーンをもてあそんだ。本来なら喜んでしかるべき状況なのに、なぜか喜びがわいてこないのだった。

7

翌夕、アヴェリーは自室を出て書斎に向かった。地所の経営に関する記録がもし見つかれば、読んでみようと思ったのだ。途中で行き会った二人の小間使いが膝を曲げてお辞儀をした。二人とも見憶えのある顔だ。そういえば昨日この邸に着いてから、小間使いは全部で三人しか見かけていない。皆、妊娠しており、それぞれ予定日が異なるようだった。すれちがいざまにアヴェリーがうなずくと、二人の小間使いは手を口にあて、くすくす笑いを押しかくした。これには驚かされた。

アヴェリーは、女性の使用人をまわりにおいた経験こそ無きに等しかったが、普通の家の小間使いが、男性がそばを通りすぎたからといっていきなり笑いだしたりしないことぐらいは見当がついていた。生まれてこのかた男性ばかりの環境で過ごしてきた彼にとって、すべて女性で占められたミルハウスの世界は物珍しかった。それまで旅してきたどんな外国よりも異国風に感じられ、興味をかきたてられた。

夜明けから日暮れまで、女性の声が廊下に満ちあふれている。かんにさわる音楽のような高い声、震える声、小鳥のさえずりに似た声、がなりたてる声。さざめく笑い声は、鏡のごとく穏やかな湖面をすべって飛ぶ小石のように軽快で、さりげない。口論する声は故障したブレーキを思わせる騒々しさだ。ときには、夜鳴くナイチンゲールさながらに低く穏やかなつぶやきも聞こえる。リリー・ビードの声のように——えい、いまいましい！

　頭の中にいつのまにかリリーが忍びこんで、思いがけないときに攻撃をしかけてくる。アヴェリーはかつて異国の地で、呪術師が素朴な人形《ひとがた》を使ってある男に呪いをかけるようすを見たことがあった。呪術師は敵《かたき》のところへ悪魔を送りこんでいた。呪いをかけられた男だけにしか見えない悪魔で、そのせいで男は哀れにも頭がおかしくなってしまった。

　もしかしたらリリー・ビードも、僕のろう人形か何かを使って呪いをかけているのではないだろうか。アヴェリーは半分本気でリリーの部屋を探しまわって人形を見つけたい誘惑にかられた。なぜって、リリーのイメージがどうしても頭から離れないから。

　くそ、なんということだ。僕は紳士だぞ。自制心の権化《ごんげ》のようなものじゃないか。生まれてからの二〇年間を、自制心を養うための鍛錬に費やしたのだ。

　だから僕がリリーを欲しがるなど、とんでもない。

　廊下の角を曲がったアヴェリーは歩みをゆるめ、記憶にあるミルハウスと現実のミルハウスを比べていた。少年のころの印象では、この邸はどこまでも続く羽目板張りの廊下と、大聖堂のように高い天井を持つ巨大な部屋の連続だった。書斎の本棚は無数に思える難解な学術書で埋めつくされ、大勢の従僕が何百というガラス窓を磨いていた。

　しかし実際には、窓はひと部屋にふたつずつしかなかった。天井の高さはどの部屋も二メートル七五センチで同じだ。書斎の本棚に並んでいるのは、アヴェリーが想像したようなシェークスピアの希少な古書でなく、四〇年ほど前に一世を風靡した書物ばかりだった。

　ミルハウスはけっきょく、素朴で大きな田舎の邸だが、気取りの感じられる部分もわずかながらあって、アヴェリーはそれらを気に入っていた。ステンドグラスを使った張出し窓。セーブル焼の花瓶。確か、三階まである棟のひとつには舞踏場まであった。

　アヴェリーは、きちんと整頓され、くつろげる雰囲気の現在のミルハウスが、記憶にある昔のミルハウスより好きだった。

「ソーンさま」シーツを腕いっぱいに抱えた赤毛の小間使いが、よたよたと近づいてきた。歩くのも大変らしく、顔を真っ赤にしている。

「なんだい、メリー？」

　アヴェリーの答で、小間使いはなぜかいきなり嬉しそうな笑い声をあげた。大した言葉をかけたわけでもないのに、嬉々としている。感情としては世界共通でわかりやすい。もしここがアフリカだったら、儀礼的なあいさつの一種かと思っただろう。

「まあ」メリーは息をのみ、片手をお腹にあてた。「ありがとうございます。あたしなんかの名前を憶えていてくださるなんて！」

「もちろんだよ。赤毛で妊娠――いや、この邸に雇われている赤毛のメリーといったら、君だけだもの」これが新たなくすくす笑いを呼んだ。

　アヴェリーはメリーの下腹部を気づかわしげに見やった。以前に一度、イグルー（イヌイットが作る氷雪でできたドーム状の家）の中で出産に立ち会ったことがある。だがあのときは、屋内にいたくなければ、マイナス四〇度の寒風吹きすさぶ戸外に立っているしかなかった。最初はそのほうがましだと外にいたアヴェリーだが、あまりの寒さに足の感覚がなくなり、中へ逃げこんだ。そのあとの経験はいい勉強にはなったが、二度とあんな思いはしたくなかった。

　アヴェリーは顔をしかめた。「何か用だったのかい？」

「ソーンさまが招待状をどうなさるおつもりかお訊きしてくるようにと、ミス・ビードにおおせつかりました」

「招待状って、なんの？」

「地元の地主階級の方々からの招待状ですわ。パーティやら夜会《ソワレ》やら、祝宴、舞踏会、音楽劇《ミュージカル》、ピクニックのたぐいにご招待が来ているんです」

「そんなわけのわからない招待状、僕はどうしていいかわからないよ。ミス・ビードに渡してくれ」そう言ってアヴェリーはメリーのそばを通りすぎようとしたが、目の前に立ちはだかられた。

「お渡ししましたわ。でもミス・ビードは、どの招待をお受けするか決めていただかなくてはならないから、ソーンさまにお見せするようにっておっしゃるんです。もうかなりの数がたまっていて、そろそろお返事を出さなければいけないからって」

「ミス・ビードがそう言ったんだね？」

　今度はなんのゲームのつもりだろう。それにリリーのやつ、今いったいどこにいるんだ？

昨日のリリーは、影のように僕のあとをついてきた。多少なりとも嬉しそうな顔でつけまわされるのなら、よからぬ目的があるにちがいないと想像がつく。だがリリーはあきらめ顔でふしょうぶしょうといった感じだったので、僕が銀食器でもくすねて逃げないよう見張っているのだろうと推測するしかなかった。

リリーはどうやら男嫌いらしい——政治的なかかわりからも、手紙の内容からもそれは明らかだ。

「メリー、いい子だからおとなしくしなさい」また際限のないくすくす笑いを始めた小間使いをにらんでアヴェリーは言った。「もし僕が君の名前を言い間違えたのなら言ってくれ。間違えてない？　なら聞きなさい。僕は、ミルハウスの周囲六、七〇キロ以内に住んでいる人の中に知り合いは一人もいない。社交のお仲間に入れてくださろうというミス・ビードのお心づかいは涙が出るほどありがたいが、どうかご本人に伝えてくれたまえ。僕は彼女がどのパーティに出ようが出まいが、いっこうに興味がないんだとね。もちろん、お供をするつもりもない——おい、いったいなんだ、その声は？」アヴェリーは仰天して訊いた。

「あら、どうしよう！」突然、メリーの目がまん丸になった。膝がくずれ、ぐらりとよろめく。アヴェリーは腕を差しだし、その体を抱えあげた。シーツ類の山がどさりと床に落ちる。

「これじゃ、もう一度洗濯室へ持っていかなくちゃならないわ！」メリーは嘆いた。

「おい、頭がどうかしてるんじゃないのか？　君はふうふう言いながら廊下を歩きまわるどころか、本当なら今ごろ、産婆に面倒をみてもらわなきゃならない体なんだぞ。ミス・ビードには良識というものがないのか？　そんな状態の君を無理やり働かせるなんて、いったいどういうことだ？」

メリーは目をしばたたいていたが、真面目な顔で言った。「ミス・ビードは本当にご立派な方です。あの方が助けてくださらなかったら、あたしには住む場所もなかったんですから。ここで働いているほかの小間使いも皆、同じ境遇なんですよ」

それで、君たちを低賃金で雇っているわけか。皮肉な考えが頭をよぎった。

リリーの倹約ぶりを見せつけられるにつけ、アヴェリーはなおさら気に入らなかった。自分たちは贅をつくした食事をとっているのに、わずか三人の小間使いに、本当ならその倍の人手が必要な家事をやらせている。フランチェスカは最新流行の装いをしているが、一方リリーは、まるで……無一文の付き添い役のような格好だ。せめて、ドレスを着るべきなのに。かつては美しかった薔薇園は世話をする者もなく荒れ放題だが、馬小屋では、現役を退いた元競走馬が二〇頭、カラスムギを食べている。

リリーの管理下のミルハウスでは、贅沢と倹約主義が共存しているらしい。地所の経費は徹底的に切りつめて、リリーの好きなものには気ままに浪費している。追いつめられた娘たちを雇うとは、確かに抜け目のないやり方だとアヴェリーも認めざるをえない。どんな仕事でもあるだけありがたいと思うような立場の娘たちだ。二人分の仕事を与えられても喜んでやるだろう。

リリーの知性を疑ったことは一度もないアヴェリーだったが、今となっては、道徳観について疑わざるをえない。疑いを抱いているにもかかわらず、リリーへの熱い思いが冷めない自分が許せなかった。紳士たるもの、そんな女性に夢中になるとは何事か？　情けない。それなのに、リリーの悪い面を信じたくないという気持ちは消えない。

アヴェリーは険しい顔をして、メリーの体を高く抱えあげ直し、下ろす場所を探したが、椅子もベンチも見当たらない。

「すごいわ！」メリーの目は口と同じように丸く見ひらかれた。「ソーンさまは若い雄牛みたいに力がお強いにちがいないって、テレサが言ってました！」

若い雄牛だって？　使用人たちのあいだで、僕は雄牛にたとえられているのか？　アヴェリーの唇がゆがんだ。「そんなたとえをされたら――」

みなまで言いおわらないうちに、メリーの腕がアヴェリーの首に巻きつけられ、ぎゅっと締めつけられた。メリーの口からふたたびうめき声がもれる。なんてことだ。まさか、産気づいたとか――。

「もう、すぐなのか？」アヴェリーは詰問口調で言った。リリーはどこにいるんだ？　この小間使いを部屋まで連れていかなくては。

「すぐって？」メリーはきょとんとして訊いた。「ああ、産気づいたかどうかってこと。まだですわ。ありがとうございます。この子がちょうど下腹を蹴ったので、驚いただけですわ。まだしばらくのあいだは大丈夫です」

アヴェリーは目の前にある肥大したお腹を見つめた。嘘だ。こんなに突きでたお腹をして、

「まだしばらくのあいだ」生まれないだって。そんなわけはない。この世は物理の法則にしたがって動いていて、万有引力もそのひとつのはずだ。

「あと少しお待ちください、すぐに落ちつきますから。ええと、もともとなんの用事で来たんでしたっけ?」

「招待状の話だろう」アヴェリーが教えた。

「ああ、そうそう!」メリーはにこにこ顔でアヴェリーを見あげた。「ソーンさま宛の招待状をどうなさるか、うかがおうとしてたところでした!」

「わかるわけないよ」アヴェリーはもどかしげに言った。「さっきも言っただろう。誰も知っている人がいないんだ」

「でも、ソーンさまはソーン家の長でしょう。それだけで十分ですわ。ただソーンさまは、このへんに住む人たちが何年も愛読してきた記事を書いた方でもありますよね。ですから、地主階級の方々は興味しんしんなんです」メリーはしきりにうなずいた。「最近来た招待状はどれもソーンさま宛ですわ。ミス・ビードに招待状が来ることはありません。ミス・ソーンとソーン夫人宛のものはたまに来ますけど、ミス・ビードには全然、地元の方々からのご招待はありませんね」

その言葉でなぜか、ただでさえむしゃくしゃしていたアヴェリーの気分に火がついた。

「まあ、当然だろうね」吐きすてるように言う。「ミス・ビードときたらこの田舎一帯を、あのばかげたブルマーをはいて、海軍の兵隊みたいに腕を振りながら闊歩《かっぽ》しているんだから、そのうち英国全体にそっぽを向かれるようになるさ。今朝の彼女を見たかい？」アヴェリーに詰められて、メリーは目を丸くした。「ミス・ビードは外に出て、玄関の前の道を歩いているところだった。髪の毛を下ろして。結わずに、全部垂らしてだぞ。その姿をそこらじゅうに見せびらかして！」

「はい、そうでした」メリーは弱々しく言った。

「そんなに縮みあがらなくてもいいよ。ミス・ビードが縮みあがったりするかい？　しないだろう。恐れる理由がないものな。僕は男の中でも一番礼儀正しい部類に属する男だからね」

「ええ、そのとおりですわ」メリーは同意した。

アヴェリーは力説した。「つまり、紳士なのさ。紳士といっても、ミス・ビードの管理するこの邸に住む君には、残念ながらなじみがないだろうけど」

メリーはぱんぱんにふくらんだ自分のお腹を見おろしながら、「あら、そんなことありません」とつぶやく。「紳士ならあたし、それなりに知っていますわ」

「だからこのあたりの地主階級で、ミス・ビードをパーティに招待しない連中については」アヴェリーは大声をあげた。「なんとかしなくちゃならないな！」

「やっぱり、ソーンさんね」聞き憶えのある女性の声が階段のほうで響いた。列車の汽笛のごとくかん高い声の調子は挑戦的で、無視しようがない。「声量を少し抑えるすべを学んでいただきたいわ。その怒鳴り声、上の階まで筒抜けでしたよ」

階段の一番上に姿を現したのはリリー・ビードだった。その美しい黒い瞳が一瞬、わずかに見ひらかれた。

「ミス・ビード」アヴェリーはリリーと対峙した。「怒鳴ってなんかいませんよ。はっきりした聞きとりやすい声で話しているだけです。今ちょうど、この娘さんに」メリーに向かって頭を下げてみせる。「僕の考えをわかってもらおうとしていたところです」

リリーは小柄な小間使いには目もくれず、あごを挑発的に高く上げてアヴェリーのほうへつかつかと歩みよった。「普通は、思いきり怒鳴らなくても自分の考えぐらい言えると思うんですけれど。もしかすると、旅のお仲間は皆さん、耳の遠い方ばかりだったのかしら。それとも耳がよく聞こえないのはあなたのほう?」リリーは穏やかに訊いた。

「僕の耳は正常ですよ。それに、仲間のほうも大丈夫です。実のところ、五年近く彼らと一緒にいて、大声をあげなければいけなかったことは一度もありませんでしたから」

リリーはまったく信じられないといったふうに片方の眉だけをつりあげた。

アヴェリーはほんの少しでも声が大きくならないようつとめて言った。「もし僕の声が大きくなっているとしたら、それは厳しい試練にさらされているからにすぎないんです」

試練を与えているのは主にリリーだった。彼女はまた髪を下ろしていた。それに、襟元を開けていた。まるでボタンをとめるのを忘れたかのように、すんなりと長い首のつけ根と鎖骨を分ける浅くはかなげなくぼみを見せている。

「今朝、あなたを『厳しい試練』にさらしたものは何かしら?」リリーは優しく訊いた。

「昨夜はあなたの服でしたよね」

「僕の持っている服には体に合うのが一着もないからですよ」アヴェリーは自分の穏やかな口調に満足しながら答えた。「その状況にいらだちを表していただけです」

「でもあなた、怒鳴っていましたよね」リリーはこともなげに言った。「今朝は、あの汚らしい草をぷかぷか吸うのは外だけにしてくださいとわたしがお願いしたことで、『厳しい試練にさらされた』と言いたいんでしょうけれど」

　アヴェリーはリリーをにらみつけた。葉巻を外で吸えなどという理不尽な要求ではあったが、紳士にしては少し強く抗議しすぎたかもしれない。

「それから昼食のあと、何かの本をなくして『厳しい試練にさらされた』わけですね」

「僕の日記ですよ」アヴェリーのうなるような声。「それになくしたのは僕じゃありませんからね。小間使いの一人がどこかに隠したんです！」

「本棚においただけでしょ」リリーは怒鳴り返した。「彼女はきっと、本棚においたぐらいなら、あなたでも見当をつけて見つけられるだろうと思ったにちがいないわ」

「僕はもともと、本棚においたりしてません！」アヴェリーもやり返した。「あの日記は机の上においてあったんです。僕はつねにその位置においておきたいんだ。僕の部屋を片づけてくれている小間使いにそう伝えておいてくれませんか」

「ご自分でお伝えなさいな」リリーの目がきらりと光った。「あなたが抱えている娘《こ》がそうよ」

二人のやりとりのあいだじゅう、アヴェリーの腕に抱かれて沈黙を守っていたメリーは、このとき弱々しい笑みを浮かべて言った。「もう絶対にしませんわ。ソーンさまのものはすべて、おかれてあった場所から動かさないようにしますから」

あまりに哀れなメリーのようすに、アヴェリーは怒りつづけることができなくなり、「それならいいよ。別に悪気はなかったのはわかってるから」と優しく言った。

「ほかにメリーに伝えておきたいことはあるかしら？」リリーが訊いた。

アヴェリーは小間使いを見おろした。「いや」

「それなら、メリーを下ろしてやったらいかが？　もちろん」メリーに目を向けて言う。「本人が反対なら話は別ですけれど」

メリーは身をよじった。「いいえ、とんでもありません、反対だなんて。もう下ろしてくださって結構ですわ、ソーンさま」

アヴェリーは小間使いを床に下ろし、彼女がよろめいたときの用心のためにいつでも手を伸ばせる体勢で後ろに下がった。

「かなり気分がよくなりました。ご親切に、ありがとうございました」メリーは驚くばかりの機敏さでしゃがみこむと、床に落ちたシーツ類を拾いあげ、小走りに去っていった。

リリーはメリーが立ちさるのを見守った。愉快だと感じながらも、ほっとしたような気持ちだった。ありていに言えば、メリーは身持ちのいいほうではない。実を言えばリリーは、二人が一緒にいるところを目撃したとき、一瞬、もしや逢引きの現場に出くわしたのではという恐ろしい疑いにかられたのだ。だがそれもアヴェリーの顔を見るまでだった。彼はまったく悪びれておらず、よからぬ行為の現場を押さえられたという雰囲気はみじんも感じられなかった。リリーの限られた経験からも、男性がここまであっけらかんとしていられるのは、やましいところがないからだとわかった。

そう、アヴェリーは、必要に迫られてあんな行動をとっただけなのだ。妊娠している小間使いを腕に抱いて廊下に立っているのを人に見られたらなんと思われるかなど、考えもしなかったのだろう。

アヴェリー・ソーンは、自分が紳士であると主張しているにもかかわらず、世間の常識や世間の人々の先入観については、カササギがラテン語について持っている程度の知識しかないらしい。困ったことにリリーは、そのためにますます彼が好ましく思えてくるのだった。

好ましく思うなど、もってのほかだった。リリーはミルハウスを手に入れるために、五年近く身を粉にして働いてきた。そこへアヴェリーがやってきて、地所の権利をさらっていこうとしているのだ。

リリーはくるりと向きを変えた。が、よくない判断だった。すぐそばにアヴェリーが立っていた。近すぎる。胸がリリーの肩に触れて、彼女の全身に電流のようなものが走った。

幸いアヴェリーは立ちさるメリーの後ろ姿をにらみつけていて、リリーの視線に気づかない。リリーはじっと観察した。

アヴェリーはまだ新しいシャツを買っていないらしい。今着ているものもきつすぎて、胸の筋肉がくっきりと浮きでて見える。どのつけ襟も一番上のボタンがとまらないので、つけないことにしたのだろう。洗いざらしたカーキ色のズボンはゆったりとしてはいるが、リリーの興味をかきたてるには十分だった。腰の下のほうに引っかけてはいているそのズボンの上からも、たくましい筋肉の盛りあがりがうかがえた。

　リリーはいらだちのあまり唇を嚙みしめた。接近作戦は失敗だった。昨日は一日じゅうアヴェリーのあとをつけまわし、のぼせあがった頭が冷えるのを待った。だが思いは冷めるどころか、かえってつのるばかりだった。だめだわ。何か手を打たなくては。

「あの娘《こ》を……あんなになるまで働かせる必要があるんですか？　もう……時期も近いのに？」アヴェリーは急にふりむき、リリーを責めるような目つきで見た。

「時期、ですか？」ひげの剃りあとのすがすがしさに見とれながらリリーはくり返した。

「そう。時期です」アヴェリーは頭をかがめ、リリーの顔をのぞきこんだ。「いったいどうしたんです？　体の具合でも悪いんですか？」

　近づきすぎたわ。リリーはつまずきそうになりながら階段のほうへ後ずさりした。かかとが最初の一段の蹴上げ板に引っかかり、よろめいた――アヴェリーはさっと手を差しのべ、リリーの肩をつかむと、腕の中に抱きとめて階段のほうへ倒れるのを防いだ。

　一瞬、二人はお互いの胸をぴったり合わせたまま立っていた。アヴェリーの大きな手はリリーの髪に差し入れられている。空気中を磁力のようなものが飛びかっていた。昨日の昼食のテーブルで感じたのと同じ、リリーの口の中をからからにし、思考力を乱す吸引力だ。

「ありがとう」リリーの声はうわずり、心ここにあらずといった感じだ。「わたし、失礼します。いろいろと用事があるので」

リリーは体を引き離し、逃げるように立ちさった。アヴェリー・ソーンについて、ある考えが頭の中を駆けめぐる。

リリーは追いつめられていた。自分が今までに出会った中でもっとも親しみを感じる——というより、もっとも心惹かれる男性が、自分の競争相手であり対抗者であり、だからこそ、もっとも手ごわい敵であるという事実に。

「あなたが招待状をどうなさろうと、わたしはかまいませんわ。でも返事は書きませんからね。あなたの秘書じゃないんですから」

居間から聞こえてくるのはリリーの声だ。エヴリンは廊下のテーブルに脱いだ手袋をぽんとおき、息子に向かってほほえむと、ついてきなさいと身ぶりでうながした。

扉を少しだけ開け、中をのぞく。なつかしい家族がそこにいた。リリーは窓側の席に、フランチェスカはソファに座っている。ソファのすぐ隣におかれた椅子に腰かけたポリー・メイクピースの姿を見ても、エヴリンの喜びはそこなわれなかった。

笑みをたたえて扉をいっぱいに開き、驚いている室内の人たちに向かって声高らかに呼びかける。「さあ、誰を連れて帰ったか、あててごらんなさい」

エヴリンはバーナードの手をとり、横並びで部屋の中に入った。「リリー、きっと誇りに思ってもらえると思うわ。わたしは断固として――」扉を閉めようとふりかえったとき、エヴリンは彼を見つけた。

ジェラルドだわ。

8

エヴリンははっと息をのみ、バーナードの腕をつかんだ。ジェラルドそっくりの男性は立ちあがり、近づいてくる。彼の姿がぐるぐる回って見える。

「エヴリン?」リリーの心配そうな声が聞こえたが、エヴリンは迫ってくる男性から視線をそらすことができなかった。

男性は言った。「いとこどうし、またお会いできて嬉しいですね、エヴリン」

いとこですって? 男性はエヴリンの手をとろうとする。嫌悪感のあまり、エヴリンはさっと体をかわした。

男性は一瞬、凍ったように動きを止めたが、すぐによどみない口調で言った。「せっかくわが家へ帰ってきたと思ったら、いつのまにか客が侵入しているとは、腹立たしいものですよね。僕ですよ、アヴェリー・ソーンです。お久しぶりです」

「ソーンさん!」バーナードは驚きながらも喜びをあらわにして言った。えへんと咳払いをすると、母親の前に進みでて手を差しだし、アヴェリーと握手した。「はじめまして。お目にかかれて光栄です、ソーンさん」

「僕こそ光栄だね」

アヴェリー・ソーンだったのね。エヴリンはぼんやりと思った。だからこんなにジェラルドに似ているんだわ。

「といっても、僕らは以前、会ったことがあるんだよ。君はまだおむつをしていたし、僕もまだ半ズボンをはいていたころの話だけどね」アヴェリーは首をかしげた。「失礼、気がきかなくて。エヴリン、お座りになりませんか？」

「ありがとう」エヴリンはほほえもうとしたが、うまくいかないのはわかっていた。「すみません、あまりに不意のことだったものですから。まともにごあいさつもせずに、大変失礼しました……アヴェリー」

「僕は誰にでも不意打ちをくらわせてしまうみたいなんですよ」アヴェリーは、事のなりゆきをじっと見守っているリリーにちらりと目をやった。かわいそうに。エヴリンは同情した。男性に慣れていないリリーは、こんな大男に恐れをなしているにちがいない。

アヴェリーがほかに注意を向けたのをいいことに、エヴリンは彼を避けてポリー・メイクピースの隣に腰を下ろした。

「フランチェスカおばさま、またお会いできて嬉しいです」バーナードはおばの手をとって口づけをするという、今までになく大人っぽいふるまいを見せた。

「わたしも嬉しいわ。久しぶりだったわね」フランチェスカは言った。「誰もお客さまをご紹介してくれないようだから、わたしがご紹介するわ。ミス・ポリー・メイクピースよ。けがをされて、ここで静養していらっしゃるの」

エヴリンは後ろめたさに顔を赤くした。アヴェリーにばかり気をとられていて、家に滞在している客を紹介するというごく単純な礼儀作法さえ守らなかったのだ。どういったいきさつで泊まり客になったにせよ、そのぐらいはしなければならない。ミス・メイクピースだって、演壇から落ちようと思って落ちたわけではないのだから。

「ミス・メイクピース、皆と一緒に過ごせるほど回復されて、よかったですわ」エヴリンは言った。

「本当は何をおっしゃりたいかぐらい、わかりますよ」ポリーはぶっきらぼうに言った。「いいですか、わたしはこんなに長く泊まらせていただくつもりはなかったんです。ただ、自力で歩けるようになるまでここにいなさいと、ミス・ビードに強くすすめられたから」

「そのすすめにしたがわれたのがよかったんですわ」エヴリンは小声で言った。「わたしたち、あなたをお客さまとしてお泊めできてとても嬉しく思っています」

バーナードがポリーに向かって丁寧なお辞儀をした。ポリーは、「ふん」とつぶやき、椅子に深くもたれかかった。

リリーがいつになく黙りこくっているのがエヴリンは気になった。心配なのは、リリーが自ら「合理的な装い」と呼ぶ例の服を着ていることだった。顔は紅潮し、目は危険なほどらんらんと輝いている。男性というのは、男物の服を着た女性を嫌うものだ。特に、アヴェリー・ソーンのような男性はそうだ。エヴリンは、男性の機嫌をとることの大切さをいやというほど知っていた。

今のリリーの服装は「合理的」というより「無分別」に見える。ズボンもどきのブルマーは、男性的とは言いがたい腰まわりと、その下に続く曲線への注意を引きつけずにはおかない。男物のシャツは、異国風の女らしさをかえってきわだたせている。ごく普通に見えるのは、きっちりとまとめられた束髪《シニヨン》だけだ。

エヴリンは、今度はアヴェリーに目を向けた。まもなくこの人が、わが子バーナードの後見人になる。そう考えただけで気分が沈んだ。

エヴリンたちは五年近く、ミルハウスで幸せに暮らしてきた。ときには危機が訪れることもあったけれど、リリーの手ぎわのよい対応で乗りこえてきたし、要望は寛大なリリーのおかげでかなえられてきた。ごくまれに摩擦が起きたが、リリーの如才なさでうまく切りぬけることができた。女ばかりの生活は、流れのゆるやかな川を漂う羽毛のように静かだった。

外部の人々との交流はほとんどなかった。フランチェスカはリリーにひけをとらないほど世間の悪評をかっていて、催しに招待されることはまれだったし、エヴリンは、リリーを冷たくあしらう人々とは交わらないようにしていたからだ。かといってエヴリンは、この地方一帯に住む上流の人々との社交上のつきあいがなくて寂しいとは少しも思わなかった。

退屈でたまらないと思う人もいるかもしれない。だがエヴリンは、ここの暮らしが気に入っていた。刺激の多すぎる生活なら、結婚していた八年間にいやというほど経験していた。

エヴリンは、ここでリリーとともに暮らすことで生まれて初めて、男性にあれこれ指図される生活から解放された。夫のご機嫌とりをして家庭内の平和を保ったり、優しい扱いを受けたいがために自分の体を差しだしたり、ささやかな自由を得るために夫をなだめたりする必要がなくなったのだ。

だが今になって、突然現れたアヴェリー・ソーンのせいで、記憶が呼びさまされた。思い出したくない、おぞましい記憶が。

アヴェリーはジェラルドに瓜ふたつだった。ジェラルドと同じ派手な顔立ち、印象的な色の瞳、相手にひどい痛手を負わせることのできる力強く大きな手。ただ表情だけが似ていなかった。だが、正直で誠実そうに見えるアヴェリーの顔つきはもしかしたら、光線の加減による錯覚かもしれない……。

アヴェリーは顔を上げ、エヴリンの視線をとらえた。かすかなほほえみを浮かべると、唇が皮肉っぽくゆがむ。それを見たエヴリンは思わずうつむき、なんて臆病者なの、と自分をののしった。

せっかくここで見つけた恩恵と自由をあきらめるなんて、どうしてできるだろう？　実際、まともに目を合わせられもしないのに、アヴェリーにものを頼むなどということが果たしてできるのか？

「ミス・ビード」おばとポリー・メイクピースにあいさつを終えたバーナードが、今度はリリーに近づいていく。「お元気でしたか」

「ええ、おかげさまで」とリリー。「あなた、ずいぶん大きくなったわね？」

身長一八〇センチほどになったバーナードはクラスで一番のっぽで、二番目に背が高い生徒より二〇センチ近く大きい。リリーよりも一〇センチ近くは高いだろう。

「ええ、背が伸びたねって、よく言われます」

「フランチェスカのボンボンをバーナードにあげるんじゃなかったんですか？」アヴェリーが訊いた。害のないように聞こえる質問だったが、リリーの頰が赤らんだ。さっと頭を上げ、アヴェリーを鋭い目つきでにらむ。

エヴリンはその大胆な態度に驚いて見つめた。しかし考えてみればリリーは、四年間もの手紙のやりとりの中でアヴェリーと丁々発止の論争をしてきて、一度も引きさがったことがないのだ。

感嘆しつつもせつない気持ちでエヴリンが見守っていると、リリーは背筋を伸ばしてすっくと立ちあがった。立派というほかない。黒々とした目の光には、いつでも闘いを受けてたとうという気迫がこもっている。これならどんな男性にもおびえることはないだろう。

あきらめのため息をついて、アヴェリーも立ちあがった。「君はしょっちゅう、立ったり座ったりしていますね。びっくり箱の人形よりせわしない」

「誰も、あなたに立ちなさいなんて命令していませんわ」リリーが言う。

「女性が立ったから、立ちあがったまでです。紳士たるもの、礼儀作法は守らなければいけませんからね」アヴェリーは答えた。だが、二人ともこの問題をそれ以上追及しようとしない。どうやら過去に議論をしたものの、お互い満足できる結論が出なかったらしい。

「バーナードにはボンボンをあげるより、まずキスのほうが先よ」そう言うとリリーは、言葉どおり、バーナードのなめらかな頬に優しくキスをした。「おかえりなさい」

一〇代の少年の威厳に対する突如の攻撃に、バーナードはたじろぐことなく耐えた。だが愛する人たちの気持ちに敏感なリリーは、バーナードがキスされて恥ずかしがっているのに気づいた。

「辛抱するんだぞ、君」アヴェリーは物憂げにつぶやいた。「今のは、ミス・ビードの単なる愛情表現なんだから」

バーナードは顔を真っ赤にした。エヴリンは心配になって身を乗りだした。感情的になりすぎると、ときどき喘息の発作が出ることがある子なのだ。

「息子さんなら大丈夫」ポリーがなぐさめるようにささやく。「ほら、息づかいを聞いてごらんなさい。乱れていませんから」驚くエヴリンにポリーは言った。「ミス・ビードから聞いたんです、喘息の症状のこと」

「バーナード、悪気はなかったのよ」リリーが言った。

「いえ、大丈夫です」答えるバーナードの声に異状は感じられない。エヴリンはほっとした。

「アヴェリーの言うとおり、ミス・ビード、あなたは愛情深い女《ひと》ですね。ただ僕、熱い歓迎に驚いてしまったんです。ハロウ校の学生監の先生方がこんなに優しくしてくださることはめったにないので」

「偉いぞ、バーナード」アヴェリーがほめた。「学校ではラテン語の成績が上がったらしいな。だがそれよりハロウ校は、君を紳士に育ててあげてくれたようで、大したものだね」

ほめられて、バーナードは満面の笑顔になった。

「つまり、学校教育で必要なのは紳士道だけだっておっしゃるんですか?」リリーがアヴェリーに訊く。「生徒に紳士として守るべき正しい礼儀作法や行動を学ばせ、言うべき言葉のリストを教えるだけが教育だと?」

「そのとおりです」アヴェリーは言った。納屋で、卵からかえったばかりのひよこを、さりげなく見守りながら虎視眈々とねらう猫を思わせる目つきでリリーを見ている。

今聞いた言葉が信じられないといった表情で、リリーはアヴェリーに近づいていく。「その考え方って、少しばかり選良意識《エリート》にこりかたまっていません？」

「紳士らしい言動は、もっとも歓迎すべきエリート意識の現れですよ。僕はバーナードに、これからの人生に役立つ行動規範を学んでほしいと願っているんです」

「紳士らしい言動が、あなたの人生に役立ってきたからですか？」

「ええまあ、そう思いたいですね」二人はにらみあった。

エヴリンの胃の中で、不快なものがざわめいた。リリーは、なんの危険も感じていないかのようにアヴェリーに近づき、その距離を一メートルほどにまで縮めている。緊張の中でエヴリンは思った。こうして見ると、アヴェリーは驚くほど背が高い。リリーより少なくとも一二、三センチは高いだろう。褐色のまつ毛にふちどられた、きらりと輝く瞳。底知れぬものを感じさせるその表情が、エヴリンは信用できなかった。この人、今にも手を上げるかもしれない――。

「ソーンさん」リリーは言った。「あなた、誰かに手袋がぴったり合っていないと指摘されただけで夜明けの決闘を申し込んで、拳銃で勝負をつけていた時代にあこがれてらっしゃるかもしれませんが、現代では、こんなことをしたってかまわないんですからね」

リリーはいきなり、アヴェリーのあごの下で指をぱちりと鳴らしてみせた。エヴリンは息をのんだ。

アヴェリーは黙って、喉元につきつけられたリリーのほっそりした指を見おろし、目をのぞきこんだ。沈黙が多くを語っていた。

リリーは黒い眉の片方をつりあげた。「わたしは、数学や経済学や歴史を学ぶことのほうが、バーナードにとってはずっと大切だと思っています。この子はいつか、莫大な遺産を管理する責任を負うことになるんですから。この言葉、ご存知ないといけないのでゆっくり言うと、せ、き、に——」

「責任という言葉なら、確か一、二度聞いたような記憶がありますね」アヴェリーがさえぎった。

「よかったわ。それじゃ、わかっていただけますよね。紳士としてすべきこと、すべきでないことをまとめた時代遅れのリストの暗記に時間を費やすより、バーナードにはもっとましな時間の使い方があるということを」

「もしあなたが、体操の授業のほうが人としてのふるまいを学ぶより大切だと本気で考えているのなら」アヴェリーはきっぱりと言った。「幸いでしたね。もうすぐ僕が、後見人としてバーナードの教育の面倒をみるようになるんですから」

「まさか、よりによって——」リリーがまくしたてようとすると、「お話し中、すみません」とバーナードが口をはさんだ。

「アヴェリー兄さん、僕のラテン語の成績についてどうしてそんなに詳しいんですか？」

アヴェリーはリリーの顔から視線をそらすことなく答えた。「それはね、僕が、ミス・ビードが考えているほど自分の責任を軽く考えていないからだよ。僕はこの五年近くずっと、君を指導する先生方と手紙のやりとりをしていたんだ」

「つまりあなた、バーナードの先生方にはつねに自分の連絡先を知らせていたのに、わたしには一度も教えてくださらなかったっていうこと?」リリーは声を荒らげた。

「僕の居所をつきとめるという難題に立ち向かうのを、君が楽しんでるんじゃないかと思ったからですよ」アヴェリーは答えた。

エヴリンの目には、にらみあう二人のあいだを飛びかう火花が見えるような気がした。

「二人のあいだには絶対、何かありますね」ポリー・メイクピースがささやいた。リリーは冷静さを保とうと必死になっている。「すごい緊張感。うちの母がコルセットを締めたときのレースよりぴーんと張りつめてるわ。体重が一九〇キロ近くもある母なのに、ですよ」

エヴリンはぷっと吹きだしそうになるのをこらえた。滑稽なイメージが頭に浮かんで、不安などどこかへ吹きとんでしまっていた。今まで、必要なとき以外はポリーと一緒に過ごすのを避けていたが、それは彼女が、リリーのことを「女性解放同盟」の会長にふさわしくないと考えているばかりか、事あるごとにそれを公言してはばからない失礼な人物だったからだ。そんなポリーがユーモアを解する心を持っていようとは思ってもみなかった。

「リリーはなぜ、わざわざアヴェリーの反感を買うようなことを言うんでしょう?」エヴリンは低い声でポリーに訊いた。「アヴェリーが腹を立てているのがわからないのかしら?」

「ソーン夫人、ミス・ビードが『女性解放同盟』の会長になる資質があるかについての個人的な見解はともかくとして、わたしは彼女の勇気を疑ったことは一度もありませんね。あの二人は、ソーンさんがここに着かれて以来ずっと、あんなふうに対立しているんですよ。ミス・ビードは今のところまだ、ああいう辛辣な言葉のぶつけ合いで負けたことはないようです。といっても正直に言って、勝ったこともないようですけどね」

リリーが自分の立場を譲らずにあの大男とわたりあってきたのかと、エヴリンは心を躍らせた。だが、しだいに物思いに沈んだ表情になった。

「ソーン夫人。どうしてそんな憂鬱そうなお顔をなさるの？」ポリーが訊いた。ちょうどリリーが別の話題で、痛烈な非難を展開しはじめたところだった。大きさの合わない上着を着た、長身でたくましいアヴェリーと向かい合って立ち、一歩も引かない。

エヴリンはつぶやいた。「リリーのほうが、男性とやりあうのに向いているんですわ。アヴェリー・ソーンに対して、少しも臆していませんもの。うらやましいわ」

「おやおや、何をおっしゃるやら」ポリーは言った。「その言葉に意地悪さは感じられない。「ソーンさんは、ものの道理のわからない方ではないでしょう。声が大きくて、ちょっとがさつで、礼儀作法もあまりわきまえていないようですけど。でも、正直な人ですね。誠実というか。要するに、ミス・ビードと似ているところがあるんです。わたし、個人的には、ああいう率直な男性は好ましく思いますね」

エヴリンがポリー・メイクピースを信用して秘密を打ちあけるなど、ふだんなら絶対にありえなかっただろう。おそらく、ポリーが意外な思いやりを見せてくれたためか、アヴェリーとの再会があまりに突然だったために、不安を押しかくすことができなくなっていたのかもしれない。どんな理由にせよ、エヴリンの口からは次々に言葉がこぼれ出た。

「わたし、二度とあんな男性とつきあわずにすむよう願いたいですわ。わたしたち女性の意見を代弁してくれるリリーなしで、あんな人の庇護のもとに暮らす生活がどんなものか、想像もできませんもの」

「なぜご自分の意見をほかの女性に代弁してもらわなければならないんです？」ポリーは不思議そうに首をかしげた。

「ミス・メイクピース、おわかりのくせに」エヴリンはあっさりと言った。「まさか、夫婦の……不和が、下層階級の人たちだけに起こる問題だなんて思ってらっしゃらないでしょう。自分自身の経験からなんですわ、わたしが『がさつで声の大きい男性』を相手にしたくない、というより、対処することができない理由は」

「そうだったんですか」

エヴリンは寂しげにほほえんだ。「わかってくださる？」

「やはりミス・ビードは、ソーンさんや、ああいうたぐいの男性を相手にするのに向いているとお思いですか？」

「まさか、疑ってらっしゃるの？」エヴリンは訊いた。「見てごらんなさい、リリーを。今回の対決で勝てないとしても、堂々と勝負しているわ。なんてすばらしい女《ひと》でしょう」

とりに聞き入っている。

「そうですね」ポリーは考えこむように言った。「確かに彼女、対決を楽しんでいるように見えますね。それにソーンさんも、かなり刺激を受けているようだし。ほら、食い入るようにミス・ビードを見つめていますよ。それに、にらみ返す彼女の顔ときたら」

エヴリンは悲しげにうなずいた。「ええ。わたしだったら、絶対にあんなふうに立ち向かえないでしょうね」

希望もなく、不安でいっぱいの今後の生活を思いえがいて、エヴリンの目に涙がにじんだ。あわててポケットの中をさぐる。よかったわ、バーナードはまだリリーとアヴェリーのやりとりに聞き入っている。

驚いたことに、ポリーのざらざらした小さな手が、ハンカチをエヴリンの手に握らせ、その上からぎこちなくぽんぽんと叩いた。その優しさにエヴリンはぐっときて涙声になった。

「ああ、神さま。わたし、どうしたら――これから先、どうやって――」

「しっ、静かに」ポリーが優しく注意した。「ソーン夫人。すみませんが、この車椅子を廊下まで押していってくださいますか。実は、わたしたちの抱える問題をすべて解決できそうな策を思いついたので、それについてお話ししたいんです」

9

「アヴェリー兄さん、あなたからの手紙、読んでてすごく楽しかったです」少年は言った。

「それはよかった」アヴェリーは答えた。その視線は、五〇メートルほど先を大またで優雅に闊歩しているリリーの、背筋がぴんと伸びた後ろ姿に釘づけになっていた。かなりの速さで歩いているにもかかわらず、リリーの腰は軽く揺れ、脇にゆったりと垂らした腕は歩く速度に合ったなめらかなリズムで前後に動いている。身のこなしが実に自然できれいで、まるで夢に出てくる踊り子のようだ。なんの気取りもてらいもなく、まぶしいほど素のままの美しさだった。

真上から照りつける太陽の光は季節はずれの強さだった。細い胴体を青っぽい虹色に輝かせたトンボが群れをなして、道の端のほうから音もなく飛んでくる。暖かく乾いた風に吹かれて、野原の草がかすかな音をたてている。

リリーの発案で、彼らは戸外で食事をとることにしていた。

さっきまでアヴェリーと一戦交え、激しい論争に全身を震わせていたリリーだったが、急にけろっとして、バーナードの帰宅を祝って外でピクニックをしようと言いだしたのだ。

「ほかの子たちもみんな、同じ意見でしたよ」

「え、なんだって？　もう一度言ってくれ」上着の袖をまくりあげながらアヴェリーは言った。この天気、毛織の服を着るには暑すぎる。だいたい、こんなものを上に着ているから暑いのだ。アヴェリーは上着を引きはがすように脱いだ。

「学校の同級生です。みんな、兄さんのお話を読んで楽しんでました」

「そう、それはよかった」しかし、リリーは暑がっているようには見えないな。

「特に、アフリカの話にはわくわくしました」バーナードは少し息切れしているような声で言う。

「アフリカは面白いところだからね」アヴェリーはそう言うと、バーナードの歩く速さに合わせて足どりをゆるめた。そのためリリーとの距離は開いた。フランチェスカとエヴリンの先に立って裏庭の芝生を進むリリーは、歩くたびに揺れるブルマーをひときわ目立たせながら、高々とそびえるブナの木をめざす。三人の少しあとに続いて、重い荷物をいっぱいに背負ったラバのようにとぼとぼ歩いていくのは使用人のホブだ。

念入りにほどこした化粧が暑さと汗で流れだしたフランチェスカは、レースをたっぷり使ったスカートに悩まされながらも、やっとのことでついていっている。困惑した表情のエヴリンが、小走りであとを追う。

リリーは気づいていないようだ。背後で何が起こっているかはふりむかなければわからないが、ふりむけば僕と顔を合わせるという危険をおかすことになる。どうやら急に顔を合わせたくなくなったらしい。まったく、しゃくにさわる女《ひと》だ。

「――ミス・ビードの将来についてです」

「なんだって？」

アヴェリーは立ちどまった。バーナードも立ちどまった。

「できるだけ早いうちに、ミス・ビードの将来について話し合えればありがたいって、言ってたんです」

「ミス・ビードの将来が、どうしたんだ？」アヴェリーは訊いた。

バーナードの色の濃い金髪は汗でこめかみに貼りつき、顔色は青ざめている。着心地のよさそうな綾織《ツイード》の上着の袖口からのぞく手首には袖でこすれたすり傷ができ、シャツの襟先はしおれたように曲がっている。

「ほら、そんなもの、脱いでしまいなさい。そのままじゃ卒倒するぞ。で、ミス・ビードの将来がどうしたって？」

バーナードは上着をするりと脱いで言った。「本当に、ここでいいんですか？　つまりその、お互い紳士として、こんなところでミス・ビードについておおっぴらに話してもかまわないんでしょうか？」

「バーナード」アヴェリーはいらだちを抑えて言った。「紳士らしいふるまいのことなら、僕はよく知っているつもりだよ。話し合いをするなら、ここで結構だ」

「あ、そうですか」バーナードは納得できないらしい。

「いいから、言いなさい」

「はい。ミス・ビードのこれからの生活について、どうしようとお考えですか？」

「何かする必要があるとは思っていないけどね。実は、今朝になってわかったんだが、ミス・ビードの将来については、僕はいっさい――嬉しいことに、とも言いたいが――かかわりを持たなくていいらしい」

「えっ？」

「ホレーショおじの取引銀行に連絡をとって、地所の会計記録をざっと調べてみたんだ。そこでわかったのは、ミス・リリー・ビードは、ミルハウスの経営者としての五年間が終わった時点で、多少なりとも利益を出せる見込みがないわけでもないということだった。そうなると、ミルハウスを相続するのはミス・ビードだ」

少年はアヴェリーの目をまっすぐに見た。「それから、どうなるんです？」

「どういう意味だい、『それから、どうなる』って？」アヴェリーはいらだたしそうに言った。リリーがミルハウスを相続する。それはかならずしも僕にとって一番好ましい状況とは言えない。だがいずれにせよ結果は同じなのだから、まあいい。

「つまりミス・ビードは、地所を売るだろう――僕に売って――ここを出ていって、自分の好きなことをするだろうよ。たとえば、衣装だんすいっぱいに男物の服を買うとか」アヴェリーは、リリーのブルマーの後ろの魅力的なふくらみにちらりと目をやった。

「ミス・ビードは、兄さんにはミルハウスを売らないと思いますけど」

「なぜだい？」アヴェリーは驚いて訊いた。

アヴェリーは、自分がミルハウスを手に入れるために障害となりうる、あらゆる不測の事態を想定して解決策を考えていた。その中には、リリーがミルハウスを相続するという可能性も含まれている。その場合は、十分すぎるほどの価格で地所を買いとってやるつもりだった。リリーはありがたく金を手にし、ここを出ていくはずだ。綿密に計算したうえでの筋書きなのに、バーナードは、そうはいかないのではないかと疑っている。

「僕以外の誰に売るっていうんだ？」アヴェリーは訊いた。

「キャムフィールドさんに売るつもりなんじゃないかと思うんです」

「そのキャムフィールドさんていうのは、いったい誰なんだ？」

「アヴェリー、そんなに大声をあげないでください。キャムフィールドさんはお隣に住んでいる人で、去年の春、パークウッドの地所を買ったんです。お母さまが言うにはすごいお金持ちらしくて、地所を増やしたいと考えているみたいです。ミス・ビードによると、進歩的な考え方をする人で、女性を応援してくれているそうです」

「そりゃ、当然だろうね。どうせ、リリー――じゃない、ミス・ビードに会ったその日に、進歩的な考え方に宗旨替えしたにちがいないよ」アヴェリーは険悪な口調でつぶやいた。

「でもミス・ビードは、これで少なくとも一人の男性にものの道理を理解する手助けをしたことになるわねって、言ってました」

アヴェリーはばかにしたような声を出した。「キャムフィールドさんがミルハウスを手に入れられると思いこんでいるなら、失望を味わうことになりそうだな。ミルハウスは僕のものだ。もしなんらかの奇跡が起きて、ミス・ビードが相続したとしても、彼女はほかの誰でもなく、僕と取引することになる」

「ミス・ビードがミルハウスを売るらしいというのはお母さまの予想だけど、本人は売りたがっていないかもしれないですよ。もしかすると自分で地所経営を続けようとするかも」

アヴェリーは鼻先でせせら笑った。「ありえないな。ミス・ビードは愚か者じゃない。将来の快適な暮らしを捨てて、危なっかしい事業経営を選ぶのは愚か者だけだからね」

「その『将来の快適な暮らし』はどこでできるんですか?」バーナードは訊いた。

アヴェリーは肩をすくめた。「ミス・ビードが住みたいと思うところならどこでも、快適に暮らせるだろうさ」

少年は髪を手ぐしでかきあげ、頭の後ろで手を止めた。「そんなの、僕は許せません。兄さんは、ミス・ビードを一人ぼっちにさせちゃいけないのに。そんなやり方じゃ、うまくいかない」

許せません? うまくいかない、だって? アヴェリーはバーナードの成長が嬉しかった。意志の強い少年に育ったものだ。かつて僕自身がそうだったように。だが今のこの子の主張は無礼すれすれのところだ。「どういう意味か、もっと詳しく説明してくれないか?」アヴェリーは慎重に尋ねた。

バーナードは食ってかかるように言った。「地所を売れば、ミス・ビードはお金をもらえる。でも、どこにも行くところがなくなってしまうんです。ミス・ビードにとっては、ミルハウスがわが家で、お母さまとおばさまが家族なんです。地所を売ったら、愛してくれる人たちから無理やり引き離されることになるんだ」

バーナードは熱をこめて腕をふりまわした。そのようすを見たアヴェリーは思わず胸をつかれた。「わが家」の持つ意味についてなら、容易に想像がついた……そして「わが家」を失うことのつらさも。

「誰も、愛する人たちの仲を引き裂いたりはしないよ。ミス・ビードのことを心配する君の気持ちはけなげだが、考えてごらん。もし彼女がミルハウスを相続したとしても、君のお母さんやおばさんはここを出なくてはならないんだよ」

少年は混乱して顔をしかめた。

「お母さんやおばさんがミス・ビードの下宿人としてそのままここに残れるとは思えないだろう?」

バーナードはうなずいた。

「だが」アヴェリーはなぐさめるように言った。「僕がミルハウスを手に入れれば、君のお母さんもこの邸をわが家として、僕と一緒に暮らせるんだ。大丈夫。僕はミス・ビードが訪ねてきたら、締めだすようなことは絶対にしないから。そのことを心配しているんだろう?」

「兄さんにはわからないんだ。ミス・ビードは訪ねてきたりしませんよ」

そうなのか。アヴェリーは拍子抜けした。ミルハウスの扉を叩くリリー・ビードのイメージを思いえがいて、そこはかとなくいい気分になっていたからだ。家に招いて、愛想よく、丁寧にもてなそうと考えていた。自分が帰ってきたときにリリーがしてくれなかった手厚い待遇で迎えて、うんざりさせてやるつもりだったのに。

「なぜ訪ねてこないんだ？」

「世間の目があるからですよ！」

その言葉はアヴェリーをひどく狼狽させた。アヴェリーの顔を一瞬よぎった苦悩に乗じて思いを伝えようと、バーナードは急いで続けた。

「ミス・ビードは誇り高い女《ひと》です」少年は真剣に訴えた。「とても自尊心が強い女ですから、いったんこの家を出てしまったら、二度とお母さまとフランチェスカおばさまを訪ねてこないと思います。友人なのをいいことに人の親切につけこんでいる、なんていう悪い噂でも立ったら、二人に迷惑がかかる。ミス・ビードがそんな危険をおかすはずがないでしょう」

「そんな、ばかばかしい」アヴェリーは吐きすてるように言った。

「ばかばかしいと思いますか？」少年の目が助けを求めていた。アヴェリーと同じ、青みがかった緑の目だ。

「もちろんさ。金があれば、たいていの罪は償えるものだからね。ミス・ビードが私生児だなんていう小さな問題は、世間ではじきに忘れさられてしまうよ」

「貴族階級ではそうでしょうけど、田舎の地主階級の人たちは、道徳的にはもっとずっと厳しいですからね」

「それなら、ロンドンへ引っ越せばいい」アヴェリーはそう言いながら、自分がだんだん苦しい立場に追いこまれていくのを感じていた。

「お母さまとフランチェスカおばさまと離れて？　馬たちと別れて？　ミス・ビードはロンドンが大嫌いなんですよ」

「バーナード、もういいから。君は取り越し苦労をしてるだけだよ。リリー・ビードが地所経営で成功をおさめる可能性は、僕が予想していたより高そうではあるが、それでも非常に低いんだ。果樹園が害虫にやられたり、納屋で乾腐菌《かんぷきん》（木材や果実を腐らせる菌類）でも見つかったりすれば、彼女が今まで稼いできたわずかな利益なんて、たちまち吹っとんでしまうんだぞ」

バーナードはしばらく黙ったまま立ちつくしていた。眉根を寄せたその心配そうな顔は、実際の年齢よりはるかに老成して見える。

アヴェリーは少年の肩に手をおいた。「約束するよ。僕はこれからもミス・ビードに対する義務を怠らないよう気をつける」

アヴェリーの目の表情を読みとってとりあえず満足したのか、バーナードはたまっていた心配事を吐きだすようなため息をついた。

あらかじめ考えていたよりずっと踏みこんだ約束をしてしまった——そんな不安感を覚えながらアヴェリーは手を離し、ブナの木に向かってふたたび歩きだした。木の下には三人の女性が敷き毛布を広げている。ホブは地面に杭を打ちこんでいる。フランチェスカが持ってくるようにと言いはった縞模様の小さなテントを張るためだ。

「で、もしミス・ビードがミルハウスを相続できなかったら、どうするつもりです？」

おい、まだ終わっていなかったのか。アヴェリーはうなり声をあげてふりかえった。バーナードはきょとんとしている。この子ときたら、ネズミを見つけたテリア犬みたいだ。なんてしつこいやつだろう。**同じ年のころの自分にそっくりだ。**

僕も、物事をけっしてあきらめない、度胸のある少年だった——いや、度胸でなく、「自滅的なまでの生意気さ」などと言う人もいたな、と内心ほほえむ。これもソーン一族の遺伝子か。

「僕が彼女の面倒をみる」それだけ言うと、アヴェリーは少年に背を向けた。

「本当に？」

アヴェリーはまた立ちどまった。「本当だ」

「誓って、本当ですか？」

遺伝的性格はさておき、物事にはやめるしおどきというものがある。

「バーナード——」アヴェリーは忠告のつもりで言いかけた。

「もしミス・ビードが面倒をみてもらいたがらなかったら、どうするんですか？」少年はたたみかけるように訊く。

アヴェリーはさっとふりむいた。「彼女がどうしたいかなんて、僕にはまったく関係ない！」大声で怒鳴る。「いいか、僕は紳士だぞ。ミス・ビードに対して責任があるかぎり、彼女が暮らしていくのに入り用なものはすべて僕が面倒をみる。そのために彼女をミルハウスに住まわせる必要があるなら、そうするつもりだ。たとえ彼女を鎖で壁につなぎとめなければならないとしてもね！」

「本当に、そんなことまでするつもりなんですか？」バーナードは目を丸くして訊いた。

アヴェリーは少年に冷笑的な視線を投げかけると、すたすたと歩きはじめた。途中で肩ごしに叫ぶ。「ああ、もちろん。疑う余地なしさ」


リリーは編みかごのふたを開け、中身を確かめた。チーズ、ハム、ウズラの煮込み、堅焼きパンが六切れ、陶器の壺入りバター。油紙に包んであるのは、ラム酒入りのしっとりしたバターケーキだ。思わずため息をつく。

ケトル夫人に話をしなければならない。調子にのってやたら高くつく贅沢な料理ばかり作る習慣をなんとかするためだ。とにかく、ミルハウスにはそんな余裕はないのだから。

リリーが毎朝見かけるたび、小柄でしわくちゃ顔のあの料理人は、読みにくい筆跡で書かれたメモの上に体をかがめ、唇だけを動かして黙読し、魔法の味を作りだす材料を確認している。しかもそれはすべて、アヴェリー・ソーンのためにやっているのだ。実際、ミルハウスにかかわる人々全員が、あのいまいましい男性のとりこになっているようだった。

とりこになっている。そう、わたしも含めて。

目を合わせるのはつとめて避けていたが、リリーは横目でその姿を追わずにはいられなかった。アヴェリーは上着を肩にかけ、シャツの襟元を大きく開けている。くしゃくしゃに乱れた髪に日の光が降りそそぎ、巻き毛をバター色の輝きに染めている。

リリーはかごの中身を取りだすのをやめ、敷き毛布の上にぺたりと座って耳をすました。その瞬間、自分の名前をアヴェリーが叫んでいるのが聞こえたような気がした。

まさか。わたしたちは敵どうしなのよ。おいしそうな骨の端っこを片方ずつくわえてにらみ合う二匹の犬みたいなものじゃないの。骨のほうに集中すべきであって、相手の犬の目の色なんかに気をとられている場合じゃないのに！

リリーはいらだちのあまり自分をつねってやりたい気持ちだった。ずっとそばにいることでアヴェリーに惹かれる気持ちを冷まそうというもくろみは、うまくいかないどころか、逆効果だった。

先刻、居間で議論していたとき、リリーの目線は、ちょうどアヴェリーの日に焼けてがっしりとした首と同じ高さにあった。見つめているうち、にわかに激しい衝動に襲われた。もしこのまま、腕を伸ばせばすぐ彼に届くところにいつづけたら、どうなるか。リリーにはわかっていた。恐れているのではなく、ただわかるのだ。わたしは、アヴェリーに触れてみたいという衝動のままに行動してしまうだろう。

だから、家から逃げだしたかった。こうしてピクニックを計画したのも、頭の中のもやもやを追いはらいたかったからだ。なのに脳裏にはアヴェリーへの思いが糸のようにからまり、頑固に居すわっている。

彼とキスしたら、このもやもやがすっきり消えるかもしれない。一度だけしてみれば、幻想が消える。実際にはそう興奮するほどでもないキスの経験を、大げさに考えすぎていたことがわかり、この恋わずらいも治るにちがいない。真夜中に目覚めるたび、アヴェリーの漠然としたイメージが頭をよぎる。胸騒ぎを起こさせる彼の姿。さらに漠然とした、さらに心乱される官能の世界の想像。彼の唇、胸、そして手。そんな幻想に悩まされることもなくなるだろう。

残念ながら、アヴェリーとキスできる（よって、このばかげた恋心に終止符を打てる）可能性は、農場監督のドラモンドが礼儀正しくなる可能性と同じ程度しかない。つまり、無きに等しい。

そんなの、公平じゃないわ。男性なら、自分がキスしたい相手を選んで、思いのままに行動すればいい。それなのにどうして女性は、好きな人に対して積極的に行動することが許されないの？

リリーは肩ごしに後ろを見やった。アヴェリーとバーナードはまだ会話に熱中している。あ、アヴェリーがこちらを向いた。熱帯の太陽のもとで日焼けした肌に映える、まばゆいばかりの白いシャツ。地中海の色をした目は、真昼の日ざしのまぶしさに細められている。そうやって目を細めているうちに、目尻に広がる細かなしわが、白っぽい線となって肌に刻まれたのだろう。

「彼って、たまらなく魅力的よね？」フランチェスカがささやいた。

「誰のことをおっしゃってるのか、わからないわ」リリーはあわててかごの中を引っかきまわし、ケトル夫人が詰めておいたはずのオレンジを探しはじめた。

「それに、とっても内気なのね」フランチェスカがつぶやく。

「内気ですって？」実は自分も同じ印象を持っていたにもかかわらず、リリーは信じられないというように訊きかえした。フランチェスカはうなずいた。

「あら、彼は今まで会った中でも、一番横暴で、傲慢で、暴君みたいな男性ですわ」

「それはあなたが、たくさんの男性に会ったことがないからでしょ」

「わたしをからかってらっしゃるのね、絶対そうだわ」リリーはきっぱりと言った。

「いいえ、本気で言っているのよ。アヴェリー・ソーンは実は、とても内気なの。あなたの中の何かが、彼の性格のよいところを引きだしているんでしょうね」

「よいところですって？」リリーは勢いこんで言った。

「そうよ。アヴェリーはあなたと会話しているときはすごく機知に富んだ受け答えをしているでしょ。でも、わたしやエヴリンと一緒にいると、歯がゆいぐらい無口なの」

「まあ、それは誤解だわ。ソーンさんがあなたと話したがらないのは、あの人が女嫌いだからですよ。あなたが女らしい女性だというだけで、眼中にないんでしょうね」

「まったく、鈍い人ね」フランチェスカはぴしゃりと言った。「アヴェリーだって男よ。もしあなたの言うように傲慢でうぬぼれが強い男だとしたら、自分の冒険談を話して聞かせるはずだと思わない？　自分がいかに恐れを知らぬすぐれた探検家かを強調するために、いつも自慢話ばかりしているはずよ」

リリーは納得できない。

「リリーったら」フランチェスカはため息をついた。「アヴェリーは世界じゅうを旅して回って、ヨーロッパ人が一度も目にしたことがないものをたくさん見てきた人よ。誰よりもその経験を誇りに思っていていいはずよね。それなのに、自分についてはいっさい語りたがらない。間違いないわ。アヴェリーは内気な人なのよ、少なくとも女性の前ではね。考えてみれば当たり前じゃない？　だって、男性ばかりの環境で育てられたんですもの」

「でも彼は、わたしの前では自分の意見を堂々と述べるのになんの問題もないみたい」リリーは不満そうに言った。どうやらアヴェリーは、わたしが普通の女性からかけ離れた存在だと考えているらしい。だからこそ、女らしい女性と一緒にいるときの不快感を抱かないのだ。

リリーは自分のブルマーを見おろした。

「そうね」フランチェスカはにっこり笑った。「それはわたしも気づいてたわ」

「別に、わたしはどうでもいいんですけれど」リリーは言った。

フランチェスカはくすくす笑い、リリーの頬を軽く叩いた。「リリー、あなたって、誠実で勇敢で立派なだけじゃなくて、とんでもない嘘つきね。もしその心の中に、注意深く隠された快楽主義者としてのすてきな部分がなかったら、わたし、うんざりしちゃうでしょうね」

「あなたをうんざりさせずに楽しませているとしたら、嬉しいわ」リリーは言った。ようやくかごの中のオレンジが見つかった。

「ええ、楽しませてもらってるわ。でも、楽しませる以上に、興味をそそられる存在よ。中産階級の束縛が、あなたの自由奔放な魂を抑えこんでいるのね。見かけはイスラムの後宮から逃げだしてきた女性みたいなのに、ふるまいはまるで女子修道院長なんですもの」

「本当に、何のことだか全然わからないわ」そう言うとリリーは木の幹にもたれかかり、オレンジの皮に爪を立てた。近づいてくる男性たちのほうを見ないよう用心しいしい皮をむきはじめる。

フランチェスカは手首を優雅に振ってスカートのすそを広げ、芝生にとまる蝶々のようにリリーの隣に座った。自分もかごに手を伸ばし、オレンジを一個とる。「つまりね、もしわたしがあなただったら、男性にそんな混乱状態にさせられるなんて、絶対に許さないってことよ」

「わたし、『混乱状態』になんかなっていませんわ」

「あらあら、リリー」フランチェスカは頭を振った。いかにも愉快そうに口角が上がる。「あなたは十分、『混乱状態』になってるじゃないの」

「こんな状態、もういやなんです！」リリーは口走った。

「そりゃそうでしょう。見ればわかるもの」

「頭の中が……そういうことでいっぱいになるなんて……情けないったら！」

「じゃあ、なんとかして――」

「あんまりだわ！」

「まったく、そのとおりね」

「時間の無駄ですもの！」

「ほらほら、そんなに興奮しないで」

「わたし、どうすればいいのかしら？」リリーはついに尋ねた。フランチェスカはそれまで眺めていたオレンジを下においた。まさにその質問を待っていたのよ、とでも言いたげな満面の笑顔を見せると、リリーのほうへさらに近寄って——秘策を授けたのだった。

10

ベストのボタンを全部はずし、シャツの襟元をゆるめたアヴェリーは、ほぼあおむけの状態で寝そべり、両ひじを後ろについて体を支えていた。片方の脚を曲げ、もう片方は体の前に出して頭をそらし、香り高い葉巻の煙を吐きだした。青みがかった煙の向こうにリリーが見える。三、四メートルは離れているだろうか。向かい風を受けたせいか鼻にしわを寄せ、咳きこんでいる。そのそばではポリー・メイクピースが哀れなバーナードをつかまえて、寄宿舎での「収容生活」について質問攻めにしている。車椅子を押してポリーをここまで連れてきたのはホブだ。

ゆったりとくつろいでいる女性と一緒に過ごした経験がなく珍しく感じるせいか、アヴェリーは彼女たちの話を聞いて楽しんでいた。そこで新たに発見したのは、彼女たちが思ったよりずっと複雑な生き物だということだった。ただしリリーに関しては、やはり予想どおり複雑だったと言える。アヴェリーはこの女《ひと》をあなどるという失敗はおかしたことがない。

アヴェリーは顔だけふりむいて、リリーをじっくり観察した。横から見ると彼女のまつ毛はきわだって長く、鼻は貴族的な感じで、鼻腔は横に広く、唇はふっくらとして厚みがある。

まったく、手に負えない女《ひと》だ。理屈っぽく、お金に細かく、辛辣で、そのくせ思いやりがある。リリーはおそらく、夜眠りにつく前に、僕を挑発する手だてをいろいろ画策しているのだろう。ミルハウスを手に入れたいと願うその決意は、アヴェリーに負けず劣らず固い。それほどの決意と強さを、たおやかで従順なものだと教えられてきた女性という生き物の中に見いだしたことで、アヴェリーは混乱していた。だからこそ、どうしようもなくリリーに惹かれてしまうのかもしれない。

「明日の予定はどう、忙しい?」エヴリンが訊いた。

「そんなに忙しくないですけれど」とリリー。「ドラモンドさんと打ち合わせの約束があるんです。毎月、第三月曜日に行っている、例の話し合いです」

「ドラモンドさんに言っておいたほうがよさそうよ。そろそろ、羊の毛につけた目印の代赭《たいしゃ》石《せき》を洗いおとすようにって」ポリーが口をはさみ、皆を驚かせた。

「羊たちがあの赤い印をつけたままでいるのを見たものだから。この夏はだいぶ暑くなりそうでしょ。羊毛が乾くあいだに羊が病気になるのは避けたいですものね」

「わかりました。言っておくわ」リリーが言った。

「ミス・メイクピースのお父さまは、ヒントン伯爵が所有する牧場で牧場頭をつとめていらしたのよ」エヴリンが、ポリーが羊に詳しいわけを明かした。

「まったく、うんざりね」フランチェスカが言い、エヴリンがはっと息をのんだのに気づいてつけ加えた。「別に、あなたのお父さまのお仕事がそうだっていう意味じゃありませんのよ、ミス・メイクピース。リリーの明日の予定を考えたらうんざりしただけ。ドラモンドとリリーは以前から折り合いが悪いものですから」

農場監督のドラモンドとのいざこざを話題にされて、リリーは心穏やかでなかった。アヴエリーはきっと、わたしがドラモンドとうまくやれないことを有能でない証拠だと見なすだろう。ただ、アヴェリーにそう思われるのがなぜ気になるのか、リリーは自分でもわからなかった。「わたしたち、まあなんとかやっていますわ」

「でも、リリー！」エヴリンが声高に言った。「あなたいつも言ってるじゃないの、ドラモンドさんが自分の意見を尊重してくれないって。前回だって話し合いの約束があったのに、彼の事務所から締めだされたんでしょう」

リリーはぎこちなく笑った。「ああ、あれはドラモンドさんのちょっとしたおふざけですよ」

「アヴェリーに一緒についていってもらえば、ドラモンドさんもあなたの話を聞いてくれるんじゃないかしら」エヴリンはとりすまして言った。リリーは彼女をにらんだ。

「そんな必要はありませんから」リリーがちらりと目をやると、アヴェリーは愛人に取りかこまれた支配者のように寝そべっている。

「ドラモンドじいさんのことなら憶えていますよ」アヴェリーはゆったりとした声で言った。頭の中である考えが形をなしつつあった。リリーが農場でどんな経営をしてきたのか知りたかった。地所の帳簿では、石鹸、衣料雑貨、食料品といった支出の明細ぐらいしかわからない。

銀行の管財人は、ミルハウスがどうやって黒字経営を続けていられるのか説明できなかった。ただリリーは実際に、なんとか利益をひねり出しているのだ。もしかすると道具類を売却して収入を得ているのか、それとも牧草地に家畜を過放牧して儲けているのか。いずれにしても、ドラモンドに訊けばわかるだろう。

「ドラモンドは僕に、ウサギをつかまえるためのわなの仕掛け方を教えてくれましたよ」

「知識の宝庫みたいな人ですからね」リリーが言う。

「ええ、驚きますよ。なんでも知ってるから。実のところドラモンドは、けっこう親切な人なんですよ」

リリーは口をぽかんと開けた。「ドラモンドさんが？　親切？」

「まあ、『親切』っていうと多少大げさかもしれないけど」アヴェリーは笑顔にならずにはいられなかった。

リリーの黒々とした目が大きく見ひらかれ、眉毛がつりあがった。口角が持ちあがり、笑いだした。かすれぎみで深みのある、耳に快い笑い声が、アヴェリーの胸に響いた。

「ドラモンドさんの魅力って、ちょっとつかみにくいですよね」抑えたようなくすくす笑いをしながらリリーは言った。

アヴェリーの笑みが顔いっぱいに広がった。リリーはさらに何か言いたげに、身を乗りだしてくる。アヴェリーは葉巻をぽいと投げすて、話をよく聞こうと体を起こした。リリーの唇にはまだほほえみの名残がある。表情はなごやかで無防備だ。結いあげた黒髪からほどけたひとすじのおくれ毛が、なめらかな眉の上にはらりと落ちかかった。

二人の距離は、アヴェリーが縮めようと思えば簡単に縮まりそうだった。リリーのほっそりした首に手をかけて引きよせ、唇を重ね——。

おい、僕はいったい何を考えているんだ？　二人を取りまく人たちの沈黙に急に気づいたアヴェリーは、周囲を見まわした。全員の視線が二人に注がれ、期待感があたりの空気を満たしている。

リリーは、長くもぐったあとようやく水面に顔を出した人のように頭をぶるっと振ると、ふたたび木の幹にもたれかかった。

エヴリンはため息をついた。フランチェスカはやれやれ、とでもいうように目を閉じ、ポリー・メイクピースは鼻を鳴らした。バーナードは不安そうな視線を皆の顔に順ぐりに向けている。

アヴェリーの中で直感の声がまた騒ぎだした。気をつけろ。これは裏に何かあるぞ。だが、僕には僕なりの計画がある。

「ドラモンドは、僕の幼いころにミルハウスで働いていた人の中で、今も残っている最後の一人じゃないかと思いますよ。僕のことを憶えてくれているかなあ」そこでひと呼吸おく。

「明日、あなたが行くときについていってもかまいませんか？」

リリーは用心深い目でアヴェリーを見た。「きっと退屈なさるわ」

「そのとおりですよ。ミス・ビードは地所の経営というお仕事があるんですから」ポリーはおざなりではあるが、誇らしげに言った。「お客さまに四六時中気をつかってばかりもいられませんよね。それに、ソーンさんが一緒に行かれても、二人の会話の内容の半分もおわかりにならないと思いますよ」

「いや、話を聞いていれば、基本的なことは理解できるぐらいの自信はありますよ」アヴェリーは冷静さを装って答えた。実を言うと、農業や牧畜業の経営については何ひとつ知らないに等しい。ポリー・メイクピースが牧羊などに詳しいらしいのが、ひどくしゃくにさわる。「ドラモンドさんにお会いするのは、ミス・ビードとのお話が終わったあとになさったほうがいいですよ」ポリーは鼻持ちならない口調で続けた。「そうしてお二人で、ウサギについての思い出話なんかを、心ゆくまで語り合ったらいいじゃありませんか。重要なお仕事の話を邪魔してもいけないでしょうし。そう思われません、ソーン夫人?」

エヴリンはごくりとつばを飲んで、うなずいた。

アヴェリーは冷淡な表情でポリー・メイクピースを見た。ここまで言われては、助言ではなくただのおせっかいだ――どうにも我慢できなかった。

エヴリンは深く息を吸いこんだ。「ソーンさん、ご退屈なようでしたら、ケトル夫人に頼めばおいしいお弁当をこしらえてもらえますわ。川のほとりで召しあがってもいいでしょう。釣りなんかもよさそうですね。エサ用のミミズは朝のうちに土を掘ってつかまえればいいし、バーナードが喜んでお手伝いすると思いますわ」エヴリンは息もつかずに急いでしゃべり終えると、卒倒するかのようにへなへなと椅子に座りこんだ。

バーナードの視線はまず母親に向けられ、次にポリー・メイクピースに、そしてまた母親に戻るといったぐあいに、二人のあいだを行き来していた。「ええもちろん、いいですよ。喜んで」

釣り。ピクニック。ミミズ掘り。僕を役立たずの男と決めつけて、ドラモンドじいさんの遊び友達に仕立てあげるとは。きっと次は、運動でもいかが、今晩ぐっすり眠れますよ、とか言って、バドミントンか何かをすすめるんじゃないか。

「じゃ、これで解決ですね」リリーは言うと、手をぽんと叩き、大きなかごの中をかき回しはじめた。「さて、バドミントンでもひと試合、いかが？」

フランチェスカは肩をすくめた。バーナードはやはりきってうなずいている。エヴリンでさえ青白い顔を輝かせ、さっと立ちあがった。

「いや、だめです」

めいめいのラケットを手にしていた三人の女性はぴたりと動きを止め、あっけにとられてアヴェリーを見た。

「でもソーンさん、バドミントンって面白いですよ」ポリーが言った。「ルールを憶えるのは簡単ですから」

アヴェリーは声を荒らげまいと必死で自分を抑えた。「『だめです』というのは、『これで解決』と言われたのに反対しただけです。バドミントンがいやだという意味じゃない」

「何がまだ解決していないんです？」リリーが訊いた。

「僕が明日、ドラモンドの事務所に一緒に行くかどうかですよ。あなたのほうに僕に知られたくないことが何かあるというのでなければ、同行してもかまわないはずだ」

リリーは大きく息を吸いこんだ。「まさか、わたしが何か隠しているとでも――」

「いえ、言いたかったのは、あなたとドラモンドとの話し合いを僕が聞いていけない理由はないだろうということなんです。僕は明日以降の計画をもう立てていて、あさってには、ロンドンに向けて出発するつもりですし」

「ああ、そうですか。なぜロンドンへ？」リリーが訊いた。

アヴェリーは自分の体を見おろした。「服を注文するためです」シャツがきつすぎる胸のあたりを勝ちほこったように指してみせる。「あなたが行くなと言うなら行きませんが」

どうだ、一本とってやったぞ。だが、こちらを見つめるリリーの表情は心中が推しはかりにくい。まるで、コブラの強力な目に圧倒されたサバクネズミみたいだ。どうして急におびえたような顔をするのだろう。

「いいえ」リリーは堅苦しい、不自然な声で言った。「行くなだなんて言いません。ご自由になさってください」

それまでいつになく静かだったフランチェスカが笑いだした。「わたし、今年のダービー観戦は全部とりやめなくてはならないようね。ミルハウスで楽しめる娯楽のほうが、よっぽど面白そうですもの」

「あのう、皆さーん！」少女のようなかん高い声が邸の方向から聞こえてきた。次の瞬間、重い足どりで一行のいるところへ近づいてくる女性の姿が見えた。ミルハウスの三人の小間使いの中でもっとも産み月が近いテレサだ。

一行を見つけたとたん、テレサはぴたりと立ちどまった。胸をかきむしったかと思うといきなりのけぞる。ぴんと伸ばした脚を草の上につきあげるようにしてあおむけに倒れ、たちまち皆の視界から消えた。

「大変だ！」バーナードが叫んだ。アヴェリーが行動を起こす前に、少年は野原を駆けだしていた。その長い脚とはためく上着のせいで、軟体動物を攻撃しようとする大きなコウノトリか何かを思わせる。

「まあ、どうしましょう」エヴリンがつぶやいた。

アヴェリーは黙ったまま、テレサを助け起こそうとしているバーナードが見える場所へ急いだ。状況はかんばしくなさそうだ。バーナードはテレサを、膝の下と肩のあたりを支えて抱きかかえている。もしテレサのお腹が、一〇月のカボチャさながらにふくれあがっていなければ、体をうまく二つに折ることができただろうが、これではまるで、細いサンゴの上にとまったタコのようだ。手足をばたばたさせてもがくテレサを、バーナードは四苦八苦しながら運んでいく。

アヴェリーはふうふういっているバーナードの肩を軽く叩いた。少年はさっとふりむいた。

「いや、僕……大丈夫……です」

「いえ、大丈夫じゃありません」テレサが訴えた。意識は失っていなかったらしい。「このままじゃ、落っことされちゃうわ！」

「もしかしたら、僕が運んだほうが――」アヴェリーは言いかけたが、傷ついたバーナードの表情を見て黙りこんだ。

だがテレサには、義俠心に満ちた騎士を演じるバーナードの気持ちに対する配慮はない。「ええ、そうしてくださいな」熱をこめて言う。「お願いしますわ。坊ちゃんが背中を痛めでもしたら大変でしょう？　だって、だんなさまのようにがっしりした方なら、汗ひとつかかずにあたしを持ちあげられますもんね」

「うん、まあそうだね」アヴェリーは言った。実際、バーナードの額には玉の汗が浮かび、呼吸にはおなじみのぜいぜいいう音が混じっていた。このまま負担をかけつづけたら、本格的な喘息の発作を起こしかねない。しかしアヴェリーは自分の経験から、体がひ弱であるがゆえの屈辱感がどんなものか、よく憶えていた。自分が無能で、無力で……男として一人前でないように感じていたものだ。

「ひょっとすると、テレサは自力で歩けるんじゃないかしら？」リリーがそれとなく言った。

リリーは、アヴェリーが気づかないうちにすぐそばまで近づいてきていた。堂々とした姿勢で、今にも審問を始めようとするスペインの異端審問官のごとく鋭い目つきで立っている。その後ろにはフランチェスカとエヴリンが続き、ホブが愚痴をこぼしながらポリー・メイクピースの車椅子を押して現れた。

テレサは弱々しくほほえんだ。「ミス・ビード。あたし、どうしちゃったのか、自分でもよくわからないんです」

「本当に？」リリーは冷静な目で皆を見わたした。「そうね、どうしたんでしょうね。バーナード、テレサを下ろしておあげなさい。それからソーンさん、手を貸す必要はありませんわ。大丈夫です。そうよね、テレサ？」

　バーナードがぎこちない動作でテレサの体を地面に下ろして立たせると、小間使いは頼りなげな笑みを浮かべ、そわそわしたようすで両手をエプロンで拭いた。「ええ。もう大丈夫です。たぶん暑さにやられちゃったせいじゃないかと思います」

「暑さにやられたですって！　ふん！　このごろの女性ときたら、本当にかよわくなったものね」ポリーは断言した。「きっと、自然の理に反するおかしなしろものを服の下に着けているせいですよ。たとえばコルセットとか、腰当て《バッスル》とか。どう考えておられます、ソーンさん？」

「僕ですか？」思わぬ話の転換にめんくらったアヴェリーは訊きかえした。女性の下着について考えたことなどなかった。というか、下着といえば少年のころは想像をたくましくしたりもしたが、健康への影響という視点から見たことはなかったのだ。「いや、何も考えていません」

「やっぱり、考えなしなのね」リリーはつぶやいた。

「いや、つまり」アヴェリーはなんとか落ちつきを保とうと努力した。「特に意見がない、という意味です」

「わたしの意見を言わせていただくと」ポリーは言った。「もし女性が、あのくだらない下着を着けるのをやめれば、もっといろいろなことができるようになるはずなんです。実を言うと、コルセットというのは、男性の存在価値は生殖に不可欠な機能以外にほとんどない、という事実を女性に気づかせないために、男性が発明したものなんですよ」

「それは、今まで僕が聞いた中で、一番ばかばかしいくそ……いや、うぬぼれですね」

「ミス・メイクピースの今のお話、納得できますわ」リリーが口をはさんだ。「大柄な体や筋力を必要とする重労働をのぞいては、女性は男性にできることなら何でもできますもの」

「そんなこと言うと恥をかきますよ」とアヴェリー。

「じゃあ、証明してみせましょうか?」

「こんな話、議論しても始まりませんね」

リリーは小さく頭を振った。「ふん! 男の人って、議論に負けそうになるといつもそう言うんですから」

もうたくさんだ。アヴェリーは言った。「ミス・ビード、『男の人がいつもそう言う』って、あなたにどうしてわかるんです? 今まで、男に頼らずに生きていこうとただひたすら努力してきたっていうのに」

「まあ!」

「女の人っていうのは、議論に負けそうになるといつもそう言うんですから」アヴェリーは満足げに言った。

最後にやってきたフランチェスカは、芝生の上にごろりと横になり、片方の手のひらにあごをのせた。エヴリンは困惑した表情であたりを見まわすと、フランチェスカの隣に腰を下ろして両手の指を組みあわせた。皆から忘れさられたテレサは、居心地が悪そうにもぞもぞと体を動かしている。

「女性の能力を証明されるのが怖いんですか?」

心臓の鼓動が一〇回打つほどの長い時間、リリーとアヴェリーは向き合っていた。あふれるエネルギー、欲求不満、正真正銘の熱が二人のあいだの空間を燃えあがらせた。

アヴェリーはようやく口を開いた。「いや、怖くなんかない。でも僕は紳士ですから。受けて立ったところで二人とも愚か者に見えるだけの、くだらない挑戦に応じるつもりはないんです」そう言うなりリリーに背を向けた。

「臆病者」

アヴェリーは頭をわずかに回しかけたが、応酬しようとはしなかった。紳士らしい態度を貫くつもりだった。

「君、なぜここまでわざわざ出てきたんだい?」アヴェリーはテレサに訊いた。

「えっ? ああ、お客さまがおみえになっているのをお知らせするために来たんです。紳士がお一人、婦人がお二人で、上流の方ですわ。ソーンさまにお目にかかりたいとおっしゃっています」

「紳士ですって？」リリーはわざと恐れいったような口調で訊きかえした。「おまけに、上流階級の方？　ソーンさんにお目にかかりたいって？　まあ、光栄ですね！」

リリーはあごをつんと高く上げてくるりと体の向きを変え、皆より先に家のほうへ向かった。アヴェリーはフランチェスカに手を差しだして立ちあがるのを助け、バーナードも、同じように礼儀正しく母親に手を貸した。ホブはふたたびポリーの車椅子を押しはじめた。

皆が家に戻ってみるとリリーは居間にいて、見事な口ひげをたくわえた黒髪の青年と、可愛らしくういういしい金髪の娘二人にあいさつをしているところだった。

「ミス・ビード、あつかましくも押しかけてきまして申し訳ありません。妹たちと一緒に近くを通りかかったときに急に思いたって、ご在宅ならいいがと思って寄らせていただいたのです」男性が訪ねてきたわけを説明している。

よく太って身だしなみのきちんとした男だな、とアヴェリーは思った。間抜けな口ひげ。上等のブーツ。

「妹さんですか？」そう簡潔に問いかけたときのリリーの空虚な声に、アヴェリーははっとした。「嬉しいですわ、わたしたちのことを思い出して立ちよってくださって」話しているうちに言いよどむ。「考えてもみませんでした、あなたに、その——妹さんがいらっしゃるなんて。今週は、思いがけない——といっても喜ばしい再会が続く週になりましたわ。バーナードも夏休みで、なんとか家に取りもどせたので」

うわべだけの薄っぺらな口調。リリーのこんな声を聞いたのは初めてだった。気どった話しぶりがかんにさわる。

「『取りもどせた』ですって？」アヴェリーはつぶやいた。「まるで、あの子が屋根裏部屋の荷物の中に防虫剤と一緒に詰められていたのを見つけたみたいな言い方ですね」

二人の可愛い娘たちは手袋をはめた手を口元にあてて忍び笑いをしている。リリーの背中がこわばった。

「アヴェリー・ソーンさんをご紹介させていただきますわ」アヴェリーを見やることなく、リリーは彼のいるあたりを手で指ししめした。「しばらくご滞在の予定です。ソーンさん、お隣のマーティン・キャムフィールドさんです」

二人の男性はお互い目礼をした。

キャムフィールド？　アヴェリーは思い出した。そうか、自分の農場を拡張するために僕のミルハウスを買いとろうともくろんでいるやつだな。

アヴェリーはキャムフィールドをつぶさに観察した。ぴったりにあつらえた上着。淡い色の目。ふさふさとした髪。派手な口ひげ。立派すぎるひげが男の顔を間抜けに見せる例は初めて見た。といっても一部の女性がひげをたくわえた男性にさかんに色目を使っているのを見ると、僕の意見は少数派らしいが。

キャムフィールドはほほえんだ——ように見えた。たぶん今のは、ほほえみだろうな。ブラシみたいなひげの下に一瞬、歯がのぞいたから。

「ミス・ビード、とてもお元気そうで、何よりです」キャムフィールドは言った。

元気そう？　そうじゃなくて、みずみずしく美しい、とでも言うべきだろうが。リリーの頬にえくぼが現れた。あ、えくぼがあったのか。気づかなかった。なんてことだ。

「ありがとうございます」

キャムフィールドは黙ってほほえんだ。リリーもほほえみ返した。うわべだけの無意味なやりとりをいまいましく思いながら、アヴェリーはバーナードの表情に目をとめた。それにしてもリリーも思いやりがない。キャムフィールドのやつに媚びたりして、そんな態度を見せつけられるあの子の気持ちになってみろ。

「そちらのお嬢さんたちはどなたです？」よし、バーナードを助けてやろう。リリーめ、すっかりのぼせあがってしまって、あの子が不快に感じているのに気づいていないようだからな。

「えっ？」キャムフィールドはぼんやりとくり返した。「お嬢さんたち？」

「ええ。あなたのあとについて入ってきたお嬢さんたちです。まさか、玄関前の階段で見つけてこられたわけじゃないでしょう？」アヴェリーは言った。

「ああ！」キャムフィールドはばつの悪そうな顔をしたが、すぐに二人の娘を手ぶりで示し、愛想よく言った。「これは大変失礼しました。ミス・ビード、妹のモリーとメアリーです」

二人の妹は熱の入らない社交辞令をリリーと交わした。兄はほかの人たちにも妹を紹介してまわった。ようやくアヴェリーの番が来て紹介がすむと、キャムフィールドは妹の相手をアヴェリーにまかせ、自分はリリーのほうへ戻っていった。

「ソーンさん」妹の片方が言った。「お会いできて本当に嬉しいですわ」

「どうも」アヴェリーの視線はいやおうなしに部屋の隅へいってしまう。そこではキャムフィールドがリリーを独り占めしていた。かわいそうにバーナードはそばに立って、お乳の奪い合いに負けた子犬のようにしおれている。

「わたしたち、今月の末にささやかな舞踏会を開きますの。ぜひいらしてくださいな」もう一人の妹が言った。

「そう、ぜひいらして！」

リリーはキャムフィールドのほうに体を寄せて話に耳を傾けている。あの男、何もあんなに低い声でぼそぼそ話すことはないじゃないか。リリーが聞きとりにくいだろうに。

「お願いしますわ」髪の色が淡いほうの妹が懇願するように言った。

「お願いしますって、何を？」

「舞踏会ですわ！」もう一人が、ピンク色のマニキュアをほどこした指をアヴェリーの目の前で振ってみせる。「もう、意地悪な方。はい行きます、とおっしゃってくださいな」

キャムフィールドはさらにリリーに近寄った。なんてあつかましいやつだ。

「ソーンさんが来てくだされば、知人たちからうらやましがられますわ」熱心に誘う娘の金髪の巻き毛が揺れる。

「なぜ、うらやましがられるんです？」

二人はそろってくすくす笑った。「もう、人が悪くていらっしゃるのね」一人が言った。

くそっ。アヴェリーは心の中でののしった。きれいな娘《こ》たちだが、何を言っているかまったくわからないじゃないか。「なぜでしょう、教えていただけますか？　ミス……ええと、ミス……」

「ソーンさん。あなたって、どこまでも孤高の人なんですのね」

「ミス・キャムフィールド」アヴェリーはいらだって言った。「いったい何のことをおっしゃっているんです？」

　また、くすくす笑い。アヴェリーはその場から逃げだす方法はないかと考えはじめた。リリーはあてになりそうにない。ミルハウスをねらうひげもじゃの男に作り笑いをするのに忙しいからだ。

「ご招待されても、あなたは全然、お出かけになりませんのね！」妹の片方が言った。

「ジェサップ卿からのお誘いでさえも！」ともう片方。

「ああ、招待状ですか。僕は自分では返事を書かないことにしているんです。それはミス・ビードがしてくれますから。もし不注意でお返事を出しそびれたりしていたら、ミス・ビードにおっしゃってください。そうだ、今ここで言っておくのも悪くない考えですね。ついていらっしゃい、僕が――」アヴェリーは途中で黙った。軽率そうな金髪の二人は、うろたえたようにお互いを見合っている。「どうなさったんです？」

「あの――」下の妹とおぼしきほうがつくろった笑みを浮かべた。「ただ、あのですね、ミス・ビードの場合、『不注意』というのはたぶん、ありえないと思うんです」

「えっ、なんておっしゃいました？」

もう一人の妹がたじろいだ。「ああいう社交の集まりだと、ミス・ビードは招待客の中に入っていないはずですから」

アヴェリーの顔はたちまちこわばった。落ちついてはいるものの、人を寄せつけない険しい表情だ。二人の娘は思わず後ずさりした。何世代も前からの特権を享受し、過保護に育てられてきた温室の花ながら、本能的に危険を感じたのだろう。

アヴェリーは無理やりほほえもうとした。「なるほど。しかし、お宅からの招待状は、そんなことはありませんよね？」

淡い金髪のほうの娘があわてて言った。「あの、それがですね。実はわたしたち、ちょうどその件を話していましたのよ、こちらのお邸へ向かう馬車の中で。いえ、お邸の前を通りかかったときの馬車の中でですわ。それで、ご理解いただけると思うんですけれど、ミス・ビードの場合、不運なご境遇はさておいて、つまりお生まれが――」

「僕だったら、それ以上言うのを控えますね」アヴェリーは忠告した。

娘はごくりとつばを飲み、助けを求めて兄の姿を探した。アヴェリーの態度におびえ、いたたまれなくなってはいたが、舞踏会に彼を招いて人に自慢したいという思いを捨てきれないらしい。二人のくすくす笑いはいつのまにかやんでいた。

「お宅の舞踏会、ぜひとも出席させていただきたいですね」

二人の顔が輝いた。自分が社交の集まりのお飾りとして見られていようといまいと、アヴエリーはいっこうにかまわなかった。彼女たちがこちらの出席の条件を呑んでくれさえすればいいのだ。「もちろん僕は、出るならいとこたちと一緒に、と考えていますが」

「もちろん、そうですわよね」一人がすぐに同意した。

「それから、ミス・ビードも」

今度は一瞬のためらいもなかった。「ええ、もちろん。こちらとしても、皆さんご一緒でなくてはいやですわ」

「それはよかった」アヴェリーは言った。「僕も、皆と一緒でなければいやですから」

11

「このほっぺた、いったいどうしたの？」リリーはバーナードのあごを指先で持ちあげ、ひどく赤くなったすり傷のぐあいを見た。

二人は正面玄関に続く廊下に立っていた。窓からの光に照らされたバーナードの青白い顔がほのかに染まる。

「なんでもありません。というか僕たち、ゆうべヒマラヤスギの木に登ってたんですけど、僕が一瞬手をすべらせて、木の幹に顔をこすりつけちゃって」

「僕たちって、誰と一緒だったの？」リリーは手を離した。

「アヴェリー兄さんと」

「ソーンさんとあなたは、なぜヒマラヤスギに登っていたの？」

バーナードの顔がますます赤くなった。「兄さんは僕に、みんなが寝静まったあとに家から出る方法を教えてくれてたんです」

「ふうん。こっそり抜けだす方法、ってことね」

バーナードの表情からきまり悪さが急に消え、完全にいたずら好きな少年の笑顔になった。

「うん、まあ、そういうことかな」自信たっぷりに言うその生意気そうな表情を見て、ふだんのリリーなら困ったものだと思ったかもしれない。

だが、いつになくいたずら心をのぞかせて、のびのびと語るバーナードのようすを見て、リリーは内心、アヴェリー・ソーンに感謝していた。

アヴェリーはバーナードを対等に扱いはしなかったものの、少年がなんでも吸収するまっさらな状態であるのをいいことに、一方的に男性としての見識を植えつけようとしたりはしなかった。昨日は何度もバーナードの話に熱心に耳を傾けもし、話しかけもしていた。その接し方は少年の成長にひと役買ってくれそうだった。

子育てにおいて、男性はほとんど役に立たないというのがリリーの持論だった。父親は愛情深い人だったが、リリーと二人きりで過ごす機会はたまにしかなく、自分の関心事について語るとか、娘の興味を引きだすことにあまり時間をかけなかった。なぐさめが欲しいとき、おしゃべりをしたいとき、助言が欲しいとき、リリーはいつも母親に頼っていた。しかし、バーナードと一緒にいるアヴェリーを見て、リリーは父親の存在の大切さもなんとなくわかるような気がした。

もし、わたしの姉や兄の父親が、子どもたちを大切に思っていたらどうだったかしら？いとしくて、別れるのが耐えられないほどに。

そんなことを考えたのは初めてだった。考えること自体がつらく、恐ろしく感じられた。母の最初の結婚で生まれた、まだ会ったこともない姉と兄。彼らの父親は、リリーの母親かから子どもたちを奪って、彼女を苦しめようとした。そのもくろみがどの程度うまくいったかを知っているのは、娘のリリーだけだ。

「ミス・ビード?」バーナードが心配そうに訊いた。「どうかしたんですか? 悲しそうな顔をして。ヒマラヤスギに登ったのがいけないのなら、僕、もう二度としませんから」

「いけなくなんかないわ!」リリーは大声を出した。「好きなだけしてかまわないのよ。ただ、気をつけてね。それから、お母さまには言っちゃだめよ、木登りを覚えたこと。いい? もちろんお母さまからはっきりと訊かれたら話は別だけれど」

バーナードの笑みがたちまち顔いっぱいに広がった。また嬉しそうな表情に戻ってうなずく。「今日の予定、もう決まってますか?」

「今日?」リリーは訊きかえした。その目は玄関脇の広間のテーブルの上におかれた郵便物の山に注がれている。「ええ。ソーンさんと一緒に、ドラモンドさんに会いにいくことになっているの」

「ああ、そうですか」

リリーは封筒の束を取りあげた。特に急ぎの用事がないらしいバーナードは、リリーの肩ごしにのぞきこんでいる。深く息を吸いこむ音が聞こえた。「あなたって、すごくいい匂いがする」

リリーの頭の中で警鐘がかすかに鳴った。「ありがとう」さりげなく見えるように気をつけながら横に一歩踏みだした。

バーナードはあとをついてきて、ふたたびリリーの匂いを深く吸いこんだ。「これ、どういう香水ですか？」

「石鹸よ」リリーは断固としてうつむいたまま手紙を見つめつつ、もう一歩少年から離れた。

「面白そうな手紙はありました？」バーナードはリリーの肩ごしに訊いた。

「ないわね。どれもソーンさん宛の招待状ばかり。アヴェリー・ソーンさま、ソーンさま、アヴェリー・ソーンさま、アヴェリー・ソーン、ミス・ビード――」

リリーは手をとめ、宛名に自分の名前が書かれた上質皮紙製の分厚い封筒を眺めた。招待状を受けとるのは日常茶飯事だとでもいうかのように落ちつきはらって、ペーパーナイフを折りぶたの下に差しいれて開封し、浮き出し文字で書かれたカードを無造作に引きだす。

「キャムフィールド家からだわ」

「キャムフィールド家？」バーナードの声はくぐもっていて、心ここにあらずといった感じだ。それに、体がくっつきすぎている。今リリーがふりむいたら、二人の体はぴったり重なりあってしまうだろう。

「昨日、ここへいらしていた方たちよ」

「ああ！　口ひげの男性と、きれいな娘さん二人でしょう」

この子、キムフィールドの妹たちをきれいだと感じたのね。リリーは嬉しかった。バーナードの思春期らしい空想をふりむける矛先ができたと思ったのだ。この気持ちをうまく後押ししてみるのもよさそうだ。「ええ。今月末に舞踏会を開くんですって」

「行くつもりですか？」

行って、自分が社会的に望まれない存在であることを思い知りたい？　「いいえ、わたしは遠慮しておくわ」

「じゃあ、僕も行きません」バーナードはきっぱりと言った。

「まあ、そんなのもったいないわ。あなたはあの方たちと対等の立場でしょう。ソーン家は長年ミルハウスを所有してきた一族だし、あなたはぜひ行ったほうがいいわ」

そう言いながらリリーは、事実を認めている自分に気づいていた。ミルハウスは本来あくまでソーン家の所有財産なのだ。ただし（リリーは半ば必死で訂正した）、法的にはリリーも相続する機会を与えられている。

「それに、きっと楽しめるわよ。きれいな女の子たちもいるし、ご馳走が出るし。ダンスや、言葉当て《ジェスチャー》遊びをしたり、すてきな音楽を聴いたり――」

「あなたが行かないんじゃ、楽しめない」バーナードは頑固に言いはる。

困ったわ。キャムフィールド家の娘たちに対するバーナードの興味をかきたてたいなら、舞踏会へ行くしかない。

「ねえ、バーナード？」リリーは明るく言うと、さっと後ろに下がって脇によけ、少年に向かって腕を伸ばした位置に招待状をかざした。「わたし、出席したほうがよさそうな気がしてきたの。今日さっそく承諾の返事を書くわ」

「ほら、二人が行きますよ」リリーとアヴェリーがそろって目的ありげに家の前の小道を歩いていく姿を窓から見たポリー・メイクピースは、つかんでいた錦織《ブロケード》のカーテンを放した。「実に、天才的な考えでしたね。あの妊娠した小間使いが洗濯物を干しているとき、ミス・ビードの『合理的な装い』を地面に落っことさせたのは」ポリーは称賛の表情でエヴリンを見た。「そのうえ、残っていた一枚を隠すなんて。けっきょく、ミス・ビードはあのちゃらちゃらしたスカートをはくしかない状態に追いこまれましたものね」

「リリーのあのスカート、なかなかすてきだと思うんですよ」エヴリンは用心深い口調ながら、穏やかな笑みを浮かべて言った。その目は窓の外で遠ざかっていく二人の姿を追っている。「ピンクがよく似合ってるわ。といっても、女性ってだいたいピンクが似合うものですけれどね」

「なるほどね」ポリーはつぶやいた。服装に対する興味はたちまち失せたが、顔が明るくなった。「それから、昨日のピクニックでのお芝居。あれも、すごくうまくいったとわたしは思いますね」

「本当に?」エヴリンは腰かけていた椅子の肘掛けの上に並べられたライル糸の束の中から淡褐色の束を選びだした。すばやく動く指先がたちまちいくつもの編み目を作りだす。「それで、二人のお互いに対する……関心を高めさせるには、やっぱり言い争いをさせるのが一番いいんでしょうか?」

ポリーはふたたび窓の外にちらりと目をやると、車椅子を転がしてエヴリンの座っているところへ近づいた。「ええ、もちろんですよ。あの人たちは丁々発止の論戦が大好きなんです。二人とも激情型ですから。中途半端な接し方じゃ、お互い、明らかな帰結を求める気持ちを告白しようとしませんからね」

「明らかな帰結というのは？」エヴリンは訊いた。この地味な顔立ちで論争好きの女性が、情熱的な人たちについて何を知っているというのかしら？

「愛を交わすことです」

エヴリンは目をしばたたいた。

「あの二人が二メートル以内に近づいたときはいつも、そういう雰囲気がむんむんしてますもの。もしわたしが、ソーン夫人、あなたのような高い身分の貴婦人だったら、あまりのあからさまに憤慨するだろうと思うぐらいですよ。心が広くてらっしゃるんですね、驚きました。実際、気づかれませんか？　空気をパチパチいわせるほど二人が惹かれあっているのに？」

「もう気づいたでしょう、あなたがそれだけちゃんと教えてあげたんですから」薄い赤紫色のシフォンをさらさらいわせながら部屋に入ってきたフランチェスカが言った。どことなくだるそうな感じだ。こめかみにはいくすじものおくれ毛がかかり、大きくあいた襟元のフリルは少しゆがんでいる。

「恋愛上手のわたしが、ちょっとした助言をさしあげようかしら？」フランチェスカは申し出た。

エヴリンは後ろめたそうにポリーのほうにちらりと目をやった。自分は、大好きなリリーをあやつってアヴェリーと結びつけようともくろんでいる。正直、彼が怖いくせに、こんなに大胆なやり方に出たのは、母親として息子の将来が心配でたまらないからだ。しかし、もくろみがばれるのは困る。

「なんの話かしら。わたし、わからないわ」エヴリンは口の中でもごもご言った。

ポリーは恥ずかしがるふうもなく、ただフランチェスカをじっと見つめて、その意図を推しはかろうとしている。

フランチェスカはサイドテーブルの前で立ちどまった。真ん中には、大きなバラの花とヒエンソウをあふれんばかりに生けたセーブル焼の巨大な花瓶がおかれている。「この花瓶、ミルハウスにあるものの中でも最高に美しい一品ね」半ばひとり言のようにつぶやく。「父のホレーショも、よくこんなに価値ある品をこの家においたわね。驚きだわ」

「ミス・ソーン、どんな助言をしてくださるんです?」ポリーが訊いた。

フランチェスカはしおれかけた花を一輪、花瓶から取ると、テーブルの上に落とした。「どうせやるなら、もっと巧妙なやり方をしなくてはいけないと思うの。幸い、あなた方二人の計画の『犠牲者』に関するミス・メイクピースの評価は正しいようだけれど――あらエヴリン、『犠牲者』があんまりだって言うなら、『対象』はどう? どんな呼び方をするにせよ、二人がお互いにすっかり夢中になっていないうちは、自分たちがあやつられているのにすぐに気づいてしまうわ。二人とも鈍いほうじゃありませんもの」フランチェスカは花瓶から目を離し、棚からポートワインを取りだしてクリスタルグラスに注いだ。

「なるほど、いいところをついてるわ」ポリーは言った。

「ポリー！」エヴリンが注意する。

「おや、失礼しました。でも、否定してもしょうがないんじゃありません？　もしミス・ソーンがわたしたちの計画について告げ口するつもりだったら、助言してくださるはずがないでしょう？　ただ、なぜ助言を？　そこだけは疑問ですけどね」

フランチェスカは謎めいたほほえみを二人に投げかけた。「あら、ミス・メイクピース。わたし、『告げ口する』かもしれませんよ。だって、リリーが好きなんですもの、とっても」

「わたしだってそうよ！」エヴリンは罪の意識にさいなまれて叫んだ。

「お気持ちはわかってますよ、ソーン夫人」ポリーはなぐさめるように言うと、フランチェスカと向き合った。「ミス・ソーン。お互い、手持ちの札を見せ合おうじゃありませんか。ソーン夫人とわたしは、アヴェリー・ソーンさんとミス・リリー・ビードを結びつけたいという共通の目的を持っています。ただし、理由はそれぞれ違いますけどね」

「そうじゃないかと思ってました」フランチェスカは言い、ポリーのほうにグラスを傾けた。「その理由、聞かせていただきたいわ」

ポリーは車椅子に座ったまま姿勢を正した。「わたしは、ミス・ビードには、『女性解放同盟』の次期会長になるのに必要な意欲と決意が欠けていると思っています。あ、怒らずに最後まで聞いてくださいね」

エヴリンは顔をしかめた。ポリーの主張が自己中心的なのはわかっていたが、正直に話そうとしていることについては責められない。

ポリーは続けた。「ミス・ビードは確かに、会長に適任と思われる資質をそなえています。人間としての魅力、頭のよさ。お父さまは貴族、お母さまは身分の低い方だったという家庭環境。私生児であるという事実も有利なんです。下層階級の人たちにも訴えかけるものがありますからね。でも一番大切なのは、ミス・ビードが、きれいな方なのに男性に頼らず、完全に自立して生きてきたということ、そして今後もそういう人生を歩むと誓うことなんです」

フランチェスカはじっと聞き入っている。「続けてくださいな」

「『女性解放同盟』の会員の中には、ミス・ビードのように多くの人を惹きつける強い個性を持った会長が必要だと考える人たちもいます」ポリーは身を乗りだした。「彼女たちはミス・ビードを、いわゆる『処女王』にまつりあげたいらしいんです。強くて、自立していて、肉欲を超越した存在としてね」

フランチェスカはくっくっと笑いだした。まるで女性としての先輩を憐れんでいるかのような態度だ。ポリーは笑いがおさまるのを待っている。

「ミス・メイクピース、失礼しました」フランチェスカは袖口で目を押さえながら言った。「ただわたし、世の中にそんな人がいようとは――いえ、続きをお願いします」

「ところがミス・ビードだって、そういった欲望に惑わされないわけじゃありません。ソーンさんに対する反応がそのいい証拠、一目瞭然ですよね。さて、もしミス・ビードがソーンさんとの関係を、正式なものであれどうであれ、深めることになれば、『処女王』にまつりあげられる資格はなくなるわけです。そうすれば、同盟は名ばかりの会長でなく、組織を率いる真の指導者を選ぶことができます」ポリーは両手で膝をぽんと打った。「それが、わたしが二人の関係を後押しする理由です」

フランチェスカは考えこみながら、指先で唇を軽く叩いている。「なるほどね、ミス・メイクピースの動機についてはよくわかりました」今度はエヴリンに皮肉めいた視線を向ける。「でもエヴリン、あなたの場合は何をめざして恋の仲立ちをしようとしているのか、全然わからないのよね」

細いレースのひもを編みはじめていたエヴリンの手が止まり、材料を膝の上に取りおとした。「あら、いやだ。わたしったら、下手ね」

「エヴリン、どうなの？」フランチェスカは優しくうながした。

エヴリンはかがみこんで、どこかわからなくなってしまった編み目を探し、下を向いたまままつぶやいた。「自分の人生のため。バーナードのためなの」

「なんですって？」フランチェスカはぽかんとして訊きかえした。

エヴリンは射抜くような目でフランチェスカを見つめた。「知っているでしょ。ジェラルドが生きていたころ、わたしたちがどんな生活を送っていたか。一緒に住んでいたあなたなら、わかるはずよ。ジェラルドがどんなにひどい……だから、わたしには無理……」

そこで言葉が途切れた。だが、フランチェスカはどうしても理由を知りたがっていた。事情を察しているポリーの顔は悲しみに曇っている。

やはり、自分がリリーをアヴェリーにまかせたいと思っている本当の理由を告げなければならない。この二人にも、そして自分自身にも。エヴリンは言った。「わたし、臆病者だから」

「いいえ、違いますよ」ポリーが言った。「あなたは逆境を乗りこえたんです」

エヴリンは首を横に振った。「いいえ。臆病者よ。わたし、八年もただおびえて――」ジェラルドとの生活。結婚というのはきわめて神聖なもので、その真実は夫婦にしかわからない。ずっとそう信じ、その考えにしたがって生きてきた。何があっても一家の品格や、バーナードの名誉に傷がついてはならないと。

ポリーは顔をそらし、窓の外を凝視している。そのあいだにエヴリンは心を落ちつかせる余裕ができた。ポリーのこまやかな気づかいに胸を打たれ、自分の尊厳を取りもどして話を続ける勇気がわいてきた。

「わたし、アヴェリー・ソーンを目の前にすると、怖くてまともに話ができないの。精神的に耐えられなくて。自分のための単純な頼みごとさえできないのに、息子のためにできるはずがないわ」エヴリンの声は自己嫌悪で震えた。「ましてや、アヴェリー・ソーンに断固として要求をつきつけるなんて、たとえそれがバーナードの身を守るために必要だとしても、わたしにはとうてい無理なのよ」

「そんなことないわ」フランチェスカが言った。「もしバーナードの身を守るためだったら、あなたはきっと——」

エヴリンは悲しみに打ちひしがれた顔を上げた。

「そうかしら？　わたしだって、できると思いたいわ。でも、バーナードの将来を、自分の勇気みたいに不確かなものに託すなんて、いやなのよ。わたしはアヴェリーが怖くてたまらない。でも、リリーは堂々とわたりあえる。何があってもおびえない強い女《ひと》だから。もしリリーがこのまま、ミルハウスにとどまってくれたら——勝負に負けたとしてもほかに行くあてがないのだから、アヴェリーだって追いだせないわ——彼女はわたしのいたらないところを補って、バーナードを守ってくれるはずよ。どんなときでも自分の良心に恥じない行動ができる、逆境から逃げずに立ちむかうことのできる女《ひと》ですもの。たとえアヴェリーに虐待されるようなことがあっても、リリーにはここを出ていけるだけの勇気があるわ」

「ああ、エヴリン」フランチェスカはやるせない声で言った。「あなたの結婚生活が違った方向に行っていればよかったのに。人生って、本当はすばらしいものになる可能性だってあるのよ」

「そうかしら？」どこか冷たくひがみっぽい物言いは、エヴリンに似つかわしくなかった。まるで犬の口から猫の鳴き声が聞こえてくるような違和感がある。

「ええ、そうよ」フランチェスカはささやいた。その瞬間、彼女の美のはかなさが顔をのぞかせた。透きとおるように薄い肌は美しい瞳の下でたるみを見せはじめている。真っ赤な口紅を塗った唇はすぼめられているためにしわが目立つ。大理石のごとくなめらかなこめかみの皮膚の下に網状に走る薄紫色の細い静脈も、ふだんはそのはつらつとした表情に隠れて見えない、年齢による衰えのしるしだった。

「ええ、そうよ。人生はすばらしいものになる可能性があるわ。考えてみてちょうだい。生きていてよかったと思える、輝かしい瞬間を。これこそ自分が心から求めていたものだと信じられる、このうえない幸せが……楽園《エデン》が訪れる瞬間を想像してみて。そこで人は、無邪気に、純粋に、自分の喜びを味わい、それをどこまでも追いもとめることができるのよ」

震えるまぶたを閉じたフランチェスカは、クッションに頭をもたせかけて体をそらし、笑いだした。かすれ声の笑いだった。少し戸惑い、失望したような。「もちろん、いわゆる『エデンの園』とは違うわ。『約束の地』でさえない。でもね、そんな空想をしたおかげで、幸せに目を向け、探し……駆け引きしつづける力が生まれるんだわ」

フランチェスカは目を開けた。一瞬、エヴリンはその目にせつないほどの渇望を見た気がした。だがその渇望は次の瞬間、自らをあざける態度に取って代わられ、無頓着さを装う仮面におおい隠された。

フランチェスカはポートワインをごくごくといっきに飲んでから話を続けた。

「エデンのような幸せの境地は絶対に存在する、と主張する人もいるわ。それは、人生で経験する出会いとともに成長していき、色あせることがない。精神を生き生きとさせ、魂を病ませることがなく、永遠に続くものなんだと。もちろん」鼻をふんと鳴らす。「そういう夢を信じる人っていつも酔っぱらっているんじゃないかって、わたしも怪しんではいるわよ。それでもロマンチックな人間としては、そんな疑いはひとまずおいておきたいなと考えているの。でも、そんな世界が存在するかどうかはともかく、いかなる人も、その幸せのかすかなこだまみたいな残響でも、経験せずに一生を終えるべきじゃないって、信じているわ。わたし自身その経験があるから。どう、エヴリン。わたしの助言、鋭く本質をついていたんじゃないかしら。父もきっと、草葉の陰でわたしを誇りに思ってくれているわよね」

「フランチェスカ――」

フランチェスカはエヴリンが差しのべた手を無視して立ちあがった。「ミス・メイクピース。今のが、あなたの疑問に対する答です」

「答、ですか？」ポリーは訊きかえした。いつものかん高い声も今は沈んでいる。

「ええ。わたしがアヴェリーとリリーを結びつけるあなた方の努力に手を貸そうと考えている理由よ」フランチェスカはドレスの襟ぐりの位置を直した。「さっき言ったように、わたしはリリーが大好きだから。彼女こそ、自分の力で……エデンを見つけられる女《ひと》だと思いたいからよ」

12

いつもなら、ドラモンドの事務所へ出かけるときは、目的地はともかく、そこまでの一キロ半ほどの道のりを楽しんで歩くリリーだった。特に今日のようによく晴れた日はなおさらだ。輝く日の光が暖かく降りそそぎ、生垣には赤いノイバラが咲き乱れ、あたりには緑の木の葉の匂いが漂っている。

しかし今日のリリーは、ドラモンドがどんな態度で自分を迎えるかを想像し、強く意識していた。そして、すぐ横を歩いているアヴェリー・ソーンをさらに強く意識していた。

リリーは幾度となく思いかえしていた。自分が「女性は男性にできることならなんでもできる」と大人げなく言いはったうえ、さらに挑発的な言葉を投げつけたというのに、アヴェリーはそれを無視しようとつとめていた。その記憶は逃げ道を与えてくれるどころか、かえっていらだちの種になるばかりだった。

アヴェリーはいかなる状況でも（それがどれほど不快であろうと、悲惨であろうと）、事態を掌握して成功に導ける人間だった。物事が失敗するのを見ていられないたちなのだろう。有能で、大胆で、不屈の精神を持ち、自信満々で、もっとも純粋な男らしさをそなえた強い男性だった。

　リリーが腹立たしく思うその強さこそが、アヴェリーの魅力をいっそうきわだたせていた。フランチェスカと二人きりのときに授けられた言葉が、催眠術師のかける暗示のごとくいやおうなしに、リリーの頭にささやきかけてくる。**行動するのよ。自分の欲しいものを勝ちとりなさい。なぜ受身でいなければならないの？――あなた、血の通った人間でしょ。**

　フランチェスカの口調はいかにも楽しげで、自信に満ちあふれていた。**リリー、女だからといって欲望がないわけじゃないでしょう？　女の欲望だって、男の欲望と同じぐらい現実的なものなのよ。**

　リリーは歩幅を広げて前に進んだ。だが、フランチェスカの声がどうしても頭から離れない。**ほんの少し努力しさえすればあなたの知りたいことがわかるのよ。なのにどうして、それがどんなものか想像しているだけなの？**

「約束の時間に遅れそうなんですか？」

　池のまわりの小道を急ぎ足で歩いていたリリーは、しかたなく速度を落とした。「いいえ、時間は十分あるんです。ごめんなさい」

　アヴェリーは水車池のそばを通りすぎ、土手の高さを目測している。おそらく、リリーがなぜ高い土手を築いておかなかったのか疑問に思っているのだろう。ある程度の高さがあればこの春の洪水を防ぐことができ、小麦畑も被害をこうむらなくてすんだはずだ。だがその疑問の答は単純で、リリーに土手を築くための資金がなかっただけだ。それに、融資の申し込みもしたくなかった。

アヴェリーがあたりの土地を見わたしているあいだに、リリーは馬小屋のほうへ向かった。扉は開いたままで、埃っぽく温かい馬の匂いが漂ってきた。歩みをゆるめて近づくと、馬の穏やかないななきが迎えてくれた。思わず笑みがこぼれる。あの声はきっと、インディアだわ。

馬に会いたい気持ちを抑えきれず、リリーは中に入って、馬糞の土臭い匂いを吸いこんだ。それから、貴重な蓄えの一部をあてて買っている干草の匂いも。

掃除したばかりの通路に敷かれた砂を音もなく踏みしめ、馬房が並ぶ長い列の脇をそろそろと歩いていく。頭上から窓を通して差しこんでくる日の光が、通路に陽だまりをつくっていた。仕切りで区切られた馬房のそばを通ると、脚を静かに踏みならす馬の蹄《ひづめ》の音が、粛々と歌われる劇中の聖歌のようにこだまする。

ここはリリーが一番好きな場所だった。二〇頭の馬を飼っているが、ほとんど人が乗ることはない。こんなに多くの馬を無為に飼っているなんて頭がどうかしていると、アヴェリーは思うにちがいない。

近くの馬房の柵のあいだから、小さく繊細な形の鼻面が突きだされた。リリーは立ちどまり、柔らかでなめらかな手ざわりの鼻をなでた。「こんにちは、インディア。いい子にしてたのね」

リリーは肩ごしに後ろをふりかえった。アヴェリーはついてこないで、馬小屋の外に立っている。背が高く肩幅の広い体の輪郭が、五月の明るい空を背景に浮かびあがっている。彼が馬を嫌いなはずはないわ。馬が嫌いな人なんているわけがない。

後ろ髪を引かれる思いでインディアの馬房をあとにして、リリーはアヴェリーのところへ戻った。

「そんなにお金はかからなかったんですよ。ただ同然と言ってもいいぐらい」

「何が?」アヴェリーは訊いた。

「馬です。贈り物としてもらってきたようなものなんです」

アヴェリーは鼻をふんと鳴らした。「なるほどね、わかりました」

向きを変えて歩きだそうとするアヴェリー。その袖を、リリーはぐいとつかんだ。アヴェリーは驚いて見おろした。警戒している表情だ。ふだんのリリーなら、鼻先であしらわれたことに腹を立てるところだが、今は立腹している場合ではない。もし自分がミルハウスを相続できなかったら、アヴェリーに馬たちの面倒をみてもらわなければならない。

「いえ、わかってらっしゃらないと思うわ。もしわたしが買いとらなかったら、あの馬たちはすぐに殺されるか、でなければ安く叩き売られて農耕馬として働かされるか、街中で重い荷馬車を引かされるはめになっていたはずです。あの馬たちは競走馬ですよ。体のつくりが普通の馬とは違って繊細にできているんです。そんなふうに働かされたら、ひと月もしないうちにけがをするか、死んでしまいます」

アヴェリーはまた鼻をふんと鳴らした。

「そんなこと、いけないわ。馬たちはせいいっぱいやったんです。競馬で勝てなかったとしても、それは馬たちのせいじゃないんですから」

アヴェリーの視線は、彼の上着の袖をつかんだままのリリーの指に注がれている。リリーは顔を赤らめて手を離し、握っていた部分の生地を軽く叩いてしわを伸ばした。

「君は、使いものにならなくなった競走馬を飼っているんですか?」アヴェリーの声は妙にしわがれている。

「そういう馬ばかりじゃありませんわ。インディアは地方競馬で二着以内に入賞した経験が何度もありますし、名馬とうたわれたグラディアトゥールが出たレースで三着に入った去勢馬もいます」

「なかなか大したものですね」

「人の上に立ったものの言い方をしないでいただきたいわ。わたしだって、あの馬たちを飼う費用がミルハウスの財政にとってどれだけの負担になっているか、十分承知しているんです。でも少なくとも今は、経営しているのは<u>わたし</u>ですから」

「別に、いやみで言ったんじゃありませんよ」アヴェリーは咳払いをした。

たぐいまれな、青みがかった緑の瞳。その目にあざけりの色が浮かんでいないかと探してはみたが、それはない。目のまわりが妙に赤くなり、瞳はうるんで輝いている。まさか――リリーはどきりとした。この人、必死で感情を抑えようとしている。馬の話に感動して、心を揺さぶられているんだわ。リリーは驚きに打たれ、黙ってアヴェリーを見つめた。

「もうそろそろ行きませんか？」不機嫌そうな声。

アヴェリーは馬を飼うことについて、ばかばかしい金の無駄遣いだと思っているにちがいない。なのに議論をふっかけてこようともせず、口を大きく開けたまま目を赤くしている。

「あの」リリーはためらった。「馬たちに、会っていきますか？」

アヴェリーは眉をしかめた。まるでリリーが何かたくらんでいるのではないかと疑っているかのようだ。

「いや」と答えると、ふたたび咳払いをする。「先を急いだほうがいいでしょう」

どうぞ、と身ぶりで示してリリーを先に行かせてから、アヴェリーは歩調を合わせてついてきた。

二人は果樹園のほうへ向かう小道を歩いていった。節くれだったリンゴの古木にはたくさんの実がなり、枝は重みでしなっている。黄金の半ズボンをはいた小さな宮廷人のように見えるハチは、ブンブンと物憂げな音でうなりながら、淡いピンクのリンゴの花の奥に消えては外に出るという動作をくり返している。ときおり吹くそよ風で薄い花びらが散り、花吹雪となって二人の頭上に舞いおちた。

「果樹園はもっと大きかった気がするなあ」アヴェリーが言う。

「広さは五年前とまったく変わっていませんけれど」リリーは急いで答えた。ここで見ると、アヴェリーの目は暗く、深みのある色に見える。くすんだ青緑の翡翠《ひすい》のようだ。

「いや、つまり」地面に落ちている細長い枝を拾いあげながらアヴェリーは言った。「僕が子どものころの印象ですよ。この果樹園が海まで続いているような気がしていたんです。まるで広大な荒野みたいに思えたなあ。向こうの小さな丘まで行くだけだって、わくわくするような冒険だった。ここには巨大な竜がいたし、義賊ロビン・フッドも、円卓の騎士ランスロットも住んでいて、僕はみんなに会いましたよ」

アヴェリーは拾った枝を細身の両刃剣《レイピア》に見立てて突きをくり出し、見えない敵の攻撃をすばやくかわすと、リリーに向かって一礼した。リリーは無意識のうちに、まだ端のほうに葉がついている細い枝を拾い、顔の前に構えた。

「構え《アン・ガルド》！」

一瞬、アヴェリーの目が驚きで見ひらかれた。それに乗じてリリーは前に飛びだし、葉が茂った枝の先をアヴェリーの胴の真ん中に突きつけた。

「ポイント！」

アヴェリーは目を細めた。面白がっているのか、それとも報復を誓っているの？　たぶん、その両方ね。

「あいにく、ソーン家の人間はそう簡単には死なないんですよ」アヴェリーは言うなり、手に持った枝でリリーの枝をパシッと払いのけ、意表をつく攻めとかわしの技をめまぐるしい速さでくり返した。勢いに押されたリリーはよろよろと後退した。

「ずるいわ」リリーはあえいだ。「あなた、さっきの一撃で致命傷を負ったはずよ」

「ほんのかすり傷さ」アヴェリーは言いかえし、リリーの木の枝についた葉をねらって次々に払いおとしていく。「いちずな決意の力じゃないのかしら?」リリーはそう訊くやいなや、リンゴの古木の節くれだった幹の後ろに逃げこみ、小憎らしい笑いを浮かべてみせた。

「あら、いちずにひねくれた意志の力を見くびってはいけないよ」

「それもあるな」とアヴェリーは認めると、別の木の陰にさっと消えた。

木の幹の陰に身を隠したリリーは、息をととのえてから顔だけ出して、アヴェリーの姿を探した。まだ出てきていない。得意げにほほえむと、すばやい動きで、アヴェリーが隠れた木のすぐ左の木の陰に移る。彼の上着の端が見えた。よし、もう逃れられないわよ。

リリーは勝ちほこったような声とともに飛びかかった。枝を剣代わりに構え、フェンシングの型どおりに片腕を頭の後ろに回し、目を輝かせて叫んだ。

「武器を捨てよ!」

木の陰には……誰もいない。上着は、折れた枝に引っかけてあっただけだった。

「それはこっちのせりふだよ。武器を捨てよ」

ふりむくと、アヴェリーがすぐ後ろにいた。木の幹に片方の肩をつけ、無造作に脚を組んでもたれかかり、枝を指揮棒か何かのようにふりまわしている。黒っぽい眉を片方だけつりあげて言う。「このごろ人気の通俗劇のせりふを借りれば、『君を征服した』ということになるかな」

その言葉はもっと深い意味がこめられているように響いて、ほんのいっとき、アヴェリーの美しい瞳が暗い影を帯びた。こちらの反応をさぐって……ほかにも何かほのめかしている。

だが、それも一瞬だった。

「まいりました！　閣下のおおせのままに」リリーはちゃめっ気たっぷりに言うと、構えていた枝をアヴェリーの足元に投げすてた。

「それは心底、疑わしいなあ」アヴェリーはそう言うとほほえみ、自分も枝を放り投げた。日に焼けた頰の片方に深いえくぼが刻まれた。

「さすが、賢い人ね」リリーは少し息を弾ませて認めた。女性がもし、ただ手をこまぬいて自分の欲しいものをじっと待っていたら、残り物しか手に入らない。それで我慢するしかないのよ。ああ、もういや！　またフランチェスカの言葉が！

リリーは咳払いをした。「もうそろそろ……行ったほうがいいですね」アヴェリーの返事を待たずにくるりと向きを変え、早足で歩きはじめた。

二人が果樹園を通りぬけると、牧草地が目の前に広がっていた。古い生垣で囲まれているが、ノイバラの茂みが途切れている箇所があり、そこはかなり以前に柵を立てて修理されていた。リリー一人なら、近道をするためにこの柵によじ登り、乗りこえていくところだ。

「昔はドラモンドじいさんに会うのに、この牧草地をつっきって行ったものですよ。一五分は節約できた」アヴェリーは言うと、深紅色のバラを一輪つみとり、茎を親指と人さし指のあいだにはさんでくるくるねじるように回した。力強そうなその手には無駄な肉がなく、爪はきれいに切られている。指先は丸く、たこができて硬そうだが、無意識のうちにもバラを器用に扱って小刻みに動かしている。

「近道ですか」リリーは口の中でつぶやいた。

アヴェリーはバラを目の前に掲げて片目をつぶり、もう片方の目をこらして花びらの向こうのリリーを見た。もしかしたら、わたしの頰の赤らみと花びらの色を比べているのかもしれない——そんな考えの種を植えつけたフランチェスカが恨めしかった。

「ええ、そうです」アヴェリーはリリーの顔に手を伸ばし、バラをこめかみ近くの髪に挿した。完全に不意をつかれたリリーは、口をぽかんと開けたままだ。

「こちらを通って、少し時間稼ぎしますか？」

「わたし……あの……わたし……」

アヴェリーは柵の一番上の段に片手をかけて飛びこえ、向こう側の地面にかるがると降りたった。「さあ、いらっしゃい」手を差しのべる。

リリーはその手をとりたかった。たとえこんなささいなことでも、自分自身をアヴェリーにゆだねてみたかった。だからわざと彼の申し出を無視して、一番下の段にブーツをはいた足を乗せ、見苦しい格好でよじ登った。一番上の段にちょこんと腰かけ、でこぼこの地面を見おろして着地しやすいところを探す。

「君という人は、『わたしは一人でなんでもできる』式の行動規範をあくまで守る気なんですね」

「ええ、そのとおり」顔を上げたリリーは、自分の目がアヴェリーの目の高さより上にあるのに気づいた。わたしが上。そう思うと気分がよかった。アヴェリーがひげ剃りに使うかみそりの刃は切れ味がよくないのだろう。あごはもう、新しく生えてきた黒っぽいひげにおおわれている。

その発見でリリーはなぜか勇気がわいてきた。アヴェリー・ソーンがより人間らしい、完璧でない存在に思えたのだ。この人、役に立たないかみそりでひげを剃っている。それに、こうして見おろしてやれるのも気に入ったわ。

ずっとこの高さにいられたらいいのに、と思いながらリリーは脚をぶらぶらさせた。

「わたしにとって、自立していることはとても大切なんです。あなただって、もし女性だったらそう思うんじゃないかしら」

アヴェリーは柵の一番上の段に腕を乗せた。座っているリリーの腰のすぐ横だ。そして何かを打ちあけるかのように前かがみになり、ゆっくりと言った。「幸い、僕は女性じゃありませんからね」

いきなり体じゅうの空気を抜かれてしまったように感じられ、リリーはあわてて息をついた。**ええ、確かに。女性とは正反対だわ。**

アヴェリーは続けた。「男だから、自立を守るのに必死になる必要がないんです。君みたいな考え方、ずいぶん疲れるでしょうね。誰の助けも借りずに柵に登る権利を侵されやしないかと、いつも用心していなくちゃならないから」

「そうやって簡単にばかにできるのも、男性だからですよ。女性であれば、自分で何かを決められるというのはそれだけで喜ばしいことなんです。こうして小さな闘いを続けているのは、大きな闘いにのぞむための準備ですわ」たとえば、結婚契約書による法の下の男女平等などがそう。リリーは内心思いながら、口には出さなかった。

「ミス・ビード、安心していていいですよ。僕は君の自立を妨げようなどという気持ちは毛頭ありませんから。ただ、紳士ならかならず淑女《レディ》に対して申し出る、ごく普通の手助けをしようとしただけです」

「レディだなんて。わたしの父はいい家の出でしたが、母は身分の低い女性でした。母の曾祖父と曾祖母はあちこちを移動しながら働いて暮らしていました。浮浪者ではなかったにしても、ロマのような放浪者として生きていたんです」

アヴェリーは眉をしかめた。「なるほど、それでわかった」

「道理で上品さに欠けるわけだ、とおっしゃりたいのね。気を悪くされたんでしょう?」リリーは言った。

「とんでもない」アヴェリーを驚かせてやったという満足感はあまりない。

は、君の肌が珍しい色合いなのはそういう血筋のせいか、と納得したからです。『なるほど』と言ったのは、君の肌が珍しい色合いなのはそういう血筋のせいか、と納得したからです。ミス・ビード、お高くとまっているんだなあ。まあ、君の同類なら会ったことがありますけどね」

「同類ですって?」リリーの声が険しくなった。

「ええ。自分の家柄や血統について大げさに考えていて、それが他人にどんな影響を与えるかばかり気にする人たちですよ。言っておきますが、君のご先祖が生計のために何をしたとか、していなかったとかは、僕にとってどうでもいいことなんです。ダーウィンの進化論によれば、我々の祖先はみんな木にぶら下がって暮らしていたわけですからね。君みたいな俗物根性の人はいつも、より高い枝にぶら下がっていたのは誰かを話題にしたがるんだ」

「まあ！」彼はわたしの不安や劣等感を一蹴してくれた。でもそれを単なる俗物根性として片づけるなんて。

「それでミス・ビード、君の意見に反論したくはないんだが――」

「ソーンさん、わたしに反論するのが何よりもお好きなくせに。今まで送ってきた手紙でも、いちいち――」

「**君の意見に反論したくはないんだが**」アヴェリーは声をはりあげてリリーの抗議を封じこめた。「ひとめ見れば、レディかどうかぐらい僕にはわかります。君は間違いなく、レディだ」

アヴェリーはそう宣言すると、問題は決着したと言わんばかりにうなずき、体の向きを変えて柵の上に両ひじをついた。穏やかな表情で牧草地を眺めている。リリーがそこにいたいと言うなら、自分もそれでかまわないといった雰囲気だ。紳士だからこそ、レディを尊重して。

アヴェリーはすっかりくつろいで、悠々としていた。なんてすてきなの。男らしい魅力にあふれている。そして、わたしは……フランチェスカはなんて表現していたっけ？　そう、「混乱状態」に陥っている。

アヴェリーはリリーのほうを向き、優しくほほえんだ。

もう、我慢の限界だった。

「でも、レディがこんなこと、するかしら？」リリーは上体をかがめ、両手でアヴェリーの頭をはさんでキスした。

アヴェリーはびくりと身を引いたが、前のめりになったリリーはその肩をつかんで、柵から転がりおちないよう体を支えた。そのため、二人の唇がいっそう強く重ねあわされた。アヴェリーの唇は、陽光を浴びたビロード地のように温かい。柔軟さと硬さが混じった、なんともいえない快い感触だ。官能的な刺激を受けて、リリーの唇は驚くほど生き生きした反応を見せた。

リリーの手はアヴェリーの広い肩から首へと少しずつ上り、ついに引きしまった頰に到達した。両手で頰をはさむと、あごに生えたひげが手のひらをこする。高い頰骨の下のわずかなくぼみをさぐり、あごの角度を確かめ、唇の両端に触れると、指の腹に皮膚の温かみが伝わってくる。低いうめきにも似た声をあげながら、リリーは心臓が止まるかと思うほどの興奮の高まりを味わっていた。

ありったけの情熱を注いだ、燃えるように熱いキス。頭がくらくらする。自分が何をしているか、どこにいるかさえ、あやふやになっていた。無我夢中だった。意識の中心にあるのはアヴェリーの唇だけだ。

それとは対照的にアヴェリーは、歯がゆい気持ちを味わわされていた。リリーの体のあらゆる部分をいやというほど意識して、欲しくてたまらないのに、これではあまりに中途半端だ。だが、なすすべがなかった。

リリーはなぜ、僕にキスしようなどと思ったのか。それは神のみぞ知る、だ。僕にわかるわけがない。さっきは、よけいなひけめを感じている彼女への思いやりを示し、そのうえ気のきいたほめ言葉も言えて、我ながら大したものだと喜んでいたのだが、次の瞬間、いきなりキスされた。情熱というより怒りにまかせたキスだ。少なくとも初めはそうだった。だがほんの数秒のあいだに、怒りは熱く燃える炎のような感情に変わっていった。

アヴェリーは陶然としながらも、半ばうろたえていた。どこか頭の片隅で、これはきっとわなだ、わなにちがいないと叫ぶ声がする。だが、ほとんど思考停止状態で、まともにものが考えられない。

意識の底にある自衛本能が働いていて、それのみが、リリーを柵から引きずりおろして地面に横たえ、上からおおいかぶさりたい衝動を押しとどめていた。リリーが欲しかった。抱きしめて、自分の体の下で溶けていくのを感じたかった。その柔らかな曲線が自分の硬い体を包みこむのを想像しただけで、膝がくずおれそうになった。

自分が上になって、彼女の口を開かせ、思うさま味わいたかった。助けてくれ。これじゃ生殺しじゃないか。もどかしくてたまらなかった。アヴェリーは立ちつくしたまま、体を震わせた。

手足が動きそうになるのだけは意志の力でなんとか抑えたが、唇までは抑えられなかった。リリーのキスにじらされ、渇望をかきたてられた。砂漠のまっただなか、杭に縛りつけられて喉の渇きで死にかけている男さながらに、アヴェリーは口を開け、甘美な刺激のうねりを求めつづけた。

頭を傾けて、ベルベットのように柔らかい唇のまわりを舌先でなぞると、かすかなため息とともにリリーの唇が開かれた。アヴェリーはくぐもったうめき声をもらしながら、舌を奥まで差しいれて彼女の舌にからませ、本能の赴くまま、温かく甘い香りを味わった。

もうこれ以上はだめだ……いや、まだだ。まだ足りない。

アヴェリーは一歩だけ前に進んだ。胸と胸が触れる。そのとたん、激しい欲望が全身をかけめぐった。リリーの固くとがった乳首が、呼吸で胸が上下するたびにアヴェリーの胸にこすりつけられ、燃えるように熱い線を描いていく。

リリーの太ももから力が抜けてきたのをいいことに、アヴェリーはさらに近づいて脚のあいだに入りこみ、柔らかな乳房の重みをすべてあずけてもたれかかってくる体を受けとめた。脚の奥にある女体への期待に、磁石のように引きよせられていた。

リリーは頭を後ろにそらし、喉を見せている。アヴェリーはそのすんなりした首すじにキスしたくてたまらなかった。彼女の喉からもれる心地よさげなうめき声が頭にこだまする中、鎖骨の小さなくぼみに浮いた汗を吸いとり、柔らかい耳たぶを口に含んでみたかった。

しかし、リリーに触れることはできない。だめだ。手で触れてはいけない。アヴェリーにもその程度の自制心はあった。だが、あとどのぐらい我慢できるだろう？　恐怖と欲望で下半身が硬くなった。リリーを支配したい。ここで何もできないまま突っ立って、気が狂いそうなほどじらされるのはもういやだ。なのに、それ以上進む勇気が出なかった。なぜなら、頭の中に正気を保っている部分がわずかに残っていたからだ。今ここで手を触れれば、リリーはきっと僕をミルハウスから追いだしてしまうだろう。

だからアヴェリーは立ちつくしていた。リリーに触れまいとするあまり、腕の筋肉は張りつめ、体は満たされぬ欲望でこわばっている。深く息をしながら、どうすればいいかと迷っているようなリリーの唇を受けとめ、彼女の感触を、味を、熱を、激しくむさぼった。

彼女に手を触れてはならない。触れちゃだめだ。何があっても、触れるんじゃない。

そのときリリーがぱっと目を開けた。恐怖の叫びが口からもれる。「まあ、どうしましょう！」

急いで身を引いたリリーは柵の上でよろめいてのけぞり、背中からどさりと地面に落ちた。いらだちと怒りで目を閉じていたアヴェリーは一瞬動けずにいたが、次の瞬間、柵を飛びこえて、倒れたまま目を丸くして見あげるリリーの前に立ちはだかった。

「僕は、手は触れませんでしたからね！」アヴェリーは叫んだ。

「そんなこと、わかってます！」リリーは叫びかえすと、もがきはじめた。手足をばたばたさせて起きあがろうとしている。

必死で動きまわっているうちにリリーのスカートは膝上までずりあがり、レースで縁取りされた下着――リリー・ビードがレースを？――と、これもまた意外な、刺繡入りの絹の靴下が見えた。髪をとめていたピンは吹っとんで、つややかに輝く黒い巻き毛が滝のように首と肩に落ちかかった。まるで、男の空想に出てくる奔放な女のしどけない姿だ。

リリーはもう少しで立ちあがれるところでブーツがスカートのすそに引っかかってしまい、ふたたびひっくり返った。あおむけに倒れたまま、ブーツのかかとを地面に交互に打ちつけてくやしがった。しばらくじたばたしていたが、無駄なあがきだと悟ったのか、ようやく動くのをやめた。

ありったけの自制心を働かせているらしく、リリーは長く深く息を吸いこみ、顔にかかった髪を払いのけると、アヴェリーを下からにらみつけた。「さて」感情を徹底的に抑えた声で言う。「いつも、紳士たるもの云々と御託《ごたく》を並べてらっしゃるあなたなんですから、助けおこしてくれてもいいでしょう！」

「ああ、そうでしたね」アヴェリーは用心深くリリーを見た。「もちろん喜んで」と言いつつ、ためらいがちに手を差しのべる。その手をつかみ、うなっているのかうめいているのか、どちらともつかない声をあげて、リリーは起きあがった。

「直しておいたほうがいいですよ、その……ペチコート」

リリーはスカートをブーツの上部まで勢いよく引きさげ、お尻の部分についた草や葉などを払いおとしはじめた。

「それから、髪も」

「髪がどうかして？」

「全部、ほどけてます」

された。

「あ！」リリーは乱れた髪をまとめ、ピンを次々と刺していった。そのしぐさは女性の神秘的な力を感じさせる。ついさっきまで放縦《ほうしょう》の象徴のように見えた髪が、きっちりと結いなおされた。

リリーはふたたび深呼吸をして、あごをつんと上げ、アヴェリーの目をまともに見た。次は何をしようというのだろう。アヴェリーはわくわくして待った。

「おわびしますわ」顔が真っ赤に染まる。

まさか、謝罪の言葉を聞こうとは。予想だにしていなかった反応だった。

「あんなふるまいをしてしまって、言い訳のしようもありませんもの。あれじゃまるで……まるっきり……」

「下種《げす》みたいだと？」アヴェリーは助け舟を出した。実は内心、自分こそそうだと思っていたのだが。

「ええそうよ！　下種だわ！」

普通は男性を指すこの言葉が、リリーはすっかり気に入ってしまったらしい。男女の枠を超えた呼び方に（たとえ悪い意味であっても）魅力を感じる女性であることぐらい、予想しておくべきだった。

「申し訳ありませんでした。あいにくのできごとでしたけれど、どうかさっきのことは忘れてください」

あまりにとりすまして人間味のないリリーの物言いに、アヴェリーは怒り心頭に発していた。過去にも誘惑に耐えぬいたことはあるアヴェリーだったが、今さっき経験した誘惑の強さには比べるべくもない。体はまだ欲求不満でうずいていた。リリーの匂いを、唇の味を、感触をありありと思い出すことができた。

いや。そう簡単に許してなるものか。リリーの企てたちょっとしたゲームは失敗に終わった。だからといって、人をからかおうとした報いを受けずにすむというものではない。

「君は忘れられるかもしれない。でも、僕は忘れませんから」

リリーは啞然としてアヴェリーを見つめた。「でも……それならわたし、どうやって償いをすれば？」

「償い？」リリーに貸しをつくるというのも悪くない。これは面白そうだ。

「そうですねえ、果たして償えるものかどうか。何しろこの僕を」劇的な効果をねらうために間をおく。「誘惑しようとしたんですから。でも、君は女性ですから、僕としては謝罪を受け入れるしかない。そうでしょう？　しかしそれにしても、もし立場が逆で、僕が言い寄っていたら、さぞかし大騒ぎになっていたでしょうね？　まあ、僕のほうはこのできごとを忘れるのは難しいが、君は気にしないでいいですよ」

リリーの黒く美しい目が疑わしそうに細められた。「忘れられないですって？」

まったく。なぜ忘れられないか、いっそ教えてやろうか。いや、本当の理由は教えないでおこう。氷のように冷たい水を何度も浴びて頭を冷やしている自分を思いえがいて、つい声が荒々しくなった。

「なぜそんなに驚くんです？　神経の細やかさは女性だけの独壇場じゃないでしょう。僕が男だからといって、傷つかないわけじゃない。でも、傷つけたのは女性である君のほうですから、即刻、問題なしとされるんです」

「そんなの、公平じゃないわ」リリーは口走った。が、すぐに言ったことを後悔したような表情になった。

アヴェリーは高潔ぶってほほえんだ。「確かに。でも、おわかりのように、男女間の問題の場合、『公平』に扱われることはまれなんですよ。不平等に苦しんでいるのは女性ばかりではないという事実を、君は無視しているようだが」

「わたしがなんらかの形で償いができる方法が、きっとあると思うんです。もし男性が、あんなふうに人を侮辱——」

「あのですね、ミス・ビード。もし僕が、君から受けたのと同じような侮辱を男性から受けたとしたら、今ごろは間違いなく、流血の事態になっていますよ」

「そういう意味で言ったんじゃありません！　もし男性があなたを傷つけたり怒らせたりしたとしても、その人があとで謝ってくれれば、謝罪を受け入れるでしょう？」

「しかしね、ミス・ビード」アヴェリーはもっともらしく言った。「君は単に、僕を怒らせただけじゃないんですよ。君と一緒にいても不品行なことにはならないだろうという、僕の思いこみにつけこんだんだ」

一瞬、言いすぎたのではないかという不安がアヴェリーの頭をよぎった。リリーは目を細め、眉をひそめている。口はきっと結ばれている。だがすぐに、懇願するように手を差しだした。疑いを抱いているかに見えたのは、実は恥ずかしさの表れだったのだ。

　心の底から悔いているらしい表情。アヴェリーはリリーが哀れに思えてきた。が、あらためて自分に言いきかせる。彼女が仕掛けているのがどんなゲームであるにせよ、僕の負けになるようたくらんでいるにきまっている。

「この問題にだって、何か対処方法があるはずよ！」リリーは叫んだ。

「そうですね。もし男が、もう一人の男に奇襲攻撃を受けた場合――」

「奇襲攻撃？」

「そう、奇襲攻撃。敵が背中を向けているときや、油断しているときをねらって攻撃する戦法のことです。きわめて卑怯なやり方とされていますがね」

　アヴェリーの手厳しい口調に、リリーは青ざめた。「それで？」

「もしねらい撃ちされたとしたら、僕はそいつに警告してやるでしょうね。いつかかならず同じような目にあわせてやる、報復を覚悟しろ、と。正々堂々の精神が大切ですからね、わかりますか。少なくとも、それが我々紳士の流儀です」

　リリーはその言葉の真意を推しはかろうとしている。口調こそ優しく穏やかだったが、アヴェリーの内心は穏やかというにはほど遠かった。

　リリーという女性の性格は、四年半におよぶ手紙のやりとりを通じて十分つかんでいたつもりだった。しゃくではあるが、カールが死んだあとに彼女から来た手紙は心に強く訴えかけるものがあった。

だが、もしかすると自分の想像は間違っていたのだろうか。実に不快だった。アヴェリーは、自分が女性に不慣れなのと同じく、リリーも男性と一緒に過ごす機会があまりなかったのではないかと想像していた。ところがあの情熱的なキスはどうだ？　いったい何人の男と経験があるのだろう？　考えただけでなぜかひどく腹立たしかった。

「どうです？」アヴェリーは訊いた。

リリーはいったんあごを高く上げ、短くきっぱりとうなずいた。

「ええ、わかりました」勇敢に言い放つ。「つまりこれは、仕返しを覚悟しろ、という警告なんですね」

13

リリーは恥ずかしくてたまらなかった。後ろにいるアヴェリー・ソーンの視線を痛いほど感じていた。屈辱感で首のあたりまでほてっている。口にこぶしをあてうめき声を押し殺し、一歩踏みだすごとに、全速力で駆けだしたくなるのを抑えた。いつのまにか助けを求めて天を仰いでいた。

わたしったら、いったい何にとりつかれていたんだろう？　自分からキスするなんて。一瞬ではあったが、女性解放のためのすばらしい思いつきのような気がしたのに。だが今は、あさましく尻軽なふるまいにしか思えない。アヴェリーをひどく怒らせてしまった。

なんて言っていたかしら？　そう、「僕が男だからといって、傷つかないわけじゃない」。確かに最初のうち、アヴェリーはキスに応えてくれていた。わたしは無我夢中だったけれど、彼が知らず知らずのうちに反応して、積極的になっていたのに気づいていた。でも、いやな思いをさせたことに変わりはない。

わたしはこれまで、女性が男性と同等の権利を勝ちとるという崇高な目的のために闘ってきた。なのにさっきは我を忘れて、アヴェリーに迫った。誘惑しようとした。いつものえらそうな主張とは裏腹に、なんて恥知らずなことをしてしまったんだろう。今度はもう、声がもれるのを抑えられなかった。

「ミス・ビード、何か言いましたか?」アヴェリーが声をかけた。ずいぶん後ろにいるのね。といっても別に不思議ではない。わたしのすぐ近くにいたら何をされるかわかったものではないと、恐れているはずだから。

「いいえ、なんでもありません」

少なくとも、償いを求めるアヴェリーに同意したのは賢明だったと思う。だが、どんな「奇襲攻撃」になるのか。それがひどく心配だった。ただひとつ確実なのは、名ばかりの攻撃ではないということだ。

アヴェリーが唇を求めてきたのは、男性によくありがちな激しい性衝動にかられた結果だろう。リリーが「下種《げす》」なふるまいにおよんだことを自ら認めたとき、彼は反論もしなかったから、自分でも思いあたるふしがあったのかもしれない。あのキスに渇望と欲求と情熱がこめられているように感じられたとしても、それは反射的なものにすぎないのだ。

仮に、わたしがアヴェリーの立場だったらどうかしら。誰かに性衝動をかきたてられて、卑しい欲望にとらわれている自分に気づいたとしたら、さぞかし不愉快に感じただろう。あのとき、アヴェリーがわたしを強く押しのけたりしなかったのはひとえに彼の、紳士ぶったうぬぼれのおかげだ。彼は状況に応じてそんなふるまいに出ることがある。あの体の大きさと強さを考えれば、感謝すべきなのだろう。

だが、リリーは感謝する気持ちにはなれなかった。実のところ、アヴェリーに殴られて気を失ったほうがよかったのではないかと思いはじめていたほどだ。

リリーが心の中で自分を責めつつ歩いていくうちに、二人は搾乳場を改造した石造りの建物に近づいた。ここにドラモンドの事務所がある。一段だけの石段を上ったリリーは、立てつけの悪い古びた扉をノックした。さっきの悲惨なできごとは忘れるのが一番だ。そう思いながらふたたび叩く。

「わかったよ、わかったって。うるせえな、この野郎。まったくもう——」扉がわずかに開いた。ドラモンドの濁った青い目の片方がのぞく。悪意に満ちた目つきだ。「おやおや、こりゃ失礼。誰かわからなかったもんで」

根性曲がりの老人は、誰だかちゃんとわかっていたくせにそう言う。月に一度のこの打合わせに際して、リリーは約束の時間を守るのがつねだったし、ドラモンドは痛烈なののしり言葉でノックに応えるのがつねだった。今日の応対は、以前に浴びた罵倒に比べればまだましなほうだ。

ドラモンドは足を引きずりながら薄暗い事務所の奥に引っこんだ。扉は開けたままだ。少なくとも前回のように、リリーの目の前でバタンと戸を閉めたあげく「年のせいか、忘れっぽくなってねえ」などと言い訳したりはしなかった。

リリーは扉を押し、戸口から半歩分だけ足を踏みいれた。ドラモンドは机の向こうにある椅子にどすんと腰を下ろした。傷だらけの机の上には書類が乱雑に重ねられ、噛みあとのある鉛筆が何本も散らばり、ぼろぼろの帳簿が一冊おかれている。閉めきった部屋は蒸し暑いはずなのにドラモンドは背中を丸め、薄手のマフラーを肩にはおった。

体が弱ったふりをしているだけなのだ。リリーは、以前この老人が脚を折った子牛をかついで、でこぼこ道を一キロ半も歩きとおしたのを見て知っていた。

「こんにちは、ドラモンドさん。今日のお約束、憶えてらっしゃいますよね？」リリーは声をかけた。

アヴェリーをちらりと見ると、うさんくさそうな目でこちらをうかがっている。リリーの頭はどうかしていると訴えてやろうか、そうすれば早めにミルハウスを手に入れられるかもしれない、とでも考えているのだろう。そのうえ、わたしがこのままアヴェリーに魅力を感じつづけたからといって——実際、ちらりと見るだけで肌がほてった——彼がミルハウスを譲ってくれるとは思えない。

「おい、間抜けな牛みたいにそこに突っ立ってるのか、入ってくるのか、どっちだい？」ドラモンドがずけずけと訊いた。「それと、あんたの後ろにいる若いの。えらく図体がでかいけど、いったい誰なんだね？　新しい農場監督か？」目を細めてアヴェリーを見る。「いや、違うか。ありがたいこった。考えてみりゃ、お嬢さんが雇うのは女ばっかりだから、男の出る幕なんかないもんな」

なんて意地の悪い偏屈じいさんなのかしら。リリーは足を踏みならして進みでた。「ドラモンドさん。失礼ですけど、わたしが来たのはそんな話をするためじゃ——」

「あ、ひょっとするとあんた、物好きにもこのお嬢さんと一緒になるつもりかい？」ドラモンドはリリーを指さし、嬉しげな顔で訊いた。「だとしたら結構な話だねえ。お嬢さんも結婚すりゃ、いろいろとやることがあるだろうから、わしの邪魔をしなくなるもんな、少なくとも二、三日は」いやらしい笑いを浮かべて片目をつぶってみせる。

リリーは手のひらに爪をくいこませて耐えていた。よかった。ほの暗い明かりで、赤らんだ顔を見られないですむ。だが状況は、予想していたよりさらに悪くなりそうだった。

「僕は農場監督にはなりませんよ。それに、ミス・ビードと結婚するつもりもない」アヴェリーが言った。

「じゃあ、ここで何をしてるんだね？　わしゃ、なんの役にも立たん者に農場を案内してやる暇はないぞ」ドラモンドはしかめっ面をした。日焼けした頭のてっぺんに残ったいくすじかの白髪が細い釘のようにつんと突っ立っている。

「僕がここへ来たのは、人が底意地の悪さだけでどのぐらい長生きできるかを確かめようと思ったからですよ」

「おい、よく聞けよ、若いの！」ドラモンドは椅子からがばっと立ちあがると、まるでヘビが脱皮するかのように肩のマフラーを取った。愚痴っぽく老人らしい物言いもどこかへ吹っとんでいた。「生意気言うんじゃない。いくらでかいなりをしてるからって、わしが礼儀のひとつも叩きこんでやれないほどでかいわけじゃないだろう」

ドラモンドは机の上に身を乗りだし、アヴェリーをにらみつけた。だがまもなく、はたと何かに思いあたったらしく、信じられないといった表情がしわだらけの顔をよぎった。ほう、という声をあげ、節くれだった大きな手のひらで机を叩く。

「アヴェリー・ソーン！　アヴェリーぼっちゃんだね？　口が悪くて、つむじ曲がりで、不作法なのはあいかわらずだが、めっぽうたくましくなったもんだなあ」

「僕は不作法だったことなんてないよ」

「ふん！」深いしわにおおわれたドラモンドの顔に、ほほえみのようなものが浮かんだ。というより、鼻息をもらしただけか。リリーはこの老人がにっこりほほえんだのを見たことがなかった。

ドラモンドはすばやく机の角を回り、リリーを肩で押しのけて前に出ると、アヴェリーの手を握って上下に大きく振った。

「そうか、何も知らんお嬢さんがわしの邪魔ばかりするのに気づいて、ぼっちゃんが助けにきてくださったというわけか。こりゃ、ありがたい。聖ペテロが来るより嬉しいよ！」

「まるで、本物の聖ペテロに簡単に会えるみたいな言い方ね」リリーはつぶやいた。

「ってことは、娘っ子は、はやばやと勝負をあきらめたんだな？」ドラモンドは訊いた。悪意に満ちた白髪の子鬼のようににやついている。

何が「娘っ子」よ。リリーはそう呼ばれるのがいやでたまらなかった。この老人は二人だけで部屋にいるときでさえ、「娘っ子」があるあだ、こうだと、リリーがその場にいないかのように話すのだ。

「まあ、みんなにとっちゃ、それが一番いいんじゃないかね」ドラモンドはようやくアヴェリーの手を放した。「女が農場を経営するだと。へっ、とんでもない！　長いこと生きてきたが、そんなばかげた話は聞いたことがな――」

「わたしはあきらめてなんかいません」リリーはきっぱりと言った。「今日、ソーンさんがここへいらしたのは、昔をなつかしんでドラモンドさんにあいさつしたいとおっしゃったからです」

「なんだって？」ドラモンドが疑わしそうな目を向けると、アヴェリーはうなずいた。

「そうだったのか、くそ」老人は期待を裏切られたといったふうに二人に背を向け、とぼとぼと机の前の椅子に戻り、途中でわざとリリーの片足を踏みつけた。

「痛い！」

　ドラモンドはぺたりと座りこむと、悲しげにつぶやいた。「そうなると、また打ち合わせの『約束』を楽しみに待たなくちゃならんわけか。ふん！　まあいい、勝手にしてくれ。で、娘っ子は何がお望みなんだね？」

「お望み、ですって？」リリーは前に進みでて机の両端をつかみ、机に指がめりこむかと思うほど力をこめて握った。身を乗りだしてドラモンドをにらみすえる。「わたしの望みは、この牧場の事業がうまくいって、利益を生みだしてくれることです。そのために教えていただきたいのは、あなたはいつ、羊の毛につけた代赭石を洗いおとすつもりかということ。今年の夏はそうとう暑くなるという兆候がありますし――」

「いったいどんな兆候だね、知ったかぶりのお嬢さん？　おおかた、牧場経営の専門誌でもまた読んだんだろう。いいか、よおく聞けよ。わしは五〇年このかた、羊に代赭石を塗ってきたんだぞ。それをいつ洗いおとせだのなんだの、人にとやかく言われるすじあいはないね」

「いいえ、ドラモンドさん。あなたこそちゃんと聞いてください。暑い夏が来る前に毛をよく乾かして毛刈りにそなえないと、羊たちが病気にかかってしまうでしょう。そうなれば、牧場の経営が苦しくなるのは目に見えているわ」

怒りのあまり、ドラモンドの顔の皮膚には赤紫の斑点が浮いてきた。「そんなことぐらい、わしが知らないとでも思うのか、この阿呆——」

「『たいしゃせき』って、なんです？」アヴェリーが出しぬけに訊いた。

二人はびくりとしてふりかえった。リリーはアヴェリーと出会って以来初めて、彼の存在を一瞬、完全に忘れていた。

「なんだって？」とドラモンド。

「今話していた『たいしゃせき』って、どういうものですか？　二人とも激昂しているみたいなので、何のことか知っておいたほうがいいかなと思って」

「一種の土よ」からかわれているのではといぶかしく思いながらリリーは答えた。「羊に印をつけるのに使う、粘土質の赤い土です」

「なるほど。で、なぜ羊に印をつけるんです？」

「自分んとこの羊をよその羊と見分けるためだよ」うんざりしたようにドラモンドが言った。「このあたりには、あそこの丘に放牧されて草をはんでる羊がわんさといるんでね。どれが誰の羊か、ちゃんとわかるようにしとかなくちゃいかんでしょうが」やれやれというように頭を振る。「小さいころは、ぼっちゃんもそう物を知らない子じゃなかったがね」

「どうぞ、話を続けて。知らないことばかりで勉強になるから」アヴェリーは言った。

「あなた、代赭石が何か、本当に知らなかったんですか？」リリーは疑わしそうに訊いた。自分の知識不足をこれほど簡単に認めるなんて。それまでの限られた経験から、男性というのは自分の弱点を素直に認めないものと思っていた。心が広く見識豊かな父親でさえも、何かを「知らない」と告白したことは一度もなかった。

「ええ」アヴェリーは穏やかに言った。「僕が知っているわけがないでしょう？　ミルハウスには全部で数週間しか滞在していないし、それもかなり前のことですよ。別宅と呼べるほどでもありませんでしたからね」

フランチェスカによると、アヴェリーには別宅どころか本宅たるわが家もなかったらしい。リリーはそのことを言いかけたが、アヴェリーの身構えたような表情に思わず口をつぐんだ。胸が痛み、同情心がわいてきた。ばかばかしい、と打ち消す。アヴェリー・ソーンは男性として、また上流階級の人間として、あらゆる点で恵まれている。リリーから届く手当は限られているのに、文筆の才により生計を立てるすべを見いだしさえした。足りないものは何もないはずだ。

リリーは考えこんだようすでアヴェリーを見つめた。もしかしたら彼は見かけとは違って、自信過剰な人間ではないのかもしれない。

ドラモンドは軽蔑をあらわにして言った。「最初は女、今度は何も知らん男か。ホレーショのだんなの遺産を相続する条件として、愚か者かどうか判定する試験は受けさせられなかったのかね？　ま、それでも、何も知らん女のもとで働くより、何も知らん男のもとで働くほうがましさ。もっといいのは、昔みたいにホレーショのだんなと働くことだけどな。古きよき時代がなつかしいよ」

「そうでしょうね。神がホレーショさんを天国へお召しになって、ドラモンドさんから引き離したとき、ダモンとピンティアスのような不変の友情は失われてしまったんですものね」リリーは冷やかに言った。ホレーショとドラモンドを、古代ギリシャの哲学者で友情の篤さをうたわれた二人にたとえたのだ。

アヴェリーが突然笑いだしたので、リリーは驚いてふりむいた。彼は視線こそ合わせなかったが、愉快でたまらないといった表情で歯を見せて笑っている。

「お嬢さん、そりゃちょっと、神さまを冒瀆《ぼうとく》してないかね」ドラモンドが言った。その表情はふたたび不穏な影を帯びてきた。「そんなばちあたりな物言い、わしが黙って聞いていると思ったら――」

「おいおい、ドラモンド。いいかげんにしろよ」アヴェリーが口をはさんだ。

リリーは目を見張った。まさか彼が助け舟を出してくれるなどとは思いもよらなかった。

わたしがあんな恥知らずなことをしたのに、かばってくれるなんて。

「じいさんの話を聞いてると、畜産業や農業の敵に立ちむかうために、ホレーショおじと二人で力を合わせて、腰まで泥につかって奮闘したみたいじゃないか。実際は、おじはほとんどミルハウスで過ごしていない。ましてや、地所の経営を手がけたこともない」

「そうですよ」ドラモンドはなつかしさに目をうるませて言った。「そのとおり。ホレーショのだんなは仕事に手を出そうとはなさらなかった。この娘っ子とは違ってね」

「じゃあ、わたしのやり方のどこが悪いんでしょうか？」リリーは訊いた。

「娘っ子は、首をつっこんでこようとするからいかん」ドラモンドは無遠慮に指をつきつけた。「まったく、何を考えてるんだか！　普通は、ホレーショのだんなのように地主としてどんと構えて口を出さずにいるか、でなければ自作農として、下働きの者と一緒に土地を耕すもんだ。そのどっちかで、中間はないのさ。なのにこの娘っ子ときたら、人にいろいろ訊いてまわったり、何冊か本を読んだりしただけで、わしらの仕事に首をつっこめると勘違いしちまうんだから。ふん、どうせ首をつっこむんなら、びしょ濡れになった一四〇キロ級の羊と格闘してみりゃいいのに」

「ミス・ビードに羊を洗わせようだなんて、それはできないだろう」アヴェリーが言った。

「ほう、そうかね？」ドラモンドの目はまぶたの下に半ば隠れたかと思うと獲物を射すくめるようなすごみを帯び、リリーに照準を合わせた。「あんたは地主階級でもないし、自作農でもない。机の前に座って地所の運営をすることも、畑で働くこともできん。つまり、わしに言わせりゃ役立たずってことさ。アヴェリーぼっちゃんがミルハウスを相続して地所を経営するようになりゃ、物事もまともになるだろうがね」

「物事をまともにしたのはわたしよ！」リリーは叫んだ。

「そうやって自分をほめてりゃいいよ。どうせあんたのおしゃべりに我慢するのも、あと二、三カ月だから」ドラモンドは書類をすばやく繰りながらつぶやいた。

リリーは歯をくいしばり、唇は血の気を失っていた。机の角を握りしめた手にはますます力がこもり、皮膚が白くなっている。「ドラモンドさん、わたしがミルハウスを相続して、所有者になるかもしれないと思ったことはないんですか？」

ドラモンドは顔を上げようとさえしなかった。

「ないね」小うるさい家臣を追いはらう王のように手を振る。「出ていってくれ。わしにゃ仕事がある。あんたのご機嫌をとってる暇はないんだ。ただし……」顔を上げた。小さな目が悪意をむき出しにして輝いている。「あんたがわしをくびにしたいんなら、話は別だが」

たっぷり一〇数えるあいだ、リリーはドラモンドとにらみ合っていた。解雇できたらどんなにいいだろう。しかし、ミルハウスはドラモンドを必要としていた。リリーは老人をへこませて勝利の喜びに浸るために愚かなことをするつもりはなかった。

だが、このままここにいたらその衝動に負けてしまいそうだった。黙ったまま向きを変えると、リリーは開いた扉に向かい、後ろ手に閉めて急ぎ足で出ていった。

ドラモンドは邪悪な声で笑いだし、嬉しそうに両手をこすり合わせた。ふと顔を上げてアヴェリーを見ると、ぞっとするような冷たい笑みを浮かべて自分を見つめている。

「ドラモンド。二人でちょっとばかり話をしようじゃないか」

14

「フランチェスカ！」

アヴェリーの叫び声はミルハウスの廊下じゅうに響きわたった。はるか遠くで雷の音がしている。季節はずれに暖かい日だった。

朝、リリーがドラモンドの事務所から逃げるように帰ってから、彼女の姿はときおりちらりと見かけるだけで、まともに話もできない。アヴェリーはいらだっていた。二人のあいだにはまだ決着のついていない問題が山ほどあったし、機が熟するのを待って対処するやり方には不慣れだった。

おい、僕は何を求めているんだ。困った。そこが問題だった。アヴェリーはリリー・ビードを求めていた。欲しくてたまらなかった。くそ、このままではいけない。

「いったい、みんなどこへ行ったんだ？」アヴェリーはつぶやいた。ふだん絶えまなく笑いころげている三人の小間使いさえ、なぜかまるで姿を見せない。リリーはどこへ隠れてしまったのか。もしや、また何か企てているんじゃないだろうな……だが、なんのために？

あのキスの目的はなんだったのか？　リリーは何をたくらんでいたんだ？　僕がかかわっ

ていた違法な取引をやめさせようとしたとか？　だが、動物の剝製などの土産物の密輸からはもうとっくに手を引いている。それとも僕の心を奪って、ミルハウスを相続する権利を放棄させる魂胆か？　まさか、そんな手が通用するとは彼女だって思っていないだろう。

アヴェリーは答が欲しかった。

「フランチェスカ！」もう一度大声で呼びかける。

ひたひたと足音がして、淡いピンクのドレスのすそを揺らしながらフランチェスカが現れた。頰を紅潮させている。「どうしたの？」息を切らして訊く。「何か悪いことでも？」

「悪いこと？　いや、なんでもありませんよ。ただ、あなたと話がしたかっただけです」

フランチェスカは喉元に手を押しあてた。「もう、おどかさないでよ。びっくりするでしょう。家じゅうに響く声で叫んだりして」

「『叫んだ』のは、まわりに誰もいなくて、伝言を頼めなかったからですよ」あたりを見まわし、控えの間のひとつを指さす。「そこであなたと話をしたいと思ったんですが、家じゅうを走りまわって部屋の扉をいちいち開けてあなたを探す気になれなかったので」

「わかったわ、行きましょう」フランチェスカは控えの間に入ると、くすんだ栗色を基調とした錦織《ブロケード》張りの重厚な長椅子に優雅に腰かけ、ドレスの下に足をたくしこんだ。

「みんな、どこへ行ったんです？」アヴェリーは訊いた。中を見まわしてみると、ミルハウスの人々がこの部屋を使わない理由がよくわかった。薄暗く、くつろげそうな感じのしない家具がところ狭しと並べられ、暖炉からはすきま風が吹いてくる。

「ケトル夫人は夕食の準備にと、ワインのおりを除いて上澄みを取りだすためにデカンターに移しかえているところ。時間がかかる大変な作業だからって、いつも真剣なのよ。エヴリンは居間で、ミス・メイクピースに、よりによってレースの編み方なんか教えていたわ。バーナードは馬の納屋へ行ったようよ」

「馬の納屋じゃなくて、馬小屋って言うんですよ。しかしそんなところへ行かせて大丈夫かな？　気管支が弱い子なのに」

「大丈夫かって、どうして？」

「馬小屋は吹きさらしで、環境が悪いでしょう。それに馬は気まぐれで、興奮しやすい動物ですからね。一杯いかがです？」アヴェリーはクリスタルガラス製の瓶に入ったウイスキーを手ぶりで示した。

「いいわね、いただくわ」フランチェスカは言った。「バーナードのことは心配しなくていいのよ。リリーがあそこで飼っている馬たちはみんな、年取っておとなしくなっているから危険はないし、バーナードは乗馬をすごく楽しんでるの。わたしの知るかぎり、あの子が楽しんでやっている運動といえばあれぐらいよ」

「いや、そうならいいんですが」アヴェリーはつぶやいた。頭の中では、馬に乗って黒髪をなびかせつつ野原を駆けめぐるリリーの姿を思いえがいていた。

アヴェリーはウイスキーをつぐのに意識を集中し、年若いバーナードの健康を思いやることで、リリーのイメージをなんとか追いはらった。

となるとバーナードの喘息の発作は、馬の毛に対するアレルギー反応ではなかったのか。少年時代のアヴェリーは、馬に近づくたびひどい症状に悩まされたものだった。二人でいろいろと調べてみたら、どんな条件下におかれたときバーナードの発作が出やすいかをつきとめられるかもしれない。そうすればアヴェリーがしてきたように、喘息を引きおこしそうなものや場所を避けて暮らすことができる。

「アヴェリー」フランチェスカはゆっくりと言った。「あなた、馬のそばに行くと喘息の発作が出るの?」

アヴェリーはフランチェスカの存在をすっかり忘れていた。やたらに大きな長椅子に、淡い色の薄手の生地に身を包んで丸まっているその姿は、秋に見かける蝶を思わせる。色あせて、少しみすぼらしくはあるが、なぜかきれいだった。

「ええ、ときどき」アヴェリーはあいまいな調子で答えた。「まあ、そんな話はどうでもいいでしょう。馬にはできるだけ近づかないようにしてますから。それより、彼女についてですが」

「彼女?」フランチェスカは一瞬ぽかんとしたが、すぐに思いあたったらしく顔が明るくなった。「ああ!　彼女のことね。彼女がどうしたの?」

アヴェリーは迷った。胸のうちをどこまで明かすべきか。だがリリーの性癖について判断を仰ぐとしたら、このいとこほどの適任者はほかにいない。世俗的なことに対する興味は生まれつきのもので、娘時代からずっとそうだった。

「キャムフィールドです」アヴェリーはようやく言い、ウイスキーのソーダ割りを入れたグラスをフランチェスカに手渡した。

「マーティン・キャムフィールド？」フランチェスカはグラスを受けとった。「彼がどうかして？」

「ミス・ビードと彼の関係はどうなんです？」

フランチェスカの唇になるほど、という笑みが浮かんだ。「そうね、キャムフィールドさんは間違いなく、リリーの知性を高く買っているわ」

アヴェリーはほっとした。男としてリリーのような女性に抱く思いが「知性を高く買っている」程度のものだとしたら、キャムフィールドは同性愛者か不能にちがいない。いずれにしてもそんなやつは相手にならないな。思わずほほえむ。

「というか、キャムフィールドさんはリリーにそう思わせようとしてるみたいね」

アヴェリーのほほえみが凍りついた。

「あの人は賢いから、ちゃんとわかっているのかもしれないわね。リリーのような女性なら、色目を使うばかりの男性より、頭のよさに目をとめてくれる男性のほうに魅力を感じるってことを」

「僕は彼女に色目を使ったことはありませんよ、一度も」

フランチェスカは驚いたようだった。「あら、あなたが色目を使ったなんて、ひと言も言ってないわよ」

「いや、僕がそんな人間じゃないということをはっきりさせたかっただけです」

「まあ、それは残念ね」フランチェスカはそう言うと、グラス半分ほどをいっきに飲んだ。

「で、リリーはどうなんです？」

「リリー？」

「彼女と彼は？」

フランチェスカはため息をついた。「アヴェリー、単語だけ並べて話すのはやめて、別の話し方を習ったほうがよさそうよ。あなたって子どものころからそういうぶっきらぼうな物言いだったわね。だから意思の疎通がなかなかうまくいかないのよ。だけどそんな話しぶりも、刺激を受けて変わることがあるのね。リリーとしゃべっているときは流暢だもの。さあ、もう一度教えてちょうだい。『彼女と彼』について、何が知りたいの？」

アヴェリーの顔はほてった。「リリーはキャムフィールドを快く思っているんでしょうか？」

「もちろんよ」フランチェスカは言い、空になったグラスを足元の床においた。「どうしたの、その顔？　具合でも悪いの？」

キャムフィールドの腕に抱かれるリリーの姿——いや、さらに悪いことに、リリーの腕がキャムフィールドの体に回されるようす——を思いうかべて、アヴェリーはあごが痛くなるまで歯をくいしばった。噛みしめすぎて、歯の力をゆるめるのも大変だった。

「大丈夫です。ただ、リリーのような知性のある女《ひと》が、厚顔無恥な、品のないやり方で男をあやつるまでに身を落としたということを知って、気分が悪かっただけです」

「『厚顔無恥』? 『品のない』?」フランチェスカは眉をひそめた。「リリーが何をしたっていうの? わたし、そんなこと言ったかしら?」

「女の策略を使って男性をだまして、あやつったでしょう」

「やれやれ」フランチェスカは頭を振った。「男の人って、本当に想像力豊かなのね。じゃあ、リリーがキャムフィールドさんをだましてどんなふうにあやつったのか、説明してくださる?」

「わかりませんよ」アヴェリーはいらいらしたように答えた。「僕にわかるわけがないでしょう? キャムフィールドとのつきあいでリリーが何か得をしたことは?」

フランチェスカは長椅子にゆったりともたれかかった。深く考えこんだ表情をしている。

「そういえば」ゆっくりと話しだす。「リリーは、キャムフィールドさんから種を安く買えたって、得意げに話していたわね。種を一割引で手に入れるのに女としての魅力を利用したとは考えてみなかったけれど、もし本当にそういうもくろみがあったとしたら、すごく積極的でいいやり方だと――」

「ばかなことを言わないでください!」

「わたしが言った?」フランチェスカは立ちあがった。「早合点してばかなことを考えてるのはあなたのほうじゃないの。わたしは、リリーがキャムフィールドさんと親しくしているとほのめかしただけで、彼と寝たなんて言ってないわよ、全然違うでしょ、おばかさん」

「あなたが、僕ら弱き人間の心理を面白がってなぐさみものにするのをやめて、質問に単刀直入に答えてくれさえすれば、僕だって早合点したりしませんよ」アヴェリーはやり返した。その言葉は効果があったようで、フランチェスカの柔和な表情がたちまち消え、薄化粧の下の肌が赤らんだ。

「リリーが何かしたの？　その……女の武器を利用して何かを頼んでいるとあなたに思わせるようなことを？」

「あのね、僕は紳士ですよ」アヴェリーは冷やかに言って答を拒否した。

「なるほど、そういうことね！　でも、わからないわ。もしあなたとリリーが……だとしたら、なぜそんな……？」フランチェスカはアヴェリーをじっと見つめた。「あなた、リリーの……気がありそうなそぶりが本物かどうか疑ってるの？」

「もし、疑うべきそぶりがあるとしたら——紳士としてその点は譲らないつもりですが——確かに、僕は疑っています。疑いも何もなしに信じてしまったとしたら愚か者でしょう。だって、僕を明らかに嫌っている女《ひと》ですよ。四年以上も手紙で侮辱の言葉をやりとりして、僕の相続すべき財産を奪おうとする意思を公然と表明しているのに。そんな彼女が急に……僕に気のあるそぶりを示すなんて。いったいどう解釈すればいいんだろう？」

「まあ、お気の毒さま」フランチェスカはすっかり引きこまれ、目を不気味なまでにらんらんと輝かせている。

「何もそんないやみを言わなくても」

アヴェリーの反応は少なくとも、フランチェスカの顔から胸が悪くなるような表情を消しさる効果はあった。「ふうん。じゃあ、もしわたしの手助けがいらないって言うのなら……」

「なんの手助けです?」アヴェリーは信じられないといったようすで訊いた。

「どう言えば上品になるかしらね——そう、リリー・ビードを手に入れるうえでの手助けよ」

「僕は、リリー・ビードを手に入れたいなんて思っていませんよ!」

「そんなに叫ばなくても聞こえるわ」

「叫びたくもなりますって! こんなばかげた話は聞いたことがない。リリー・ビードは頑固で、意志が強くて、議論好きで厄介な人ですよ。彼女は僕を嫌っている。僕も彼女を嫌っている。いや、『嫌っている』というのは言葉としてはちょっと強いかもしれないですが。とにかく僕は彼女が信用できない。頭が切れすぎるし、自立心がありすぎる。そんな女性をどんな男が手に入れたがります?」

「その質問にはどうしたって答えられないわね」フランチェスカは満足げに言った。「わたしは男じゃありませんもの。あなたなら答えられるでしょ?」

「もちろんですよ」アヴェリーは怒ったように言った。つい数秒前までリリーの魅力を否定していたくせに、今度は逆に魅力を感じる理由を説明することになるのはなんとなくわかっていた。「異性どうし、惹かれあう感情が生じるのはごく普通のことですから。確かにここまで強く女性に魅了された経験はないですが、それはリリー・ビードを手に入れたいという気持ちにはつながりませんね。僕が彼女に惹かれているのは間違いなく、突如として今までなじみのなかった、女性ばかりの環境におかれたためと、年齢的に感じやすくなっているため、そして体の中から発するホルモン分泌みたいなものがあるためです」アヴェリーは眉をしかめた。「それと、彼女の瞳のせいです」

「アヴェリー、何を言っているのかさっぱりわからないわ。いつもどおり単語だけ並べて話してくれたほうがいいかもしれない」フランチェスカは言った。

「つまり僕は、このあこがれの気持ちが、精神的、生物学的、社会環境的な偶然の不幸な組み合わせにすぎないということを知っているので、どう対処すればいいかは十分わかっているということです」

「そうなの？」

「水車池です」アヴェリーは満足そうに言った。「リリーと一緒に歩いていたときに、注意深く見てみたんです。池の深さはかなりありそうだし、水は冷たそうだ」

「夏でもないのに、泳ぐつもりなの？」フランチェスカは笑いだした。

「ほかにどんな方法がありますか？」声を張りあげすぎているのは承知していたが、アヴェリーはそうせずにはいられなかった。「リリーのことが頭から離れないんです。精神衛生上よろしくない。ばかばかしいったらない」

「今さっき、『ごく普通のこと』だって言ってたじゃないの」

「あれは間違いです。いや、間違いじゃない。ええい、いまいましい！　リリーのこととなると、単純な意見さえ述べられなくなる。彼女が僕の理性的な判断力を狂わせてしまったんです」

アヴェリーは上着のポケットから葉巻ケースを引っぱりだし、ぱちんと音を立てて開けると一本取りだした。「どうやら、リリーから離れている必要がありそうだ。今回のロンドンへの旅がいい機会になるでしょう。僕はどうも、そろそろ生涯の伴侶を探すべき時期に来ているらしい。あちらで……数人の友人と会う約束をするつもりです。中には女きょうだいがいる友人もいます。可愛らしくて、おとなしい娘たちです。妻となるには最適だ……くそ、リリーは僕に、家の中で葉巻を吸うことさえ許してくれないんですよ！」

アヴェリーは荒っぽいしぐさで葉巻をケースに戻してふたを閉め、上着の胸ポケットにつっこんだ。

「かわいそうに」フランチェスカの声は特に同情しているようでもなかった。「観念して、今の状況をありのまま受け入れたらどう？　本当よ、あなたみたいな経験なら、わたしは山ほどしてるんだから。世の中には、あがいてもどうにもならない場合があるの。抵抗しても無駄なのよ。強く惹かれる気持ちは、海の高波のように強いものなんだから。波にのまれて溺れて、それを楽しんだほうがいいわ」

「僕は溺れたりしない」アヴェリーはきっぱりと言い切った。「泳ぐことにしますよ。長い時間をかけて、頭を冷やしてさっぱりするんだ。必要なら毎日、いや日に二回でも」

「アヴェリー、あなたって本当におばかさんね」フランチェスカはため息をついた。その言葉のとおり自分はばか者だと感じながら、なぜそうなのかが納得できないために、アヴェリーのかんしゃくが爆発した。

「いいかげんにしてください！　リリーは僕の家を横取りしようとしているんですよ！」

フランチェスカは大嫌いなものの匂いを嗅いだかのように鼻腔を微妙に広げると、うわべだけ優しい声で話しだした。

「リリーはね、青春時代の五年間をこの家に捧げてきたの。同じ年ごろの普通の娘なら、大事にされ、甘やかされ、ちやほやされながら過ごす五年間を、地所の経理に目を光らせ、農場の事業から一ペニーでも多く利益を出す方法を見つけようと夜明け近くまで勉強して過ごした。床にはいつくばって掃除することもいとわず、自分の手で磨いて――」アヴェリーの驚いた表情に、フランチェスカはしゃべるのをやめた。嫌気がさしたのか、引きしまった唇が引き結ばれた。

「あなたったらまさか、妊娠して甘やかされた小間使い三人で、邸内の仕事をすべてこなせると思っていたんじゃないでしょうね？　リリーの手を見てごらんなさい！」

「なぜです？」アヴェリーは混乱して訊いた。

フランチェスカは質問の意味を取り違えて答えた。「なぜって、それがリリーの望む将来を安定させる唯一の道だからよ。あれだけの努力をしてきたんですもの、ミルハウスを『自分の家』と思って当然じゃないかしら」目を上げ、落ちつきはらってアヴェリーと視線を合わせる。「わたしはもちろん、リリーの考えを支持するわ」

その言葉は痛烈な一撃となってアヴェリーを襲い、板ばさみの現実に意識を引きもどした。彼は額に手をやり、髪をかきあげた。

「わかってます。リリーがどれだけのことをなしとげたか、僕だってわかってますよ。まさかここまでやるとは思っていなかった」声が険しくなる。「でも、ミルハウスをめぐる挑戦状をリリーにつきつけたのは僕じゃありませんよ。彼女が条件つきで僕の家を相続できる権利を与えたのは僕自身じゃない、ホレーショおじです」

フランチェスカは黙ってアヴェリーを見守った。

「ミルハウスは、僕がバーナードより幼かったころに、僕に譲ると約束された家です。僕はこの家が自分のものになる日を夢見て、それにそなえて計画を立てていました。ほかに何も頼るものがないときに、この家を心のよりどころとしていました。ここは本来、僕の『わが家』になるべき家なんです。リリーは、ホレーショおじの計画に同意した時点で、それを知っていたはずです。まさか彼女が、自分の将来を安定させることによってほかの人の将来を台無しにしてしまうことぐらい、わかっていなかったとは言わせませんよ」

「あなたには、リリーの行動が冷酷に思えるでしょうね。それはわかるわ」フランチェスカは言った。ついさっきまで軽蔑を示していた顔に困惑が宿っている。「五年前は、この勝負に勝つ見込みはあなたのほうがずっと高いだろうとリリーは思っていたのよ。わたしにはそれしか言えないわ」

「そんなこと、僕には関係ない。リリーは挑戦を受けて立ったんですから。自分が勝負に勝てば僕が相続権を失うと、十分承知のうえでね。不当な扱いを受けたものだ」

「確かに正々堂々としたやり方ではなかったかもしれないけれど――」

「そのとおりです」アヴェリーは厳しい声で言った。「リリーがああいうことをする女《ひと》だとしたら、何をしでかすかわかったものじゃありません。ミルハウスを確実に自分のものにするために、いったい何をたくらんでいるのか？　なのに、僕がそんな女《ひと》に惹かれてしまうなんて、あっていいはずがないでしょう？　それでも」アヴェリーは続けた。「リリーがあの老いぼれ馬たちを大事に世話しているのがわかったとき、彼女がなぜ、もう使いものにならない競走馬ごときのために無駄金を遣って自分の将来を危険にさらすのか、不思議でたまらなくなったんです。頑固者で感情に流されない便宜主義者のあの女《ひと》がなぜあんな、愚かとしか思えないことをしているのか？　そして一番大切なのは、一年近く前、リリーが僕に送ってきた手紙――」**あれが僕の魂を救ってくれた。**「あれに心を動かされたんです。あの手紙を書いた女《ひと》が冷酷なんかであるはずがない、と思えるようになった」

　リリーの行動の謎については、フランチェスカも答えられなかった。

　アヴェリーは急に疲れを覚えた。自分が求める女性が、自分にとってもっとも信用できない女性であるという事実を痛いほど意識して、疲れ、消耗していた。「僕はリリーが、自分の求めるもののために長いあいだ身を粉にして働いてきたことは評価しています。だが同時に、彼女が失敗するのを強く望んでもいる。欲しがっているからといって、それを手に入れる権利までやるわけにはいかないんだ」

「あなた、自分にそう言いきかせながらリリーを見ているの?」フランチェスカは訊いた。「あなたの家を相続するのに彼女はふさわしくないと考えながら? それとも考えているのはほかのこと?」

アヴェリーはうなった。フランチェスカときたら、通貨改革に関する議論だって性的欲求の議論に発展させてしまいかねない。彼女の言葉は、リリーに対するアヴェリーの渇望をふたたび強烈に呼びさました。なんという皮肉だ。

アヴェリーはため息をついて立ちあがり、扉のほうへ向かった。「さっき言ったでしょう。考えているのは例の問題にどう対処するか、どうやって頭を冷やすかですよ」

扉をぐいと開けると同時に、少年が部屋に転がりこんできた。思わず目を閉じたアヴェリーが三つまで数えて目を開けると、バーナードが真っ赤な顔をしてきまり悪そうにもじもじしている。

「あの、部屋の前を通りかかったら、ミス・ビードの名前が聞こえてきたものですから」バーナードはひどく口ごもりながら言った。だが、盗み聞きしたくなるのもやむを得まい。少年はアヴェリーの目をまっすぐに見た。挑戦的ともとれる目つきだ。「話の内容を全部聞いたわけじゃありません。このくそいまいましい扉が厚すぎて――」

「ののしり言葉を吐くんじゃない」アヴェリーは厳しくたしなめた。「紳士らしくないぞ」

「はい、わかりました」バーナードは唇を嚙んだ。「でも、紳士として、僕は……その、ミス・ビードに対する義務があります。彼女が幸せになれるよう見守らなくちゃいけないんです。だから僕は、心配で……」

また一人、ソーン家の男があの黒髪の魔女に惑わされているのか？　アヴェリーは目を細めてバーナードの興奮した表情を、震える体を、燃えるようなまなざしを見た。くそ、なんてざまだ！

アヴェリーはバーナードの骨ばった肩をつかんで体の向きを変えさせ、廊下に向かって押しだした。「よし、バーナード、行こう。君の『心配』によく効く薬をあげるから」

「どこへ行くんですか？」バーナードがかん高い声をあげた。

「泳ぎに行くんだよ。たっぷり時間をかけて、楽しく泳ごうじゃないか」

15

「飛びこんでこい!」アヴェリーは叫んだ。「こっちは北の端みたいに浅くないぞ。深さ二メートル以上はありそうだ」

「じゃ、行きます」バーナードはブーツを脱ぎすて、ズボンを下ろそうと立ちあがった。

アヴェリーは一瞬、強烈な既視感を味わった。この光景、見憶えがある。一〇年前の自分の写真を見せられているようだ。

バーナードの広めだが骨ばった肩は、麻のシャツの下でハンガーのようにつっぱっている。シャツのすそからは白くて長い棒きれのような脚が伸び、足首から下は巨大なアヒルの水かきを思わせる。こんな体型なら、セルキー(スコットランドの伝説に登場するアザラシの妖精)のように見事に泳いでみせるだろう。

「早く来いよ!」

「行きますって、言ったでしょう!」バーナードはいらだって叫び返した。アヴェリーの笑みは広がった。

若々しい口元を決意に引きしめて、バーナードは一歩後ろに下がり、土手から飛びこんだ。

空中で手足を思いきりふりまわしながら着水し、たちまち沈んでいく。一秒後、手を激しくばたつかせて水面に顔を出すと、ぐうっと喉を鳴らして空気を吸いこむ。アヴェリーは近くまで泳いでいった。面白がっていたのもつかのま、心配そうな表情に変わっている。

「そんなに泳げるっていうわけでもないんだな?」

アヴェリーは気軽な調子を保って声をかけた。自分の虚弱さを隠すことが昔の自分にとっていかに大切だったかを思いだしたのだ。少年がぜいぜいいっていないかどうか耳をすましたが、聞こえてくるのは濁りのないあえぎ声だけだ。アヴェリーは安心してあおむけになり、いざというときいつでも助けの手を差しのべられるよう近くまで泳ぎ寄った。

「僕はこの池で泳ぎを覚えたんだ」アヴェリーはくだけた口調で言った。

息づかいが普通に戻ったバーナードは、不器用に水をかきはじめた。「へえ? 誰に教わったんですか?」

「誰にも。釣りをしているときに池に落っこちてね。泳ぐか、溺れるかのどっちかだったから、泳ぐことにしたんだ。君は誰に教わった?」

「ミス・ビードです」

なんだって。その答にアヴェリーは不意をつかれた。その表情を正確に読んだらしいバーナードは笑いだした。

「知らなかったな、君がミス・ビードとそんなにしょっちゅう一緒に過ごしていたなんて」

「いいえ、全然。お母さまは僕が帰ってくると、そばにいてほしがるから」少年は眉をVの字につりあげた。「心配性なんです。実を言うと、僕が泳ぎを教わってたのがわかったとき、お母さまがあまりに心配して大騒ぎするものだから、ミス・ビードはもう二度と水泳なんかさせませんって、約束したんです」

バーナードはため息をついた。そのようすから察するに、リリーとの楽しい冒険は当分おあずけらしかった。

「まったく、気にくわないことばかりだよな？」

バーナードは意味がわからないふりはしなかった。「そうなんです！」叫び声をあげる。「本当に、いやでたまらないんです！　僕が咳をするたびに生活指導の先生方がこっちを見るときの、腫れ物にさわるようにおびえて、恨みがましい目つき。同じクラスの子に陰であざ笑われてるのもくやしいし、いつか喘息が治って人並みになんでもできるようになる日なんて来るんだろうかと、不安になるのもいやだ」

アヴェリーはうなずいた。ふだんは無口なこの少年が、自分の思いを語っている。洗いざらいぶちまければいい。それがどんな爽快感をもたらすか、アヴェリーは知っていた。

「それから、胸がつぶれそうなぐらい苦しくなって、目に見えない怪物に上に乗られているみたいに感じるとき。空気がうまく吸えなくて、このまま いくともうおしまいなんじゃないかと思うとき」

アヴェリーはうなずいた。ああ、知っているよ。

「ときどき」バーナードはうなだれた。が、何物かに挑むようにきっと顔を上げた。「二、三年前は、思ってました。いっそのこと死んじゃえば、こんなに苦しまずにすむのかなって」

「バーナード――」

少年は目を上げた。顔には怒りがみなぎっている。「わかってます。臆病だったんだ。でも、お母さまやミス・ビードを心配させるのにも、発作を怖がる自分にもうんざりしていたから」

「で、その気持ちがどうして変わったんだい？」アヴェリーは静かに訊いた。バーナードが過去形を使って話しているのに気づいてほっとしていた。

「僕、朝まで生きられるかどうかびくびくするのにも飽きたから、もうやめだ、と心に決めました。そしたら、面白いんですよ。何が起こったと思います？」

「なんだい？」

「死んだってかまわないと思うようになったら、発作が起こっても、なんてことなく感じられるようになったんです。つまり、以前はくよくよしすぎてたってことかな」バーナードは顔をかすかに赤らめて目をそらした。「わかるでしょう。ベッドに横になったまま、あれこれ思い悩むんです。明日の朝、ちゃんと目覚められるかなって」

少年が哀れだった。アヴェリーの胸は痛んだ。

「そのとき、フランチェスカおばさまが言ってたことを思い出したんです。僕と同い年のころ、アヴェリー兄さんも喘息の症状に悩まされていたって。なのに今はこんなに立派になってるんですものね。だから僕もきっと強くなれるにちがいない、って思えた。そしたら、楽になりました。ここだけじゃなくて」少年は頭を軽く叩いた。「ここもです」今度は胸をどんと叩いてみせる。「少なくとも、そんなふうに思えるようになりました。ねえ、でも本当ですか、兄さんも喘息に苦しんでた時期があったって？」

「ああ、あったよ」

バーナードの安堵の気持ちが伝わってくるようだった。

「で、もう治ったんですか？」

「完全に治ってはいない」ゆっくり慎重に進みながらアヴェリーは言った。「今でもまだ、発作を起こす原因になりそうなものや場所を避けるようにしてる。まるで伝染病みたいによけて通ってるんだ」

「あなたが？」バーナードは信じられないといったようすで言った、「たとえば、どんなものを？」

「馬がそうだ。馬のそばに数分でもいると、胸のまわりに鋼《はがね》の帯でも巻かれて締めつけられているみたいに感じるんだ」

バーナードは何度か水をかき、近づいてきた。「本当に？」

「本当さ。君も、発作を起こす原因になるものは避けたほうがいい」

少年は鼻を鳴らした。「僕の発作には特に原因はないのに」

「いや、あるはずだよ。今、君がその原因を教えてくれたじゃないか。ひどく動揺したり、ばかげているように聞こえるかもしれないが、僕はその説が真実だと思わせるだけじゃなく、確固たる証拠となるようなできごとを見てきたんだ」
心配したとき。不安がっているとき。人の感情が体にそれほど大きな影響を与えるなんて、

少年は今ひとつ腑に落ちないようだった。この話をこれ以上無理に続けても意味がないとアヴェリーは悟った。バーナードはほかのソーン家の人間と同じく、自ら導きだした結論でないと納得しないたちなのだ。

「泳ぎの練習を始めたいきさつを教えてくれよ」

会話の方向としては当たりだったようだ。「ミス・ビードがミルハウスに来て二度目の夏だったかな。お母さまとフランチェスカおばさまは誰かの家でお茶会があって、僕の世話をリリー――ミス・ビードにまかせて出かけたんです。とても暑い日で、ミス・ビードは午前中、馬小屋で過ごしてました――」

「彼女はあの老いぼれ馬たちにそんなに愛情を注いでるのか?」

「ええ、すごく」バーナードはあおむけになり、力を抜いて水面に浮かんだ。「本当に可愛がってますよ。とにかくその日、二人とも暑い暑いと言いながら、この池のほとりに来たんです。ミス・ビードに泳げるかって訊かれたから、泳げないって答えたら、泳ぎを習っておくべきよって言われて、そうこうしているうちに水の中に……」少年は夢見るような瞳になってつぶやく。「きれいだったなあ、ミス・ビードは」

そう、きれいだったろうな。アヴェリーは思った。

「水に濡れた髪がつやつやして、目が輝いてた。僕をあおむけに浮かばせて、体を下から支えてくれて、それで僕……」バーナードの声はしだいに小さくなった。目は陶酔してぼうっとしている。

アヴェリーもぼうっとしそうになった。少年が黒髪のあの口やかましい女《ひと》に魅了されてうっとりするのも無理はない。水に濡れたリリー・ビードか。考えただけで口の中がからからに乾き、冷たいはずの水がぬるく感じられた。

アヴェリーは体を回転させると水中に潜り、スイレンの根がからまる中をくぐり抜けながら池の底をめざした。ひんやりとして肌に心地よい水が目と耳をおおって、あたりの音を消し、ものの形をぼやけさせた。揺らめく日の光が緑がかった薄暗い水を通して差しこみ、黄金色の回廊を形づくっている目の前を泳いでいくヒメハヤの群れは、たちまち水草の中に姿を消した。

穏やかで、冷たく、理性の通用する美しい世界にアヴェリーは浸った——もうひとつの熱く危険な美しい世界とは対照的だ。二、三分してから、水面に浮かびあがった。

「どこにいたんですか？」バーナードのおびえた声に、アヴェリーはふりむいた。少年は腰まで水につかって立っている。「ずいぶん長いあいだ潜ってたから、ひょっとして——」

心配してくれていたのか。最後に僕のことを誰かが気にかけてくれたのは、いったいいつのことだったろう？

「ごめんよ、心配かけて」アヴェリーは優しく言った。「泳ぎはこの池で覚えたんだが、潜水の腕はポリネシア仕込みなんだ。島の真珠採りの人たちみたいに息を長く止めて潜ってはいられなかったけど、ヨーロッパ人の中じゃ僕にかなう者はいなかったぐらいでね。僕の仲間はよく、どのぐらい潜っていられるか賭けをしてたものさ」

たいていは酒を賭けていたのだが、そんなことは少年に教える必要はあるまい。

「フランス領の島々にも行ったんですか？　確か旅行記には書いてませんでしたよね」

アヴェリーは肩をすくめた。「一カ月かそこらしかいなかったからね。オーストラリアへ行く途中に立ちよっただけだ」

「ミルハウスへ来てから、冒険の話をほとんどしてくれないんですね」

「まあ、そうだな」アヴェリーはゆっくりとバーナードのほうへ泳いでいった。

空を見あげると、象牙色の厚い雲の塊が浮かんでいた。コマドリの鳴き声がすぐ近くのサンザシの木から聞こえてくる。なんというすばらしい風景だろう。なつかしく、癒される。のどかで穏やかで、イングランドらしい美しさ。アヴェリーはミルハウスが欲しかった。今までこれほどに、何かが欲しいと思ったことはなかった。

そして、リリーも同じようにここを欲しがっている。

「そんな話をしてご婦人方を退屈させたくないからさ。僕の書く旅行記をミス・ビードはなんて呼んでたっけ？　あ、そうそう、『遅すぎた子ども時代のおとぎ話』だ」

「ミス・ビードって、すてきですよね？」

「僕なら『すてき』っていう言葉は使わないかもしれないが、そうだね、独自の世界を持った女《ひと》だね」

リリーに対する敬意が足りない発言だと感じたとしても、バーナードはそれを表に出さなかった。「そうだ、言うのを忘れてたんですけど、僕、嬉しかったです。ミス・ビードがミルハウスを相続できなくても、ここに引き続き一緒に住めるように兄さんが取りはからってくれるっていう話。すばらしいと思って」

リリーと一緒に住むだって？　ひとつ屋根の下で？　アヴェリーは愕然とした……というより、怖かった。「おい、僕はそんなこと言った憶えはないよ、一緒に住むなんて——」

「いいえ、言いました」バーナードは譲らない。「ミス・ビードが快適に暮らせるよう、面倒をみるって。まさか兄さんがそんな人とは思いませんでした、自分の責任を——」

「全部言わなくていい、わかってる」アヴェリーは注意し、怒れる海の神ポセイドンのような姿で水から上がった。バーナードのやつ、大したものだ。自分の立場をあくまで守ろうとしている。多少頼りなくはあるが、それなりに堂々と主張している。

「僕が言ったのは、彼女の将来に対する義務は怠らないということだ。それはかならず実行する」

「将来に対する義務を怠らないというのは、快適に暮らせるようにするのとは同じじゃありませんよ。快適に暮らせるというのは、幸せっていうことです。ミス・ビードの幸せはここ、ミルハウスにしかない。ここが大好きだからです」

「それはわかってるよ。ミス・ビードの面倒はみるつもりでいるし、そう、幸せでいられるようにしたい。かといって、もしミス・ビードがミルハウスを相続したとしても、彼女が僕の幸せに気を配ってくれるとはとても思えないんだがね！　言っておくけど、僕自身だってミルハウスが気に入ってるんだよ」

「じゃあ、話は簡単だ。兄さんのすべきことは決まってますよ」

「へえ？」アヴェリーは皮肉っぽく片方の眉をつりあげてみせた。「どんなことだい、ぜひとも教えてもらいたいね」

「ミス・ビードと結婚すればいいんです」


リリーはその日の午後、町へ行って八百屋と請求書について言い争ったあと、夕方になって帰宅した。頭痛がすると訴えて自室に引っこみ、ふたたびアヴェリー・ソーンに対する無関心を装う努力を続けて夜を過ごした。

翌朝リリーは髪をきっちりとした編みこみにし、決然として朝食をとる部屋に入っていった。

アヴェリーはいなかった。ああ、よかった。とにかく、彼と顔を合わせたくなかった。

フランチェスカの姿も見えなかったが、ポリー・メイクピースの車椅子の隣に座ったエヴリンが、顔を上げてほほえんだ。ちょうどポリーに紅茶を注いであげていたらしい。リリーはポリーを観察した。かなり調子がよくなったようだ……それに、以前よりくつろいでいる。愛想がいいと言ってもいいぐらいだ。

「おはようございます、ミス・ビード」バーナードが急いで立ちあがり、リリーの椅子を引きだした。

「ありがとう、バーナード。でもそんなに大げさにしなくてもいいのよ」リリーは言うと、椅子に腰を下ろした。

「でも、しなきゃいけないんです」バーナードは言いはる。「生意気を言いたくないんですけど、紳士として――」

「まったくあなたも、あなたのいとこも、どうかしてるんじゃないの?」リリーは急に声を荒らげた。「あの人、紳士らしくなんかないじゃないの。やたら声が大きくて、独善的で――人に気くばりしようとさえしない――それに、ぶっきらぼうで。温厚とは言えないし、愛嬌もないし、礼儀正しくもないわ!」

リリーは顔を上げた。全員がとまどった表情でこちらを見ている。「だって実際、そういう人でしょ?」リリーは同意を求めた。

「ミス・ビード、どなたのことを話しているの?」ポリーが訊いた。

リリーは自分のナプキンをぱんと音を立てて広げた。「アヴェリー・ソーンさんのことよ! ほかに誰がいるっていうんです?」紅茶茶碗に角砂糖をいくつか放りこんでかきまわす。

エヴリンとポリーは目配せをした。バーナードはといえば、ますます困惑している。

台所につづく扉が開き、小間使いのメリーがふうふういいながら手押し車を押して入ってきた。少しももったいぶることなく食器をガチャガチャいわせながら、ベーコンとハムの薄切り、スコーン、ビスケット、半熟卵、燻製の魚を山盛りにした皿と湯気の立つお粥《ポリッジ》のボウルをテーブルに移しはじめた。

どれもこれもみな、アヴェリー・ソーンのためなのだ。なのに顔も出さないから、この心づくしの朝食のありがたみもわからない。感謝の念を持たない恥知らずだわ！

「メリー。ここのところケトル夫人が用意している食事の量について夫人と話がしたいんだけれど、わたしが忘れてしまわないように、憶えておいてね」

「でも、ミス・ビード。バーナードぼっちゃまのような育ちざかりの男の子はもちろん」メリーはふくれあがったお腹を驚異の目で見つめる少年に小生意気な目配せをした。「アヴェリーさまのような男の方は、大きくなるためにどんどん食べなけりゃいけないんじゃないでしょうか？」

「確かにバーナードはそうよ。でも、ソーンさんはもう十分大きくなってるでしょ」リリーは言った。

「ですよねえ？」メリーはうっとりとため息をつき、バーナードのボウルにポリッジをつぎはじめた。「ゆうべ、アヴェリーさまは三階分の階段をキャシーを抱えたまま上って、部屋まで運んでくださったんですよ。まるで赤ちゃんでも抱えるみたいにかるがると」

「屋根裏部屋まで運んでいったの？」エヴリンが訊いた。

「ええ。アヴェリーさまが通りかかったとき、ちょうどキャシーがばったり倒れちゃったんですよ。それで部屋まで連れてってくだすったんです。キャシーったら、そのあいだずうっと、ジョッキを手にした酒飲みみたいにニタニタ笑いっぱなしで、ほんとに節操がないんだから」メリーはいまいましげに言った。

「それから」リリーは我ながら上出来と思えるほど感情を抑えた穏やかな声でつけ加えた。「あなたとキャシーとテレサにも話があるから、それも憶えていてちょうだい。あなたたちが、男性の前に出るとなぜかちゃんとまっすぐ立っていられないことについて、話し合わなければね」

「わかりました」メリーはうわのそらで答えると、今度はエヴリンのほうを向いた。「それから、台所の大きなテーブルをご存知でしょ？　天板が大理石でできてて、扉に近いところにおいてあるもんだから、ケトル夫人がいつもぶつかってる、あのテーブル」

「ええ。それが何か？」とエヴリン。

「アヴェリーさまがあれを動かしてくだすったんです」メリーはバーナードの背後から、ポリッジに糖蜜を注ぎはじめた。「それだけじゃないんです。切妻《きりづま》屋根の下の色つきの張出し窓、ご存知ですよね？」

「知ってるわ」フランチェスカがそう言いながら部屋に入ってきた。「ミルハウスで真に建築学的に価値のあるものはあれだけのようね、残念ながら」

バーナードは弾かれたように立ちあがって椅子を引き、フランチェスカを座らせた。

「本当に、そんなに高価なものなんですか？」自分の席に戻ったバーナードは訊いた。

「ええ、そのはずよ」フランチェスカは答えた。「でも、欲深な根性がしみついて顔に出ないように言っておくけれど、ミルハウスとその付属物はリリーかアヴェリーのものになるっていうことを忘れないようにね。あなたは勝負にも入れてもらえてないんだから」

「それはわかってますよ。ただ、農場の中の家にどうしてそんな高価な窓をしつらえたのかな、と思って興味がわいただけです」

「気どってみたかっただけじゃないかしら」フランチェスカはバーナードに優しくほほえみかけた。「ま、いいわ。メリー、その張出し窓がどうかしたの?」

「アヴェリーさまが掃除してくだすったんです」

「掃除した?」リリーは訊き返した。

メリーはうなずき、バーナードの前のポリッジに、さらにクリームを加えた。

「屋根の上からロープにぶらさがって窓に近づいて。その技、ヒマラヤってとこで覚えたんだそうです。ほらどうぞ、お食べなさいな、バーナードぼっちゃま」メリーは親しげにバーナードの肩を叩いた。

「そんな、危ないじゃないの!」リリーは怒りをあらわにして叫んだ。「けがをしたかもしれないじゃない。死んだっておかしくないわ。よりによって何も、そんなばかなことをしなくても」

「リリー。アヴェリーは、窓の掃除をするよりはるかに危険な冒険を切りぬけてきたのよ」フランチェスカが言った。

「それに、アヴェリーのほかに誰がそんなことできるかしら?」ポリー・メイクピースとの会話を中断して、エヴリンが口をはさんだ。

ポリーまでが参戦してきた。「もしこの脚の包帯さえなかったら、わたしだって喜んで窓の掃除をしてさしあげたいわ。女性が男性と同じようにロープからぶらさがっちゃいけないなんて法はありませんもの」

「あなたならもちろん、自分がしたいと思うことはなんでもおできになるわよ」エヴリンはポリーの手をいとおしむように軽く叩いた。

リリーはびっくりして二人のようすを見た。エヴリンはポリー・メイクピースを毛嫌いしていると思っていたのに、最近二人はすっかり絆を深めているようだ。

「ミス・メイクピースのおっしゃるとおりだわ」リリーは言った。「この家でする必要のある仕事はみな、わたしたちか使用人たちにできることばかりですものね。ソーンさんはただ、わたしに比べて、自分がミルハウスの運営にいかに適しているかを示そうとしただけなんじゃないかしら」不服そうに目を細める。「それなら、やらせておきましょう」

リリーは壁の時計を見あげた。もう朝食の時間には遅い。たぶんもう一日、アヴェリーを避けていられるだろう。

いいえ、だめ。リリーは姿勢を正した。きっぱりと忘れるのよ。ただのキスじゃないの。確かに心を動揺させる経験で、頭の中で幾度もあの場面が再現されていた——アヴェリーの唇の感触、触れると硬くなる筋肉、熱い息、そして——。

リリーは咳払いした。「紳士だったら、食事の時間にこんなに遅れて使用人たちに不便をかけることがないよう配慮するものだと思うわ」

「ソーンさんがどこへ行かれたか知りたいの？」ポリーが訊いた。

「いいえ、ただ意見を述べているだけです。ソーンさんがどこにいようと、わたしにはなんの関係もないことだわ。ただしこの家の運営に迷惑をかけるような場合は別ですけれど」

「アヴェリーさまなら、誰にも迷惑はかけてませんわ。もういらっしゃいませんから」メリーがキーキー声で言った。「出ていかれました」

「そう？」いきなり足元がくずれて崖から落ち、奈落の底に叩きつけられたような衝撃だった。アヴェリーはわたしに愛想をつかして、同じ屋根の下に住んでいられないから出ていったの？　リリーの唇からささやき声がもれた。「じゃあ、もう戻ってこないのね？」

「いいえ、そうじゃありません」バーナードの皿を片づけおわって、エヴリンの皿に取りかかろうとするメリーが言った。「アヴェリーさまは二、三日、ロンドンへ行かれただけですわ。仕立屋のところです。どう見たって新しい服が入り用ですもんね。あたしとテレサとで、手持ちの服の縫いしろをぎりぎりまで出して、縫いなおしてさしあげたんだけど、あれじゃね」

仕立屋へ行ったのね。忘れていたわ。リリーは懸命に呼吸をととのえたが、安堵感が全身に広がり、これでもう会えなくなるわけではないのだという喜びがわきあがってくるのを隠せなかった。

いけないわ。こんな気持ち、乗りこえなくては。アヴェリーはわたしからミルハウスを奪おうとしているのよ——わたしがそのために闘い、努力し、奮闘してきたミルハウスを。将来と安心と、そして自立を保証してくれるミルハウスを。

「リリー、アヴェリーがいなくてがっかりしたみたいね」フランチェスカが言った。

「僕、そろそろ失礼してもいいですか？」バーナードが訊いた。

「いいわよ」とエヴリン。

バーナードはナプキンをテーブルにおき、扉のところまで行ってテレサの横を通ろうとした。が、小間使いのお腹が戸口をふさいでいるため、立ちどまるしかなかった。

「ああ、ミス・ビード！　どうしましょう」テレサはふくらんだお腹を抱えて泣き叫んでいる。「ひどいわ。あの中国ふうの花瓶、応接間にあるあの花瓶が、誰が割ったのか粉々に砕けてるんです！　信じてください、誓ってあたしじゃありません！　あたしは割ってません！」

「あたしも、割ってません！」メリーもさっそく泣き声でつけ加える。

「もういいわ」リリーが言った。「誰が花瓶を割ったかなんてどうでもいいことだわ。どうってことないのよ」

「どうしましょう、リリー！」エヴリンの淡い色の瞳に涙があふれた。「あのセーブル焼の花瓶は何千ポンドもする品なのよ！　ミルハウスの資産目録を保管している銀行の管財人がこの損害を弁償しろと言ってくるわ、あなたがこの地所を管理していたあいだの収支を計算するより先に。新しいものを買わなくちゃならないのよ。そんな大金、どこにあるの？」

リリーは落ちついた態度で立ちあがった。まずは応接間に行って破片を片づけさせよう。こわしたのが誰かを取り沙汰するのはそれからだ。

「あれはセーブル焼じゃありません。何年か前、バーナードが初めてミルハウスを訪れたとき、地元の陶工に頼んで作らせておいた複製なんです。本物の花瓶は五年近く前から倉庫に保管してあります」

リリーは唖然《あぜん》としている皆の顔を見わたした。「そのころのバーナードは、よくものをひっくり返したり、グラスを割ったりしていたわ。幸いもうその傾向はなくなったけれど。だから、用心のために複製を作っておいたんです。なかなか賢明だったでしょ。わたしもいろいろ欠点のある人間だけど、少なくとも愚か者じゃありませんから」

ただし、アヴェリー・ソーンにかかわることをのぞけば、でしょう——声なき声が響いてリリーをあざけった。

16

アヴェリーは発見した――羊は、臭い。ナマケモノほど臭くはないが、いい勝負だ。そして濡れた羊は、濡れたナマケモノと同じように、その臭さがいや増す。池で冷たい水に浸かって泳いだのも無駄だった。家の中で家具を動かしてみてもだめだった。ロンドンへの旅ではふた晩続けて社交の集まりに出たが、誰もがなぜかアヴェリーに会えて大喜びしていた――とりわけ女性、中でもチャイルズ子爵夫人は。だがその旅も、もちろん効果がなかった。

とにかく、今は我慢だ。耐えに耐えて、体力を使い果たすまで牧場の仕事を続ければ、リリー・ビードへの思いを頭の中から追いだせるだろう。

アヴェリーは水車池のほとりに足を踏んばって立っている大きな雌羊のお腹のあたりをつかんで持ちあげ、水の中へ押しこもうとした。羊は狂ったようにもがいて抵抗する。茶色く濁った池の水面には、ゴボウとキイチゴの葉が浮いている。すぐ横では、もう一人の男が洗いおえた羊を、それ行けとばかりに土手の向こうへ押しやっていた。柵で仕切られた囲い地にはご褒美の牧草が待っているのだ。

作業を監督しているドラモンドは、池から上がってきたびしょ濡れの羊を一頭一頭、目を光らせてたんねんに調べている。ときおり、ののしりとかん高い叫びを交互にくり返しつつ、洗い方の足りない哀れな羊を濁った池に突き落とすのだった。

「おい、ハム!」ドラモンドは怒鳴った。「その羊、お前のじいさんの口より汚いぞ! コブ、お前の仕事は羊を溺れさせることじゃなくて洗うことだろ! それからソーンのだんな」急に気が抜けたように、へつらいを含んだ哀れっぽい声になる。「申し訳ないが、その貴族ふうのお上品なお尻を早いとこ動かして、とっとと仕事してくれるとありがたいんだがね? わしら、五〇〇頭もの羊を洗わにゃいかんのですぜ!」

アヴェリーは雌羊から手を離し、泥だらけの斜面をどどっと駆けおりてくるもう一頭のおびえた羊をとらえた。毛の中に手をつっこんで重たい体を押し、水の中に放りこんだ。

代赭石だらけだ。アヴェリーは、羊の目印に使われるこの赤土の顔料にまみれていた。腕や胸だけでなく、顔じゅうにこびりついている。

ズボンは羊の鋭いひづめでずたずたに破れていた。茂みの上に丁寧に広げておいたシャツは子羊に見つけられ、生地の一部を食べられてしまっていた。そしてブーツは——特別あつらえのモロッコ革製で、北半球と南半球をまたにかけて冒険を助けてきたブーツは——代赭石で汚れた赤い水の中に五時間も浸けられるという手荒い扱いには適さないことが証明されそうだった。

アヴェリーは暴れて脚を蹴りあげる羊を容赦なく押さえつけた。激しい労働に体の節々が痛んだ。酷使されてほてる筋肉。疲労でめまいがし、毎晩、自室で夕食をとるころには体じゅうがこわばっていた。

それでも、毎晩疲れはててベッドに倒れこむとき、リリーの姿が目の前にちらついて離れなかった。彼女のつややかな黒髪が、震える指のあいだをベールのごとくすり抜けていくように思われた。彼女のなまめいた唇の記憶に苦しめられつづけた。

「**ミス・ビードと結婚すればいいんです**」

もちろんアヴェリーは、そんなふとどきな発言をしたバーナードの耳が真っ赤になるまで責めてやった。しかしその態度とは裏腹に、頭の中には、少年の言葉が何度も何度もくり返し響いてくるのだった。

リリー・ビードと結婚だと！　正気の沙汰とは思えない。リリーと一緒になったら、ぬくぬくとして牧歌的な、穏やかな幸せはすべてあきらめざるをえなくなる。なぜなら、リリー・ビードとの生活に、牧歌的にせよそうでないにせよ、穏やかな幸せなどというものは存在しないからだ。その代わり、別の幸せはあるかもしれないが……。

いったいぜんたい、僕は何を考えているんだ？　少年が何かばかげたことをほのめかしたからといって、それをいちいち真剣に考えなくてもいいじゃないか。

そのとき羊が急に身をよじり、アヴェリーの顔に泥が飛んできた。「ちくしょう！」声高にののしりながら羊を放す。

「あなたって、本当によくののしり言葉を使うのね、紳士にしては」女性の声がした。

うかつだった。リリーか。接近の前触れとして、空中で静電気がパチパチいうとか、雷が落ちるとか、コオロギの声が静まりかえるとかいった現象が起きてもよさそうなものなのに。少なくとも、強い胸騒ぎのような予兆ぐらいあってもよかったはずだ。リリーの到来に警鐘を鳴らすしくみがあればよかったのに。これだけ強力で刺激的な存在を生みだした自然が、迫りくるその脅威をかよわき人間に警告しないとは、なんという不公平だ。

アヴェリーは目を細めて見あげた。リリーは土手の端のほうに、のんびりと草をはむ羊に囲まれて立っていた。両手を腰にあて、ブーツをはいた片足で地面をコツコツ叩いて、いらだちを表している。

曇り空を背景に、リリーが着ている（ばかげているとしか思えない）男物の白いシャツと淡黄色のブルマーの輪郭が浮かびあがり、地平線の上に盛りあがりつつある青みがかった雲が、胸のふくらみと腰の曲線をくっきりときわだたせている。アヴェリーの体は緊張し、冷たい水の中にいるにもかかわらず、股間が固くなった。

リリーのような存在の登場を知らせる前触れには、落雷でさえ生ぬるすぎる。無数の鳥が空から落ちてきてもおかしくないぐらいだ。

「ここで何をしてるんです？」アヴェリーは訊いた。ぬるぬるした赤土のかたまりが顔の半分をおおい、胸から腹へ筋になって流れおちているのをいやというほど意識していた。ふたたび二人の闘いが始まるのを予感して、ゆっくりと水をかきながら池のほとりに向かって歩いていく。

「その娘っ子は、ここで何をしてるんだね?」反対側の土手からドラモンドが怒鳴った。老人は帽子を脱ぐと、腹立たしそうに太ももに叩きつけた。「おいおい、ソーンのだんな、こりゃピクニックみたいなお遊びとは違うんだぜ。なんの用だか知らんが、あんたの女はすぐに追い返してやるからな」

アヴェリーはたじろいだ。やはり思ったとおり、リリーは赤い布であおられた闘牛を思わせる目つきでドラモンドをにらみつけた。ブーツをはいた足のつま先は、今や細かいリズムを刻むのでなく、ズンと一回、強烈に踏みならされた。すぐ隣で草をはんでいた雌羊がびくりとして頭を上げ、きょとんとしている。

「ドラモンドさん、第一に」リリーは言った。「わたしはわたし以外の何者でもなく、誰の女でもありません。第二に、わたしは誰にもピクニックのお弁当など持ってきてはいませんん」

「そんなら、帰んな」ドラモンドは言い返した。「羊を早く洗え、洗えって、せっついたのはあんたじゃないか。だからこうしてせいいっぱいやってるのに、あんたが来てグチャグチャしゃべって、作業してる男たちの気を散らすわ、いつもと同じくいざこざは起こすわ――」

「黙れ、ドラモンド」アヴェリーは言った。

リリーは顔をしかめた。普通の女性なら応援に感謝のまなざしを投げるところだが、リリーは違う。そのぐらい予想しておくべきだった。

「ソーンさん、あなたの助けは要りません。わたし、自分のことは自分でできますし、ドラモンドさんにも一人で話をつけられます」

「じゃ、帰らないっていうのかい?」ドラモンドがわめいた。

「ええ、帰るもんですか!」リリーは怒鳴り返した。

「だったら、わしのほうが行くわ。おーい、みんな、昼休みにするぞ! 今すぐだ!」ドラモンドはあごをぐいと上げてみせ、何かやれるものならやってみろと言わんばかりにリリーを挑発した。

リリーの顔はみるみる青ざめた。経営者としての権限の正当性をつねに疑われ、見くびられるだけでなく、人前で中傷されるつらさはどんなものだろう? アヴェリーは同情心がわいてくるのを抑えられなかった。

アヴェリーも、体が弱くて人の尊敬を得られないために見くびられることのくやしさ、意見や提案を無視されることに対するいらだちは経験から知っていた。

案の定ほかの牧夫たちは、自分たちの表向きの雇用者であるリリーに一瞥もくれず、ドラモンドの指示どおりに羊を放した。重い足どりで土手を上り、牧草地の一番端の雑木林へ向かう。そこには昼の弁当が用意されているのだ。

ドラモンドは意気揚々と大またで遠ざかっていく。大勢の取り巻きをしたがえた小柄な王さまのようだ。ことさらに気どった歩き方はどう見ても、今回の対決で勝ちをおさめたと誇示している以外に考えられない。

怒りといらだちを隠しきれない表情でドラモンドたちが立ちさるのを見守っていたリリーは、アヴェリーに視線を戻した。あごをわずかに高く上げ、同情の言葉をひと言でも口にしたら許さないわよとばかりに見つめている。今までと違う敵と、また別の闘いにのぞむ用意ができているらしい。

アヴェリーもまた、自尊心とは何かをよく理解していた。急にリリーと闘う気が失せた。

「リリー」アヴェリーは手を差しのべた。

リリーは、代赭石を塗ってあげようかという申し出を受けたかのようにアヴェリーの手を見おろした。

「リリー」もう一度、できるだけ穏やかな、威圧的でない声で呼びかける。リリーの体がわずかに震えているのがわかる。

リリーは一歩後ろに下がった。「あなたにお客さまがいらしたので、それを知らせようと思って」

「お客さま?」

「キャムフィールド家のお嬢さんたちですわ。たまたま、近くを通りかかったので、親しいご友人とご一緒に立ちよられたんです。まずチャイルズ子爵夫人。ロンドンでお目にかかったんですってね。それから子爵夫人のご親友でいらっしゃるミス・ベス・ハイブリッジとそのお兄さま、イーサン・ハイブリッジ。あなたとハロウ校で同窓だった方」

「へえ？」

「ええ。イーサン・ハイブリッジさんはお誘いにとってもご熱心で」リリーは優しく言った。「あなたをぜひとも、ご自宅にお招きしたいとおっしゃってました。来週、お仲間とご一緒にご自宅でパーティを開かれるんだそうです」

アヴェリーはいぶかしそうに目を細めた。「ハイブリッジという苗字の同窓生は憶えてないな。どこに住んでる人です？」

リリーは南のほうを手ぶりで示した。「キャムフィールド家の反対側を数キロ行ったところにあるお宅。とても美しいお屋敷で、家具調度もすばらしいんですって。家具に埃よけのカバーなんかかけてないそうですよ」

「それがどうしたっていうんです？」アヴェリーは、リリーが何を言おうとしているかつきとめようとしながら言った。「僕はここミルハウスにしごく満足していますよ。埃よけのカバーがついた家具なんかも含めてね」

リリーは、アヴェリーの泥まみれの体じゅうに意図的に視線を走らせた。「わかりますわ」

「それ、どういう意味です？」

「素直にご友人からの招待を受けるようすすめているんです。それと、いいかげんに男らしい男であることを誇示するのをおやめになったら、と言っているだけ。自分がミルハウスの所有者にいかにふさわしいかを示そうとするあなたの見えすいた企てに感心しているのは、あなた本人だけなんですから」

「僕の、なんだって?」アヴェリーはかんしゃくを起こした。

「あなたのたくらみのすべてよ」土手の端へ向かって歩くリリーの声が高くなる。「わたしにそちらの意図がわからないと思ったら大間違いよ。毎日毎日、メリーや、テレサや、キャシーや、バーナードを巻きこんで、自分の力を誇示しているじゃありませんか。わたしは勝負から手を引いたりしませんからね。あなたがちょっと家具の位置を変えたり、池の底の泥を二、三回シャベルですくったりしたぐらいで——」

「ちょっと待てよ!」なんの話か、アヴェリーには見当もつかなかった。わかっているのは、もしリリーがミルハウスを相続することになれば、けっきょく今自分がやっている重労働はすべて、彼女のためになるということだけだ。なのに、僕が男らしく覚悟を決めて取り組んだ泥さらいをはじめとするあらゆる努力に対して、当然感じてしかるべき感謝の気持ちも見せず、ただただ非難するとは!

「二、三回シャベルですくっただけだって? 少なくとも二トンは泥をさらったのに」

「さらった泥の大部分は、体に塗りたくったみたいね」

アヴェリーは深呼吸をして心を鎮めた。「ミス・ビード。君って人は、感謝のひとかけらもない、辛辣な言葉を吐くしか能のないガミガミ女だな」

驚いたことに、それを聞いたリリーの下唇が震えだした。まさか。驚くほど色の濃い目がうるみはじめ、瞳はますます黒さを増している。一瞬、泣きだすのではないかとアヴェリーは恐れたが、リリーはあふれる感情を抑え、持ちこたえた。

「ソーンさん、そういうあなたは、がさつで、汚らしくて、傲慢な無骨者で、紳士でもなんでもないわ！」

アヴェリーが反論するより先にリリーは向きを変えたが、その拍子に後ろにいた羊にぶつかった。びくりとした羊は、巨大な後ろ脚を蹴りあげ、リリーを横ざまに吹っとばした。土手の急斜面をまっさかさまにすべり落ちたリリーは、ずっと向こうの深みにドボーンと派手な水しぶきをあげて着水し、濁った水の中に姿を消した。

アヴェリーは待った。が、リリーはなかなか浮かんでこない。冷たく汚い水に数秒間浸かっていれば、少しはあの女《ひと》の曲がった根性も直るだろう。

まだ現れない。アヴェリーはため息をつき、リリーが落ちたあたりへとばしゃばしゃ歩いていった。手を入れてさぐってみると、まず頭がある。それから首。続いてシャツの背中の部分。うなり声をあげながら襟をつかみ、引きあげた。びしょ濡れだ。重たい生地をたっぷり使ったブルマーをはいているため、アヴェリーの肩近くまである深い水の中でも、その体はずっしりと重かった。

「池の底に隠れてるなんて、ずるいぞ」アヴェリーは言った。

「隠れてたわけじゃないわ。足場がなくて――ちょっと、その手を離してちょうだい！」

「喜んで」

アヴェリーは手を離した。リリーの体はまるでレンガのように重かった。水を含んだブルマーが一瞬大きくふくらんだかと思うと、ふたたび水中に沈んでいく。今回は、五つ数えてから濁った水の中をさぐることにしよう。

いない。

アヴェリーは潜った。手さぐりで池の底を確かめ、腕で大きく円を描いてあたりを探す。目を開けてみたが、泥水がしみるうえ、暗くてよく見えない。さっきより腕をすばやく回しながら動く。リリーが水中に消えてから三〇秒が過ぎた。一分。

どうする。アヴェリーはわけのわからない恐怖に襲われたが、それを無理やり意識の外に追いやり、腕の次のひとかきに集中しようとつとめた。スイレンの葉の端まで行きつくと、必死になって葉と葉のあいだをさぐる。もし何も知らずにこの中に入りこんだら、猟師の網よりも頑丈なスイレンの根にからまって、身動きがとれなくなるかもしれない……そして、溺れることだってありうる。

まずい！

一分半が経過した——片手がなめらかなものに触れた。髪の毛だ。さらに手を伸ばしたとき、力なくもがくリリーの両腕が浮上した。

ああよかった、神さま。

アヴェリーはリリーの体をやみくもに手でさぐり、上半身にスイレンの根が網のごとく巻きついているのをすばやく見つけた。根を次々と引きちぎる。弱々しいリリーの腕も手伝おうとしている。奮闘のすえ、やっと根の呪縛が解けた。わきの下に手を入れ、思いきり力をこめていっきに水面まで引きあげる。

水面に顔を出したリリーは咳きこみ、手足をばたつかせている。アヴェリーは彼女のウエストに片腕を回した。まだ息苦しそうで、足の蹴りも弱い。岸まで引っぱっていくあいだ、その体は冷たい水の中で震えていた。

アヴェリーは底に足が届く深さになるとすぐ、リリーを腕に抱えあげ、草地まで運びあげた。膝をついて、ぐったりとした体を草の上に下ろす。

息づかいは荒く、目は閉じられたままだ。顔にはいくすじもの髪が貼りついている。その巻き毛を優しく払いのけたアヴェリーは、ようすを見守った。

大丈夫だろうか。気を失っているのか？

アヴェリーはリリーの腰をはさんでまたがり、上体をかがめ、腕で彼女の顔を囲むようにした。柔らかな唇や頰、鼻についた泥をそっと手でぬぐう。

まぶたがゆっくりと開けられた。漆黒の瞳が見つめている。考えの読みとりにくい、不思議に穏やかな表情だ。アヴェリーは意識せずにはいられなかった――リリーの胸が呼吸とともに上下するさま。しっとりとした泥におおわれて形があらわになった乳房。自分の太ももの内側に当たる腰骨の感触。手を広げたまま頭の上に伸ばされた腕は、アヴェリーの前腕にはさまれて無防備だ。

懸念は消え、欲望がわきあがってきて、全身を痛いほどの力で貫いた。何かをつぶやくリリーのかすかな声。聞きとれない。アヴェリーは頭をかがめた。その視線は、リリーの鎖骨の上のくぼみにたまったあずき色の水から上へと移り、ふっくらとした赤い唇に釘づけになった。

息づかいが荒くなった。「なんだって?・」かすれ声をしぼりだす。「今、なんて言った?」

「今、例の『奇襲攻撃』をかけるつもりなのかって、訊いたの」リリーは弱々しくつぶやいた。

そのとたんアヴェリーはさっと身を引き、リリーの体から離れた。

冷たく無表情な顔に変わったアヴェリーを見あげながら、リリーは後悔していた。期待しているような声を出すんじゃなかった。でも目を開けたとき、彼の唇があまりに近いところにあったから、もしや、と——。

リリーはふたたび目を閉じた。アヴェリー・ソーンに救助されるはめになるなんて。くやしさと恥ずかしさで、今すぐ消えてしまいたかった。

手を離されて水に落とされたあと、自分がいかにうまく泳げるかを見せつけてやりたかっただけなのだ。だから、水中深く潜って泳ぎだした。向こう岸まで泳ぎついてから浮上して、したり顔であざ笑ってやろうというもくろみだった。ところが、濁って視界の悪い水の中で方向転換したとき、スイレンの根に引っかかってしまった。

うす目を開けてまつ毛のあいだから見ていると、アヴェリーはリリーのすぐ隣にいて、片腕を無造作に膝の上に垂らして座っている。はたから見れば、単に景色を眺めて楽しんでいるという印象を受けるだろう。ただし、あごや喉の筋肉の動きがなければの話だが。

実際、いくつもの筋肉が動いていた。なめらかな泥におおわれた二の腕は盛りあがり、下腹の筋肉は日に焼けて光沢を放つ肌の下で波うっている。つややかな青銅《ブロンズ》の像に生命が吹きこまれたかのようだ。その姿は息をのむほど美しかった。

「ありがとう」リリーは言った。

アヴェリーは見向きもしなかった。リリーが生きていたのだから、それでいい。僕は自分のやるべきことをやった。答える代わりに立ちあがり、わざとリリーに背を向けて一歩踏みだそうとした。が、池の向こう岸を見てためらった。リリーはアヴェリーの視線の先を追った。

遠くのほうで牧夫たちが集まりはじめていた。立ってこちらを見ている。「起こしてあげよう」アヴェリーは言って手を伸ばした。リリーはそれを無視し、もがきながら膝立ちになった。

「あの――歩けないなら、家まで抱えていってあげてもいいけど」アヴェリーは言った。

これ以上はないというほどにふしょうぶしょうに聞こえる申し出だった。**わたしに触れようというの？　抱きかかえて？　メリーやテレサやキャシーや、ミルハウスにいるほかのすべての女性と同じように。**

本当はそうしてほしかった。だがリリーは、自分をだますのはいやだった。厚意に甘えるふりをして、アヴェリーが誰にでも公平に与えている抱擁の分け前にあずかろうなどとは思わない。まだ、わずかながら自尊心が残っていた。

「いいえ、結構よ」リリーは首を振って言った。

「意地を張るんじゃない。ほら」アヴェリーはいらだたしげに言い、手をぐいとつきだした。

「いいの！」リリーはその手を払いのけた。

「なら、いいさ」アヴェリーはかみつくように言った。茂みにかけておいたシャツをひったくると、リリーのほうを見もせずに一歩踏みだす。が、足を止めた。体が凍りついている。

「えいくそ、いまいましい！」押し殺した声が聞こえた。

「あらソーンさん、何かおっしゃった？」リリーは優しげに訊いた。

アヴェリーはくるりとふりむくと上体をかがめ、リリーの腕をつかんでぐいと引っぱって立たせた。そしてハトを襲うタカのごとく、おおいかぶさるようにして唇を重ねた。

この前のキスがきょうだいどうしのキスのように思えた。アヴェリーは足幅を広くとり、鋼のように強い腕をリリーの胴に巻きつけて抱きしめた。リリーの腰はアヴェリーの広げた太もものあいだに押しつけられた。唇から入りこんできた舌は深く、官能的な動きでリリーの舌を求めている。

こんな快感は初めてだった。リリーは唇をさらに大きく開き、アヴェリーの舌がからんでくるままにまかせた。彼の手が背中を優しくなでる。わたしも愛撫を返したい。リリーは懸命に近づこうとした。

突然、体が自由になった。というより、アヴェリーに押しのけられた。一瞬、リリーと向かい合ったアヴェリーは、深く呼吸している。たぐいまれな瞳がまつ毛の下で輝いている。

「さあ、これで五分五分だ」アヴェリーはそう言ってシャツを取りあげ、向きを変えると、大またで草地をつっきってミルハウスへ向かった。

当惑と興奮が頭の中で渦巻くのを感じながら、リリーはアヴェリーの後ろ姿を見送った。嵐雲の下から斜めに差しかかる日の光がアヴェリーの長身に輝きを与え、ぜい肉ひとつない上半身のすみずみまで浮かびあがらせている。ひとつひとつの筋肉や腱のうねりと筋、見事に発達した上腕部、平たく引きしまった下腹部、幅広い――。

リリーはふと自分の体を見おろし、あまりのことにすぐに目を閉じた。泥まみれでびしょ濡れのシャツのせいで、体の線が丸見えなのだ。どうしよう、誰かに見られたら――あわててあたりを見まわす。

牧夫たちは昼食から戻ってきて、池に向かう途中だった。リリーはあえぐようなののしりの声をもらし、急いで立ちあがろうとしたが、泥水を含んだブルマーの重さによろめいて転んだ。先を行くアヴェリーに追いつけば、彼のシャツを借りて体を隠せる。早くしなければ。

「待って！　アヴェリー！　待ってったら！」リリーは呼びかけた。肩ごしにふりかえると、男たちが目を丸くしてこちらを見つめている。大またでゆうゆうと歩いていくアヴェリーとの距離が広がっていく。リリーは何度も転びながら、あとを追いかけた。

「待って！」リリーは泣き叫んだ。男たちのやじと笑い声が背後の草地から聞こえてくる。

アヴェリーは待ってくれなかった。足どりをゆるめることすらしなかった。あのキスは……あれが、彼の「奇襲攻撃」だったのだ。仕返しのつもりなのだ。

邸へ近づくにつれリリーの歩みはのろくなった。玄関ではなく使用人専用の裏口へと向かったが、途中で足をとめた。あのキスがわたしにとってどんな経験だったか、アヴェリーに知られてはいけない。アヴェリーにとってはなんでもないことだったろう。きっと、女性とのキスには慣れっこのはずだ。罰として与えたつもりのキスが、わたしにとってすばらしい経験だったなんて、彼に感づかせてはならないわ。

よそう、裏口から入ったりするのは。アヴェリーの……愛人か何かのようにこそこそと、まるで何か悪いことでもしたみたいに。

リリーは建物の正面へとずんずん歩いていき、玄関を入ると、扉を後ろ手に勢いよく押しやった。扉はばたんと小気味いいほどの音を立てて閉まり、リリーは含み笑いをした。それに続いて、何かが割れる大きな音があたりに響きわたった。

何事かと驚いたリリーは、もう一度扉を開けてみた。玄関の外の御影石の階段の上に、粉々になった色とりどりのガラスの破片が飛びちっている。それらは、はるか上の張出し窓にはめこまれていたステンドグラスの破片だった。

17

「一〇〇ポンド？　たったそれだけ？」

フランチェスカはポートワインをひと口飲むと、寝椅子に頭をもたせかけた。

「ガラス屋の話では、そのぐらいですって」向かい側の張りぐるみの椅子に座ったリリーが答えた。

にわかに吹いてきたすきま風に、二人のあいだにおかれた枝つき燭台の光が揺らめき、居間の壁に映った影があちこち飛びまわった。昼間から予兆のあった嵐が激しくなり、邸の照明は消えていた。ろうそくの光に頼るしかなくなり、エヴリン、ポリー、バーナード、アヴェリーは夕食後すぐにそれぞれの部屋に引っこんでいた。

よけいなことを考えたくないために自室に戻る気になれなかったリリーは、夜のひとときを居間で過ごしていた。そこではフランチェスカがちびちびと音も立てずに夕食の残りのワインを飲んでいた。最近ではポートワインのデカンターに手をつけるようになっている。

フランチェスカはふんと鼻を鳴らし、面白がっているようすだ。「あのステンドグラス、そんなに安いものだったのね。道理でお父さま、船から引きあげた財宝として売らなかったわけだわ」

「修理が思っていたより高くつかなくてすみそうで、よかったわ」リリーは言った。「一〇〇ポンドならなんとか出せます。一〇〇〇ポンドだったら無理でしょうけれど」新たな突風にあおられて、がたがた揺れる外のよろい戸の音が騒がしい。

フランチェスカは首をかしげて、煙突の中でうなる風の音をじっと聞いていた。そして自分の脇のパイクラストテーブル（天板の縁に装飾を施した円テーブル）から、ポートワインのクリスタル製デカンターを取りあげた。

「いつごろかしら、ハゲタカみたいな銀行の連中がやってきてあなたの資本の収支を計算しはじめるのは？」

「六週間後です」

「黒字になりそう？」フランチェスカはグラスにワインをたっぷりとついだ。

「これ以上おかしなことが起こらなければ、ですけれど。ここ数日のあいだに二回も、大きな損害につながりかねないことが起きるなんて、神さまの慈悲深さを疑いたくなりますね」

「そうよね？　でも」フランチェスカはグラスを傾け、ぐっと飲みほした。「あの二回のできごとは単なる偶然だったのかしら？　もし誰かが、故意に花瓶やステンドグラスをこわしたのだとしたら？」

リリーは頭を振った。嵐と暗闇とポートワインのせいで、この女《ひと》は突拍子もないことを考えているんだわ。フランチェスカが常識より想像力を重んじるのは以前にも見たことがある

──たいていは酒を飲んで「感傷的に」なっているときだ。

「あの花瓶を誰かがわざと割ったあと、屋根裏にこっそり上って、あの張出し窓の枠をゆるめたとしたらどう？　そうすれば、たとえば嵐に吹かれたり、戸をばたんと閉めたりして大きく揺れただけで落下するかもしれないでしょ」フランチェスカはじっと考えている。

「そんなことする人がいるかしら？」リリーは冷静に言った。「わざわざそんなことをしなければならない理由がある人なんて」

「誰だと思う？」フランチェスカは謎をかけるように訊いた。

「アヴェリー・ソーン？」リリーはまさか、といった表情で訊き返したあと、いきなり笑いだした。フランチェスカのわけ知り顔がすねたようにゆがんだ。

「彼だなんて言ってないわよ、わたし」フランチェスカは椅子にだらりとした姿勢で腰かけ、グラスを胸の近くにもっていくと、いわくありげな秘密めいた表情を浮かべた。

「でも、忘れてもらっちゃ困るわ。アヴェリーはミルハウスの経営収支に利害関係があるのよ。あなたの支払い能力を超える支出が生じるのを期待しているかもしれないでしょ。あなた、彼に直接、話をして確かめたほうがいいんじゃない」

なんだかんだ言ってフランチェスカは、わたしのためを思ってくれているんだわ──リリーはおかしくなり、こらえきれずにまた笑いだした。

「ごめんなさい、フランチェスカ。でも、アヴェリー・ソーンだったら、どこへ行くにもこっそりなんてありえないんですもの。床を揺らさずに歩くこともできないのに。だいたい、こそこそするやり方は彼らしくないわ」

リリーは、唇をとがらせて抗議しようとするフランチェスカを押しとどめるように手を上げた。「アヴェリー・ソーンに、この家に損害を与えたいと思う動機が十分あることは否定しませんよ。でも、もしあの人がミルハウスを手に入れるために窓をこわそうと思いついたとしたら、きっと手近にある家具をえいと持ちあげて、ガラスめがけて投げつけるでしょうよ。そして、誰に目撃されようと気にもしないでしょうね」

「ふーん。でもやっぱり、アヴェリーに面と向かって問いただしてみたほうがいいわよ。今すぐに」

「まさか、夜中なのに?」アヴェリーの姿と暗闇を思いうかべたとたん、リリーの頭の中に妖しいイメージが飛びかった。「それにね、アヴェリーは絶対、そんなことする人じゃありません」

フランチェスカは頭を振り、小さくため息をもらした。「そこまで確信があるとはね。彼の道義心を心から信用しているわけね。わたしなんか、そこまで人を素直に信じられたことはないわ」

「あの人の気性はわかってますもの」リリーはきっぱりと言った。

「というか、心のうちはわかってるっていうことね」フランチェスカはほのめかした。

その言葉でリリーはあらためて考えさせられた。わたしは、アヴェリー・ソーンの心について何ひとつ知らない。知っているのは自分の心のありようだけだ。

アヴェリーのキスはリリーの心の平静を乱していた。自分でも思いもよらなかった情熱の炎をかきたてられた——そして、もしかするとさらに思いがけない感情さえも。

リリーの恋の病との闘いは勝ち目がなさそうだった。一時的にのぼせあがっているにすぎないと思っていたのだが、もうすでにそれも定かではない。今やアヴェリーの魅力の脅威から彼女を守るものは、彼のリリーに対する関心のなさ、そして過剰とも思える男としての自信だけで、これらはリリーを憤慨させると同時に強く惹きつける要素にもなっているのだった。

あんなに自信に満ちて、自分が正しいとつねに確信していられるって、どんな気分だろう？　自分自身について、社会における地位や、その地位を保てる力について、一度たりとも疑ったことがないって？　そんな力の持ち主を魅惑的だと感じない人がいるかしら？　思わずため息をついたリリーは、フランチェスカが横目で見守っているのに気づいた。

「フランチェスカ。あなたって、ロマンチックな夢を追い求める女《ひと》なんですね」リリーのその言葉にフランチェスカはゆがんだ笑みを浮かべた。

「あら、そう？」

「ええ。今は、ちょっと眠たいロマンチストといったところかしら」

フランチェスカはワイングラスを燭台の光にかざし、クリスタルの切子面を通してろうそくを見つめた。まるでそこに宇宙の謎が隠されているかのように。

「もうそろそろ、休んだらいかが？」

「あなたこそ、どうして休まないの？」フランチェスカはぼんやりと答えた。

リリーは立ちあがった。「しておかなくちゃならないことがあるんです。帳簿の帳尻合わせとか、請求書の支払い処理とか、細かい数字の調整とか」

「そう。わたしのほうもいろいろあるわよ。過去の帳尻合わせをしたり、心の借金を返したり、記憶を調整したりね」フランチェスカはつかのま、リリーを見やった。「挫折したロマンチストの仕事も、なかなか大変なのよ」

「挫折したなんてわたし、言ってませんよ」リリーは優しく言った。

フランチェスカはほほえんだ。「わかってるわよ。そう言ったのはわたし。さ、お嬢さんはもう出ていってちょうだい。今夜はわたし、一人になりたいの。こんなこと珍しいから、理由を調べてみる必要がありそうね」

「本当に一人で大丈夫？」リリーは訊いた。デカンターいっぱいのワインが手元にあるこの部屋に、むなしい過去の思い出を抱えたこの中年の女性を一人でおいておきたくなかった。

いいから出ておいきなさい、と手ぶりでうながされて、リリーはようやくフランチェスカのいる居間をあとにした。廊下に出て、さほど離れていない書斎へ向かう。そこには、いっこうに減る気配のない未払いの請求書や勘定書の束が待っていた。

アヴェリーは集中できなかった。自分の最新の連載記事が載っている雑誌を下におき、物思いにふけりながら、雨が叩きつける寝室の窓から外を見つめた。頭の中にはリリーの影がちらついていた。考えていると耐えられなくなって正気を失いそうだった。理性を打ちくだかれていた。リリーの姿がつきまとって離れない。脳裏に、血の中に……心の中に。

今日、アヴェリーの体の下で、腰を彼の太ももに押しつけて横たわっていたリリー。彼の魂をむさぼるように見つめていた。そして押し殺した息の下からかすれ声で、「奇襲攻撃をかけるつもりなのか」と訊いた。そのときアヴェリーは、もう少しでそのとおりにするところだった。だが自分に課した厳しい行動規範が、リリーを救った——しかしそれも、たった三分のあいだだけだった。

なぜならアヴェリーは、ののしりに対するあざけりの言葉をリリーがつぶやいたとたん、あざけられたという薄っぺらな理由を言い訳に、そして仕返しというやはりごまかしの理由を言い訳に、襲いかかってキスしてしまったからだ。リリーの体はまるで裸も同然だった。アヴェリーの体は差しせまった欲望に、岩のように固くなっていた。

キスを受けたリリーがもがきはじめるやいなや、アヴェリーはこのままだと自分が何をするか、何を言うかわからず、怖くなって彼女を放し、逃げるように立ちさった。

アヴェリーはけっきょくキャムフィールド家の娘たちにも、その親友にも会わなかった。泥だらけの体を洗おうと台所の流し台へ行く途中、何かが割れたような大きな物音を聞いたからだ。ちょうどリリーが家に戻ってきたところらしかった。玄関の広間に駆けつけてみると、リリーは泥水をしたたらせながら、目を見ひらいて立ちすくんでいた。続いて残りの皆もやってきた。

夕食のとき、リリーはつとめてアヴェリーと目を合わせないようにしていた。気の強そうな美しい顔をうつむけて皿ばかり見ているから、礼儀正しくふるまおうというアヴェリーの決意がくずれそうになる。

リリーは、アヴェリーの血の中に思いのほか多く入りこんでいた。単なる熱病ではない。マラリアのような存在だ。何週間も、何カ月も、ときには何年も影をひそめ、無害なふうを装いながら、ある日突然、毒に満ちた激しい症状となって襲いかかってくる。そしてマラリアと同じく、けっして癒えることはないにちがいない。せめてこの病を抑えられる方法があればと願うしかなかった。

アヴェリーは椅子から立ちあがり、うろうろと落ちつかないようすで窓のほうへ向かった。外を見おろすと、二階下にある書斎の窓から明かりがもれている。アヴェリーはカールの形見の金時計をポケットから取りだした。かけがえのない友を思い出すよすがとなるはずのこの品を見てさえ、よけいにリリーのことを思い出すのだった。

アヴェリーは時計のふたを閉じた。こんな時間まで起きているのは誰だろう？　バーナードか？　あの子は以前、夜遅くまで読書にふける楽しみについて語っていたっけ。立ちよって声でもかけてやろうか。どうにも落ちつかないアヴェリーは、そうすることで気をまぎらわせたかった。

シャツをはおり、面倒なのでボタンはとめずに部屋を出て、階段を下りた。夜目がきくので、ろうそくを使う必要もない。

階段を下りきると、かすかな明かりがともるもうひとつ別の部屋に注意を引かれた。居間だ。アヴェリーは眉をひそめた。この一家ときたら、皆が夜行性なのか？　中にいるのはたぶんリリーだろう。驚かさないように、そっと部屋の中をのぞく。

寝椅子の隅に手足を半分伸ばすようにして眠っていたのはフランチェスカだった。片腕を枕のように頬の下に押しこみ、口をわずかに開いて軽いいびきをかいていた。寝椅子の前のテーブルには燭台がおかれ、溶けたろうの輪の中に二本のろうそくが立っている。その光はゆらゆらと頼りなげに揺れていた。

フランチェスカの髪はほどけて、高価なガウンはしわくちゃになり、よじれていた。寝椅子のそばの床には、こぼれたワインが半分入ったデカンターがおいてある。その横にクリスタルのグラスが倒れ、ワインが絨毯に黒っぽいしみを作っていた。

アヴェリーは頭をかしげ、じっと観察した。この年上のいとこは、眠っていてさえ疲れはて、やつれて見える。数年前、フランチェスカは、父ホレーショの期待や批判や制約に対して、アヴェリーにもとうていまねのできない勇敢さで立ちむかった。その抵抗の代償を今になって払う形で、こんな生活をするようになったのかもしれない。本人は抵抗したかいがあったと思っているのだろうか。

奇妙なことに、容色が衰えて寝乱れた姿を見せているフランチェスカは今までになく魅力的だった。昔の彼女は奔放で大胆な、男を惑わす美女として鳴らしていて、アヴェリーの学友のあいだでさえ噂になるほどだったが、むしろそのころよりもずっと。

アヴェリーは静かに寝椅子に近づいてかがみこみ、フランチェスカを抱きあげた。起こさないよう慎重に歩いて廊下へ出て、書斎を通りすぎ、彼女の寝室に入っていく。羽根ぶとんを敷いた大きなベッドに、細心の注意を払って彼女の体を横たえた。いざ目覚めたときに自分がどこにいるかわからなくてあわてたりしないよう、ろうそくに火をともしておいた。肩まで毛布をかけてやり、顔にかかった髪の毛を優しく払いのけた。

「おやすみ、ミス・ソーン」アヴェリーはつぶやいてきびすを返した。

戸口にリリーが立っていた。黒々とした瞳はろうそくの光を映している。アヴェリーはしっというように唇に人さし指をあて、リリーのそばへ寄ると、手首を引いて一緒に廊下へ出た。扉をそっと閉め、先に立って書斎へ入っていった。

「こんなふうになることがよくあるのか、フランチェスカは？」アヴェリーは訊いた。

その声は穏やかで、責めるような調子はみじんもなく、ただ悲しみだけが宿っていた。男の人がこんな優しさを持てるなんて――想像したこともなかった。

リリーはさっき、居間で眠りこけるフランチェスカを見おろすアヴェリーをじっと見守っていた。人生も半ばを過ぎた心の弱いいとこへの軽蔑やあざけりを示すだろうと予想していた。少なくとも、いらだちや非難をこめた態度をとるのではないかと思っていた。なのに、彼が見せたのは優しさだけだった。

アヴェリー。力と憐れみの両方を持った人。リリーの中に彼に対する畏怖の念が生まれた。

「しょっちゅうこうなるのか？」アヴェリーはもう一度訊いた。寄りそうほど近くにいるために、瞳の中心に赤銅色の小さな点が集まって輝いているのまで見える。

リリーは頭を振った。問いかけに答えるためというより、雑念を払うためだ。「いいえ、そんなにしょっちゅうじゃないわ。夏になって嵐が何回かあったでしょう、それでお酒に浸りたい気分になっているみたい」

アヴェリーは髪の毛に手を差しいれてかきあげた。そのとき初めて、リリーは彼のシャツの前がはだけて胸が見えているのに目をとめた。フランチェスカのことが気がかりで、肌があらわになっているのにも気がつかないのだろう。

アヴェリーは美しかった。広い胸板に、細い胸毛が逆三角形にうっすらと生えている。硬い筋肉をおおう皮膚はきめが細かくきれいだ。ただ、左の胸からシャツに隠れた下の部分にかけて、ぎざぎざになった幅広い紫の線が四本、ほぼ平行に走っている。

自分でも気づかないうちに、リリーはその傷あとに触れていた。アヴェリーは真っ赤に焼けた火かき棒でつつかれたかのようにぎくりとし、すばやく片手を上げて攻撃をよけるように身構えた。その防御の姿勢にもかまわず前に進みでたリリーは、もう一度、盛りあがった傷あとに手を触れた。今度はアヴェリーも身動きせずにじっと立っている。

「トラは、本当にいたのね」

「えっ？」アヴェリーは自分の左乳首の少し上に軽くおかれたリリーの指先を見おろし、どうかこのまま落ちつきを保てますようにと祈った。

「トラか。そう、トラは本当にいたよ」

「彼は、本当にあなたを襲ったのね」

「ああ。でも彼女だよ。トラはメスだったんだ」

どうか、その手をどけてくれ。このままじゃ僕は何も考えられない。リリーの体が発する香り。いつ嗅いでも心地よく、幻想を起こさせるその匂いが、鼻腔の中で密度を増している。頭をくらくらさせ、味わうことすらできるのではないかと思わせた。二人のあいだの狭い空間を満たし、空気中にあふれているその香りの底には、もうひとつ別のかすかな香りが漂っている。アヴェリーはふたたび後ろに下がった。今度はリリーもついてこない。

「どうして、旅に出ることにしたの？」そう訊くとリリーは机の前に戻り、たった今闘いをあきらめたばかりのような疲れを見せて椅子に腰かけた。

アヴェリーは肩をすくめた。変なことを訊く困った女《ひと》だな。それにしてもすごく魅力的だ。

「さあ、どうしてだろう。わからない」正直に答えた。「ほかにやることがあまりなかったからね。旅に出れば暇つぶしになるかと思ったのかな。とにかく、ミルハウスを相続できるようになるまで五年間もロンドンで待ちつづけるなんて、とうてい考えられなかった。それまでだって、長すぎるぐらい長いあいだ待っていたから」

リリーは膝のあいだで両手の指を組み合わせた。五年間、寄せつけずにきた罪悪感が、ついに顔をのぞかせはじめた。もちろんリリーは、英国のどこかにいる青年の相続すべき財産が、自分本位の老人によって容赦なく奪われ、賭けの対象にされたことを事実として知っていた。しかし、ホレーショ・ソーンの手前勝手な遺言について知らされたときの青年の気持ちを考えてみようとはしなかったのだ。それを今、初めて考えていた。

リリーには、ミルハウスを、このわが家を、最終的に手に入れるために闘う意志はまだ十分にあった。だがそれでも、ホレーショの遺言のはなはだしい不公平——いや、非道さ——は認めざるをえなかった。ああ、二人とも勝負に勝てる方法がありさえすればいいのに。

「わたしは……この家をあなたに譲るわけにはいかないのよ、わかるでしょ」アヴェリーと目を合わせたリリーは、疲れた声で言った。

「わかってるよ。僕も、もし君が相続するのを止められるものなら、そうしたい」アヴェリーは言った。怒鳴りもせず、毒舌も吐かない。渡ることのかなわない裂け目の両側にいる二人の立場を、ありのままに認めたひと言だった。

リリーはうなずいた。アヴェリーはシャツのボタンをとめながら机のほうに向かった。フランチェスカを見ていたときと同じ優しげな目の表情で、室内の調度品や絵画を眺めている。

「あなたも、この家が好きなのね」リリーは言った。

「ああ」アヴェリーは静かに答えた。「ミルハウスは、幼なじみだが、自分が今もまだ好きでいられるかどうかよくわからない友だちのようなものなんだ。久しぶりに再会したとき、会わなかったあいだにお互いの身に起こった変化がお互いを隔てるのでなく、かえってより親しくさせる、そんな発見ができる存在だ。僕が帰ってきたときのミルハウスは、少年のころ訪れたときの記憶にあるミルハウスとは違っていた。昔は緑の公園の中に立った宮殿みたいだった。でも、僕が今回帰ってきて発見したミルハウスは、おとぎ話の城よりよく思えた。

つまり、現実的なのさ」理解してくれているかどうか確かめるようにリリーを見る。「ミルハウスはまるで人間みたいなんだ。奇妙な癖や風変わりな特徴がある——玄関の上の場所を絶対に譲ろうとしないツタとか、北東の風が吹くとうなりをあげる居間の暖炉とか。それなりに気どった部分もあって、たとえばあの張出し窓や、二階の舞踏場がそうだ」アヴェリーはゆがんだ笑みを浮かべた。

「簡素でしっかりした造りで、どっしりとして堅牢で、遺産としての価値が住人に重くのしかかることもないし、その本質をおおいかくすピカピカの新しさがあるわけでもない。ここは人が生活し、働き、休むことのできる場所なんだ」肩をすくめる。「そう、わが家なんだよ」

アヴェリーはさらに続けた。「僕はわが家を持ったことも、家族を持ったことも一度もない」その口調にはいささかの自己憐憫も含まれていなかった。単に、事実を述べているだけだ。「ミルハウスは、僕のわが家になり、遺産にもなる。両方の役割を果たすことになる。子どもを育て、その子どもたちがまた子どもを育てる場所になるんだ」

リリーはアヴェリーの主張を不快に感じたりはしなかった。もし自分が彼の立場だったら、同じように語っただろう。「家族が欲しいの？」

「意外だったかな？　いや、欲しいよ。僕は子どもが欲しい。しかも、たくさん。三階の部屋の埃よけのカバーを全部取らなきゃならなくなるぐらい、たくさん子どもが欲しい」

リリーはほほえんだ。

「子どもというのはみんな、お手本になる兄さんと、いろいろ教えてやれる弟がいなきゃならない。あこがれの的の姉さんと、からかってやれる妹と、さんざん甘やかしてやれる赤ん坊がいる生活が必要なんだ。僕は昔、学校の同級生たちがきょうだいについて不平不満を言うのをよく聞いたものだけど、なんてばかなやつらなんだろうって心の中でののしっていた。あいつらがうらやましくてね。本当に、家族が欲しくてたまらなかったよ」

アヴェリーはリリーのほうを向いた。「で、君は？　君も一人っ子だったよね？」

リリーは考えるより先に口を開いていた。一生続くかと思える沈黙のあとに、罪の意識とともに言葉が口からこぼれ出た。

「いいえ、一人っ子じゃないわ。わたし、まだ会ったことのない兄と姉がいるの」

18

「どういう意味？　わからないな」アヴェリーは訊いた。

どうしよう。リリーは後悔したが、言ったことを取りけすにはもう遅すぎた。母親の苦しみをずっとそばで見ていて感じた心の痛みをおおいかくすにはもう遅すぎた。

「うちの母は、一六歳のときに結婚したの」アヴェリーの表情を見て、リリーは首を振った。

「わたしの父とではなく、ベントン氏という製本工と。その結婚で二人の子どもを授かった。男の子と女の子で、ローランドとグレースという名前。その後、母は一九歳のときに夫と別れたの」

「なぜ？」

「わからないわ」リリーは答えた。知らないことが多すぎ、知っていることも多すぎた。

「母は詳しくは話してくれなかった。ただ、ベントン氏とは一緒に住めないと思ったということだけで。でも母の人柄を知る人なら、母の強さと献身と信条を知る人なら、別れたのにはそれなりの理由があったにちがいないと、納得できると思うわ」

アヴェリーはうなずいた。母親を直接には知らないが、その娘なら知っている。もしリリーが母親譲りの性格なら、母親はきっと勇気ある女性だったのだろう。

「で、父親違いのお兄さんとお姉さんはどこにいるんだ?」アヴェリーは訊いた。「まだ会ったことがないというのはどうして?」

「どこにいるか知らないの」その簡単な言葉のうつろな響きが、長年にわたるむなしさを物語っていた。「母に去られたあと、ベントン氏は母たちの居所をつきとめて、子どもたちを奪っていったの。ベントン氏は母に向かって、息子と娘にはもう二度と会わせないと断言した。それは嘘じゃなかったわ」

子どもを連れ去られるままにまかせる母親がこの世にいるなど、アヴェリーには想像もつかなかった。「お母さんはなぜ、子どもたちのために闘おうとしなかったんだろう? 子どもたちをそれほど気にかけていなかったのかな」

「気にかけていなかったですって?」リリーはおうむ返しに言った。「母は、子どもたちのことを思って胸が張りさけんばかりだったのよ。数週間、毎日毎日ベントン氏の家の玄関の外に立って、子どもたちに会えないかと待っていた。毎日、警察官に追いかえされたのに、それでも母は、同じ場所に通いつづけたの。そのうち、ベントン氏は治安判事に訴えて、母を精神病院に収容させたわ」

リリーは組んだ両手をそうっと机の上に乗せた。「わたしの父は精神病院の幹部だったの。病院で母を見て、すぐに悟ったのね。この人は頭がおかしいわけじゃないって。いえ、確かにある意味、おかしかったんでしょうけれど、それは悲嘆にくれるあまりそうなったのだと判断したんでしょう。父は、母を退院させるよう病院側に働きかけたわ。でも、母が退院するころには、ベントン氏は子どもたちを連れてオーストラリアへ移住してしまっていた」

想像を絶する、残酷な話だった。「ただ、子どもたちに会いたい一心でそういう行動に出たお母さんを精神病院に入れてしまうなんて、ひどすぎるじゃないか」

リリーは悲しそうな笑みを返した。その表情は、実際の年齢よりずっと成熟して見えた。

「だけど、法律が変わっただろう」アヴェリーは指摘した。「今では、女性は離婚の訴えを起こす権利があるし、契約を結ぶことも、財産を所有することもでき――」

「でも、子どもの親権は与えられていないわ」リリーはさえぎった。アヴェリーが迷うような表情を見せたので、そのまま話しつづけた。「嫡出子は所有物なのよ。男性だけの所有物。男性がもし、自分の妻が母としてふさわしくないと判断すれば、子どもを妻の手から取りあげることができる。法はその判断を支持するわ」

確かにそうだ。アヴェリーはぼんやりと思った。忘れるなんてどうかしていた。学校時代、学期中の数カ月間より長く感じられた数週間の休暇のことを。貴族の子弟とはいえ親のないアヴェリーたちは、人気《ひとけ》のないハロウ校の校庭にたむろしていたものだ。アヴェリーも一種の所有物だった。いや、取るに足りない無価値な品だ。

リリーは自分の手をじっと見つめていた。指の関節が白くなるほどにきつく握りしめたその手は、宗教にのめりこんでひたすらに祈りを捧げる人のそれを思わせた。

「でも、お母さんにはほかに道があったはずだよ。何かできたはずだ」アヴェリーは言いはった。

「いいえ。女性は賠償金を請求することもできないのよ。頼りにできるものは何もなかった。その代わり母は——」リリーは言いかけて急にやめ、顔を赤らめた。

そのときアヴェリーには、説明されなくてもはっきりとわかった。赤面したリリーの狼狽ぶりに、正気にもかかわらず精神病院に閉じこめられ、子どもを奪われた母親の悲しみと苦しみの遺産が見えた気がした。そしてリリーの母親がどんな形で復讐したかを悟った——ベントン氏が別の女性と法的に結ばれることがないようにしたのだ。

外は雨がしとしとと降っていた。家の中ではちらちらと揺れるろうそくの光が暗い部屋を照らしていた。

「お母さんは、ベントン氏と離婚しなかったんだね」

リリーはうなずいた。母親の復讐のために自分がどんな目にあったか、リリーは理解していないのだろうか？　その行為の身勝手さに、アヴェリーはぞっとした。

「なぜそんなことを？　お母さんは、妻の保護義務を怠ったという理由でベントン氏を捨てることだって、しようと思えば容易にできたはずだ。どうして君のお父さんと結婚しなかったんだろう？」アヴェリーにはもちろん、そんな質問をする権利も、答を求める権利もなかった。

「どうしてか、わからない？」リリーは目を上げた。瞳にろうそくの光が映って、ネコの目を思わせる金色の炎になっている。「未婚の母であれば、単独で子どもを保護監督する権利があるわ。母はすでに二人の子どもと生き別れになっていたのよ。次に生まれてくる子まで失うような危険はおかしたくなかったんだわ」

「でもお父さんはきっと、お母さんと正式に結婚したかったんじゃ——」

「父は度量の大きい人だったから、母の決断に同意したの」

結婚しないまま私生児をもうける。そんな許しがたい状況を受け入れたリリーの父親に対する激しい拒否感がアヴェリーの中に生まれた。だがリリーの言葉がその気持ちを冷たく突き放した。

「父には理解できたのよ」

理解できた、だって？　理解したからといって、容認していいというものではない。あまりの理不尽さにアヴェリーは憤然とし、心が痛んだ。自分だったら、リリーの父親のように娘を私生児にするという選択は絶対にしないだろう。その気持ちはリリーにもわかるはずだ。

アヴェリーは落ちつきなく部屋の中を歩きまわった。燭台のそばを通るたびにろうそくの光が静かに揺れた。

「お母さんは、別れた子どもたちを探そうとしたのか？」

それまでけんか腰だったリリーの態度がやわらいだ。心労の表れか、頭を低く垂れている。アヴェリーはすぐにでも飛んでいって、眉根を寄せたリリーの顔を晴れやかな表情にしてやりたかった。が、できなかった。リリーの心の傷はあまりに深く、二人のあいだの距離はマホガニーの机で隔てられているよりはるかに開いていた。

「母はできるかぎりのことはしたわ。父は人を雇って子どもたちを探させたけれど、裕福ではなかったし、家の跡取りでもなかったから金銭的にやれることはたかが知れていた。けっきょく捜索は徒労に終わったの」

「お父さんは、お母さんを深く愛していたんだな」

「ええ」

リリーはまだうなだれたままだ。あごの下と頬には濃い影ができている。つややかな黒髪は絹糸のように波うっている。アヴェリーの中に、この世の何よりもこの女《ひと》を守ってあげたい、という思いがあふれた。その願いの強さに押しつぶされそうになって、どうしていいかわからなくなった。そして、リリーの父親が、親として守るべきもっとも基本的な道徳上の義務を果たさなかったことに対する激しい怒りがわきおこった。

リリーの父親が母親を深く愛していたことについてはいささかの疑いもなかった。また、母親が奪われた二人の子どもについて嘆き悲しんで一生を送ったことについても。だが、リリーはどうなる？　この苦痛と喪失感の泥沼のどこに居場所があるというのか？　両親はリリーを本当の意味で愛していたのか？

「お父さんは君への愛をもっと示すべきだった」アヴェリーは険しい声でつぶやいた。

「父をそんなふうに批判しないで。父も、母も」リリーは鋭く警告を発した。

アヴェリーはかまわず続けた。「お父さんは、結婚を通じて自分の名字を君に与えるべきだった。そのことによってしか保証されない権利や恩恵、所有財産や人からの尊敬を、君が享受できるようにね。なのにそうせずに、君が社会でよそ者扱いされるままにまかせておいた。君が生まれながらにして持つべき権利の法的なよりどころを与えずに。お父さんは、君のお母さんと結婚すべきだったんだ」

「あなたが父の立場だったらそうしたというのね？」リリーは訊いた。

「そうだ」

「あなたにはわからないの？」最初、怒りを帯びていたリリーの言葉は懇願に変わっていった。「母は、また失意のどん底に突きおとされるのは耐えられなかった。そんな危険をおかすわけにはいかなかったのよ。そうなったら生きてはいられなかったでしょう。だから、結婚できなかったんだわ」声が震え、しだいに小さくなった。「わたしが結婚できないのと同じように」

なぜ胸が痛む？　リリーが手を伸ばして僕の魂をつかみ、核の部分を引きぬいたかのように感じるのはなぜだ？　これじゃまるで、僕がかすかな望みを抱いているみたいじゃないか……将来なんか真剣に考えたこともなかったのに……。

「一生結婚しないつもりなのか、リリー？」

「ええ」低くかすかなささやき声になる。「法律が変わるまでは結婚しないわ。女性の安全と健康と将来が、男性のそれと同じように重要とみなされるようになるまでは。子どもをめぐる妻の権利が夫の権利と平等になるまでは」

「だけど、もし君が人を愛するようになったら、その人を夫として信頼して、自分の将来を託したいと思わないか？　そう思うのが愛ってものじゃないんだろうか？」

「じゃあ、あなたは、妻を信頼して自分の将来を託す？」リリーは苦々しそうに言った。

「それとこれとは同じじゃないよ」

「ええ、確かに同じじゃないわね」リリーは冷ややかな態度で同意した。「あなたは男性だから、妻となる女性に『信頼』を寄せることはできるわ。その後もし、妻が『信頼』するに足る相手でないと判断したら、法律にまかせればいい。あなたには、法のもとで妻を捨てるための手段が用意されるし、その一方で結婚のたまものである子ども、つまり跡継ぎを、自分の手元におく権利も与えられる。その子どもが父親に引きとられて育てられるより、母親に育てられるほうがいいかどうかは、けっして考慮されることはないし、まして母親に有利な判断が下されることは絶対にない」

「じゃあ君は、私生児であるという汚名を着せられたまま暮らすのが子どもにとっていいと思うのか？」アヴェリーは信じられないといった表情で訊いた。「門戸を閉ざされても、将来に不安が残ってもかまわないと？　生まれが卑しいからと値打ちのない人間とみなされてもいいと言うのかい？」

リリーはあごをぐっと上げた。「あなた……わたしのことをそんなふうに見ていたの？」

「ばかを言うんじゃない、リリー」アヴェリーは激しい口調で言った。「僕が君をどう見ているかなんて、関係ないんだよ。世間が私生児をどう見るかが大事なんだ。僕だったら、自分の子どもをそんなふうに苦しめたりはしない」

「あら、わたしは苦しんだりしなかったわ。自由でのびのびして、楽しい、いえ、それどころか心躍る子ども時代を過ごしたもの。偏見から守ってくれる愛情豊かな両親に恵まれたし、たいていの男性がうらやむほどの立派な教育を受けさせてもらったわ。それに、敬意を持って接してくれる女性の仲間がいて、きょうだいと言えるような――」

「君にはきょうだいはいないだろう。それは組織の中でのことだ」アヴェリーはさえぎった。

「確かに支援してくれる組織も、大いなる目的も、教育もある。だが、家族について言えば、家族と呼べるものは君にはない。僕と同じ、いやそれ以下だ」リリーはまるで殴られたかのようにびくりと身を震わせた。しかしアヴェリーは、リリーが固く信じている考えをどうしても見直してほしくて主張しつづけた。

「この家での君の存在だって、条件つきのものでしかない。僕は何も持たない人間だが、ミルハウスを所有する権利を合法的に請求できるんだ。ホレーショおじが何をしようが、どんな遺言を残そうが、僕には相続権を主張する権利があり、君にはその権利がない。それは、君のお父さんが正式に結婚しなかったからだ。君に家名を与えなかったからだ」

リリーの息づかいが荒くなっていた。一瞬、手を上げるのではないか、殴られるのではないかとアヴェリーは思った。だとすればむしろ歓迎だ。なぜならそれは、彼の言い分がある点で正しいとリリーが感じている証拠であり、殴ることで拒否感を示そうとしているにちがいないからだ。

「ミルハウスは家にすぎないわ」その言葉にどこか嘘があるのを感じながらリリーは言った。

「財産であり、物体でしかない。自分が何者か、どんな人間かを知るのに、わたしは石の壁や木の床なんか要らないの」

アヴェリーはがなりたてた。「何を言ってるんだ。ただの家じゃないよ。一族の歴史や、生活や物語の入ったドーム型のガラスケースみたいなものだ」

「あくまで一軒の家であって、大聖堂でもなんでもないわ」リリーは言いはったが、その頬は薄明かりの中でも赤らんで見えた。「あなた、自分がミルハウスを手に入れさえすれば、そこに自然に、新しい家族が生まれるとでも思ってるの？　不動産の譲渡証書には、家族はついてこないのよ、アヴェリー」

その言葉は辛辣で、痛いほど真実をついていた。リリーもその効果をわかって、僕の舌鋒鋭い攻撃をやめさせようとしているのだ。そう簡単に屈してなるものか。

「家族だって？」アヴェリーはあざけるように笑いながら机の上に身を乗りだした。「家族について話したいっていうんだね？　そりゃ結構だ。僕らは二人とも、目が見えないのに象とはどんなものかを説明しようとしている人みたいじゃないか」

リリーはおびえていた。「いえ、わたしは——」

「そうだね、いい考えだ。二人で一所懸命考えて、家族とはどんなものか、なんとか説明できるかもしれないな。なんと言っても、君には愛情深いご両親がいた——だが、本当の意味で愛情を持っていただろうか？　まあいい。とにかく両親なんだからな。一方、親を早くに亡くした僕は、それなりの地位もあり、家名も、家も、親戚もある——」

「そんな話、したくないわ」リリーは言った。うろたえているのが声でわかる。

「何言ってるんだ。君は自分がここで何をしているのか、わかってないんじゃないのか？ 君はここで新しい家族を手に入れた。僕の一族をね。そして婦人参政権論者たちや使用人たちと日々つきあっている。誰もが君から何かを得ようとしている。彼らの忠誠心に報いるために君は職を確保し、避難所を提供し、なんらかのえさを与えている。忠誠心は愛とは違うんだよ、リリー。ここにいる人たちは君の家族じゃない」

「いえ、家族よ」

「違う」アヴェリーは首を振った。

そのときリリーはアヴェリーを憎んだ。大きくて力強く、どことなく威厳があり、英国の法律によって、生来持っていなかった権利まで与えられている。

しかし、リリーがアヴェリーを憎いと思ったもっと大きな理由は、自分の両親の行為を疑問視したからだった。父親の家族は、リリーたち三人とかかわりを持つことを拒否していた。あれはどこまでが家族としての選択だったのか、どこからが父親の選択だったのか？ いずれにしてもリリーは、父の家族になんらかの形で属したとしてもきっと苦しんだことだろう。

リリーの中で敵意がうごめきはじめていた。母親の人生が、取り返しのつかないほどに自分に影響を——いや、損害を与えたのだという怒りが芽生えていた。それとともに、罪悪感も。母親が苦渋の選択をしたことはわかっていた。結婚しないという決断が軽々しい気持ちでなされたものではないと知りつつも、憤りを感じずにはいられなかった。

「そんな、人の上に立ったようなものの言い方をして。あなたには、父がどうすべきだったとか、母が喜んで犠牲を払ってまでこうすべきだったとか言う権利はないでしょう」リリーは低いが激しいものを感じさせる声で言った。「わが子を奪われた経験もないのに。子どもを奪われるって、殺されるのと同じぐらい――いえ、もっとひどいわ！　母は、わが子がまだ生きているかどうかさえ知らずに死んでいったのよ。夜になるとよく、けっして答の見つからない疑問を自らにつきつけて、自分を責めていたわ」

アヴェリーは黙っていた。

「あなたに想像できる？　母は、もし子どもたちのそばにいてやれたら、けがをしないよう見守ってやれたのにと、思い悩んでいたのよ。あの子たちが悲しいときに抱きしめてやれたら、どんなになぐさめになっただろうってよくよして。毎朝、毎晩、二人の子どもたちにキスする真似をして。母は、いろいろと想像していたわ――二人がもし父親のベントンに、お母さんはどこにいるの、って尋ねたら、あの人はなんて答えるかしらね。お母さんはもう死んだよと言うかしら。それとも、どこかにいるだろうけど、お前たちのことなんか気にもかけていないから戻ってこないよと答えるかしら――なんて」

アヴェリーの口元は決意にこわばっていた。目は影になっていて見えない。「それで、リリー、君についてはどうなんだ？」

「わたし？」リリーは組んでいた手の指をそっとほどいた。「兄も姉も、わたしの存在なんか知っているかどうか」

「リリー――」アヴェリーは手を伸ばし、指の背でリリーの頬に触れた。触れられたのに気づいてさえいないリリーは目を上げ、うつろで寂しげな目でアヴェリーを見つめた。

「もし法律があぁじゃなかったら……母に子どもの親権を許す法律があれば……でも、現実はそうじゃなかった。母を守ってくれるものは何もなかったのよ」リリーの声が険しくなった。

アヴェリーは言うべき言葉が見つからなかった。苦々しい思いが全身を満たした。ベントン氏と、リリーの臆病者の母親と、意気地なしの父親。しかし、アヴェリーには彼らを憎むことはできなかった。

「だから、わたしが結婚という制度に不信感を抱くのももっともでしょう。女性なら誰だってそう感じてもおかしくないわ。婚姻について定める法律では、子どもは妻の体の『成果物』であり、しかも妻の体は夫の所有物であるという解釈なのに、わざわざ結婚するのは愚か者だけよ」

「でも、二人に愛があれば違うだろう。もし夫婦がお互いに尊敬しあい、信頼しあっていれば――」

「男女の愛ははかないものよ。そのためにわが子を危険にさらすほどの値打ちはないわ。アヴェリー、論理的に考えればわかるはずでしょ。男性は論理を尊ぶものだと思ってたけれど。女性は、愛のようなうつろいやすい感情に左右されている余裕はないのよ」

リリーの攻撃に打ちのめされたアヴェリーは、傷ついた動物がよくするように、本能的に猛反撃した。

「論理だって？　うつろいやすい感情だって？」あざけりをこめた笑い。「リリー・ビード、君はなんて冷たい心の持ち主なんだ。男だったら将軍にだってなれただろうね――自分の『信条』なるもののために、すべての兵を犠牲にする勇気ある司令官に。まったく、君には脱帽だ。君とベッドをともにする必要がないのを喜ばしく思うよ。あまりの冷たさに霜焼けになんかなったら困るからね」

「そうよ」リリーは頭を高く上げた。その瞳は磨きあげられた黒檀《こくたん》のようだ。「あなたって、運のいい人ね」

挑発には乗らないつもりだな。アヴェリーの中で炎が燃えさかっていた。この炎に応えてくれるものを、この熱さに匹敵するものを、リリーの中に見つけたかった。どうしても見つけなくてはならなかった。

そのとき、降りしきる雨音の中、ばたばたと駆けてくる足音が聞こえた。書斎の扉が勢いよく開く。

「大変！　助けてください！」メリーの金切り声が響いた。

19

「テレサの赤ちゃんが、生まれそうなんです！」メリーは息を切らして言った。外ではすぐ近くで雷の音がとどろいている。申し合わせたかのように雨の勢いが増し、土砂降りになった。メリーが手に提げたカンテラが何度もスカートに当たって光を揺らし、壁に映る彼女の影も跳びはねている。

「ケトル夫人はどこ？」リリーはそう言って立ちあがり、取り乱した小間使いの横へ行った。ケトル夫人は以前、早産の女性のために助産婦の役をつとめていたのだ。

「娘さんの住んでる村に出かけてます」

「まずいわ」フランチェスカは自室でぐっすり眠っているはずだから、残る女性はメリー、キャシー、ポリー・メイクピース、エヴリン、そしてわたし。

車椅子でしか動けないミス・メイクピースは問題外だ。エヴリンは血を見ただけで卒倒してしまうだろう。メリーはと見ると、しきりに十字を切り、祈りの言葉をつぶやいている。

「お願いだからやめて、メリー」リリーはぴしゃりと言った。「テレサが産むのは赤ちゃんよ、悪魔じゃないんだから」

「でもミス・ビード、あたし、だめです」メリーは弱々しい泣き声を出した。「すみません、でも怖くて。テレサのあんな姿、見てられないんです。自分も産み月が近いから。この先どんなことになるか、知りたくないんです！あたしもきっとテレサみたいになるんだわ。どうしよう、あの叫び声！　まるで、体が引きさかれるみたいに苦しんで！　お願いです、ミス・ビード。あたしをあの部屋に入れないでください！　どうか！」

「メリー、落ちつくんだ」アヴェリーが命じた。「誰も君に恐ろしい役目をさせたりはしないから。ミス・ビードの言うとおりにしなさい、騒がずに」

アヴェリーのうむをいわせぬ厳しい口調は功を奏した。メリーは涙をぬぐい、鼻をすすりあげながらもうなずき、リリーのほうを向いて指示を待った。

「テレサはどこにいるの？」リリーが訊いた。

「自分の部屋です」

「キャシーは？」

「最後に見かけたときは、ええと、馬小屋のほうへ向かうところでした」

「こんな真夜中に、しかも嵐の中を？」

メリーは従順にうなずいた。「キャシーは、あの、その」ごくりとつばを飲む。「馬のことが気がかりだからって」

「ビリー・ジョンストンに会いにいったんでしょ？　先月は町の荷車製造人だったけど」リリーは言いながらすたすたと歩いていく。すでに戸口を出て、使用人専用の階段へと向かっていた。「身重の体になっても、まだ懲りないのね。恋人とうまくいかなくなって別れたと思ったら、すぐにまた新しい恋人を作るなんて、いったいどんな間抜けかしら？　キャシーったら、何を考えてるの？」

リリーはあとから黙ってついてくるアヴェリーを強く意識していた。まるで自分を守ってくれる騎士のようだ。メリーも黙ったまま、二人の先に立ち、カンテラを高く掲げて道を照らしている。沈黙はメリーに似合わない。不思議だった。

「メリー？」

「たぶん、ほとんど何も考えてないんだと思います」メリーはおどおどと説明した。「男と女のことですから、お互い惹かれあうと、どうしようもなく強い力が働くみたいで」

リリーは一瞬黙りこんだが、驚愕のおももちで小柄な小間使いを見つめた。

「まさかメリー、あなたにも誰かいるなんて！　この家の女性はみんな、正気を失っちゃったの？」

「でも、町に住んでるトッド・クリアリーが言ってたんです。家に赤ん坊がいても、俺はかまわないよって。あたしがお母さんとしてついていくるんなら、それでいいって……」メリーはだんだん小声になった。顔は赤らみ、うつむいて、喜びを抑えきれずにクックッと笑っている。

「『俺はかまわない』ですって？　そんなすてきな申し出を断るのは、さぞかし難しいでしょうね」リリーは皮肉をこめて吐きすてるように言った。そのとき苦痛に泣き叫ぶ大きな声が使用人用の狭い階段じゅうに響きわたり、おかげでメリーは品のない話をそれ以上続けなくてすんだ。

「台所へ行ってもらうわ」リリーは言った。「あちらのほうは十分明るいからカンテラなしでも大丈夫でしょう」メリーの手からカンテラを受けとる。「まず熱いお湯と、石鹸が要るわ。清潔な亜麻布をできるだけたくさんと、一番切れ味のいいナイフ。それと、熱した木炭を火鉢いっぱいに入れて持ってきてちょうだい」

「はい、わかりました！」メリーが廊下の向こうに消えるとすぐに、リリーは急な階段を上りはじめた。半分ほど上ったところで、アヴェリーが後ろからぶつかってきた。

「あなた、どこへ行くつもり？」リリーは詰問口調で訊いた。

「人手が足りなさそうだなと思って。僕も手伝えるよ。実は……」アヴェリーはなぜか途中で言葉を切った。声が変になっていた。狭い階段に反響しているせいだろう。「出産なら、以前立ち会ったことがあるんだ。手伝えるような気がする」

「必要ないわ。わたしがなんとか対処できるから」リリーは言った。

アヴェリーは逆らおうとはしなかった。心の中で言い争っているかのように顔をしかめていたが、ついに言った。「部屋の外で待っているよ。手助けが必要になったら——たとえば力仕事とか、お湯が足りないとか、もっと切れ味の鋭いナイフが要るとか——いつでも僕に頼んでくれ」

リリーはアヴェリーの目をまっすぐに見た。「わかりました。そのときはお願いするわ」

そう答えると、残りの階段を上っていった。

ふたたび、哀れっぽく泣き叫ぶ大声が壁を揺るがした。リリーがテレサの部屋の扉を押して開けると、小間使いは汗に濡れたマットレスの上にひじで体を支えてあおむけに横たわっていた。お腹がこんもりと高く盛りあがって、顔はほとんど見えない。髪の毛は、ぬいぐるみ人形の三つ編みのように頭からあちこちに突きでている。

「いったいぜんたい、みんなどこへ行っちゃってたんです？」テレサはいきなりかみついた。

「なんですって？」

「あたしはここで、一時間もウンウンうなってたんですよ」いらだった声で言う。「まさかこの赤ちゃんを、一人ぼっちで産めっていう——ううっ」体をふたつに折り、お腹を抱えこむ。あとの言葉は怒りをこめたうなり声の中に消えた。

「大変だ！」リリーの後ろの戸口で、アヴェリーが息をのんでいる。「死にそうなのか？医者を呼んできたほうがいいんじゃないか？」

「結構よ！」リリーはいらだって言った。ベッドのすその足板にかかった小さなタオルを取り、陣痛に苦しむテレサの額の汗をぬぐう。「いいのよ。一番近くにいるお医者さまはクリーヴ・クロスだけれど、三五キロ以上離れているし。それにテレサは大丈夫、死んだりしないわ。赤ちゃんを産もうとしているだけなんだから」

「そんなことない、死にそうよ！」テレサの抗議をリリーは無視した。この五年間、何回も出産に立ち会ってきた。その経験から、弱さのほうが怒りよりずっとやっかいなのを知っていた。

「あなた、出産に立ち会った経験があるんじゃなかったの?」リリーは肩ごしにアヴェリーを見て言った。

「ああ」アヴェリーは戸口に立ってぎこちなく動いた。その大きくがっしりした体が後ろの壁と対照的に明るく浮きあがって見える。シャツのすそはズボンから出たままだ。「確かに立ち会った。だけど、そのときの妊婦は……あの娘《こ》に比べて、ずっと静かだったんだ」テレサを指さす。

「ちょっと、おしゃべりはほどほどにしてくれません?」テレサはあえいだ。「言っとくけど、あたしはもうすぐ、赤ちゃんを産むんですからね! そこの人、ここでいったい何をしてるの? おおいやだ。男なんて、下劣で、けがらわしくて!」

テレサはリリーの手から湿ったタオルをひったくると、アヴェリーに向かって投げつけた。彼が身をかわしてよけたので、タオルは後ろの壁にビシャッと叩きつけられた。

アヴェリーは驚愕のまなざしで小間使いを見つめた。ただならぬ衝撃を受けていた。テレサは僕に好意を持ってくれているとずっと思っていたのに。抱きかかえて階段の上り下りもしてあげたし、体調はどうかといつも気にかけてきたし、会えば愛想よくあいさつもした。なのに今のテレサときたら、枕にもたれた体をくねらせ、もがきながら、僕がこの苦しみの原因を作った張本人だとでも言わんばかりににらみつけている。

「アヴェリーには廊下に出ていてもらうから」リリーがなぐさめるように言った。

「いや」アヴェリーは言った。もう少し自信たっぷりといった感じを出せればよかったのに、と思った。床に落ちたタオルを拾って一歩だけ部屋に入り、リリーが差しだした手にタオルを落とすと、また後ろに下がって外に出た。「僕はここにいるよ、少なくともメリーが戻ってくるまで。何か手伝うことがあったときのために」

テレサはまた苦痛のうめき声をあげはじめた。

リリーはアヴェリーの顔を見た。すっかり血の気を失っている。怖いもの知らずの探検家として名をなし、勇気をたたえられた彼も、これじゃかたなしね。リリーは自然に笑みがこぼれるのを隠せなかった。

テレサは男性の体のある部分に対して、身の毛もよだつようなののしりの言葉で復讐を誓っているが、リリーはそれを放っておいて、木の椅子をアヴェリーのいるほうへ押しやった。

「座っていたほうがいいわ。気絶するといけないから」

「いや、僕は気絶したりしない」アヴェリーは言った。リリーに対してうけあうというより、自分自身に納得させようとつとめているようだ。「気絶したことは今まで一度もないから、今だって大丈夫だよ」

「ちょっと！」テレサがふたたび横槍を入れた。「ミス・ビード、彼には廊下に出ていてもらうって言ってたじゃありませんか」

「喜んで、そうさせていただきますよ」アヴェリーは答え、椅子を蹴って暗い廊下に押しだすと、そこにどすんと腰を下ろした。薄暗がりの中にいるアヴェリーは不機嫌な巨人の彫像のようだ。

「しっ、静かに」リリーはささやき、またテレサの額の汗を拭きはじめた。「大丈夫、あなたはよくやってる。偉いわ。とても勇敢なのね」

「耐えるしかないでしょ、ほかにどうしようもないんですから！」

速いリズムで階段を駆けあがってくる足音がした。メリーだった。アヴェリーを押しのけるようにして横を通りすぎたメリーは、部屋の中に入った。振動でお湯がこぼれている銅製のやかんを片手に持ち、もう片方の手には小さなふたつきの火鉢をぶらぶらさせている。上半身に亜麻布を垂らした姿は生きたミイラのようだ。腰のベルトからは、狩人が使う皮はぎ用のナイフがぶらさがっている。

「ミス・ビード、持ってきました」メリーは息を切らしながら言った。「全部そろってますわ」

メリーは火鉢とやかんを足元の床に下ろし、鞘《さや》に入ったナイフをベッドの上、足元の部分にぽいとほうり投げた。次に肩にかけていた長尺の亜麻布をはずした。真新しいシーツのようにも見える。

メリーは、またうめき声をもらしはじめたテレサをちらりと見ると、「あたし、もう行ってもいいですか？」と訊いた。

「意気地なし！」テレサが金切り声をあげた。

「あたし、もう行ったほうがいいみたいですね」メリーはやたら丁寧に、何度もぺこぺこお辞儀をしている。「あたしがいると、テレサを興奮させちゃうだけだから」

「いいわよ」リリーは言うと、鞘からナイフを取りだして光沢のある表面をろうそくの光にかざし、鋭い刃を満足そうに眺めた。銀色の刃がぎらりと輝いた。

アヴェリーはめまいがしてきた。

下がっていいという許しをもらったメリーは逃げるように去っていった。

「まさか、そのナイフでテレサを……どうこうするんじゃないだろうね？」怖気をふるったアヴェリーはささやいた。

「大丈夫、何も感じないはずだから」リリーは安心させるように言うと、アヴェリーの目の前で扉をばたんと閉めた。

それからの一時間は、アヴェリーには永遠に続くかと思われた。テレサが発するののしり声が断続的に聞こえ、それに続いて長い、緊張に満ちた静寂が訪れる。ときおり誓いの言葉も聞こえてきた。自分を妊娠させた男に今後運悪くすれちがうことがあったらこうして懲らしめてやると、豊かな想像力を駆使したあからさまな表現で決意を示しているのだ。

やがて騒々しい誓いの言葉もやみ、リリーの落ちついた低いつぶやき声が途切れ途切れに聞こえるようになった。そのあいまに、全力でいきんでいるらしいうなり声が続く。

アヴェリーはカールの金時計をポケットから取りだして時間を確かめ、過去に思いをはせた。カールの先祖の何人が、この懐中時計で子どもの誕生した時刻を確認したことだろう。自分にもいつか、この時計の分針が象牙色の文字盤をじりじりと回るのを見守りつつ、リリ

――いや、妻の陣痛の声を聞く日が来るだろうか。

ついに扉が開いた。戸口に立ったリリーは、血のしみがついた腕に小さなおくるみを抱えていた。その後ろにはテレサがベッドに横たわり、胸を上下させて浅い呼吸を続けている。アヴェリーはめまいを覚えた。

「ほら」リリーは言った。「赤ちゃんをしっかり抱いていてちょうだい。彼女を暖かくしてあげないと」

彼女？　アヴェリーはリリーが差しだしたおくるみを見おろした。どこにいるんだ。「彼女」と呼べるようなものは見あたらない。「彼女になる前」の生き物さえいない。

「まだ火鉢の用意ができてないのよ」

「なんだって？　この子を火鉢で焼くつもりか？」

リリーは笑いだした――ああ、なんて優しくてすてきな声なんだろう。「違うわ。火鉢の前においた小さなベッドに寝かせて、赤ちゃんの体をほどよく温めてあげるの。赤ちゃんたちを天火の中のパン温め器に入れるのが普通なんだけれど、今日はもう天火は冷えてしまっているから」

「赤ちゃんたち？」

「ええ」リリーはにっこりとほほえんだ。「テレサの赤ちゃん、双子のようよ」

後ろのベッドで動く音がして、リリーは肩ごしにテレサを見やった。「さあ。この子をしっかり抱いていてちょうだい」

アヴェリーは無言で、ぼんやりとしたままその小さな生き物を腕に抱きとった。リリーは励ますような笑みを浮かべて言った。「ね、簡単だったでしょ？　ただ、双子の残る片方は、もったいぶってなかなか出てこないようね」リリーは体を寄せて打ちあけた。「でも大丈夫よ。もうすぐだから」

リリーはなぜ、僕を元気づけようとしているのか？　勘弁してくれよ、たかが赤ん坊じゃないか。赤ん坊を抱くことぐらい僕にだってできる。

「ねえ、手伝ってくれるんですか、それともそこにひと晩じゅう突っ立って、彼と話――」テレサは弾かれたようにベッドの上に上半身を起こし、両側の手すりを握って頭をのけぞらせ、うなりだした。

「テレサはアイルランド出身なんですって」リリーはさりげなく謎めいた言葉を残すと、アヴェリーの目の前で扉を閉めた。

アヴェリーは腕に抱えた赤ん坊をじっと見おろした。紫がかったその小さな顔は、下手なつくろい方をした靴下のようにくしゃくしゃだ。アヴェリーの片手だけで、頭全体と上半身の大部分を包みこんでしまえそうなぐらい小さい。生まれたばかりの子犬だって、この子と同じぐらいの大きさのがいる。

アヴェリーは、赤ん坊の顔のまわりの亜麻布をそうっとどけた。赤ん坊はもがいて、ゆるんだ布のあいだから小さなこぶしをぐいとつきだした。あっ。アヴェリーは驚嘆して、そのちっぽけな手を見つめた。一本一本の細い指先に生えた完璧な形の銀白色の爪、しわだらけの手のひら。きゃしゃな手首。

アヴェリーは頭をさらにかがめた。赤ん坊のまつ毛はカゲロウの触角程度しかなく、浅黒くまん丸な頬の上にかすかな影を落としているだけだ。アヴェリーは目を閉じると、この世に誕生したばかりの人間のぬくもりのある香りを吸いこみ、その頬に触れた。ふわふわと柔らかくて温かい。

自分が手で支えている、この女の子の命。この世にたった一人の、かけがえのない存在。アヴェリーは畏敬の念に打たれ、この子を守ってやりたい、保護したいという本能的な欲求に満たされた。もしこの赤ん坊が自分の子だったら、その気持ちはどんなに強いものになるだろう。

扉がふたたび開いた。リリーが向こう側に立っていた。顔の緊張がゆるみ、勝ちほこったような笑みをたたえている。腕の中には、もう一人の小さな赤子を抱えていた。

アヴェリーは自分の腕の中の赤ん坊を見おろした。「もしこの子が自分の子だったら、僕はこの子を守り、安全に暮らせるようにどんなことでもするだろう。誰も僕からこの子を奪えないように。絶対にそんなことはさせない。誓ってもいい」

リリーの顔から笑みが消えた。黒々とした目が細められた。

二人のあいだの休戦状態は終わった。両者の関係の土台であるふたつの相反する感情、敵対心と恋心が、ふたたびはっきりと頭をもたげてきたのだ。

「それは、わたしも同じよ」リリーは言った。

20

翌朝には、嵐はすっかりやんでいた。引きさかれた雲の残りを強風が一掃し、空は洗われたように晴れあがっている。リリーは書斎で、扉を閉めたまま朝食をとっていた。

リリーはアヴェリー・ソーンに、ほかの誰にも語ったことのない話を打ちあけた。彼を信頼して、自分が女権拡張運動に真剣に取り組む理由を語り、結婚しないという苦渋の決断について明かした。

だが、あれほど激しい反応が返ってくるとは予想外だった。リリーの決断が無謀で、無責任で、自己中心的であるという非難――ひいては、リリーの母親の決断もそうであるという非難――に対して、心構えができていなかった。

アヴェリーの意見はひとりよがりだった。母親の抱いた喪失感の大きさについて無神経すぎた。だがそれでも……リリーには彼の考えが理解できた。

彼女は昼食の時間が終わるまで書斎にとどまっていた。といっても、よけいな心配はいらなかった。

アヴェリーは夜明け前にとっくに家を出ていた。行き先はドラモンドの事務所だ。あの年老いた農場監督に、仕事をくれと頼んであったのだ。体力を消耗する重労働で、暗くなるまで邸に帰らずにいられる作業ならなんでもよかった。ドラモンドは喜んでその頼みを引きうけた。

ドラモンドはアヴェリーを、馬小屋の裏の牧草地で干し草作りに励んでいる男たちの中に送りこんだ。アヴェリーは干し草の巨大な山によじ登り、男たちに声をかけながら下から投げあげられた干し草を受けとめ、さらに高い山を作るべくせっせと働いた。

嵐の翌週、ミルハウスは珍しく静かだった。フランチェスカは理由の説明も釈明もなく、自室にこもっていた。母親になったテレサのおかげで、キャシーと、自分の行いを涙ながらに後悔しているメリーは、双子の赤ん坊を可愛がるのに忙しかった。

エヴリンは、脚のけがが徐々に回復しつつあるポリー・メイクピースに付き添うのを自分のつとめと考えて、かいがいしく世話をやいていた。驚いたことに、エヴリンとポリーは二人で過ごす時間を楽しみにするようになっていた。リリーとアヴェリーの関係を進展させようという彼女たちの努力は一時中断していた。二人の男女が同じ時間に邸の中にいることがめったにない状況では、出会いを演出して関係を後押しするのは難しかった。一方バーナードは、自由気ままな生活を送っていた。

アヴェリーがようやく自分の感情をうまく抑えられるようになったとき、あらためて気づいたのは、自分がリリーを避けようとしてきたためにバーナードの面倒をみるのをつい怠り、この若いおとうと分が女性だけに囲まれて過ごす結果を招いたことだった。

そういうわけで、キャムフィールド家のパーティの前日、アヴェリーはバーナードを探していた。少年の自室へ行ってみたがいなかった。書斎は、扉が閉まっていたので外から声をかけたところ、リリーの短くそっけない返事が返ってきて、そこにもいないことがわかった。応接間にも、どこにも姿が見あたらない。最後にケトル夫人に訊いてみると、使用人の部屋が並ぶ棟の真上にあたる屋根裏部屋へ行ってみたらどうかとすすめられた。

屋根裏部屋へつながる引き出し式のはしご段は、使用人用の狭い廊下の突きあたりにある。廊下を歩いていくうちにアヴェリーは、戸が開けっ放しになっているテレサの部屋の前を通るならなければならないことに気づいた。もしやテレサに、湿ったぼろきれか、下手をするともっと鋭いものを投げつけられるのではないかと、おそるおそる近づく。

問題の部屋の中からは、三人の女性が赤ん坊を優しくあやしているらしい声が聞こえてきた。アヴェリーは視線を真正面に向けたまま、扉の前を大またで通りすぎた。

「ソーンさま！」テレサだ。はしご段まであと一メートルちょっとのところで、つかまった。その声は怒り狂っているふうでもない。だが、用心するに越したことはない。「ソーンさま、どうぞ、赤ちゃんを見てくださいな！　なんといっても、この子たちを取りあげたのはソーンさまですもんね！」

僕が取りあげただって。こんな噂が広まっては困る。アヴェリーは自分の足どりをたどり直して引き返し、扉の陰から顔を出した。ベッドに上半身を起こして座り、少なくとも六個はあろうかという枕の山にもたれかかったテレサは、不似合いな既婚婦人用のレースのボンネット帽を頭にかぶり、肩にはふわふわしたピンクの毛糸で編んだショールをかけている。メリーとキャシーはそれぞれ赤ん坊を腕に抱き、ベッドの左右に座っている。三人の小間使いはにこやかにほほえみかけてきた。

アヴェリーは咳払いした。「やあ、具合はどうだい、テレサ?」

「ええ、おかげさまで元気ですわ!」テレサは、あだっぽい手のしぐさで帽子のリボンをいじりながら熱をこめて言った。「どうぞ、中へいらして双子を見てみてくださいな。なんといってもソーンさまは、この子たちを――」

「いや、そんなことはない」アヴェリーはきっぱりと言い、部屋に一歩足を踏みいれた。「僕はほとんど何もしなかったんだよ。赤ちゃんを取りあげたのはミス・ビードだ。僕はただ外に座って待っていただけだから」

テレサはちゃめっ気たっぷりに人さし指を振った。「あら、あたしの記憶ではそうじゃありませんでしたよ。ソーンさま、謙遜なさってるだけだわ。だって、あたしの支えになってくださったんですもの。本当に必要なときにいて力を貸してくださる、強くて頼もしい方。ソーンさまの姿を見ているだけで大丈夫なんだって思えたし、何も恐ろしいことは起こらないんだって安心できたし」テレサは敬愛をこめてまつ毛をしばたたいた。

この女《ひと》は妄想にとらわれている。陣痛に苦しんでいたときは、僕の男の部分を切りきざもうとたくらんでいたじゃないか。どう考えても、これ以上会話を続けてもいいことはなさそうだった。

「ほら、赤ちゃんをごらんなさいよ！」メリーが陽気なかん高い声で言い、赤ん坊を抱えた腕を突きだしてアヴェリーをうながした。キャシーもクックッと笑いながらそれにならった。アヴェリーは上体をかがめ、二人の赤ん坊をちらりとだけ見た。血気さかんな小さなカブのようだ。

「可愛いね」アヴェリーは言った。

「抱いてみられますか？」キャシーが訊いた。

赤ん坊はその小さな口を開け、わあわあ泣き叫びはじめた。何が不満なのか、あたりに響きわたる大きなうなり声だ。アヴェリーは困惑して赤ん坊を見つめた。こんな小さな生き物がこれだけ騒がしい声をあげられるとは驚きだった。くしゃくしゃになった顔の肌の色は、みるみるうちに赤から濃い紫に変わった。そしてふたたび、威嚇するようなわめき声をあげはじめた。なんという肺活量。どうやら母親から受けついだものらしい。

これじゃまるで、アイルランドの民話に出てくる妖精バンシーの泣き叫ぶ声みたいじゃないか。驚いたことに、キャシーは自分が抱いた赤ん坊がそんな怖い妖精に変身したのに気づいていない。

「ほうら」キャシーは赤ん坊をアヴェリーの鼻先につきつけた。

「いや」アヴェリーは声を落とした。「いやその……僕は……手が……」本当は汚れてもいない手をもう片方の手で指し示して、申し訳なさそうに顔をゆがめた。「汚くて。ひどく汚れてるんだ。赤ん坊をさわれるような手じゃない」

三人の小間使いはいっせいに失望の表情を見せた。

「まあ、そうだったんですか」テレサはがっかりしたように言った。「じゃあ、またあとで」

「そうだね、またあとで。いやその、本当に可愛い子たちだね」アヴェリーはテレサに向かってうなずくと、大急ぎで逃げだした。呼びもどされる前にと、全速力ではしご段を半分まで上る。

姿は見えないが、バーナードとすぐわかるうなり声が上から聞こえてきた。

少年はうんうん言いながら、ヨット用の巨大な望遠鏡を引きずって、ミルハウスの特徴である深いひさしの下の窓まで運ぼうとしていた。

アヴェリーはあたりを見まわした。屋根裏部屋は予想よりずっとものが少なく、すっきりしていた。おいてあるのは中身をそうとう引っかき回したらしい船積み用のトランク、扉が取れてなくなった衣装だんす、ぼろぼろの食器棚ぐらいだ。といっても部屋の真ん中にはなぜか、かび臭そうな四柱式ベッドがでんと鎮座ましましていた。

バーナードはアヴェリーが上ってきたのにも気づかないまま、望遠鏡を窓の下に据えつけると、今度は接眼レンズの調整に余念がない。

「よう、バーナード」アヴェリーは控えめに声をかけ、少年が自分用に作りあげた隠れ場所らしき部屋の隅に近づいていった。バター攪乳器《さくにゅうき》をさかさまにひっくり返したものが脇テーブルとして利用されている。使い古されたひじ掛け椅子には何冊もの本が積みあげられ、傾かんばかりだ。少年の足元におかれた陶器のつぼには、鶏ガラのスープと思われる湯気が立ちのぼっている。

少年は顔を上げ、一瞬びっくりしたような表情をしたが、すぐに歓迎の笑みを浮かべた。

「アヴェリー兄さん！　なあんだ、ドラモンドのところの人たちと一緒にまた外に出かけてるのかと思ってた。実はこの望遠鏡で、兄さんを探そうと思ってたんです」巨大な古望遠鏡をいとおしげに叩く。

「ここへはよく来るのかい？」少年の椅子のまわりには、サンドイッチの残りとおぼしきかじりかけのパンの耳や、くしゃくしゃになった油紙の包みがいくつも転がっている。

「ええ、しょっちゅう来てるかな。ばかみたいですよね？　僕、家族と一緒に暮らすのをすごく楽しみにしてたのに、いざ帰ってきてみると、今までなじんだ学校生活とは全然違ってて。それでときどき、一人になりたくなるんです」

アヴェリーには少年の気持ちが理解できた。子どものころ同じ思いをしたからだ。ミルハウスで過ごす日々にあこがれながらも、一日の行動をふりかえるための孤独なひとときが必要だった。一人になって、ミルハウスの建物の細部やさまざまな匂いをひとつひとつ、心ゆくまで味わったものだった。

他人と一緒に過ごすのが苦にならなくなったのは大人になってからだ。限られた数ではあるが、気のおけない仲間ができた。アヴェリーにとって友情を築くのは容易なことではなかったが、ごく少ない親友との関係を宝物のように大切に育《はぐく》んだ。カールの生真面目な顔をめぐる思い出が脳裏をよぎった。

あいつの命を救ってやりたかった。それができればどんなによかったか。たまに夜遅く、カールが死んだ日の記憶がよみがえって、最後の場面が頭の中でくり返し再生されることがあった。グリーンランドの雪原を走るそりのコースをふたたびたどり、なぜカールが自分の左側でなく、割け目《クレバス》のある右側にいたのだろうと思い、全員一列になって進もうと主張すべきだったのではないかと自問した。

そして、罪悪感に襲われた。この陰湿な訪問者のためにアヴェリーは思考を毒され、眠りを妨げられ、カールへの愛情をやりきれない負担に感じた。そんなときアヴェリーはリリーからのあの手紙を読んだ。冷静でありながら思いやりにあふれ、判断を誤ることのない聡明さをそなえた言葉のきわみがそこにあった。

ただ、今までの手紙は——アヴェリーにとって何よりも大切なあの一通も含めて——実は、リリー・ビードその人をかならずしも正確に伝えていたわけではなかった。

けっきょくリリーは、どんなときでも賢明さを発揮できる完璧な女性ではない。弱いところがあるからこそ、かえって人間的な女《ひと》だった。

リリーは、亡き母親の嘆きにとらわれ、がんじがらめになって、母親の恨みを晴らすために闘っている。アヴェリーは悟った。リリーの心の中に僕の居場所はない。僕の人生にこれほど重要な位置を占めるようになった女《ひと》なのに、リリーの人生において僕の占める位置がそこまでになることはけっしてないだろう。

「もちろん、アヴェリー兄さんならいつでも大歓迎ですよ」バーナードは言った。「というか、本当は僕なんか、大歓迎なんて言える立場じゃ――」アヴェリーは意味をはかりかねてバーナードを見つめたが、しばらく黙っていたのを誤解されたのだとすぐに気づいた。「ここを勝手に使ってるのが、後ろめたい気がするのか?」アヴェリーは訊いた。ホレーショおじの孫で跡継ぎであるバーナードが、ミルハウスについてはリリーや自分より正当な権利を持っているのはわかっていた。

「えっ?」バーナードは驚いて目をしばたたいた。「いいえ!」

アヴェリーの中に安堵の気持ちが広がった。この屋根裏部屋を少年のものにしてやるよう、リリーを説得しなくてはならないだろうな。といってもバーナードは、ホレーショおじの遺産の第一順位の相続人なのだから、この部屋が欲しいと思えばいつでもリリーから買えるはずだった。

「確かに、ここはとっても居心地がよくて楽しい場所ではあるけど、本当のことを言うと、僕はもう少し都会的な環境のほうが好きなんです。大自然の中で冒険を求めるって感じの、いちかばちかの生活は僕には合ってないような気がして」

「本当かい?」アヴェリーはバーナードを凝視した。この子には自分の少年時代と似たような傾向があるとばかり思っていた。冒険心旺盛で、自分の力を証明するチャンスを楽しみにし、肉体的な限界に挑戦する精神の持ち主だと想像していたのだが。「君だって、機会さえあれば『いちかばちかの生活』を楽しめるようになるかもしれないよ」

「いや、それは絶対にないなあ。もちろん、アヴェリー兄さんの偉大な冒険を尊敬してないっていう意味じゃないですよ。考えただけでわくわくするし、心底、すごいと思います。でも、僕がやってみたいと思えるような魅力は感じないんです。古い水車池に飛びこむぐらいならいいけど、ナイル川でワニと格闘するなんて、ちょっとごめんだな」

バーナードは素直に心のうちを語っていた。表情にも口調にも、自分を恥じるようすはみじんも感じられない。

「じゃあ、何をしたいんだい?」アヴェリーは椅子のひじ掛け部分に腰かけた。

少年は恥ずかしそうにうつむいた。「僕、俳優になりたいと思ってます」

「俳優?」アヴェリーは驚いて訊いた。

「ええ。いろいろな役柄を演じてみたいんです。それぞれ性格が違うたくさんの人間を。英雄も、悪党もです。そしていつの日か、戯曲を書いてみたい。かなりいい脚本が書けるような気がするんです」バーナードの笑みに照れくささがにじんだ。「ばかげたことを言うやつだと思うでしょう?」

「いいや」アヴェリーは用心深く言った。

俳優というのは、自分なら絶対に選ばない道だろう。だが自らの少年時代をふりかえってみても、ホレーショおじのいじめや脅しにあってきた経験からも、他人を無理やり決まった型にはめようとすることだけはしたくなかった。バーナードが何を望むにせよ、自分は少年の夢の実現を後押ししようと思っていた。

「何かをめざすのはいいことだよ。ばかげてなんかいない。ただ、成功する見込みがまったくない夢を追うのは、ばかげてるけどね」

アヴェリーは眉根を寄せた。ばかげているのはミルハウスをめぐる自分の夢か、リリーの夢か、それともリリーを求める自分の思いか、よくわからなくなっていた。

僕の心にはリリーが住みついている。それはもう否定のしようがなかった。アヴェリーは今まで、自分を正直な人間だと信じてきた。自分自身に対しても正直でありたかった。

アヴェリーは身を乗りだして、袖口で窓ガラスをごしごしとこすった。屋根裏のこの位置からだと、ミルハウスの地所の大部分が見える。下のほうにはリンゴ園が水車池からくさび形に広がっている。その向こうにいる羊たちは、緑の牧草地に咲く綿の花のようだ。南の方角には、馬小屋近くの野原に点在する小さな家ほどもある大きさの干草の山が見えた。

アヴェリーはずっと、ミルハウスを自分のものと思ってきた。馬小屋のほうに目を移すと、老いて背中の曲がった灰色の斑《ぶち》の馬が満足げに草を食べている。リリー・ビードも、この地所を自分のものと思っている。

「俳優をめざすなんて立派だよ」アヴェリーは言った。「僕の夢なんか、ほめられたものじゃないものな。だって僕の競争相手は、この世でたったひとつ、僕が心底欲しくてたまらないミルハウスを手に入れることに将来を賭けている女性だよ。自ら望んだことでないとはいえ、そんな競争に巻きこまれてしまったんだから、僕もしょうがないな」

「選択肢があったわけじゃないでしょうに」

「いつだってなんらかの選択肢はあるもんなんだよ」

「ミス・ビードを傷つけないでほしいんだ」バーナードは急いで言った。「もしこの勝負に勝っても、彼女が不幸な目にあわないようにしてくれますよね？」

アヴェリーとしてはこれを侮辱ととってもおかしくなかったが、リリーのことを心から案じている少年の真摯な気持ちは否定できなかった。

「必要なことはなんでもやるつもりだから」アヴェリーは半ばうんざりして言った。「ミス・ビードを追いだしたりはしない。約束するよ」

「じゃあ」バーナードはアヴェリーをちらりと見ると、望遠鏡の接眼レンズに目をあてた。

「僕が以前にすすめた話、考えてくれました？」

「どんな話をすすめてくれたんだっけな？」アヴェリーは訊いた。

「アヴェリー兄さんとミス・ビードが結婚する話。そうなれば、たくさんの問題が解決するから」

「いや、解決しないよ」

アヴェリーは首を振った。「僕らは水と油や、ミツバチとスズメバチや、火と氷みたいに、あいいれない存在なんだ。家族らしきものはほとんど持たない僕だが、『ソーン』という名字によって永遠に定められ、象徴されるものなら持っている。僕は、このソーンという名前を誇らしく思っているんだよ。自分にとっては重要だし、受けついでいく価値のあるものだ。ところがミス・ビードは、家名だの地位だの、僕が大切にしているものは何ひとつ意に介さない。彼女なら一族の古い記録を、火をおこすときの火口《ほくち》に使って、古紙の有効な活用法だって言うだろうね」

「いや、そんなことないです」

「ミス・ビードは、僕が価値があると思っているものを少しも評価しないんだ」アヴェリーはその言葉を、リリーを心の中から、希望の中から追いだすために口にした。自分の思い――愛が、どうせ実らない、不毛な愛なのだと自らに言いきかせるために。「あの女《ひと》は、僕という人間も、僕のなしとげたことも、これからしようと思っていることも、何も評価してくれない」

「それは違う」

「そうかな？」アヴェリーの声は寂しげだった。

バーナードは立ちあがった。ふだんは血色の悪い顔が、意を決したようにきりりとしている。「ちょっと、一緒に来てください」

「悪いけど、今はそんな気分じゃ――」

「一緒に来てください」その断固たる態度に驚いたアヴェリーは、少年にしたがってあとをついていった。ゆっくりとはしご段を下り、今はもう扉が閉じられたテレサの部屋の前を通り、使用人専用の棟を出て、アヴェリーの部屋の真下にある、使われていない回廊に入った。

「おい、どこへ行くんだ？」アヴェリーは訊いた。

バーナードは答えずに、先に立って人影のない棟をずんずん歩いていく。ついに両開きの扉のあるところに着いた。アヴェリーの記憶では昔の舞踏場だ。少年は中へ消えた。

アヴェリーは悲しげにほほえんだ。少年のころでさえ、たかが農場の敷地内に立つ家ごとに舞踏場をもうけるとはほほえましい見栄だ、と感じたものだ。実際にここで舞踏会が開かれたのは数えるほどだろう。

舞踏場に入ると、ちょうどバーナードが、床から天井まである窓をおおう象牙色の繻子《しゅす》のカーテンの最後の一対を引きおえたところだった。

アヴェリーは呆然としてあたりを見まわした。信じられない。

スイギュウが一頭、磨きあげられた床板に脚を踏んばって立っている。その姿の雄々しさは剝製師の腕によって永遠にとどめられている。剝製のトラも同じように生き生きとして、獲物をねらってうろついているかのようだ。トラをはさんで両側に立っているのはマサイ族の戦士の装いをまとった人形と、ベドウィン族の衣装を身につけた人形だ。

窓から差しこむ日の光を浴びているのはワニの剝製で、ガラスをはめこんだ目は邪悪に輝いている。四方の壁際に並ぶ小さな飾り棚や細長いテーブルには工芸品がずらりと陳列されて、それらのひとつひとつに丁寧にラベルが貼られていた。

アヴェリーが旅先からバーナードに送ったもののすべてがこの部屋におかれていた。これやすい品はドーム型のガラスケースにおさめられて保護されている。おおいがかかっていない品は最近埃を払ったばかりらしい。工芸品を識別するラベルの一枚一枚に、年、地域、取得したときの状況が書かれている。間違いなくリリーの手になる女らしい筆跡だ。

アヴェリーは声もなく立ちつくしていた。幼さの残るバーナードの顔に、どうだ、とでも言わんばかりの挑戦的な表情が浮かんでいる。だが、それに応えることもできなかった。

ああ。この少年は、自分がたった今、僕にどんなしうちをしたのかわかっていない。ある男の生きてきた記録を、これだけの時間と労力をかけて残してくれた女《ひと》が、男のことを心にかけていないはずがない。そこにあるのは、リリー・ビードがアヴェリーに対して抱いている敬意のまぎれもない証拠だった。ずっと以前から気にかけてきてくれたあかしなのだ。

だがそれが事実であっても、どうせ状況は変わらない。二人にどんな未来があるというのか？　アヴェリーは家族が欲しかった。自分の名前を受けついでくれる家族が。

アヴェリーは黙って部屋を出た。その足音には、埋まらぬ溝に対する絶望感がつきまとっていた。

21

バーナードはひどく疲れていることを理由に、けっきょくキャムフィールド家のパーティへは行かなかった。だが、自分がいなくても出てくれるよう母親に頼み、出席を約束させた。皆は家にいる口実を思いつかなかったので、出かける支度をするしかなかった。

キャムフィールド家へ赴く馬車に乗りこんだ女性たちは、出席するのがパーティでなく、異端審問であるかのように緊張したおももちだったが、これはアヴェリーの気分の影響でもあった。道中は、立て続けに出るくしゃみと闘うアヴェリー以外は皆静かだった。だがくしゃみがあまりに激しく、しきりに出るのを見かねて、リリーが沈黙を破った。

「大丈夫?」いらだちをあらわにして訊く。

アヴェリーも同じようにいらだちをあらわにして答えた。「いまいましい馬のせいだよ」

「馬?」

馬車の中は暗く、リリーの姿はぼんやりとしか見えなかった。深いフードつきのマントをかぶっているために顔が陰になっている。暗めの赤に彩られた唇だけが、馬車の窓の外で揺れるカンテラの光に照らされている。

「ああ。僕は馬に対するアレルギーがあるんだ」アヴェリーはつっけんどんに言った。弱みを知られたところで、なんの違いがある？　どうせ僕の心の、もっとも無防備な部分はリリーに奪われてしまったのだから。

アレルギーですって？　一瞬リリーは落ちつきを失い、身を乗りだした。「でも確か、あのときは――」

言いかけて急に口を閉じ、顔をそむけたので、その考えはアヴェリーにはわからずじまいだった。けっきょくリリーは、そのまま頑固に沈黙を守った。

キャムフィールド家に着くやいなや、リリーは反対側の扉から逃げるように降りた。アヴェリーがフランチェスカとエヴリンの降りるのを手伝い、玄関まで付き添っているうちに、リリーは邸の中に消えてしまっていた。

アヴェリーは中に入り、あたりを注意深く見まわした。キャムフィールドはこの邸にかなりの改装を加えたらしい。大理石の象嵌細工《ぞうがんざいく》をほどこした床から、華麗な装飾の階段が上に向かって曲線状に延びている。両開きの扉の左右には花をこぼれんばかりに生けた大きなつぼが据えられ、その奥には驚くほど広々とした客間がある。アヴェリーのいるところから見えるすべての家具が壁に寄せておいてあり、大勢の客を収容できるようにしてあった。

客間には招待客がひしめいていた。ゆうに一〇〇人はいるだろう。押し合いへし合い、さざめきながら、求愛するツルのようにわざとらしく気どって歩きまわっている。首を長くし、あごを突きだして、通りすぎる者をいちいち熱心に品定めしながら、他人に品定めされている自分についても十分に意識しているのだ。

驚いたことに、客たちはその状況を楽しんでいるようだった。顔は期待に明るく輝き、唇はほほえみの曲線を描いている。たまにどっという笑い声があがる。あちこちでグラスと磁器が触れ合うチンという澄んだ音が、騒音の中の風鈴のように響いた。

リリーの姿はどこにも見えない。アヴェリーはむっつりしたまま、フランチェスカとエヴリンを出迎えの列に案内するというつとめを果たした。キャムフィールドに会釈し、彼の妹たちの手の上に上体をかがめて通り一遍のお辞儀をし、ようやく列の最後までたどりついてほっとひと息つく。

さて、リリーはどこにいるのだろう？

出迎えの列には見あたらなかった。そのうちキャムフィールドの妹たちがぴたりとくっついてきたが、話に割りこんでくれた兄のおかげで、ようやく逃れることができた。懐中時計で時間を確かめる。ここへ来てから一時間ぐらいしか経たないのに、アヴェリーはもう退屈していた。

「それにしても、あなたって夜会服がよく似合うわ」フランチェスカがからかうように言った。「でもよかったわね、短い期間でぴったりにあつらえてくれる仕立屋が見つかって」

「ええ、まあ」

「もう、あいかわらず雄弁なんだから。あなたの記事って、いったい誰が書いてるのかしらね？」答を期待しているわけではないらしい。フランチェスカは顔を紅潮させていた。人々の群れを眺める目は輝いていて、ハト小屋に放されたネコを思わせる。「こんな集まり、あなたには退屈でしょうけれど、お願いだから感じよくふるまうようにしてよ。あなたがリリーを認めて支援しているのが地域の人たちに知れわたれば、彼女のためにもなるんだから」

「僕はいつだって感じがいいですけどね。それに、リリーは僕の支援なんか要らないでしょう。ここに来ている人たちに認められようが認められまいが、いっさい気にしない女《ひと》ですからね。そうでなければ、ブルマーをはいて田園地帯をぶらぶら歩きまわったり――フランチェスカ、議論はなしですよ――主義主張の宣伝ばかりして近隣の家の使用人を悩ませたりしませんよ。きっと今日だって、マントの下にはブルマーをはいてきたにきまってます。ただし、色はピンクでしょうけどね」

「ふうん」フランチェスカはいかにもとってつけたような笑みを浮かべた。

「しかし、リリーはどこへ行ったのかな？　少しぐらい僕らと一緒にいてくれるかと思ってたのに」

「気をつけなさいな、アヴェリー」フランチェスカは注意した。「あなた、すねてるみたいに聞こえるわよ。ほら、あそこをごらんなさい。いるじゃないの」

ふりむいてみると、人ごみの向こうにマーティン・キャムフィールドの姿が見えた。喜びで生き生きした笑顔で誰かと話をしている。黒髪の女性だった。そのすんなりした優雅な背中はむき出しで、何も着ていないに等しかった。道理でキャムフィールドが生き生きして見えるわけだ。女性は半分こちらを向きかけている。やに下がって、今にもよだれが出そうな表情のキャムフィールド。この姿、ぜひともリリーに見てもらいたいが——え、リリー？　その女性がリリーだった。ドレスを着て——いや、ほとんど脱いでいると言っていい。なんという色っぽさだ。薄く透ける黒い絹地の下に、光沢のあるベージュ色の繻子織りのアンダースカートをつけている。スカートと胴着の部分に縫いつけた切り貼り刺繍の黒いバラには、漆黒のビーズが光っている。薄墨色に輝くドレスに映えて、首から肩が月光を浴びた琥珀のように浮きあがって見える。いつものブルマーはいったいどこへ行ってしまったんだ？

「まあ、あなたの目つき」フランチェスカが面白がってささやいた。「目玉が飛びださないように気をつけてよ」

「あれは、どこから調達してきたんです？　あんなドレス、リリーには手が届かないはずなのに」

「ええ。でも、わたしには手が届きますもの。リリーの体に合わせて仕立て直させたの。認めるのはくやしいけれど、リリーはあの漆黒の髪でしょう。わたしよりずっとよく似合うわ」

「いや、そんなことはないですよ」

「ほら、大きな声を出さないの。あなたったら、リリーの夫みたいな言い方ね。とにかく残念ながら、リリーのほうが似合うのは事実よ」フランチェスカは顔を上げてアヴェリーと目を合わせ、にっこり笑った。「うっとり見とれているほかの殿方のようすをごらんなさいよ。みんな、かなりお気に召したようね」

ほかの男だって？　アヴェリーはさっと顔を上げ、リリーのまわりにいる六人ほどの紳士たちの魅入られたような視線に気づいて、顔をひどくしかめた。「なんというずうずうしさだ。この地域の人たちは、礼儀作法というものを知っているんですかね？　よくもまあ、あんなにじろじろ見られるものだ。まるでリリーがその――」

「女性みたいに？」

アヴェリーはしばらく答えられなかった。上着を脱いでリリーのもとへ駆けつけ、それでくるんで玄関まで抱きかかえていきたい衝動を抑えるのに忙しかったのだ。

「そそられるでしょ？」

そそられるだと。フランチェスカめ、いまいましいがまさにそのとおりだ。見事な黒髪に浅黒くつややかな肌のリリーは異国風の雰囲気を漂わせて、たまらなく魅力的だった。シラサギの群れの中のコクチョウのように、人々の中できわだっていた。

「あれを無理やり着せたのはまずかったんじゃないんですか。あんなに人目を引いて、リリーはさぞかしきまり悪く思っているだろうに」

フランチェスカは肩をすくめた。「きまり悪そうには見えないわよ。楽しんでるみたいじゃないの」

確かに楽しんでいる。くそ。目をきらきら輝かせて、唇をわずかに開いて、まるで今にも話しだし、ささやきだしそうで……キスされるのを待っているみたいじゃないか。いや、そんなばかなことはありえない、舞踏場の真ん中なんだから。

アヴェリーは髪に手を入れてかきあげた。リリーと以前のような関係を取りもどしたいというやむにやまれぬ思いにかられながら、それは無理ではないかと恐れていた。フランチェスカに断りを言ってその場を離れ、人の群れの中に入っていった。

舞踏場の一番奥にいる演奏家たちが楽器を奏ではじめた。そうだ、リリーと踊れる。彼女に触れ、腕の中で軽く抱きしめるチャンスだ。今のところ一人らしい。数人の男がこっそり盗み見ているようではあるが。

「リリー——ミス・ビード?」

ふりむいたリリーの表情には、安堵の中に心細さが混じっていた。

「アヴェリー」

苗字でなくファーストネームで呼ばれたことは今までにあっただろうか。親密で、すばらしい響きだった。何年ものつきあいがあって、お互いをよく知る間柄ならではの呼びかけ。アヴェリーはどうしてもリリーとの関係を育みつづけたかった。

「君の、ドレスね」

「何?」リリーは眉を上げた。アヴェリーが黙っているのでうながすように言う。「わたしのドレスがどうしたの?」

「そのドレス……」そそられる? まさかそれは言えまい。すてき? 面白味がなさすぎる。

「フランチェスカが、自分より君のほうがよく似合うって。彼女の言うとおりだね」

リリーの黒い瞳に愉快そうな光が宿った。「まあ、お世辞がお上手ね」

アヴェリーは頬が熱くなるのを感じた。「今夜はとっても魅力的だなと思って」

「上品な淑女《レディ》みたいに？」

上品だって？　背中がほとんどむき出しのドレスで？　「というか、すごく女らしいよ」

リリーは声をあげて笑った。おっかなびっくりだったアヴェリーは急に気が楽になった。

リリーはやれやれというように頭を振った。

「あなたったら、外交辞令ひとつまともに言えないのね。いつも思ったことをそのまま口に出してるでしょ」

アヴェリーは眉をしかめた。「それは……僕の性格の欠点だと思うかい？」

リリーは首を振った。「いいえ。そのために他人を不愉快にさせるかもしれないし、社交の場でのふるまいとしてふさわしいかどうか怪しいけれど、あなたの口から聞けるのは嘘でなく真実だと予想がつくから」苦笑いになった。「少なくとも、わたしたちがどういう立場に立っているかをわかって話ができるわ」

リリーの腕に触れようとしたアヴェリーは前に進みでたが、その拍子に隣の女性を押しのけた。「リリー――」

「ソーンさん！」その女性は猫なで声を出した。「またお目にかかれて嬉しいですわ。といっても、こんなに積極的に話しかけるなんてあつかましいとお思いでしょうけれど」

アヴェリーは、淡い金髪の巻き毛と緑の目をしたその娘を見おろした。誰だっけ？　娘の後ろには申し訳なさそうな顔をしたフランチェスカがキャムフィールドと一緒にいる。

「あ、ええ。どなたでしたっけ？」アヴェリーは言った。

バラのつぼみのような唇がきっと結ばれた。「ここにいらっしゃるキャムフィールドさんが、三〇分ぐらい前にご紹介してくださったでしょう」

憶えていない。アヴェリーは待った。

「アンドレア・ムーアですわ、ジェサップ卿の娘の」楽しそうな表情で娘は言う。そのあいだに、キャムフィールドはリリーの手袋をはめた手をとり、ダンスフロアに連れていこうとしている。しまった！　思ったとおり、二人は踊りはじめた。

「ソーンさん？」アヴェリーは金髪の娘を見おろした。まつ毛をしきりにパチパチさせている。目にゴミでも入ったのかもしれない。

「ジェサップ卿のお嬢さん？　ああ、そうでしたね。何かご用ですか？」

アンドレア・ムーアは混乱して見あげた。「わたし……わたし……」

どうしてこの娘はしゃべらないんだ？　アヴェリーが横を見ると、フランチェスカは肩をすくめた。ミス・ムーアはアヴェリーの視線の先を追い、これ幸いとすがるような目をフランチェスカに向けた。

「あら、ミス・ソーン、失礼しました。いらっしゃるのに気づかなかったものですから。ご機嫌いかがですか？」

「まあまあですわ、ミス・ムーア」フランチェスカは優しく言った。「そういえば、ロンドンではあちこちの店のショーウインドウにあなたのすてきな写真が飾られていますよね、すごいわ。ロンドン出身の有名な美女たちをものともしないぐらいの人気ですからね」

ミス・ムーアは作り笑いをした。アヴェリーの視線は、さっきまでリリーとキャムフィールドが踊っていたあたりに向けられた。二人はいなくなっていた。

「すばらしいと思わない、アヴェリー？」フランチェスカが訊いた。

あの二人、いったいどこへ行ったんだ？　婦人参政権論者であろうとなかろうと、リリーだって自分の評判に気を配ったほうがいいのに――。

「ね、そうじゃない？」フランチェスカは同意を求めている。

「そうじゃないって、何がですか？」アヴェリーはいらだって訊いた。

「美女の誉れ高い職業婦人の中で、デヴォン州出身のミス・ムーアが一番とされているのは喜ばしいことじゃない？」

「美女の誉れ高い職業婦人だって？　フランチェスカ、あなたは筋の通ったことを言う女性だとかねがね思っていましたが、いったいなんのことか、全然わかりませんね。さて、そろそろ失礼させていただいてよろしいですか？」アヴェリーはフランチェスカと、ぽかんと口を開けているミス・ムーアにうやうやしくお辞儀をすると、さっそくリリーを探しに行った。

「まあ！」デヴォン州出身の中でも当代随一の美女とうたわれ、今やロンドンでも称賛の的となったジェサップ卿の令嬢アンドレア・ムーアは、アヴェリーがこちらの声が届かないところまで行ったとみるや話しだした。「なんて失礼な方なんでしょう。旅行記を読んで想像していた人物とは大違いだわ」

「アヴェリーはリリー・ビードを探しに行ったんですよ」フランチェスカが弁明した。「リリーにはあなたもお会いになったかもしれないわね。漆黒の髪をして、肌はバタークリーム色、真夜中の闇を思わせるほど黒々とした目で、姿かたちはまるでギリシャ神話の女神――」

「あの方、わたしが誰かご存知ないのかしら?」アンドレアはいきなり口をはさんだ。「ケンジントンの会員制紳士クラブでは、毎晩のように皆さん、わたしをたたえて乾杯してくださっているんですのよ。そういうクラブが少なくとも五つはあるわ」

「ええ、もちろんそうでしょうね」憤然としている娘の手をフランチェスカは優しく叩いた。「でもアヴェリーは、街中のそういう場所に出向くことはめったにないんです。残念ですよね」

アヴェリーは一〇分ほど舞踏場でリリーとキャムフィールドを探してから、廊下へ出た。今度は各部屋の扉を開けて確かめる作戦だ。小さめの控えの間を次々見ていくと、いくつかはトランプゲーム用に確保してあり、ひとつは外套などを預かる部屋だった。もうひとつ別の扉を開けようとすると、そこは婦人専用の部屋ですよ、と白髪の貴婦人に厳しくいましめられた。また、少なくとも三組の男女がとりこみ中の場面に出くわし、きまり悪い思いをさせた。

この階でまだ入っていない部屋はあとひとつしかない。そこにいなければ――アヴェリーは優雅な曲線を描く階段を見あげた——上は寝室のある階だ。リリーがそんなに性急なはずはない。

最後の部屋の扉を開け、戸口から頭だけを突っこんで暗い室内をのぞきこんだ。すると視界の隅にかすかな動きが見えた気がしたので、耳をすましながら扉の内側へ足を踏みいれた。もしキャムフィールドがリリーをこんな暗い部屋に連れこんだのだとしたら——。

「明かりをつけてさしあげましょう」

さっとふりむいたアヴェリーは、声の主とぶつかった。キャムフィールドだった。アヴェリーの前を通りすぎ、壁に取りつけられたガスランプをつけた。室内はぱっと明るくなった。そこは革張りの家具がところ狭しと並べられた書斎だった。窓には赤紫色の重厚なカーテンがかかり、壁にはオリーブ色の縞の壁紙が貼られている。

「どうぞ、お入りください」キャムフィールドは言い、手を前に差しだしてうながした。アヴェリーは中に入った。

胸の内ポケットから葉巻ケースを取りだしたキャムフィールドは、刻印の入った銀のふたを開けて差しだした。「葉巻はいかがです？　キューバ物ですよ」

その表情に敵意はまったく感じられない。きわめて温和で、主人役として完璧な物腰だった。もしアヴェリーが逆の立場で、ミルハウスの中をこそこそ嗅ぎまわって閉じた扉を開いたりしている男を見つけたら、葉巻でもてなしたりは絶対にしないだろう。これだけ紳士的な態度を見せられたら、こちらも紳士的に接するしかなさそうだ。アヴェリーは今回だけは、紳士たるものの役目を呪った。

「ありがとうございます」と言いながら葉巻を受けとり、火をつけた。短く、せわしなく吸いこむ。実にうまい。

「ブランデーはいかがです？」キャムフィールドは訊いた。

「いいえ、結構です」

「いろいろと冒険をしてこられたあなたですから、こういった社交の催しに出られても、退屈でしょうがないでしょう」そう言ってキャムフィールドは自分の葉巻に火をつけた。

「いや、そんなことはありません」

「お気づきかどうかわからないが、妹たちはあなたにぞっこんでね」

「つまり、近づかないようにと警告しておられるんですか？」アヴェリーは期待して訊いた。ちょっとした口論になるのはむしろ歓迎だった。キャムフィールドの書斎で、彼とアヴェリーが礼儀正しく議論を交わす立派な理由になる。

「いやそんな、とんでもない」キャムフィールドは声を高くした。「警告なんてありえませんよ。少なくとも妹のどちらかがあなたにつかまってくれたら、はっきり言ってひと安心なんですから。あなたなら、相手として文句のつけようがない。由緒ある立派な家系の出身でいらっしゃるし。もしうちの妹に関心がおありなら、どうにでもしてください、ぜひ」

「はあ」拍子抜けしたアヴェリーは、また長い一服を楽しんだ。「そうですね、別に関心はありませんが」

「関心がないとおっしゃる」キャムフィールドは悲しげに言った。「私もそうじゃないかと思っていたんです」

キャムフィールドは少し間をおいて尋ねた。「私の家、どう思われますか?」

「見事なお邸ですね」

「一家のものになってから……もう一年になります」からからと笑った。「私たちキャムフィールド家は、もとはといえばダービーシャー州の出身ですが、家族が暮らしていた邸が長男に相続されてしまいまして。それで私は、自分で一から財産を築きあげなくてはならなくなったわけです。ま、口はばったいことを言うようですが、かなりよくやっていると自分でも思いますし、そろそろ地所を増やそうかと考えています。問題は、この周辺の土地はもうすでに所有者がいるということなのです。ただし、ミルハウスは例外ですが」

「ミルハウスにも、所有者はいますよ」

「ええ、確かに。でも、その所有者はどなたです? ミス・ビードか、あなたか? ま、二、三週間後には、どちらが私の交渉相手になるかがはっきりするんでしょうがね」

「その話、誰にお聞きになりました?」アヴェリーは訊いた。

「ミス・ビードです」

「彼女と親しくしているんですね?」アヴェリーはくわえていた葉巻を口から離すと、灰を無造作に銀の灰皿に落とした。

「親しく?」

「あなたとミス・ビードです。お互いに、信頼しあう仲なんだろうと思って」

「ああ」キャムフィールドは、会話が思いがけない方向に進んだのに不意をつかれたのか、目をしばたたいた。「ええ。ミス・ビードは立派な女性です。聡明で、最新の農業技術にも通じていますしね」

そんな説明には、アヴェリーは一瞬たりともだまされなかった。僕はリリーの――リリーの何、というわけではないが、なんでもない者として、本当のことをつきとめる義務がある、と義憤を覚えながら思った。リリーとどんな関係なのか、とキャムフィールドに問いただす権利はまったくないのだが、かといってこのまま引きさがるつもりはない。

男が、自ら一生結婚しないと決めているリリーのような女性と親しくしようとしているとすれば、目当てはひとつしかない。キャムフィールドに、リリーの独身主義を知られてはたまらない。つけこまれてしまう。こいつめ、くそくらえ。

「ミス・ビードに対するあなたの真意は、どうなんです？」アヴェリーは歯をくいしばるようにして言った。遠まわしのあいまいな表現はもうたくさんだ。

「ミス・ビードに対する私の真意？」キャムフィールドは目を丸くし、唇をゆるめた。葉巻が下唇からだらりと垂れる。「おっしゃることがよくわかりませんが」

「しらばくれないでください。ミス・ビードには、誰も後ろ盾になってくれる人がいないんです。彼女は、僕の家族と一緒に暮らしているので……」アヴェリーの声はしだいに小さくなった。

「私は、ミス・ビードとは特別な関係じゃありませんよ」キャムフィールドはいまだに腑に落ちない表情で言った。「すばらしい女《ひと》だと思っていますし、尊敬していますが、それだけです」

「じゃあ、なぜご家族の方を連れてミス・ビードに会いにこられたんですか？」

キャムフィールドは顔を赤らめた。

「妹たちは、その、あなたにお目にかかりたくてミルハウスにお邪魔したんです。そのために、まずミス・ビードにお会いしなければならなくなって。妹たちには言ってやったんです。お前たちはどうしようもなく高慢だなと」急いでつけ加えた。「つまり、何もあの子たちに、ミス・ビードと親友になれと言っているわけじゃないんですよ。ただ、たまに家を訪問してもらうとか、誰でも平等に扱うような大きなお祝いの催しにお誘いするとか、そういったたぐいのおつきあいなら、あの子たちにとっても損はないでしょうし、当然、私にとっても役に立つかもしれませんしね」

「役に立つ？」アヴェリーは穏やかさを装った声で訊いた。

「ええ。もうおわかりと思いますが、私はミルハウスの邸と地所を買いとる申し出をするつもりでいるんです。自分が手に入れたい地所の所有者とは、いい関係を保っておいたほうが何かと得ですからね」キャムフィールドはほほえんだ。「所有者になる可能性のある人たちのうち、どちらかと親しくなっておくのもいいかな、と。ブランデー、一杯いかがです？」

「いいえ、結構です」アヴェリーは自分の脇におかれた灰皿に葉巻を押しつけて消した。「つまり、ミス・ビードに親切にしているのも、それが自分にとって都合がいいから、ということですか？」

「ええ」キャムフィールドは明るい口調で認めた。「そりゃそうですよ。まさか、ほかになんの目的があるっていうんです？　確かにミス・ビードは容姿端麗です。異国風の顔立ちがきれいな女《ひと》だ。でも明らかに、真剣に求愛するような対象ではないでしょう。だって、私はいやしくも地主階級の紳士ですよ。結婚相手には、まともな女性以外は考えられませんね。たとえああいう女性でも、つまり、リリー・ビー――」

キャムフィールドは彼女の名前を最後まで言うことができなかった。


リリーは髪をきちんとととのえると、頬をつねって赤みを出してから、婦人用の化粧室を出た。幸い、キャムフィールド家の小間使いが針と糸を貸してくれたので、エヴリンのドレスにレースのひだ飾りをつけ直すことができた。エヴリンと踊りたいと言いはった地主の足どりがおぼつかなかったために、ドレスを踏んづけてしまったのだ。

廊下に出て、壁の時計を見る。ドレスの直しに思ったより時間がかかってしまった。といっても、戻るのが遅れるのは気にならなかった。

パーティの席で話した相手は、数人の既婚婦人だけと言ってよかった。彼女たちは興味しんしんでリリーを取りかこみ、「女性解放同盟」の次回の総会に関する案内をぜひ送ってほしいとせがんだ。それ以外はほとんど誰とも会話を交わさなかった。

一人の青年がダンスを申し込んできたが、いざ踊りはじめると、彼が友人たちに勝ちほこったような視線をちらちらと送っているのに気づき、せっかくのダンスの楽しみが台無しになってしまった。そのあともう一人の青年からも申し込まれたが、あっさり断った。

エヴリンは、直してもらったドレスが見事に美しくよみがえったのはいいが、頭痛がすると訴えて、キャムフィールドの厚意に甘えて上の寝室で休んでいた。フランチェスカは、大勢の紳士たちの熱心な求めに応じて、真夜中の草地を飛ぶホタルのごとく次から次へと相手を変えてダンスに打ち興じていた。アヴェリーは、リリーが最後に見かけたとき、アンドレア・ムーアのあでやかな肢体を見おろすように立っていた。

リリーは舞踏場の入口近くで立ちどまった。急にためらいが生まれていた。たとえダンスのためでも、アヴェリーがほかの女性を腕に抱いている姿を見たくなかった。何をばかなことを考えてるの。アヴェリーはわたしのものでもなんでもないのに。

馬を大切に思うわたしの気持ちについて、アヴェリーが見せた（と思った）優しさや同情心は、わたしの感傷にもとづいた単なる幻想だった。あのうるんだ瞳は、馬に対するアレルギー反応にすぎなかったのだ。

リリーは意を決して舞踏場に入ろうとした。そのとき、すぐ横の半分開いた扉の向こうからキャムフィールドの声が聞こえてきた。

「でも明らかに、真剣に求愛するような対象ではないでしょう。だって、私はいやしくも地主階級の紳士ですよ。結婚相手には、まともな女性以外は考えられませんね。たとえあいう女性でも、つまり、リリー・ビー――」

その言葉は突然、ドスッというくぐもった音とともに途切れた。

恥ずかしかった。リリーの肌がかっとほてり、体のすみずみにまで熱いものが流れた。逃げだそうとくるりと向きを変えたとたん、もう少しでキャムフィールドの妹の一人（確かモリーのほうだ）にぶつかりそうになった。娘の顔には一瞬、嫌悪の表情がよぎったが、それはすぐに女主人役らしい社交的なほほえみに取って代わった。

「まあ、ミス・ビード。楽しんでらっしゃいます？　お化粧直しなどされるのでしたら、あちらの部屋が――」

その瞬間、二人の近くの扉が大きく開き、マーティン・キャムフィールドが転がりでてきた。手を左頬にあてている。指のあいだからも、目の下が腫れてあざになっているのがはっきりとわかる。驚いたキャムフィールドの視線は、まず妹に向けられ、次にリリーへと移った。青ざめた顔がいっきに赤黒くなった。

「お兄さま！」モリーが叫んだ。「その目、どうなさったの？」

「いや、間抜けなことに、うっかり扉にぶつかってしまってね」キャムフィールドは口の中でもごもごと言った。「台所で氷をもらって、冷やしたほうがいいみたいだな」短くうなずき、廊下の奥へと急いだ。

「お兄さまがあんなふうにうっかりけがをするなんて、今までにないことよ。いったいどうして――」書斎から出てきたもう一人の男性を見てモリーは言葉につまった。アヴェリーだ。

ひどく険しい顔をしている。右手の指の関節が赤くなっている。

「ソーンさん！」モリーはあえぐように言った。「その手、どうなさったの？」

アヴェリーは立ちどまりもせず、二人の前を大またで通りすぎた。

「扉に思いきりぶつけてしまったんですよ」

22

「フランチェスカも一緒に帰りましょうって、強くすすめるべきだったんじゃないかしら」

馬車の中の沈黙があまりに長いのに耐えかねて、リリーが口を開いた。

「いや、そうしてもよかったんだけど」アヴェリーは窓の外の田園風景を眺めながら短く答えた。「すすめても、いい結果にはならなかったと思うよ。フランチェスカはみんなの称賛を浴びて喜んでいたんだし」

「それと、エヴリンが先に帰ったっていうのは確かなの?」

アヴェリーはうなずいたらしいが、その顔はぼんやりとしか見えない。

「確かだよ。近所に住んでいるとかいう人が馬車で送っていった。だいたい、エヴリンがバーナードを一時間以上一人にしておけるものか。それは君だってわかってるだろう?」

答えようにも答えられなかったのでリリーはふたたび黙りこんだ。幸い、馬車の隅の薄暗がりでこちらの顔は隠れている。アヴェリーをこっそり観察することにした。

アヴェリーの顔を照らす月の光は氷のような輝きを放ち、そのせいか日に焼けた肌がよけいに黒く見えて、襟とネクタイの純粋な白さと対照的だった。夜気で乱れた髪が額に落ちかかっている。

アヴェリーは、リリーが考えるところの最高に男らしい存在だった。優雅な夜会服はその男っぽさを少しもそこなっておらず、むしろ、胸幅の広さや背の高さ、筋肉のたくましさをきわだたせていた。

また、アヴェリーがリリーを認めようと認めまいと、その気持ちがどんなに理性に欠け、不幸をもたらすものであっても、今日のできごとから判断するに、リリーを心にかけてくれていることは確かだった。リリーの心のかたくなな部分がほぐれた。今のところはこの喜びを味わおう。

「彼のこと、殴らなくてもよかったのに」

「誰をだって？」アヴェリーはすかさず答えた。リリーがこの問題を持ちだすのを待っていたらしい。「なんの話かよくわからないけど」

「マーティン・キャムフィールドさんのことよ。わたし、あのとき書斎のすぐ近くの廊下にいたから、彼の言葉が、というより彼が言いかけていた言葉が聞こえてきたの」

「おいおい、とんでもない言いがかりだなあ」アヴェリーはまた鼻をすすり、くしゃみをした。「僕は紳士ですよ。自分を招待してくれた家の主人を殴ったりするわけがない。君こそ、扉の外で立ち聞きするのは控えたほうがいいんじゃないか。そのうち、ありもしないことばかり想像するようになって、自分でも手に負えなくなるよ」

だが、リリーにはもう事情がわかっていた。たとえアヴェリーが否定しようと、確信があった。

「あなたがキャムフィールドさんを殴ったのは、彼がわたしの好意をもてあそんでいると思ったからでしょう」

アヴェリーはあたりを見まわした。その顔は馬車の中の暗がりに隠れたままだが、月光に照らされた金髪は、錬金術師の作りだす希少な金属のように輝いている。

アヴェリーはゆっくりと話しはじめた。「もし僕が誰かを殴るとしたら、それは正当な理由があるからだよ。女性の名誉が傷つけられているのを放っておくなんて、下劣な男のやることだ」

「ある男性がもう一人の男性を正当な理由があって殴る、という仮定よね。じゃあ、もうひとつの可能性の話をしていい？」

「うん」

「女性を守るために相手の男性を殴った男性が、二人の関係を誤解していたとしたらどう？女性は、自分に近づいてきた男性の意図が、将来、事業上の交渉をやりやすくするためにすぎないと、初めからわかっていたのかもしれないでしょう？　それでも、自分を招待してくれた家の主人を叩きのめした男性の行動は正当化されるのかしら？」

「一回殴ったぐらいじゃ、『叩きのめした』とは言えないよ」

「そうね」

二人はそれきり黙った。聞こえるのはアヴェリーが指先で窓枠を叩く音と、ときどき出るくしゃみの音だけだ。

ついにアヴェリーが沈黙を破った。「マーティン・キャムフィールドが君にほれこんだふりをして取り入ろうとしているのを、最初から知っていたのか?」

「そうよ」

リリーは目をこらしたが、アヴェリーの顔は後ろから差しこむ月の光の陰になっていて、表情までは見えなかった。

「どうしてそんなことを許したんだ?」

「今までどんな形にせよ、わたしをちやほやしてくれた男性はキャムフィールドさんだけだったから」赤らんだ顔が暗がりで見えませんようにと願いながらリリーは答えた。「それに、熱のこもらない社交辞令にしか聞こえなくて、『ほれこんでいる』という感じではなかったもの。あなたのキスのほうがずっと――」口をついて出た自分の言葉に愕然として黙りこむ。どうしてよいやらわからず、座席の隅に体を寄せた。

リリーは自分の意識にアヴェリーが占める存在の大きさにとまどっていた。糊のきいた麻のシャツの匂い。月の光に浮かびあがるあごの線。ひげの剃りあとが大理石のようになめらかな肌。深みのある低い声。

アヴェリーが口を開いた。「キャムフィールドは愚か者だ」とつぶやいて、片手を上げた。リリーは息をつめている。肩にかかる彼女の長い巻き毛に手を伸ばしたアヴェリーは、指の背を上から下にすべらせた。「熱のこもらない社交辞令? じゃあ、僕はあのとき――」

唇が近づいてきて、リリーは目に見えない力で引きよせられるのを感じた。アヴェリーの指先が頬の曲線をなぞり、あごの下に届いて顔を上向かせる。明るい月の光のもとで、リリーの顔立ちがあらわになった。

感づかれる。わたしが彼をどんなに愛しているか、表情を見られたらわかってしまう。でもそれがわかったところで、二人の関係にどんな可能性が開けるというの？

「君に対して熱のこもらない反応ができる男なんて、いると思うか？」アヴェリーは自問するようにつぶやいた。

リリーが身を乗りだすと、アヴェリーは意に反してであるかのように、指の背で彼女の頬に触れた。手が裏返り、触れ合いが愛撫に変わった。

リリーは目を閉じ、頬をアヴェリーの指先にこすりつけた。その指先はかすかに震え、彼女のまぶたの上をすべるように進み、下唇をなぞった。

「リリー……」アヴェリーの声にはいつくしみがこめられていた。「なんてきれいなんだ。できることなら、僕は……」

できることなら……リリーも同じ思いだった。だが、その先を口にしてほしくなかった。どうせかなわぬ夢なのだ。二人のあいだには立ちはだかるものが多すぎる——家、相続財産、そして何よりも、二人がけっしてともに歩むことのない将来。なぜならアヴェリーは、愛する人と一緒になるなら正式な結婚以外は考えられなかったし、一方リリーは、結婚制度により男性の所有物として生きていく生活をよしとしなかったからだ。

「もう、言わないで」リリーは懇願した。瞳は涙に濡れている。ああ、この瞬間が永遠に続いてくれたら。どうしても、あきらめきれない。

顔を愛撫されるままにまかせたリリーは、アヴェリーの温かい手のひらの中心に口づけした。息をのむ音が聞こえた——かと思うと彼の腕の中に抱きよせられ、半ばあおむけに倒されながら力強い抱擁に包まれた。薄暗がりの中、優しく揺れる馬車の中は時のない空間となった。

アヴェリーは片手でリリーの頭の後ろを支え、もう片方の腕をウエストに回した。唇は彼女のこめかみから頬へ移り、そして唇に重ねられた。

「ああ、リリー。君のせいで僕は——」

「火事だ!」ホブが馬車の御者席から叫んだ。「なんてこった! 馬小屋から火が出てる!」

リリーはびくりとしてアヴェリーから離れ、座席に膝をついて窓から上半身全体を乗りだした。その目はミルハウスの馬小屋に釘づけになった。小屋の裏で、一番大きな干し草の山がかがり火のように燃えていた。風に吹かれた炎が舌を伸ばして、建物の南側の軒に迫ろうとしている。屋根からはすでに煙が上がり、不快な匂いを放ちつつ細い筋となって暗い夜空に溶けこんでいく。

「急いで!」

せかされるまでもなく、ホブは馬の脇腹にむちをあてていた。雌馬は急に駆けだした。リリーは危うく窓から転げ落ちそうになったが、アヴェリーの力強い手で車内に引きもどされた。

「もう少しで死ぬところだったぞ」アヴェリーは言い、リリーを向かい側の座席に座らせると、夜会服の上着を脱いだ。白い絹のネクタイをはずした勢いで、硬いつけ襟がくずれた。

馬車は激しく揺れながらでこぼこ道を疾走した。リリーは窓枠にしがみついていた。馬小屋から目が離せなかった。

「わたしの、馬たちが！」リリーは声をつまらせた。「わたしの馬が」

腕を容赦なくつかまれ、ふりむかされたリリーがまのあたりにしたのはアヴェリーの張りつめた表情だった。

「馬小屋のそばには近づくんじゃない」彼は命令した。「人手が要るんだ。体力のあるやつがいい。ドラモンドのところへ行って、何人か借りてきてくれ。バケツをたくさん用意して。水はポンプで引くんだ。でも、馬小屋には絶対に入っちゃだめだ。わかったか？」

「わたしの馬なのよ！」

アヴェリーはリリーの体を揺さぶった。「馬たちは僕が連れだす。誓うよ。だから君も、約束してくれ、馬小屋には近づかないって」

リリーは一度だけ短くうなずいた。アヴェリーは彼女の体を放し、ホブがハンドブレーキを引いて馬車を完全に止めるまで待たずに、扉を開けて飛びおりた。体を丸めて地面に転がり、起きあがると、燃える馬小屋に向かって走りだした。

そのころには、屋根の枠組みの半分ほどがオレンジ色の炎に包まれていた。見かけだけは繊細な炎は建物の木材に襲いかかり、プスプスという音とともにむさぼるように焼きつくそうとしている。

馬車は車輪をきしらせながら止まった。御者席から飛びおり、馬小屋へ向かうホブの姿が見える。どこかで半鐘が鳴らされ、周囲の人々に火事を知らせていた。リリーは馬車の扉を押して開け、地面に降り立った。絹のスカートのすそに靴のかかとが引っかかった。もどかしさに声をあげながら、ドレスの生地を引きさいて脚を自由にし、馬小屋のほうへ走りだした。

リリーこそ、ミルハウスで一番体力のある人間だった。バケツは全部馬小屋においてあり、台所のポンプは遠すぎて水を送ることができなかった。でも、馬小屋のそばには井戸がある。ポンプで水を汲みだして桶に入れておけば、火を消すのに十分役立つ。

リリーはスカートのすそを上げ、走りつづけた。

幸い、ミルハウスには季節労働者たちがいた。六月の収穫時期に合わせて臨時に雇い入れた二〇人の男と少年たちで、燃える干し草の山の周辺ですでに動きまわっていた。

ただ、彼らの必死の行動は、塚をはいまわるアリたちのように行き当たりばったりで効果があがらなかった。納屋に近い干し草の塊に毛布をばたばたと叩きつけて火移りを防ごうとしている者が数人いた。かけても無駄なところに水をかけている者もいた。

もし納屋のほうまで火がおよんだら、ミルハウスの資産価値は激減する。焼け残った部分だけの評価になり、マーティン・キャムフィールドのいいように値切られてしまうだろう。

決意に引きしまった表情のアヴェリーが、大声で皆に指示を与えだした。一〇分もしないうちに、馬小屋と納屋のあいだに防火穴を掘る組や、燃える干し草の山の火勢を抑える組の作業が始まった。また、送水管が引かれ、馬小屋の屋根を水浸しにする勢いで散水が行われた。

時間の経過とともにアヴェリーの気管支を通る空気量が減り、喉がつまってきた。胸は鋼の万力をかけられたかのように締めつけられた。

馬車に揺られていたあいだに馬の毛を浴び、煙と干し草を吸いこみ、熱く乾燥した空気に触れたアヴェリーは、いやおうなしに身体の危機にさらされていた。だが今は、危機のなんのと言っている場合ではない。

木の燃えさかる音に混じって、ひどく興奮した馬のいななきが聞こえてきた。馬房の扉を引っかくひづめの音、壁に臀部をぶつける音。リリーの馬たちだ。

アヴェリーは急いでシャツを脱ぐと、バケツにつけて水をたっぷり含ませ、顔の下半分をおおうように巻きつけた。煙が肺に流れこみ、悪態をつかずにはいられない。だが、ののしるのに必要な空気さえ足りなかった。アヴェリーは頭を下げ、両腕で顔の上半分を隠して目を守りながら、小屋に突入した。

中では白い煙が渦巻いていた。が、目の前がまったく見えないほど濃い煙ではなく、馬房の扉のかんぬきの位置はちゃんとわかった。アヴェリーは最初の馬房を開け放ち、自分は脇へよけた。中の雌馬は目をむき、脚を蹴りあげて暴れていた。

アヴェリーが腕をふりあげて馬の体を打つと、馬は後ずさりした。歯をむき出し、耳を平たくして警戒している。

「くそっ、こいつ！」アヴェリーはあえぎ声で言うと、顔に巻きつけたシャツをはずし、馬の目をおおった。下に垂れた両袖をつかんできつくねじり合わせ、間に合わせの目隠しを作ると、生地の端をぐいぐい引っぱって、いやがる馬を通路に連れだした。馬の頭から目隠しをはぎとり、尻を思いきり叩いてどやしつけた。馬は一瞬跳ねあがったあと、馬小屋の外へ飛びだしていった。

アヴェリーはかがみこみ、空気を求めてあえいだ。めまいがし、酸素不足で筋肉が震えだしていた。

「負けるか！」歯のあいだから声をしぼり出し、よろめき、体をふたつに折って次の馬房へ進んだ。ありがたいことに、今度のは逃げるという感覚を持った馬だったらしい。かんぬきをはずして扉を開けたとたん、大あわてで通路に飛びだし、足をすべらせ、つまずきながらも外へ走りさった。

次の馬房へ。一頭。もう一頭。前に進むにつれ、白い煙が濃くなっていく。アヴェリーは咳きこみはじめた。そのたびに、機能が麻痺しかけている肺に残った貴重な空気が押しだされる。汗に濡れ、震える手を伸ばしてかんぬきをさぐる。もう体に力が入らなかった。

煙の充満する中に閉じこめられて、狂ったように暴れまわる馬のまぼろしを見たような気がした。

リリーの大切な馬たちだぞ。こいつらの身に何かあったら、リリーに殺される。アヴェリーはがくりと膝をついた。あと二頭なのに。もう馬の立てる音も、何も聞こえなくなっていた。燃える木がパチパチはぜる音に代わって、何かがくずれ落ちるようなザザッという鈍い音がした。残された馬たちの半狂乱のいななきはもうやんで、静かになっていた。

アヴェリーは前のめりに倒れ、先に投げだした腕で体を支える形になった。手のひらに干しわらが刺さり、その痛みで一瞬、遠のいた意識が戻った。

リリーに殺される心配をする必要はないんだ。だって、僕はもう死んでいるんだから。

リリーはアヴェリーが馬小屋へ入っていくのを見た。彼の顔は、赤い火の粉に照らされても青ざめていた。汚れたびしょ濡れのシャツを顔の下半分に巻き、筋骨たくましい腕と引きしまった胴には汗が光っている。低くかがみこみ、体をふたつに折って痛みに耐えている人のような動きで前に進んでいった。

一分後。インディアが小屋から逃げだしてきた。前傾姿勢で駆けながら、乱れた心臓の鼓動のごとく不規則なリズムをひづめで刻む。馬は夜の闇に消えた。大きな去勢馬が一頭あとを追うと、残る七頭のうち五頭が次々とついていった。残りの馬たちは牧草地に残った。

リリーは井戸水をポンプで汲みあげた。必死でポンプを押しつづけたので、腕が痛くてたまらない。まわりでは、かけがえのない自分の夢が灰になりつつあった。木のくずれる音が高笑いのように聞こえた。燃える草からは甘く濃い匂いが立ちのぼっていた。あたり一帯が騒然としていた。男たちの叫ぶ声、助けを求めて絶えまなく鳴る半鐘の音、そして小屋の中から聞こえる馬たちのいななき。

季節労働者の一人がやってきた。炎のすぐ近くで作業をしつづけたせいだろう、顔に火ぶくれができている。男はポンプを乗っとると仲間に声をかけ、リリーとは比べものにならないほどの速さで勢いよく押しはじめた。

男の邪魔にならないよう脇へどいたリリーは、いつのまにか馬小屋の近くまで来ていた。煙に包まれた小屋が気になってしかたがなかった。

さっきの馬が出てきてから数分経っていた。ゆっくりと渦を巻く煙は、天井のほうでは濃く、地面に近いところでは多少薄くなっている。リリーはしゃがみこみ、中をのぞいた。

まだ、馬が残っていた。馬房の中で跳ねまわる音がした。狂ったようないななきと、蹴られた木の板がバリバリ割れる音も耳に入ってきた。じゃあ、アヴェリーはどこへ行ったの？

リリーは馬小屋に転がりこみ、音が聞こえてくる馬房の扉を開けた。

「きゃあ！」思わず叫ぶ。自由になった馬は口から泡を吹き、白目をむいて馬小屋から飛びだしていった。

まだいる。リリーは手さぐりで通路を進んだ。閉じられていた馬房の扉を開けて、残る一頭を逃がしてやった。

アヴェリーは……馬に対するアレルギーがあるんだった。ああ、どうしよう。リリーは必死であたりを見まわした。

そのとき、馬小屋の一番奥のほうに倒れているアヴェリーが目に入った。数秒のうちにリリーは通路を走り、彼のかたわらに膝をついて座っていた。腕をつかみ、体をひっくり返す。その顔はすすにまみれ、汚れが筋状になってついていた。

「アヴェリー!」顔を二度、平手打ちにする。「しっかりして!」

アヴェリーはうめき声をあげた。頭が横にぐらりと傾く。この人、自力ではここから出られそうにない。

リリーは声をかぎりに叫んだ。できるだけ高く、できるだけ長く。だがその叫びは、ごうごうと燃える火の音にかき消された。炎は馬小屋の屋根をなめつくそうとしていた。助けを求めるリリーの声は、たちまち喉のつまった、咳きこむ音に変わった。

これでは誰にも聞こえない。一人で外へ助けを求めに行く時間の余裕はなかった。煙が目にしみて、喉は焼けるように熱かった。なんとかしてアヴェリーを連れださなくては。

インディアの馬房の横の壁には、馬具が釘にかけられていた。リリーは馬の頭部につける革製のおもがいを取りあげてしゃがみこんだ。これならひもとして使える。ブーツをはいたアヴェリーの脚に片方ずつ巻きつけて結び、両脚のあいだに一メートルほどのゆるみを持たせた。まずアヴェリーの足元に腰をすえて革ひもを両手でつかみ、思いきり引っぱってみる。意識を失って重くなった体は、わずかではあるが、ともかく動いた。

次に、向きを変えて革ひもを自分の腰のまわりに回した。引き具をつけて荷物を運ぶラバすように、渾身の力をこめて前に進もうとする。幅が狭い革ひもがこの重みに耐えてくれますようにと祈りながら。

アヴェリーの体が引きずられて動きだした。煙たくて苦しくて、目からは涙が流れでた。肺が空気を求めてあえいでいる。喉がからからで、焼けつくようだ。それでもじりじりと通路を進み、ついに馬小屋の外へ出た。

リリーは前のめりにばったりと倒れた。体じゅうが汗でびっしょり濡れ、ドレスは見る影もないほど汚れていた。

こんなところでへこたれるわけにはいかない。リリーは震える手足にむち打ち、アヴェリーのすぐそばまではっていって、彼の裸の胸の上に耳を押しあてた。深いところから心臓の鼓動が伝わってくる。脈は速いが、規則正しい。ヒュー、ヒューというかすかな呼吸音も聞こえた。煙突の中を吹きわたる風の口笛のようだ。

リリーはアヴェリーの頭側に回って座りこむと、彼の体の下に手を入れてあえぎながら上半身を起こし、自分の膝にもたれかからせた。彼の頭はリリーの肩の上にがくりと落ちた。

「アヴェリー、しっかりして」涙が次から次へとあふれ出て、リリーの頬を濡らした。アヴェリーの大きな体にしがみつき、腕をぴったりと巻きつけて前後に揺すった。声は震えていた。「目をさまして、お願いだから!」すすり泣きが止まらなかった。

「わたしのこと、怒鳴りつけたいと思わないの？　わたし、あなたの言いつけにそむいて馬小屋まで来たのよ。横柄で傲慢そのものの、あなたに逆らって！」

リリーは目を固く閉じ、唇をきつく嚙みしめた。アヴェリーが死ぬはずはない。こんなに頑固で、活気にあふれて、力強い人なんだもの。それに、わたしは彼を失うわけにはいかない。こんなに愛しているのに。

そのとき、アヴェリーのあえぎながらつぶやく声が聞こえた。

「僕は……紳士だから……絶対に、女の人を……怒鳴りつけたりは、しないさ」

23

焼けこげた木材は放水の水を含んで、鼻につんとくる匂いを発していた。火事のあと二日たっても、その匂いはあたりに漂っていた。

邸の二階部分につながる屋根つきの渡り廊下は静まりかえっていた。リリーはあてもなく歩きながら、真っ黒に焼けて炭化した馬小屋を眺めていた。傾きかけた午後の日ざしに照らされて、いまだにくすぶっているように見える。

神さま、ありがとうございます。アヴェリーは助かりました。もしあのときあの人を見つけられずに、焼け死んでいたら。木材の残骸と灰だらけの焼けあとで遺体を探しまわる自分の姿を想像しただけで、体が震えた。リリーはその光景を無理やり頭から追いだした。

アヴェリーはまもなくよくなるだろう。実際、すでにかなり回復していた。呼吸が楽になったようだし、気味悪いほど青白かった肌にも血色が戻ってきていた。目に見える傷あとといえば、背中から肩にかけてうすく赤く刻まれた長いすり傷だけだった。リリーに地面の上を引きずられて助けだされたときについたものだ。

ミルハウスの人々は、昨日一日じゅう、アヴェリーをベッドに寝かせておくことになんとか成功していた。確かにベッドの中で彼は、寝室をのぞいた者全員に向かって悪口雑言を浴びせたりはしなかったが、とにかくベッドの中で一日を過ごした。

だが今朝、リリーよりずっと早く起きたアヴェリーは、馬車を勝手に拝借して乗っていってしまった。どこへ行ったのかも、いつごろ帰ってくるのかもわからなかった。

まあ、そうでしょうね。あの人にはやるべきことや、見ておくべきものがあるから。仕事はいくらでもあるわ。大工を探して火事で焼けた馬小屋を建てなおす以外にも。

彼の、馬小屋を。

リリーの視線は南側の牧草地へと移った。たそがれが近づいて弱まる日の光の中、干し草の山が黄金色に輝いている。まるで緑のフェルト地張りのゲーム用テーブルにおかれた金貨の山のようだ。

幸い、火事の起きた晩は風が弱かったため、火はほかの干し草の山に移って広がることも、納屋まで回ることもなかった。もしかすると悲惨な大火事になっていた可能性もある。ミルハウスの新しい所有者であるアヴェリーは、廃墟でしかない地所を相続するはめになったかもしれないのだ。

だが、ミルハウスの以前の所有者リリーにとっては、今回の火事は壊滅的な打撃となった。どうあがいても馬小屋を建てなおす費用は捻出できず、干し草の山ひとつの損害も補填できない。つまりリリーの管理下で、ミルハウスの経営は赤字になったということだ。

これでわたしは、ミルハウスを相続する権利を失ったんだわ。

だがその事実を知っても、現実味がわかなかった。見知らぬ人の人生に起きた不幸なできごととしか思えない。どうして、こうなってしまったんだろう？　同じ疑問が頭の中を何度も駆けめぐる。あれだけの暴風雨があったすぐあとで、湿っていたはずの干し草の山から発火するなんて、どういうこと？

　火事の起きた日の前の数日間は気温もさほど高くなかったし、火元になった干し草は、ぎゅうぎゅうに固められて発酵した草の場合によくあるように、温度が上がって自然発火するほど日光に長時間さらされていたわけでもない。あの夜、付近で落雷はなかった。問題の干し草の山のあたりで発火しそうな理由はどこにもない――誰かが故意に火をつけたのでないかぎり。だが放火というのは考えにくかった。

　誰かが逢引きの際にカンテラを持っていって、火が干し草に燃えうつったのだろうか？　あるいは季節労働者の子どもが、どこからかくすねてきたタバコを両親の目の届かないところでこっそり吸っていたとも考えられる。タバコの燃えさしが落ちて干し草に火がつき、おびえた子どもが逃げだしたのかもしれない。そのためにリリーの夢は、人生を賭けたすべては煙と消えた。これで、ミルハウスを失った。

　そして、アヴェリー・ソーンをも失ったのだった。

　ミルハウスの権利を手放すことほど自分にとってつらいものはないだろうと想像していた。だが、それは間違っていた。この家を出ていくとき、リリーはわが家ばかりでなく、アヴェリーに会える理由をすべて失うのだ。二人がふたたび会える口実はなくなる。手紙にせよ会話にせよ、言葉を交わす言い訳はもう見つからない。五年間、二人をかろうじて結びつけてきた絆はこわれて——いや、焼けてなくなってしまった。

体の奥から震えが始まった。しだいに激しさを増して全身に広がり、リリーは身震いしながら窓際に立ちつくしていた。みじめだった。寂しかった。外を眺める目は焦点が合わず、とめどなくあふれる涙が頬をつたって流れおちた。

わたしはもう二度と、アヴェリーに会うことはない。物乞いのように道端に立って待ちつづけるのでもないかぎり。真夜中にあのカーブした私道に立って邸を見やり、明かりのともった窓にアヴェリーの影が映らないかと見守るのでもないかぎり。

だがリリーは絶対にそうはしない。なぜなら、アヴェリーの結婚相手の姿を見かけるかもしれないから。彼の子どもを産んだ女《ひと》、彼の恋人であり伴侶でもある女《ひと》に会うかもしれないから。そんな苦しみは想像すらできなかった。

リリーはアヴェリー・ソーンを失った。といっても、アヴェリーに関する思い出でリリーが持っているものがそうあるわけではない。たとえば彼の機知に富んだ話や、熱をこめた反対。彼を抱きしめていた、あの短いひととき。そして言うまでもなく、彼への愛。馬小屋から救いだしたあと、どうか生きていてほしいと切に願ったとき、リリーはアヴェリーを愛しているのに気づいたのだ。

もしかすると、二人の手紙のやりとりが始まった当初からアヴェリーを愛しはじめていたのかもしれない。アヴェリーは、リリーがつきつけた挑戦はすべて受けて立ったし、彼女が持ちだした問題については誠心誠意、議論をつくした。

よくいらだちを見せたり、わざとリリーを挑発したりはしたが、いったん議論に参加すると、リリーの意見を見下すようなことは絶対になかった。

実際、アヴェリーの書く言葉のはしばしには、リリーに対する敬愛の気持ちがはっきりと表れていた。アヴェリーは、リリーが女性というだけでその意見を軽視したりはしなかった。確かにときどき、意見を尊重しないこともあったが、それは話の根拠や判断が間違っていると彼が思ったとき、あるいは彼の言うところのリリーの「頑固一徹さ」がからんでいるときだけだった。

アヴェリーは、わたしという人間をけっして否定しなかった。

リリーはひんやりした窓ガラスに額を押しつけた。震えはもうおさまって、むなしさだけが残っていた。すべてが失われた。すべて、なくなってしまった。

「リリー？」フランチェスカの声だった。

「何かしら？」ふりむきもせずリリーは言った。

「リリー」フランチェスカの上品な手がリリーの手首を優しくつかんで、自分のほうを向かせた。「いい、今から言うことをよく聞いてね。わたし、今晩発つつもりなの。というより、あと数分でここを出るから」

「そうだったんですか？」リリーは関心なさそうに言った。フランチェスカはよく、急に思いたって旅に出かけ、何週間も、ときには何カ月も留守にすることがあった。そして、気の向いたときにふらっと帰ってくるのがつねだった。

「馬小屋の建てなおしのことだけど、わたし、手助けしてあげられないの。でも、正直に言うと、無理だからと言うわけじゃ――」

「そんなこと、お願いしようなんて考えてもいませんでしたもの！」驚いたようにリリーは言った。

「いいえ、そういう問題じゃないの。わかってるわ、あなたが頼んでこないことぐらい。それに、もしこちらから援助を申し出たとしても、きっと断ってくるだろうってこともね」

いいえ、断らないわ、喜んで援助を受けたい。リリーの気持ちは沈んだ。わたしにはもう、ほとんど何も残っていないのに、わずかな自尊心があるからとつっぱってみても、なんの意味があるの？

フランチェスカは両手をリリーの肩におき、顔をじっとのぞきこんだ。「実は、財産のほとんどをかき集めれば、再建のための資金を貸してあげられるのよ。でもわたし、そうしないと決めたの」指がリリーの肩にくいこんだ。「自分のために要るお金だから。自分らしい生活を続けるために、必要なの」

「わかってます」

「リリー」フランチェスカは口の端をゆがめた。「わたしの人生って、何もないのよ。ある種の楽しみを追求することぐらいしか。わかる？」

わからなかったが、リリーはうなずいた。フランチェスカの言葉というより、懇願するような態度に応えたのだ。

「リリー、あなたにはなんでもあるじゃない」

リリーは肩をくねらせてフランチェスカの手から逃れた。「ええ、そうね」明るく笑おうとしたが、苦笑いにしかならなかった。「わたし、正真正銘の実業家ですもの」

フランチェスカは頭を振り、言うべき言葉を探した。

「あなたにはまだ、夢があるわ。将来があるわ。でも、わたしは違う。父に恥をかかせて生きてきたし、これからも父の亡骸に恥をかかせる愚か者として一生を送るしかないの」

「夢だなんて。わたしにはもう、何もないのに」

「リリー。あの子はあなたに恋してるわ」

「バーナードですか？」リリーは物憂げに言った。「まだ子どもだから、のぼせあがってるだけですよ。そのうち熱もさめるでしょう。わたしも気をつけるようにしますから」

「バーナードじゃないわ。アヴェリーよ、恋してるのは」

リリーは息をのんだ。言葉が出なかった。

「いえ、違うわね」フランチェスカは考えながら、物悲しげに言った。「恋じゃないわ。アヴェリーはあなたを愛してる。深く、せつなく、心から」最後はささやき声になった。

「そんな。勘違いしてらっしゃるんだわ」

「人生ってね、自分の進む道を決めるとき、チャンスがたった一回、一瞬しかないことがあるのよ。リリー、よけいなことに惑わされちゃだめ。とらわれちゃいけないのよ、自尊心や常識に。過去に。それから……」フランチェスカは小さく笑ったが、それはすすり泣きに変わった。「楽園《エデン》を求める心。それを抑えちゃいけないのよ。もしわたしがあなただったら、アヴェリーを探しに行くわ。絶対よ。誓ってもいい」

フランチェスカは向きを変えて廊下を歩きながら、つぶやいた。「あの娘《こ》ったら。自分には何もない、ですって……」

「どうしたらいいのか、わからなくなってきましたね」ポリーはエヴリンにささやいた。二人は居間の寝椅子に並んで座り、一緒にタティングレースを編むふりをしていた。反対側の隅では、バーナードが読書に夢中になっていた。

「ミルハウスはこのごろ、恋にふさわしいロマンチックな場所じゃなくなってしまいましたからね。馬小屋が火事で焼けたりして、恋人たちが抱き合うなんていう雰囲気じゃありませんもの。あの二人ときたら、同じ納屋にいる二匹の猫みたいにお互い避けあって。わたしたち、あきらめたほうがいいかもしれませんね、ミス・ビードとソーンさんが」ちらりと見ると、バーナードは革装の分厚い本に没頭している。「親しくなる見込みがないようだから」

エヴリンは頭を振った。「わたし、二人が結ばれればいいと願ってたんだけれど。でもリリーのためには、今の状態のほうがいいのかもしれませんね」

「そんなばかな」ポリーの声が高くなった。エヴリンはバーナードを見やり、聞かれたら困るでしょ、というように首を振って注意をうながした。

ポリーは顔を赤らめた。だが、あごをぐっと上げたその姿勢から、行動を起こすにしても意見を述べるにしても、確信を持っているようすがうかがえる。

「もしミス・ビードがソーンさんを愛していて、しかも立派な人であるとわかっていて、彼女が何もせずにいるとしたら、それは……間違った態度ですわ」ポリーは言葉を切り、咳払いをした。「愛というのは何かに対するご褒美ではなくて、可能性なんです。よりすばらしい人生を切りひらく機会を与えてくれるものですわ。男でも女でも、その機会を与えられたら、すすんで受けいれるべきなんです。たとえどんな危険が伴おうとね。愛って、かけがえのないものですよ、エヴリン」

ポリーは目を上げた。一瞬、自分の言葉の大胆さに驚き、とまどっているように見えた。

「おわかりになる?」

エヴリンはゆっくりとうなずいた。「ええ」

「この考え方、賛成していただけます?」

「ええ」今度はきっぱりと答える。

「よかった」ポリーはふうっと息をついた。当惑した表情は消え、弱さを感じさせないいつもの彼女に戻っている。「ミス・ビードを上手に刺激してこのことをわからせるのに一番適任なのは、本当はミス・ソーンなんですけどね。でももう旅行に出かけられてしまったし、わたしたちでは、性格的にも、経験の面でも、恋の橋渡しができそうにありませんものね」

「ええ、そのとおりですわ」エヴリンはため息をついた。「どうすればいいかしら?」

ポリーはいきなり、両手のひらで太ももをぽんと叩いた。バーナードが顔を上げた。

「まあ、ミス・メイクピース。ご心配なさらないで、編み目のひとつやふたつ、落としたってどうってことありませんから」エヴリンは大きな声で言った。「すごくお上手ですもの、大丈夫」声を低くして言う。「静かに。わたしたちの計画をバーナードに知られたら、絶対に反対されるわ」

ポリーはうなずいた。「了解。さて、ミス・ビードの話に戻りましょう。まずは彼女がこれからどうしようと考えているのか、確かめなくてはなりませんよね。エヴリン、ミス・ビードをここへ呼んできていただけます？」

「もちろん」エヴリンはそう言うと立ちあがり、息子のいるほうにひそかに目を走らせた。バーナードは本のページをめくったところだった。

エヴリンは居間を出てすぐにリリーの自室へ行き、扉を控えめに叩いたが、返事がなかった。書斎にいるかもしれないと思い、階段を上りはじめたが、そのとき上の廊下から聞こえてくる足音に気づいた。誰だろう。エヴリンは立ちどまって考えた。

三階にはアヴェリーの部屋があるが、彼の足音にしては軽かった。メリーやキャシーはもう仕事を終えている時間だし、二人とも毎晩テレサと双子の赤ん坊のところへ通っているはずだ。テレサとしても二人の仲間が来るのを当然のように期待しているだろう。だとすると残るはリリーだけだ。

本当にリリーかしら？　エヴリンは確かめたくなって、音を立てないよう気をつけながらゆっくりと三階へ上り、角から顔を出してほの暗い廊下の気配をうかがった。

リリーがアヴェリーの寝室の前にいて、そわそわとあたりを行ったり来たりしている。組んだ手を不安そうにひねりながら、口の中でぶつぶつとひとり言を言っている。ときどき、不意に立ちどまると姿勢を正し、意を決したように閉じられた扉を見つめている。それから突然、がっくり肩を落としたかと思うと、ふたたび歩きまわりはじめるのだ。

リリーが、なぜここで――？

そうよ！　当然じゃないの！

エヴリンの顔にぱっと笑みが広がった。だが次の瞬間、その笑顔はたちまち凍りついた。リリーはたぶん……行動を起こせないわ……わたしたちがこの家にいて、邪魔をしているから。それならこうすればいい――と、エヴリンはいつにない思いきりのよさで決意した。わたしたちがここを留守にすればいいだけの話よ。出かけるときに大騒ぎして、しばらく戻ってこないことも皆に触れまわって。

エヴリンはスカートをつまんですそを上げると、つま先でそっと歩きながらできるだけ早く階段を下り、一階に着くやいなや走りだした。全速力で走るなんて、少女時代以来のことだ。玄関脇の広間のコート掛けからボンネットと肩マントを取って大急ぎで居間へ向かい、その勢いで部屋に飛びこんだ。

「どうなさったの、エヴリン？」ポリーは驚きのあまり、脚の包帯のことも忘れて立ちあがろうとした。

「わたしたち、これから——町——町へ行かなくちゃ——」エヴリンは息を切らして言った。

バーナードが顔を上げて訊いた。「リトル・ヘンティへ？」近くの十字路付近に広がる小さな町の名をあげた。町といってもあるのは居酒屋兼宿屋と、八百屋と、衣料雑貨店ぐらいだ。「どうして行くの？」

「リトル・ヘンティじゃなくて、クリーヴ・クロスよ」エヴリンは答えた。

「でも、ここからクリーヴ・クロスまで三五キロ以上はあるじゃないか」バーナードはびっくりして言った。「夜の八時だよ。朝じゃだめなの？」

「だめなの。夜明け前に港へ行って、日が昇るのを見るんだから。休日のつもりなのよ、その、ミス・メイクピースのための」

ポリーは信じられないといったようすで目を丸くしている。

「ミス・メイクピースはここに閉じこもって出歩くこともかなわず、退屈してらっしゃるのよ。それに、火事のあとの湿った灰の匂いがひどいから、このままだと気分が落ちこんでしまうわ。ね、そうでしょ？」

「え、ええ、そうですね」ポリーはなんとか声を出した。呆然としている。

「ほらね、わかったでしょ、バーナード？　さ、旅行かばんに荷物を詰めなさい。一泊分だけ入る小さいのでいいから。それがすんだらホブを呼んで」

「はい、わかりました」バーナードは言い、ひょろりと長い体を伸ばして椅子から立ちあがり、本をおいた。「じゃ、僕がミス・ビードに伝えるね、支度しておくようにって」

「だめ！」エヴリンは思わず叫んだ。バーナードの驚いた表情に、すぐにぎこちない笑みを浮かべる。「つまりその、伝える必要はないってこと。ミス・ビードは行かないのよ」

「そう？」

「明日、大工さんが来ることになっているそうなの。馬小屋の建てなおしの件で」

「で、アヴェリー兄さんは？」バーナードの声にはわずかながら疑わしそうな響きがある。

「アヴェリーもここに残るんですって」エヴリンはすらすらと答えた。一度嘘をついてしまうと、次から次へと新たな嘘が意外となめらかに口をついて出てくるものらしい。「考えてもごらんなさい。馬小屋の再建費用を持つのはアヴェリーですよ。大工さんとの打ち合わせに出て、必要な判断を下すのに協力するのは当然でしょう」

ふだんの母親らしからぬ、うむをいわせぬ断固とした態度に、バーナードはとまどっているようだ。エヴリンは、これ以上つっこまれませんように、と心の中で祈っていた。自分が一日に対処できる困難の数は限られているのに、今日という日は、いつもより多くの困難を乗りこえるはめになったと感じていた。

バーナードはしばらく母親をじっと見ていたが、ついに肩をすくめるような動作で、ポリーに向かって丁寧なお辞儀をした。「じゃ、自分のかばんを用意してきます」

二〇分後、バーナード、ポリー、エヴリンの三人は中央の広間に集まり、自分たちがひと晩ミルハウスを離れるのだと、家じゅうの者にはっきりわかるように騒ぎたてていた。

24

ミルハウスは騒然としていた。まるで復讐の女神たちがそろって住みかを出発するかのようだ。扉を乱暴にバタンと閉める音、あれこれ指示を与える大声、あちこちを走りまわる人たちのブーツが床に響く音。いったい何事かとアヴェリーが階段の一番上まで出てみると、大きなお腹を左右に揺らしながら大急ぎで下りていくメリーの姿が見えた。片手に婦人用ブーツを、もう片方の手には旅行用の薬箱を提げている。

「どうしたんだ、何かあったのか?」

「何かあったのかって、要するに頭がどうかしちゃったんですよ、皆さん!」メリーはアヴェリーを見あげて言った。「まったく、何を考えてらっしゃるんだか。クリーヴ・クロスへご出発ですって」

「今夜?」まさか、といった表情でアヴェリーは訊いた。

「今夜っていうか、今からですよ、今。ホブは玄関の前でもう馬車を用意して待ってます」

メリーは不機嫌そうに言うと、さっさと下へ降りていった。

アヴェリーは自室に戻った。ここからだと玄関前の私道が見えないのが残念だが、階下へ下りてまで見送るのはよそうと心に決めていた。正面の窓に鼻をくっつけるようにして皆が出ていくのを見守ってもしようがない。まるで彼らに見捨てられた――いや、リリーに見捨てられたような気がして、つらかった。

たとえたったひと晩のことにせよ、ひと言も告げずにどこかへ行こうとしているリリーに、アヴェリーは憤慨していた。だが考えてみると、まもなくリリーはいなくなるのだ。ひと晩だけでなく、永遠に。そのときもこんなふうに、黙って、さよならも言わずに出ていくのだろうか。

胸が締めつけられた。心の奥でいらだちと悲しみが渦巻いていた。どうしていいかわからず部屋の中を何度も行ったり来たりしているうちに、玄関の扉がばたんと閉まる音がして、騒ぎがおさまった。出ていったらしい。廊下の柱時計が九時を打った。裏の階段のほうからばたばたする音が聞こえてきたが、それも静かになった。

静けさがアヴェリーを包んだ。妙にしんとして、どうにもやりきれない静寂。アヴェリーは椅子に座り、脇のテーブルにおいてあった本を取りあげた。

リリーのいなくなったミルハウスは壮大な墓のようだった。アヴェリーが思いえがいていた夢の家ではなく、単に亡き者の所有物を入れた箱であり、過去の遺物でしかない。ばかばかしい。アヴェリーは本を開き、ページをめくりはじめた。焦点の合わない目で追う言葉は、まったく意味をなさなかった。

僕はただ、感傷的になっているだけだ。人生の終わりについて考えすぎた人間が誰でもそうなるように。まもなくミルハウスは僕のものになる。最初からそうなる定めだったのだ。僕はリリーが賛成しようとしまいと、彼女の生活の面倒をみる。そしてここに住んで、自分にふさわしいと思われる女性と結婚する。その女《ひと》は漆黒の髪も黒い瞳も、夢に根ざした言葉も持たない。その代わり、青白い肌に金髪の子どもたちを僕とのあいだに産んでくれる女性だ――。

テーブルにおいてあった一通の手紙が、膝の上にはらりと落ちた。アヴェリーは手紙をじっと見つめた。何度も読んでいるうちにすりきれた折り目、四つの大陸を股にかけた旅の名残の砂粒。そっと手にとってみる。もちろんリリーからの手紙だ。最初に読んだときからずっと、肌身離さず持ち歩いていたものだ。

アヴェリーはののしりの言葉を吐いて立ちあがった。感覚のなくなった指先から手紙がすべり落ちる。思わず、手元の本を向こうの壁に投げつけた。

この部屋にはいられない。リリーは一度もここを訪れたことはないが、アヴェリーは彼女の存在を感じていた。手紙の言葉の中に、空気を分かちあう形で、精神も肉体も一緒にいるような気がしていた。

アヴェリーはリリーのあとを追って連れもどそうと、戸口に向かった。さようならを言わせるつもりだった。お願いだ、こんなふうに黙って僕のもとを去らないでくれ。

扉を勢いよく開けた。そこにいたのはリリー・ビードその人だった。

そうか、いったんは勇気を出して出かけたもののくじけて、口実を作って戻ってきたんだな。夕食は食べたかと訊きにきたんだろう、わざわざメリーやキャシーをわずらわせる必要はないと思って――。

「君のことばかり考えていた。ずっと頭から離れないんだ」アヴェリーは言った。

リリーはその言葉に心を揺さぶられ、足がふわりと宙に浮いたような気がした。これはきっと夢にちがいないわ。一生さめないでほしい夢。アヴェリーの表情は張りつめて真剣だ。懇願するような低い声だった。

リリーは一歩前に出た。あごを高く上げて耳をすまし、アヴェリーの目の中にあるものを読みとろうとした。

「僕は――」アヴェリーは天井を仰いだ。まるで勇気を……あるいは何かの啓示を求めるかのように。「君に、キスしたくてたまらない」

なんですって。予想もしなかった言葉だった。リリーは魅入られるようにアヴェリーの表情をさぐった。純粋な磁力に引かれて彼に近づき、信じがたい気持ちで次の瞬間を待った。

リリーは自分の体の中を航海していた。不安で心臓がドクドク鳴るのを感じ、浅く速い呼吸のリズムを聞いていた。アヴェリーの言葉に対する期待と、その目に宿る激しい渇望に幻惑されて、自らの心の目では一糸まとわぬ姿になっていた。彼の求めるままに、望みどおりにされてもかまわないと感じていた。

これこそ、身をゆだねるということなのね。感情の赴くままに。その大いなる流れに逆らうことなどリリーには考えられなかった。

「キスさせてくれ」アヴェリーはささやいた。力強くその片手を上げ、指先だけを使ってリリーのあごを持ちあげた。つられてリリーはつま先立ちになった。まぶたを閉じ、アヴェリーがため息とうめき声の中間のような音をもらすのを聞いた。

アヴェリーの唇が優しく触れてきた。何秒間か離れたあと戻ってきた。繊細なキス。一度、また一度とくり返す。そのたびに、唇が触れる時間が少しずつ長くなり、キスが深くなった。開けた口から息が奪われていた。それだけなのに、魂まで奪われそうな感じさえした。

柔らかく、温かく、潤いのあるキス。そのキスでぼうっとしたリリーは、もっと欲しくなった。じらし、期待させ、楽しんでいるような、何十回というキス。今まで経験してこなかった、そしてこれからも経験しないであろう、過去と未来を取りもどすキス。ひとたびごとに、リリーの心はアヴェリーのものになっていった。

指先でリリーのあごをそっとなでながら、アヴェリーは顔を横に傾け、彼女の唇を優しくついばみ、そそのかして、口を開かせた。感謝と安堵の気持ちとともに、リリーは彼の舌が口の端をくすぐり、中に入ってくるままにまかせた。

頭がくらくらして、息ができなかった。脚が震えて立っているのがやっとだった。唇以外は、あごの下にかけて顔を指先でなぞられているだけなのに。アヴェリーは、指先をわずかに動かすことでリリーの頭の角度を巧みに変えて、口づけしやすいように、舌を深く入れやすいように導いている。リリーは熱くせつない気持ちでそれに応じた。

キスはさらに激しくなり、彼女はめくるめく興奮の渦に落としこまれた。重ねあわされた唇と、硬い指先が羽毛のように軽く触れてくる接点だけを支えにして、アヴェリーにしがみついていた。膝ががくがくし、くずおれそうになって、彼の腕に支えられた。

アヴェリーはリリーを抱きあげ、胸に引きよせた。熱いキスの雨がやんだ。

リリーはもうまともに考える力を失っていた。頭に浮かぶ考えが何ひとつまとまりをなさない。今やひとつのイメージだけにかりたてられ、やむにやまれぬ思いにつき動かされていた。アヴェリーにもっと近づきたい。彼の一部になりたい。彼とひとつになりたかった。

二人を隔てているアヴェリーのシャツが邪魔で、もどかしかった。リリーは手さぐりでボタンを引っぱり、はずそうとした。それを見つめる彼の胸は、深く不規則な呼吸に上下している。唇は引きしまり、顔はこわばっている。

満足のつぶやきとともに、リリーはようやくシャツの前を開け、その下の熱い肌に手のひらをあてた。なめらかでありながら硬く、見事に日焼けした彼の胸は、手の下で力強く息づいていた。

「わたし、あなたが欲し――」

その先の言葉はアヴェリーの唇でふさがれた。彼の体の震えが、自分の力をかろうじて抑えていることを物語っていた。リリーは前がはだけられた彼のシャツの下に手を差しいれ、ウエストに腕を巻きつけた。

くぐもった声とともにアヴェリーは両手を下に下ろした。リリーのお尻を包み、そのまま持ちあげると、固くなった股間のふくらみに押しつけ、いやがうえにも意識させた。リリーの手はアヴェリーのすべらかな肌にそって下り、胸に色濃く渦巻く手ざわりのいい毛から、筋肉が波うつ平らな下腹へと向かった。その男らしい体のあちこちを探索するうちに、興奮の波が押しよせてくる。

「キスしてくれ」アヴェリーは息を弾ませて求めた。リリーは息を切らし、情熱のありったけをこめてそれに応えた。

リリーはかつて、アヴェリーの男らしさへのこだわりを軽蔑していた。だがそれは自分に対する嘘であり、彼に対する嘘でもあった。今は、その男らしさが誇らしかった。

アヴェリーの力強さがいとおしかった。リリーをかるがると持ちあげ、自分の体に重ねあわせるその力に魅了されていた。ブランデーの香りがほのかにする温かい舌に、口の中を深くさぐられるときの感触が好きだった。興奮した雄の動物を思わせる、ジャコウのような香りも新鮮だった。力強さと荒々しさ。渇望する体と自制する心。彼に五感を満たされ、圧倒されながらも、リリーはそれらを堪能していた。

リリーはアヴェリーの首に腕を巻きつけた。そして何も考えず、本能の命ずるままに脚を彼の腰のまわりにからめ、脚の付け根の丘を硬くなったものに押しつけて揺り動かした。閉じたまぶたの裏で、純粋な性の興奮の火花が飛びちった。その親密な接触から、渦巻くような肉体の悦びが生まれた。

アヴェリーが急にキスをやめたので、気が遠のきかけていたリリーは彼から離れて倒れそうになった。が、すぐに抱きとめられた。頭の後ろを片手で支え、もう片方の腕をお尻にきつく巻きつけて、アヴェリーはリリーをしっかりと抱えて離さなかった。腰を回すように押しつけて揺らすたび、彼の口から快感のうめきがもれた。

リリーは目を開けた。まねごとはいやだった。現実の愛の営みを知りたかった。

一方アヴェリーは、できることなら現実に戻りたかった。

これまでの一瞬、一瞬が今につながっていた。過ちが過ちを生んで、こんなところまで来てしまった。リリーにキスすべきではなかった。触れるべきではなかった。抱きあげるべきではなかった。そして、硬くなったものをこんなふうに彼女に押しつけるなんて、してはいけなかったのだ。

手のひらで支えたリリーの頭が重く感じられた。麻のシャツの下の乳房は、浅い息づかいに呼応して上下していた。リリーはうっすらと目を開けようとしている。彼女を放してやれ。放すんだ――アヴェリーは自分に言いきかせた。そのとき、リリーと目が合った。

アヴェリーは息を殺し、リリーの視線に理性が戻るのを待った。良識がその黒い瞳から、物憂げな誘惑のまなざしを追いはらってくれるのを待った。だが、リリーは視線をはずさずにぴったり体を寄せ、アヴェリーの本能的な動きをまねて腰を動かした。

アヴェリーはうめいた。だめだ。もう、このまま突っ走るしかない。頭のどこかで不吉な予感がふつふつとわいている。今まで信じてきた自分という人間の本質が、人生の支えとしてきた基盤が、すべてくずれてしまった。価値あるものを持たなかった自分がしがみついてきた道義上の規範が、信条が、欲望の嵐でバラバラに砕けちっていた。

「わたしを抱いて。愛して」リリーはささやいた。

いつにも増してひたむきで一途なそのまなざしが、アヴェリーの心を貫いた。激しく上下する胸の奥に秘めてきた、今まで語らなかった彼女への思い。その思いを断ち切れるものならそうしてみろと挑みかかる。だが、できなかった。心を切り離せないのと同じように、リリーを切り離すことなどできなかった。それほど深く、自分の心に入りこんでいた。

アヴェリーは踏みとどまろうとしていた。懸命に努力していた。

「愚行だよ」アヴェリーはリリーのふっくらと甘い唇にキスした。

「狂気としか思えない」キスが生みだす官能的な予感に抵抗してささやいた。

「不幸になる」アヴェリーは、リリーの温かくなめらかな口の中に舌を入りこませた。戻すころには息切れしていた。

「それでも、いいの。お願い」リリーは言った。

アヴェリーは口の中で同意の言葉をつぶやいた。「わかったよ、いとしい女《ひと》」

唇をしっかり重ねあわせたまま、リリーの手は二人の体のあいだでズボンのベルトを探している。布の下にすべりこんだ彼女の指が冷たい。

アヴェリーは上体をかがめてリリーを抱きあげた。裏通りの売春婦を相手にするように、立ったままでことを進めるのはかわいそうだ。キスを浴びせて不満のつぶやきを封じながら、ベッドのほうへ運んでいった。優雅にというよりは性急に、リリーの体をベッドに横たえる。さらに性急に、邪魔なシャツを完全に脱ぎすて、ウエストからベルトを抜きとった。

リリーは両腕を差しのべた。求めていた。アヴェリーに何もかも忘れさせるほど、いとおしい姿だった。かぎりなく女らしく、美しさを超えて奔放なまなざし。アヴェリーの血管の中で、激しく燃える情熱が怒濤となった。リリーと肌を合わせたかった。きめ細かな肌ざわりを取りこみ、香りを味わい、興奮を吸いこんでみたかった。

アヴェリーとリリーは手を伸ばしあい、二人を隔てる壁を取りはらうためにお互いの服をすべてはぎとった。肌を密着させ、唇を合わせ、手を握りあった。二人の唇と手はあちこちを探索し、感覚と思考と空想をたえなる喜びで満たした。

経験豊富とは言えないアヴェリーは、本能に導かれて動いていた。リリーの豊かな乳房の下の曲線に唇をはわせ、しっとりとなめらかな太ももの内側やそらした喉に歯をすべらせた。舌先を吸い、まぶたに口づけし、腕の曲線の繊細な肌をなめ、そしてついに、秘めやかに輝く花弁に行きついた。

リリーのもらすあえぎ声は、アヴェリーをますます昂ぶらせ、まだ満たされていない彼女の欲求を満たせとせかし、うながした。彼は魂の探求に向かう探検家になった。思考は鈍くよどんで、ぼやけはじめていた。自分の体は、炎に包まれた車のように熱かった。リリーの体は、巡礼で訪れる聖地のごとく神々しかった。

リリーは官能の波に洗われていた。その目は陶然としながらも必死で支えになるものを探していたが、代わりに美しく輝くアヴェリーの目を見つけた。原始的な性本能の力を意識し、彼の男としての昂ぶりを感じ、女性としての歓喜でそれに応えた。

次に何が訪れるかもわからないままに、リリーはアヴェリーの腰に脚をからませるようにして体を引きよせた。硬くいきりたった男の部分が当たるのを感じて、本能的に腰を浮かせると、彼も本能的に腰を突きだした。

体と体がひとつに結ばれたその瞬間、二人は凍りついたように動かなくなった。あまりの快感に驚いて口を開けたまま、心臓までひとつになって、同じ鼓動を刻んでいた。

そして、アヴェリーはリリーの中で動きはじめた。たくましい腕で彼女を包みこみ、ひと突きごとにさらに深く貫いていく。体の奥までいっぱいに満たしてから腰を引き、ふたたび突きいれる。そのリズムに火をつけられて、リリーは目を固く閉じ、かかとを深くマットレスにめりこませ、今まで手の届かなかった悦びを求めてあえいだ。

「そうだ」アヴェリーは彼女の耳元で呼びかけた。低くしゃがれた、喉を鳴らすような声。

「そうだ……ああ、いとしいリリー。愛してる」

その言葉がリリーを絶頂にいざなった。二人の体の結びついた部分から純粋な悦びの波が次から次へと生まれ、彼女の神経のすみずみにまで押しよせて暴れた。そして、アヴェリーの大きく男らしい体が突然、硬く張りつめた。体をわずかに後ろに引くと、首の筋肉を浮きあがらせ、歯をくいしばった。快感の頂点に達したしるしの声がもれ、それに応えてリリーの中にも新たな充足感がわきあがってきた。

何もかもが一瞬のうちに起こったように思われた。リリーの体内では快感の名残のさざ波が揺らめき、腰の奥にたまりはじめていた。耳元に吹きかかるアヴェリーの荒い息におぼろげながら気づく。震える手を伸ばし、彼の額にかかった濃い金髪をそっと払いのけた。

「アヴェリー？」リリーはささやいた。

彼は目を閉じたまま、リリーを抱きしめた。

「アヴェリー？」

「しっ」その声は低く、無限の悲しみがこもっていた。「静かに。この部屋の外で、見えない明日が待っているのがわかるかい。扉の向こうで、言葉や不安の海の中にうずくまっているんだ。だけど、ここまでは来ていない。大丈夫。僕らはまだ、今日という日の中にいるんだ。リリー。リリアン。僕の愛しい女《ひと》。お願いだ。また君を愛させてほしい。明日が来るまで、愛させてくれ。ひと晩じゅう」

そのせつなる願いに、リリーはキスで応えた。

25

夜明けは、不安という武器を身に帯びてやってきた。その訪れをつとめて冷静に見守るアヴェリーの心は、大挙して押しよせる避けがたい現実に、見込みのない戦いを挑む見張りの番兵さながらだった。

リリーはアヴェリーに寄りそい、情熱の一夜のあとの満ち足りた表情で眠っていた。いくすじかの黒髪が彼の肩や腕に広がっている。呼吸は彼の胸に吹きかかり、手は彼の太ももにゆったりとおかれている。その姿を見て、アヴェリーは目を閉じた。母親の主義主張を固く守るのと同じぐらい安定した眠りで、静かにまどろんでいる。

リリーを妻にするにはどんな議論や反論で攻めればいいか、アヴェリーはずっと考えつづけていた。正式な夫婦以外の関係は受けいれられなかったからだ。一方で、リリーを説得して結婚を承知させるすべが見つからないのではないかと恐れてもいた。

子どもの帰属に関する現在の法律の残酷さは、わが子をあえて私生児として育てる考え方と同じぐらい残酷と言っていい。リリーには、母親として子どもの親権を得られないなどとうてい耐えられないだろうし、アヴェリーには、子どもを私生児にするなど考えられなかっなっていた。アヴェリーは、リリーの亡き母親を哀れに思いながらも、苦々しく、恨めしい気持ちになった。いったいどうすればいいのか。

アヴェリーは、リリーは母親を深く愛するがために、その死を追悼して、自分の人生を――いや、アヴェリーとリリー両方の人生を、犠牲にしてもかまわないと信じているのだ。

その恨みを感じとったかのように、腕の中のリリーがわずかに動きだした。心なしか表情には影がよぎっている。起こさないように気をつかいながら、アヴェリーはリリーをそっと抱きしめた。寝乱れた黒髪のひんやりした巻き毛に唇を開けたまま触れて、その香りを深く吸いこむ。安らかな眠りと、満たされた性の悦びによりかもしだされる香りだ。この瞬間はもう二度と訪れないかもしれないと、強く意識せずにはいられなかった。

リリーを失いたくない。魅力的な競争相手であり、みだらな空想をめぐらせる対象であり、手ごわい敵であり、心を捧げるただ一人の女《ひと》。だが、どう説得すれば自分のものにできるというのか？

邸の奥のほうから、長くかん高い叫び声が響いた。人間をおどかすのに失敗したご機嫌ななめの小鬼が、だだをこねているような泣き声だ。テレサの双子の赤ん坊のどちらかが、お腹をすかせているのだろう。

腕の中でリリーが目を覚ましたのがわかった。用心深くあたりをうかがっている。これで見張り番としての僕の役目は終わった。さあ、言わなければ。忌まわしい選択の重みに体が震えた。

「そばにいてくれ」言葉が自然に口をついて出た。「僕のそばにずっといてくれ、リリー」

リリーは腕をゆっくり引いて抱擁を解くと、体のまわりにシーツを巻きつけながら頭の向きを変えた。彼女にもあの赤ん坊の声が聞こえたんだな。

無邪気な乳飲み子の泣き声の中にアヴェリーが聞いたのは、わが子を私生児にしてもかまわないと言わんばかりの昨夜の自分の行動に対する非難の声だった。同じ泣き声の中にリリーが聞いたのは、母親があの世から送った警告の声だったかもしれない。

肩のまわりにシーツをきつく巻きつけたリリーは頰を赤らめ、恥ずかしそうにアヴェリーの裸から目をそらした。アヴェリーは枕に深くもたれかかった。肉体が裸であるのはささいなことにすぎない。それより自分の魂が丸裸で、あまりに無防備なのが情けなかった。

リリーは体を回転させて長い脚を下ろし、ベッドの端に座った。アヴェリーの中で欲望が頭をもたげてきた。体の中に別の獣が棲みついているかのようだ。

赤ん坊がまた泣き叫びはじめた。さっきよりいっそう騒がしく、断固として要求している。リリーは頭を上げた。その横顔がこわばった。やはり二人に未来はない、と悟ったのだろう。彼女の気持ちが萎縮したのに気づき、アヴェリーはたじろいだ。致命的な傷を負わされる前触れだとわかっていた。

「毎朝、こんなふうにお互いの腕の中で目覚めたいと思わないか?」アヴェリーは言った。声にかすかなわびしさが混じるのを抑えきれなかった。「僕らは結婚すべきなんだ。結婚して、これからの一〇年間、赤ん坊の泣き声で目が覚める生活を——」

「アヴェリー、もう言わないで……わたし、結婚できないの。わかってるでしょう、できないって」その言葉はせわしないささやきとなって転がり出た。

「いや、できる」アヴェリーは怒りを抑えて言った。リリーの手首をつかんでこちらを向かせ、目を見て話しかけた。「教えてくれ、リリー。なんて言えばわかってくれるんだ？　僕が君を捨てたり、愛さなくなったりすることは絶対にないと信じてもらうには、どう言えばいい？　世の中のどんな力をもってしても、僕らの子どもを奪って君を傷つけることは、僕が許さない。納得してもらうためには、どんな言葉で伝えればいいんだ？」

リリーはつばを飲みこんだ。表情にはこれ以上ないほどせつない思いがにじみでている。

「そんな言葉はないわ、何を言っても同じよ。法律は厳然としてあるんですもの。もし法律がそう定めていなければ――」

「ばかなことを言うんじゃない！」アヴェリーは怒りを爆発させ、リリーの手首を突き放した。「君は僕より法律のほうを信用するのか？」

リリーは首を振った。「自分のために言ってるんじゃないのよ。将来自分が産むかもしれない、子どもたちのためなの」

アヴェリーは床からズボンを拾いあげ、脚をつっこんではくと立ちあがり、前立てのボタンをとめた。そのあいだじゅう、リリーのほうを見ないようにしていた。だが、自分が遅まきながら見つけ、大切に思うようになったものをそんなに簡単に手放すわけにはいかない。少年のころ、闘うことを覚えたアヴェリーは、今やリリーを手に入れるために闘う決心をしていた。

「じゃあ、僕と一緒に暮らしてくれ、このミルハウスで」

リリーはさっとふりむいた。見事な巻き毛が揺れて肩からこぼれ、黒い川のように背骨にそって流れおちた。

「結婚したくないと言うなら、僕の妻としてでなくていい。君の望む形で、僕と一緒に住んでほしいんだ。話し相手としてでも、家政婦としてでも、恋人としてでも、愛人としてでも、君が果たしたいと思う役割なら、なんでもかまわない。ただリリー、そばにいてくれ。僕の人生の中にいてほしいんだ」アヴェリーの声は張りつめて、懇願するように訴えかけていた。「出ていかないでくれ」

リリーの目は憐れみでやわらぎ、はかりしれない優しさと深い悲しみをたたえていた。だが彼女は何も言わない。黙っているうちは、アヴェリーにチャンスがあった。

「君はミルハウスが欲しいんだろう。僕は、君が欲しい。僕ら二人とも、自分が欲しいもの、自分に必要なものを手に入れられるんだ。僕ら二人で、ホレーショおじの目につばを吐きかけてやれる」すごみのある笑みを浮かべる。「僕らをこんな立場に追いやった罰さ」

リリーはシーツの端を固く握りしめた。目は大きく見ひらかれている。「それで、子どもは？」引きしめた唇のあいだから訊いた。「子どもたちはどうなるの？」

アヴェリーは、自分の持つものならなんでもリリーに与えるつもりだった。だが、二人のあいだに生まれるかもしれない子どもを傷つけてはいけない。親として子どもの庇護を拒否し、家名により享受できる世間的な恩恵を奪うなど、してはならないことだ。それに、結婚したい気持ちがどんなに強かろうと、アヴェリーとしてはリリーに絶対嘘をつかないという約束はできない。

アヴェリーはリリーの横に座って彼女の手をとり、その指の関節を自分の指で優しくなでた。「子どもを作らないようにすればいい」

リリーはたじろいだ。立ちあがって後ずさりし、アヴェリーから離れた。その黒い瞳は苦悩に燃えていた。

「僕のそばにいてくれ、リリー。そうすれば僕は、充実した人生を送れるよう約束する。報われることの多い、豊かな人生を」アヴェリーはリリーに向かって手を差しだすと、戻っておいでと指でうながすしぐさをした。

「無理よ。アヴェリー、子どもが欲しいんでしょう。やんちゃでにぎやかな大家族がいいって、言ってたわよね？　この家の寝室全部が埋まるぐらいたくさんの子どもを作るんだって。わたしが相手では、それができない……」リリーは首を激しく振った。「あなたに、その夢を捨てるようなまねはさせられない。できないわ」

「いや、できる――」

「だめよ！」リリーはほとんど叫ぶような声で言った。「わたしをその気にさせないで。お願い！　確かに、最初のうちはあなたもわたしと暮らすことで報われるものがあるかもしれないわ。二、三年か、もしかするともう少し長いあいだ。でもそのうち、お友だちにお子さんができるだろうし、いつかはバーナードにも初めての子どもができて、洗礼式の日が来る。なのにこの家だけが静かで、寂しくて、それがだんだん耐えがたいほどになっていく。あなたはきっとわたしを恨み、憎むようになるわ」

「そんなことには絶対にならない」だがアヴェリーの口調には確固たるものがなく、真実味に欠けていた。リリーのまなざしの淡い期待が消え、残っているのは静かな絶望感だけだった。

「いえ、そうなるわ」リリーは穏やかに言った。「あなたに憎まれるようなことになったら、わたし……生きてはいられない」

「リリー」アヴェリーは懇願するように手を差しのべた。

「わたし、ここから出ていかなくちゃ」リリーはつぶやき、新たにシーツをかき集めて体のまわりに巻きつけた。「今日、出ていくわ」

つらかった。カールが死んだときでさえ、これほど胸は痛まなかった。あれはただの前哨戦で、これが本物の死闘だったのか。

「いや」アヴェリーはきっぱりと言った。「僕が出ていく。もうここにはいたくない。僕の夢が死んだから。こんな墓みたいなところにはいられない」

「赦して、アヴェリー！」リリーはすすり泣きながらくるりと背を向け、逃げるように部屋を出ると、薄暗い廊下へ消えた。

リリーは鍵を開け、よろめくように自分の寝室に入った。涙が頬をつたってしたたり落ち、手が激しく震えて、部屋着を着ることすらできない。絹の飾りひもボタンをとめるのをあきらめ、むせび泣きながらそのまま床に倒れふした。

ついさっきまで、あんなに幸せだったのに。目覚めたとき、こめかみにかかった髪を優しくかきわけるアヴェリーの手を感じ、耳のすぐ下で、彼の心臓のしっかりした鼓動を聞いて、満ち足りた思いに浸っていた。顔を上げてみると、アヴェリーがいた。長い夜のひとときを、自らの体でわたしを賛美して過ごした、いとしい恋人。

一瞬ではあったが、リリーはアヴェリーの求愛を受けいれようかと迷った。結婚せず、子どもを作らずに二人でともに人生を歩むという提案を、真剣に考えてみようかと。だが、アヴェリーの顔を見たとき、そんな犠牲を強いることはできないと悟った。アヴェリーには家族が必要だった。ちゃんと結婚して、背が高くて美しい目をした、父親を心から慕う子どもを何人も作るべきなのだ。

もしアヴェリーがリリーと一緒になれば、二人のあいだに子どもができるかもしれないのに、あきらめるしかないと思い知らされながら暮らすことになる。リリーは実のところ、そんな生活に耐えられる自信がなかった。

結婚しないという母親の選択が果たして正しかったのかという疑問が、初めて心の中に入りこんできた。母親がその決断にいたった理由を、リリーは大人として、冷静に評価していた。それまでは、後悔ばかりの人生を過ごした母親の味方として物事を見ていたが、今はもっと客観的な目で見られるようになっていた。

リリーは、母親の選択そのものについては理解できた。ただ、その考えに賛成できるかというと、昨日までのように確信が持てなくなっていた。

どうしてだろう。自分の願いをかなえたいために免罪符を求めるという、単なるご都合主義かしら？　アヴェリー・ソーンと結婚したいから、こんなふうに考えるようになったのだろうか。

リリーにはわからなかった。いくら考えても答は出そうになかった。これまでの人生、自分を導いてきてくれたのは自分の過去だけだった。だが今になって、それが道しるべとして本当に正しかったのか、疑わしく思えるのだ。たったひとつしかない道しるべなのに。

もうすぐ、アヴェリーは行ってしまう。たぶん、永遠に。

リリーはうなだれ、腕の中に突っぷした。いったんこぼれはじめた涙は、後悔という名の海のごとくあとからあとからあふれ出て、いつまでも尽きることがなかった。

ミルハウスに一台しかない馬車がクリーヴ・クロスへ行ってしまったので、アヴェリーはリトル・ヘンティまで歩いていくことにした。荷物は小さなスーツケースと大型トランク一個ずつだったが、メリーが上昇気流に乗ったカモメのように眉をつりあげて、荷物はあとで兄に荷馬車で運ばせるから大丈夫だと言いだした。アヴェリーはその申し出をありがたく受けて礼を述べてから、リリーを探しに行った。

リリーは書斎で、いつもの台帳の上にかがみこんで仕事をしていた。アヴェリーは手を伸ばし、まぐさ石（戸の上部に横に渡した石材）をコツコツ叩いて注意をうながした。

リリーは顔を上げた。打ちのめされ、傷ついたそのようすはとても見ていられなかった。だが僕には、その胸の痛みをやわらげてやることができない。それは十分わかっている。なぜなら僕こそ、リリーの苦しみの原因だからだ。

「もう行くよ」アヴェリーは戸口を入ったところで立ちどまって言った。

「ええ」

「リトル・ヘンティで二、三日、『ハウンド・アンド・ヘア』に泊まっているから。必要なときにはそこに連絡してくれればいい」

「わかったわ」リリーはアヴェリーをじっと見た。「エヴリンにはなんて説明すればいい？」

アヴェリーは肩をすくめた。「なんでもいいよ。適当に言っておいてくれ。また放浪癖が出てきたらしいとか、なんとか」

アヴェリーは、机の上におかれた分厚い帳簿の最後のほうのページが開かれているのに目をとめた。ミルハウスをめぐる競争相手としての二人の関係を思い出す。けっきょくアヴェリーが勝者、リリーが敗者となった。だがアヴェリーは、自分がこの勝負で生き残ったとは思えなかった。ましてや、勝ったという気持ちにはなれなかった。

「来月、『ギルクリスト・アンド・グード』の事務所で会うことになるね」

「どこですって？」慎重な態度から一変して、不思議そうに訊く。

「ホレーショおじの遺言を管理している事務弁護士の事務所だよ。五年の期限はもうすぐだろう？　君の事業経営の結果が出るじゃないか」

「ああ」リリーはアヴェリーの顔を見つめ、昨夜の名残がないかと探した。彼女を上にしてたくましい腕で支え、体の奥深くまで愛してくれた恋人の面影がないだろうか。だがそこには、ぼろぼろになった自制心のかけらにしがみついている表情の男性がいるだけだった。

「ということで、ロンドンでまた会おう。じゃあ、元気で――」

「いいえ」リリーはうろたえて言った。「ロンドンで会うことはないと思うわ」

アヴェリーは片方の眉を不審そうに上げた。

「わざわざわたしが事務所へ行く必要がないからよ。勝負に負けたことはわかっているんだし、遺言の条件にあったように、婦人参政権論者との交流をやめるという声明を公に発表するつもりはもちろんないから」

「もちろん、そうだろうな」悲しげなほほえみ。「じゃあ、僕はこれで失礼させていただくよ」非の打ちどころがないほど礼儀正しい、紳士らしいお辞儀だった。まるで見知らぬ人に別れを告げているようだ。

アヴェリーはきびすを返した。これで永遠に会えなくなる。

「待って！」

アヴェリーの背中がこわばった。

「バーナードのことなの」リリーは思わず口走っていた。「バーナードにはどう説明すればいいかしら？　どうしてだろうって、きっと疑問に……あの子にも、わたしから適当に言っておけばいいの？」

一瞬、深く息を吸いこんだように見えたアヴェリーだったが、ふりむいてリリーと目を合わせたときにはその表情は落ちついていた。「うっかり忘れていたな、バーナードのことは」口の中でつぶやく。

アヴェリーはポケットからいつもの金時計を取りだした。リリーにとってはもうすっかり見慣れた習慣だ。親指の爪で時計のふたを開けては閉じて、眉根を寄せてじっと考えこんでいる。

バーナードは傷つきやすい繊細な少年だ。どう説明すれば一番いいか、慎重に考えているのだろう。アヴェリーのその姿を見守っているうち、リリーの中にいとしさがあらためてこみあげてきた。彼の心が身にしみてわかって、胸が締めつけられた。

リリーはせわしなくまばたきをして、あふれそうになる涙をこらえた。

顔を上げたアヴェリーは、リリーのまつ毛からたったひとつぶ、こぼれ落ちた涙を見た。思わず一歩前に踏みだしたが、すぐに唇をきっと引きしめ、うつろなまなざしになった。

「バーナードたちが旅行から帰ってきたら、僕の泊まっている宿屋にことづてをくれ。それまで僕はリトル・ヘンティにいるから。あの子が戻ってきたら、ここへ会いにくるよ」

下唇をきつく噛んで、リリーはうなずいた。

「リリー――」

リリーはうつむいたままだった。アヴェリーの目を見ることができない。アヴェリーはなんて落ちついているんだろう。自分を抑えているのね。そう、男性はいつも自制心のかたまりなのだ。この別れでわたしの人生が踏みにじられることを知りながら黙認している。もちろん、二人のあいだに起こったことに心を痛めているにちがいないし、昨夜だって、どんなに愛しあっても、一夜明ければ厳しい現実に向きあって、お互いを責めあわなければならないと警告してくれていた。でも、今朝の議論でわたしの心がずたずたになるだろうとは……言ってくれなかった。彼がこの闘いに勝って生き残り、わたしの人生がもう――。

わたしは、こんなことに屈したりはしない。負けないわ。アヴェリーと同じぐらい強くなってみせる。

「わかったわ。バーナードに伝えます」

顔を上げてみると、アヴェリーはいなくなっていた。

26

ミルハウスの客間と控えの間には人影がなく、廊下はがらんとしていた。使いの者が届けにきたエヴリンからの手紙には、バーナードとポリー・メイクピースとともに、週末までクリーヴ・クロスに滞在する旨が書かれてあった。

リリーがすっかり食欲を失っているのと、ほかに誰も料理を食べてくれる者がいないのとで、ケトル夫人は台所の仕事をしなくなっていた。この古くて大きな邸の住人はあとメリーとキャシーだけだが、二人の小間使いはテレサの部屋に入りびたりで、赤ん坊をあやしたり、お互いのふくらんだお腹を比べあったりしていた。二人はリリーに優しく接しながらも、どこかに軽侮の気持ちがあるらしかった。もうすぐ母親になる女性どうしの結束は固く、リリーはその仲間には入れなかった。

なつかしい思い出に心をかき乱され、ミルハウスでの残りの日々を数えつつ、リリーは邸内の掃除に打ちこんだ。何時間もかけて真鍮の調度を磨き、大理石の炉棚《マントルピース》をこすって汚れを落とし、窓をぴかぴかに磨いた。木工細工のつや出しや部屋の匂い消しには、フランチェスカの匂い袋を、甘い香りが消えてしまうほど使った。

ただ、書斎のカーテンについたアヴェリーの葉巻の匂いだけはとれずに残っていた。リリーは書斎を避けて通り、なるべく近づかないようにしていた。避けている場所はほかにもあった。三階のアヴェリーの部屋、居間、水車池、それから——。

リリーはもう、ミルハウスを失ったも同然だった。たった三週間で、アヴェリーはミルハウスの中での存在感を確固たるものとしていた。五年かけてリリーの「わが家」になったこの邸は、アヴェリーがいなくなったとたん牢屋になった。眠りは消耗を招き、思い出は苦痛を生むようになった。

ミルハウスが死者を待ちかまえる石棺のごとく、空虚で脱俗的な空間に感じられるようになった今、リリーはこの地所の管理者としての職務の整理を始めた。早朝から仕事にかかり、夕方になってもまだ続けていた。小間使いたちの今後の身の振り方を考えて推薦状や人物証明書を書き、新たな勤め先をあっせんしてくれそうな人物や職業紹介所の目星をつけた。最後に、アヴェリーへの手紙を書きはじめた。馬たちの面倒をみてほしいという懇願の気持ちをつづった。わたしのためなら、きっと願いを聞きいれてくれるだろう。

あと少しで書きおえるころになって、キャシーが現れた。息をはあはあいわせ、目をまん丸にしている。「ミス・ビード。お目にかかりたいと言って紳士が一人がおみえです」

アヴェリーかしら？　腰を浮かせかけてやめた。まさか。もしアヴェリーだったらキャシーがそう言うはずだわ。それにもし本当にアヴェリーだったら、予告なしに現れるにきまっている。たぶん登場するときに、キャシーを抱きかかえながら。

「キャシー。小売商人だったら、今のところ間に合っていると言って断って」

「商人じゃありません。あたし、紳士って申しあげましたよね。ですからとにかく紳士です。しかも、外国の方ですわ」

「外国の？」

「ええ。肌は浅黒くて細身の男の方で、大きな帽子をかぶってらして、話し方が変わってるんです。『ミス・ビードをお願いします』って、ちゃんと名前まではっきりとおっしゃって。ですから、居間へお通ししたんです」

「ご苦労さま」リリーはぼんやりと言い、書きかけの手紙の横にペンをおくと、キャシーのあとについて居間へ向かった。

リリーが入っていくと、細身の青年が立ちあがった。高さのある奇妙な形の帽子を浅黒い手に握っている。黒く日焼けした顔に満面の笑みが浮かんだ。青年は深く礼儀正しいお辞儀をし、顔を上げたかと思うと茶色の目を輝かせた。

「リリアン・ビードさんですね！」まぎれもない喜びが目に表れている。「いや、お目にかかれてよかった。本当に嬉しいかぎりです」

この話し方だと、きっとアメリカ人ね。「申し訳ありません、わたしのほうは存じあげませんが」

青年はよく響く深みのある声で笑った。「ミス・ビード、失礼をお赦しください。これでは礼儀知らずの非常識な男と思われてもしかたがありませんね。申し遅れました。ジョン・

ニーグルといいます」

ぴんとこない表情のリリーを見て、青年は続けた。「僕は、大変な栄誉、といいますか、折にふれて栄誉と思えなくもない体験をしてきまして」温和な目がいっそう明るく輝き、リリーもつられてほほえんだ。「ときには、めちゃ——いえ、非常に運がいいと思ったこともあれば、厳しい試練だなと感じたこともありました。それもこれも、僕がこの五年間のほとんどを、アヴェリー・ソーンの仲間として過ごしたからです」

アヴェリーの仲間？　ああ、そうだったわ。探検隊を率いるアメリカ人の隊長で、マラリアにかかった人の話が手紙に書いてあったっけ。一度帰国して、回復したあと、また探検に合流したという青年だ。リリーは思わず手を差しだし、温かなほほえみを浮かべた。ジョン・ニーグルは前に進みでてその手を握り、熱をこめて上下に大きく振った。

「僕はつい二日前、英国に着いたばかりなんですが、まずはこちらへごあいさつにうかがおうと思って飛んできました。尊敬の念を起こさせるたぐいまれなお方、唯一無二のミス・リリアン・ビードにどうしてもお会いしたかったからです」

リリーの顔から笑みが消えた。眉をひそめて考える。この人、マラリアにかかったせいで頭がどうかしてしまったのかしら？　「すみません、おっしゃっていることがどうもよくわからないんですが」

リリーは、ジョン・ニーグルが先ほどまで座っていた椅子を手ぶりで示した。「どうぞ、おかけください。あ、それからキャシー」羽根ぼうきをせっせとかけているが、明らかにまともに掃除をしていない小間使いに鋭い視線を向ける。「ニーグルさんとわたしにお茶を持ってきてくれるかしら？」

キャシーは不機嫌そうにリリーを見ると、しかたないわねというようにふんと鼻を鳴らし、部屋を出ていった。

「アヴェリーは僕らに、なんとかして信じこませようとしていたんですよ、あなたが口ひげをたくわえ、やせっぽちで、ぎょろりとした目玉の女性だとね。でも僕は信じませんでした。今お会いしてみると、やっぱり頭で思いえがいていたとおりの方だった」ジョンは言い、椅子に座って帽子を膝の上にのせた。カウボーイハットだ。

「お手紙の内容から、きっと美しい方だろうなと想像していましたから」

リリーの眉はますますつりあがった。「わたしの手紙ですか？」

「アヴェリーから聞いてませんか？」ふたたび気どりのない笑い声。「あいつらしいなあ。アヴェリーはよく、あなたからの手紙を僕らに読んで聞かせてくれていたんです。もちろん全部というわけではなくて、ところどころですがね。アヴェリーは探検旅行には毎回、どこへ行くにも、あなたの手紙を一通のこらず持っていきました。ときおり、ちょっと厳しい状況になると」ジョンの遠くを見るような目つきで、旅の厳しさが「ちょっと」どころではなかったことがわかる。「アヴェリーは僕らを元気づけるために、手紙のくだりを読んでくれました」

リリーは驚きのあまり言葉を失ってジョンを見つめた。信じられなかった。アヴェリーがわたしの手紙を一通のこらずとっておいたなんて。リリーはもちろん、アヴェリーからの手紙を全部とってあったが、それはバーナードのためだった——そう自分に言いきかせていた。

リリーは頰の内側を嚙んで、こみあげてくるものに耐えた。だめ。しっかりしなくちゃ。

ジョン・ニーグルは自分の言葉がもたらした衝撃にも気づかず、楽しそうに続けた。

「そう、一度こんなことがありました。ブラジルの奥地を旅していたとき、案内人が暴徒に追いちらされて、全員逃げてしまったんです。取りのこされた僕らは、自分たちだけの力で生きのびるしかありませんでした。一カ月ぐらいはそうして悪戦苦闘していたかな」そのときのつらさを思い出したのか、白い歯を見せて苦笑いする。「はっきり言って、僕らはそうとう気落ちしていましたね。でもアヴェリーが、あなたの手紙の言葉を使って励ましてくれたんです。こんなふうに。『考えてもみろよ。ミス・ビードは僕らが無事かどうか、遭難するんじゃないかなんて、これっぽっちも心配してないんだ。だから、生きのびられるかどうか僕ら自身が心配したってしょうがないだろ』それで仲間の誰かが、たぶん僕だったと思いますが、訊いたんです。あなたがなぜそんなに心配しないでいられるのかって。そしたらアヴェリーはこう答えました。『じゃあ、ミス・ビードの言葉を引用して答えよう。〝神は、愚か者と子どもを気にかけて、守ってくださいます。あなた方男性は両方の条件を満たしていますから、事故や災難から二重に守られているのです〟』」

リリーが顔を真っ赤にしたのを見て、ジョンはくすりと笑った。

「トルコでの話をしましょう。遊牧民族の王子の客人として滞在していたときのことでした。

この王子の妹の一人、といっても本物の王女ですが、その妹がアヴェリーに恋心を抱いたんです。実際、結婚したいと思うほど気持ちが高まっていたようです。これには僕らもびっくり仰天しましたね」ジョンはにやにや笑った。

リリーの心の奥が嫉妬で熱くなった。目をしばたたきながら訊く。「なぜです?」

ジョンも目をしばたたいた。当惑しているようだ。「わかってらっしゃるでしょうに。紳士の中の紳士を標榜してはいますが、アヴェリーがオスカー・ワイルドみたいに優雅で華麗な芸術家だと思う人はいませんよ。まあ、才気という点では確かにそうかもしれませんが――」

「礼儀はちゃんと心得た人ですわ」リリーは口をはさんだ。

「とんでもない。礼儀も何も、あったもんじゃありません!」ジョンは笑いだした。いやみのない、あっけらかんとした高笑いだった。「無骨で、片意地で、まわりくどいお世辞やお愛想とは無縁。それがアヴェリー・ソーンという男ですよ」

嬉々として仲間の悪口を言うジョンに、リリーはひと言もなく、眉をひそめるしかなかった。

「ま、とにかく」リリーの苦い顔にも頓着せずにジョンは続けた。「結婚をほのめかされても、アヴェリーには全然その気がなかった。なぜかと王子に問われて、こんなふうに答えていました。『私は夫に向かない人間です。子どもっぽくて、未熟者で、無責任ですから。この評価は、英国デヴォン州に住むミス・リリアン・ビードなる最高権威のお墨付きでして、この方に言わせると、僕は自らつづった探検記で読者を欺いているんだそうです。世界の秘境を旅する大冒険と称しているが、これが実は、世界最大の霊長類を探しだして、胸叩きの競争を持ちかけるのが目的の旅にすぎないんだと』」

ジョンはあっはっは、と腹の底からの大声で笑いだした。思い出すとおかしくてたまらないらしく、たっぷり五分は笑いつづけた。ようやくおさまると、目尻の涙をぬぐって言った。

「あのときの王子の顔、お見せしたかったですよ」

「困ってらした?」リリーは冷静に訊いた。

「いえいえ! だからそこが面白いんです。王子はすっかり納得していましたよ。なるほど、と厳粛なおももちでうなずいてから、ほうっとため息をついてこう言ったんです。『まるでうちの妻みたいな言いぐさだな』」

「わたしの手紙の文句で皆さんにそんなに楽しんでいただけたなんて、光栄ですわ」

「ええ、本当に楽しませていただきましたよ。実に、痛快でした」ジョンは明るく屈託のない笑顔を見せた。まだ、おかし涙をぬぐっている。「道理でアヴェリーは、あなたの手紙を宝物みたいに大切にしていたわけだ」

リリーは凍りついたように動けなくなった。

ちょうどそのとき、キャシーが銀の茶器一式をのせた盆を掲げ、ふうふういいながら現れた。ジョンはさっと立ちあがって重い盆を受けとり、テーブルの上においた。

「あなたが手紙の中で、次にどんな言葉の攻撃をしかけてくるか、僕らは楽しみでしかたなかったんですよ」ジョンは陽気に言った。「実際、アヴェリーと僕らと、どちらがより楽しみにしていたか、わからないほどでしたからね」

「きっと――」リリーは言いかけ、キャシーを見やった。

「ええ、もちろんアヴェリーのほうが楽しみにしていました」楽しそうな表情が称賛の笑顔に変わった。「僕らは、そんな彼を見るのが嬉しかったんです」

「キャシー、もう下がっていいわ」リリーは言った。

「いいお天気ですから、窓でも開けてさしあげようと――」

「いいから行きなさい、キャシー」

また不機嫌そうに肩を怒らせて、キャシーは部屋を出ていった。小間使いが出ていってしまうと、リリーは立ちあがった。これでは、アヴェリーに勝るとも劣らぬ無礼者と言われてもしかたがありませんね」自嘲ぎみに言う。「いきなり押しかけてきて、あなたが昔書いた手紙の話を断りもなく持ちだしたりして。でも僕は、あなたを深く知っているような気がしてならないんです。まるで家族みたいにね。僕はアヴェリーに、一生かかっても返しきれないほどの恩があります。それに何よりも、あのろくでな――大男が大好きなんですよ。アヴェリー・ソーンは僕にとって兄弟のような存在です。でもそう言ってしまうと嘘になるでしょうね」

ジョンは初めて真面目な表情になった。

「アヴェリー・ソーンは僕を導いてくれる指導者だ、と言ったほうが正しい。最初からずっとそうでした。もともと探検隊を組織したのは、僕のほうなんですが。もしスコットランドに生まれていたら、アヴェリーは領主といったところでしょう。アメリカの原住民なら族長にあたる存在です。つらく苦しい時期を一緒に乗りきるなら、アヴェリー以外に考えられません。命を預けるならあの男です」重々しく言いきる。「実際、何度も命を預けてきました。アヴェリーは一度も期待を裏切りませんでした。といっても本人は、期待に応えられないこともあったと思っているようですが」

リリーは手を組んで気ぜわしげにもみ合わせている。

「あなたは、あのときアヴェリーの命を救ったんです」

リリーは首を振った。「おっしゃることがわかりませんが」

「カールが死んだときのことです」ジョンの明るくさわやかな表情が一変して、暗く沈んだ。「アヴェリーは自分をひどく責めていました。カールが死んだのは自分のせいではないかと苦しんでいたんでしょう。いや、そう口に出して言ったわけではありません。もし話してくれていたら、僕らがその苦しみを取りのぞいてやれたかもしれない。アヴェリーは、僕らに負担をかけたくなかったんです。僕らのほうは、彼を頼りにして甘えていたのに」

ジョンは、心の重荷を引きずっているかのようにため息をついた。「僕らは、アヴェリーにあんな負担を負わせるべきじゃなかった。何もかもまかせきりにすべきじゃなかった。でも彼はごく自然に、やすやすと、僕らを率いる役割を果たしたんです。わかるでしょう」

リリーは黙ってうなずいた。

「つねになすべきことをし、とるべき道を探していました——川を横断するときも、外交事情がよくわからない敵国を旅するときも、どんなときもです。カールが死んだあと……アヴェリーが落ちこんでいるのは、はたから見てもわかりました。口数が少なくなって、めったに心のうちを明かさなくなりました。ささいなことにためらいを示す一方で、自分の身の安全をかえりみず、無謀なふるまいもしました。そんなころです。あなたからのあの手紙が届いたのは」ジョンは手を伸ばし、仲間どうしのようにリリーの手を軽く叩いた。

「あなたに感謝します。どんな内容だったかは知りませんが。あの手紙はアヴェリーも読んで聞かせてくれませんでしたし、僕らも読んでくれとは頼みませんでしたから。でもしばらくのあいだ、彼が誰にも見られないようにこっそりと、あの手紙を取りだして読んでいる姿を見かけました。特に、つらいことがあったあとや、カールの死を思いださせるようなできごとがあったあとは。あなたの手紙は、アヴェリーの心を軽くし、癒してくれたんです。ご存知でしたか？」

リリーが黙って答えないのを見て、立ち入ったことに触れすぎたのに気づいたらしい。今日初めて会った他人だという事実を思い出したのだろう。ジョンは日に焼けた顔を赤らめ、手に持った帽子のつばをひねった。「すみません、こんな陰気な話をするために遠路はるばるやってきたわけじゃないのに。今日は僕にとって、記念すべきすばらしい日ですよ。アヴェリー・ソーンと結婚した女性に、ついにお目にかかれたんですから」

「なんですって？」また新たな衝撃がリリーを襲った。

「アヴェリーはどこにいます？　また川でも横断してるんじゃないでしょうね？　男というのは困ったことに、いっときでもじっとしていられないものですからね」

リリーの愕然とした表情と悲痛なまなざしにようやく目をとめたジョンは、まずいことを言ってしまったのに気づいた。

「アヴェリーと結婚なさったんじゃなかったんですか？」

「いいえ！　結婚していません」激しい調子で発されたその言葉は、まるで平和をかき乱す闖入者のように唐突で、ゆっくりと二人のあいだに浸透していった。

「申し訳ありませんでした」ジョンは恥じ入って声をつまらせながら言った。「僕は、ただ……あんなふうに手紙のやりとりを続けていた二人のことだからと、勝手に思いこんでいたんです。アヴェリーとあなたが、二人とも……お互いに求めあっているような気がして。あとになってアヴェリーの居所を教えられたとき、あなたの住所と同じだったので、ああやっぱり、と思ったんです。でも、僕の知っているアヴェリーらしくないし、手紙からうかがい知れるあなたらしくもないと感じていましたね。きちんとしたけじめもつけずに、いきなり結婚してしまうなんて、とね。ミス・ビード、それにしても不愉快な思いをさせてしまって、本当に申し訳ありませんでした。おわびします」ジョンはみじめな表情でそう結んだ。

「いいんです。ただ、びっくりしただけですから」リリーは言った。ジョンの悪気のない勘違いのことが脳裏を駆けめぐっていた。なぜならそれが、実のところ勘違いではなかったからだ。ジョンの言うとおり、二人がやりとりした手紙はけっきょく、求愛の行動だった。

「ソーンさんはリトル・ヘンティの『ハウンド・アンド・ヘア』という宿屋に泊まっています」

「そうですか」ジョンはきまり悪そうに、靴の先に目を落とした。「では、その宿屋までアヴェリーに会いに行くことにします。お茶をごちそうさまでした。お目にかかれて光栄でした。想像していたよりおきれいだし」ほほえみながら言う。「それに、思ったより無口でいらっしゃるんですね」

ジョンのほほえみが消えた。「でも、考えてみたら僕のせいですね。とりとめもないおしゃべりばかりして、口をはさませなかったから。申し訳ありませんでした。僕は――」

「いえ、いいんです。本当に。お気になさらないでください」

「ではミス・ビード、これで失礼します」

ジョンは立ちあがり、大きな帽子を太ももにパンと叩きつけると、戸口のほうへ歩きはじめた。扉の前でふりむき、リリーに向かって軽く一礼した。体を起こして姿勢を正したときにはもう屈託のない笑顔に戻り、目はいたずらっぽく輝いていた。

「ミス・ビード。アヴェリーと結婚しないとおっしゃるなら、代わりの相手として僕なんかどうでしょう、考えてみていただけますか？」

リリーはこの冗談になんの反応も示さなかった。それが彼女の心情を物語っていた。実際、聞こえていなかったのかもしれない。

「ごきげんよう、ニーグルさん」

リリーは三階のアヴェリーの部屋へ行き、扉を開けた。記憶がいっきによみがえり、感情が押しよせてきて、いきなり強風に吹かれたかのように息をのみ、戸口で立ちどまった。ここで抱きあげられたんだわ。ここでキスされた。甘く優しく情熱的なキスを、何百回も。それからあそこへ抱きかかえられて連れていかれた。

リリーは髪をかきあげ、用心深く部屋の中へ入っていった。アヴェリーの匂いがした。ふくいくたる葉巻の香り、白檀《びゃくだん》石鹼と清潔な亜麻布の香り、長旅で傷んだ服の、森を思わせるかすかな匂い。

奥の壁のそばの床に本が一冊落ちているのを見つけたリリーは、そちらに向かう途中で、肘掛け椅子近くの絨毯の上の紙切れに目をとめた。紙の端はめくれ、けば立っており、かなり使いこんだもののように見える。拾いあげて裏を返し、破れないようにそっと折り目を開いた。

それはリリーが書いた手紙だった。

親愛なる好敵手どの

心配になって、お手紙しました。

先日いただいた手紙は簡潔そのもので、いつものようなお世辞やおだてが書かれていませんでしたね。どう解釈したらいいんでしょう？　わたしのもっとも高く評価する敵であるアヴェリー・ソーンは、悲嘆のあまり、人が変わってしまったんでしょうか？　だめです。そんな状況を許してはいけません。たとえ喪失感に悩まされていたとしても、それが海や大陸を越えてわたしに伝わるなんて、紳士らしくないじゃありませんか。自分の背中を打ちすえるためのむちを、少しのあいだだけわたしに預からせてください。友人を失ったことで自分を罰してはいけません。いくらあなたでも、それは度が過ぎるんじゃないでしょうか。

川を渡って黄泉《よみ》の国へ死者の魂を運ぶカロンの舟に、あなたはいつまでも乗っているつもりですか？　仲間の魂を永遠に向こう岸に渡らせないために、カロンの漕ぐ櫂《かい》を奪いとって、舟の動きをくいとめるつもりですか？　でも、いざ自分の魂が川を渡ることになったら、どうでしょう？　もし誰かが舟を止めようとしたら、あなたはそれを望みますか？　それとも、足を踏みいれた道を進もうとしているのに誰かに引きとめられたら、その人を恨みますか？　答は、あなたもわかっているはずです。

カール・ダーマンは家もなく、故国もなく、たった一人で死んでいったと、手紙に書いてありましたね。でも、それは絶対に違います。アヴェリー・ソーン、あなたはその場に一緒にいたじゃありませんか。

確かにカールは、多くのものを失ったにちがいありません。わが家を取りこわされ、家族を殺され、故国を破壊されたのですから。でもあなたと一緒に過ごしたことで、カールは失ったものの単なる代用というより、新たな選択肢を見つけたのではないでしょうか。

あなたはカールを「兄弟」と呼んでいたのでしょう？　それが「わが家」に近い意味を持つ言葉であることは、わたしたち二人のような立場の者なら、誰よりもよく知っているはずです。

カールは、わたしを妻にしたいとのたまっていたそうですね。だとすればわたしとしては、求婚者と好敵手の両方を失うわけにはいきません。ただでさえ人づきあいの少ない人生ですから、これ以上手放したくないのです――特に、あなたとわたしの場合のように、知力をつくして闘わなければならない、貴重な関係は。

ですから、カールの「未亡人」として、夫を深く愛する妻の率直な気持ちを言わせてください。カールが命を落としたのは事故のせいです。誰も防ぐことができなかった事故です。カールは、逃げることなく自分の夢を追求し、人生を謳歌して死んでいったのです。その喪失を嘆き悲しんでくれる人たちがちゃんといます。その幸せな人生への賛辞とともに、わたしたち皆でカールを送りだしてあげようではありませんか。

親愛なる好敵手どの。わたしは、今までほほえんでばかりいたわけではありません。かつては涙を流したこともありました。そろそろあなたも、涙を流してもいいころではないでしょうか。

かしこ

リリアン・ビード

ジョン・ニーグルが語っていたように、アヴェリーが何度もくり返し読んでいたという手紙だった。それから、二人のあいだで交わされた、いまいましく、すばらしく、奇跡のような手紙の数々。ああ、神さま。わたしたちはどうして、あのままの関係でいられなかったのでしょう？　リリーは手紙をテーブルの上におき、むせび泣いた。

27

彼らは昨夜、戻ってきました。

リリアン・ビード

アヴェリーは手紙をたたんだ。「彼ら」というのは間違いなく、エヴリン、バーナード、ミス・メイクピースのことだった。たった一行の文だったが、リリーは約束どおり、彼らの帰宅を知らせてきたのだ。文通していたあいだ、たかが「従僕のお仕着せ」程度の話題でも、自説をとうとうと書きつらねてきた女《ひと》なのだから、もっと書くことがあるだろうに。こうしたほうがいいと注意するとか、ああしなさいと指示するとか……。

信じられない。アヴェリーは手紙をくしゃくしゃに丸めた。あんなに情熱的に愛を交わしたのに、たった一行のことづけしかよこさないとは！

アヴェリーは丸めた手紙をベッドの上に転がした。リトル・ヘンティの宿屋『ハウンド・アンド・ヘア』で一泊六シリングで借りている部屋の、窮屈なベッドだ。

ミルハウスが恋しかった。いや、リリーが作りあげた今のミルハウスが恋しかった。きちんと整頓されて、家庭的な居心地のよさがあって、くつろげる雰囲気で。

アヴェリーはリリーが恋しかった。彼の先入観に挑戦し、心からの敬意を抱かせるにいたった、変わり者で、はっとするほど美しい女《ひと》。リリーの毒舌や、巧妙な節約ぶりがなつかしかった。引退した競走馬を救うばかげた試みや、バーナードの片思いにどう対処すべきかとまどっている素朴さがいとおしかった。

リリーなしで、どうやって生きていけばいいのか。

リリーのいないミルハウスに、僕が住んでいられるわけがない。あの家はリリーのものだ。セーブル焼に似せて安く作らせた花瓶から居心地のいい居間まで、すべてに足跡が刻まれている。二階の廊下に大仰に飾られた一連の肖像画さえも、なぜかリリーのものに思える。リリーが女主人であるからこそ、ミルハウスは家として機能しているのだ。

アヴェリーは腰をかがめ、へこんだマットレスの下から使い古した小型のスーツケースを引きだし、中からきっちり包装されたものを取りだした。せめて、この罪深い包みをせいぜい役立たせてやろうじゃないか。

アヴェリーは壁の掛け釘から上着を取ると部屋を出た。水漆喰《みずしっくい》の階段を磨いている娘に会釈をして赤面させてから、宿屋をあとにし、ミルハウスに続く埃っぽい道を歩きはじめた。

「ほら。これで馬小屋を建てなおして、地所の事業をもとどおり黒字にできるだろう」アヴェリーは分厚い紙幣の包みを机の上においた。

リリーは落ちつきはらってよそよそしく、冷淡に見えた。非の打ちどころがないほど清潔なブルマーとぱりっとした男物のシャツは、中国の洗濯屋で見かけるどんな服よりも糊がきいていそうだった。リリーは包みを見おろした。

「これは何？」

「君のお金だ」

リリーは顔を上げ、生気がなく用心深い目つきでアヴェリーの目を見た。

「わたし、お金は全然持っていないわ」

「これがあるさ。五年間、お手当と称して君が僕に送りつづけたお金だ。全部とっておいたんだ」

一瞬、驚きから、黒々としたうつろなリリーの目に輝きが戻った。

アヴェリーが今、リリーに提供できるものはただひとつ――納得して受けとってくれそうではあるが、申し出るにあたっては慎重にやらなければならない。心ばかりのささやかな贈り物を、つき返されたりしてはたまらない。

「とっておいたですって。信じられないわ」

「君が信じようが信じまいが、僕にとってはどうでもいい」それは嘘だった。「不当に利用されたと訴える世間知らずの娘みたいな反応はやめて、頭を使って考えろ」

この言葉は思惑どおりの効果を生んだ。リリーの表情から、苦悩と用心深さが消えてなくなった。姿勢がすっと伸びて、闘う構えになった。馬だったら、耳を平らにして相手を威嚇しているところだ。

「わたし、不当に利用されたなんて思ってないわ」リリーは声を荒らげて言い、机の角を回って近づいてきた。「きっと、お金をあげようと申し出るのが自分にとって一番立派なふるまいだと思ってるんでしょうけれど——」

「リリー、よく聞いてくれ」アヴェリーはさえぎり、上着のポケットから葉巻ケースを取りだし、時間をかけて葉巻を選びながらつぶやいた。「僕は君を得ようと努力した。だが、望みはかなわなかった。だから自分勝手な申し出かもしれないが、それでも紳士としてふるまいたいんだ」

「それは、そうでしょうね」穏やかな声でリリーは言った。「あなたが紳士らしいふるまいをしなかったとは言えませんもの」

アヴェリーはケースから葉巻を取りだし、そこで動作をいったん止めた。そして葉巻の端をゆっくりと噛みきり、上下の歯のあいだに差しこんでから、ようやくリリーのほうに目を向けた。

リリーは微動だにしない。警戒のあまり全身を緊張させている。

アヴェリーは葉巻をくわえたまま言った。「とにかく、ちょっと落ちついて考えてみれば、このお金が君の送ったものだとわかるはずだ。僕がどんなに自尊心の強い人間か、知ってるだろう。君はつねづね、しゃかりきになって僕が自尊心過多だと指摘してきたじゃないか。そういう人間がどんな行動をとるかぐらい、想像できないか？　君は手紙の中でどんな表現を使ってたっけな？——そう、『デュマに触発された役者』みたいな僕が？」

「あれを書いたときは、怒っていたからよ」リリーは言い、顔を赤らめた。「あなたにけがをしてほしくなかったし、いつだって自分から危険な目にあうようなまねを——」

それ以上聞きたくなかった。リリーが心配し、無事を祈っていてくれたと聞くのは耐えられなかった。「僕が、君から送られた手当を断固として受けとらないことぐらい、想像がつきそうなものだろう？ すぐにつき返されるのが関の山だと」アヴェリーは手首をひょいと動かして、紙幣の包みをリリーのいる机の端まですべらせると、にっこり笑った。

リリーはさっきまでいた机の向かい側の位置に戻り、まるで汚いものでも扱うように、包みの角をつまんで持ちあげた。

「で、これをどうしろというの？」

「馬小屋を建てなおして、赤字を埋めてくれ。勝負に勝ってくれ、ミルハウスを手に入れるんだ」

「なぜ？」

「なぜって、ミルハウスは君のものだからさ」アヴェリーの声はもう落ちついていた。「君はこの家を手に入れるために働き、犠牲を払い、奮闘した。誰よりも所有者にふさわしい」

「確かにそうね」リリーはあごを高く上げて言った。「わたしは、そのために体を売ったんですものね」

アヴェリーの顔から血の気がひき、手が冷たくなった。言葉が出ず、身動きひとつできなかった。

「このお金、そのつもりで持ってきたんじゃないの?」ひどく傷ついた声だった。「あなたと寝たことに対する支払い……それとも、罪ほろぼしの贈り物?」

包みを開け、紙幣の束をぱらぱらとめくる。「まあ、すごい。ずいぶん良心が痛んだんでしょうね」

リリーは紙幣を下においた。「これはわたしのお金じゃないわ。あなたのものよ。わたしはミルハウスを失ったけれど、自分が去るときには、この家にかかわる責任をちゃんと果たしたんだと、胸を張って去りたいの。そのひとつがあなたにお手当を間違いなく届けることだったのよ。それをあなたがどう使おうと、わたしには関係ないわ。新しい馬小屋を建てるなり、自動車の一台でも買うなり、なんなりと使ってかまわない。でも、わたしにくれようとしても、受けとりませんからね」

「ふざけたことを言うんじゃない」アヴェリーは葉巻を口からもぎとった。

「甘い言葉で丸めこもうとしないで」

「君はミルハウスが欲しいんだろう。だから、確実に手に入れる手だてを提供しようとしてるんじゃないか」

「もう、欲しくなんかないわ」

「嘘だ」アヴェリーは指で葉巻をまっぷたつに折った。折れた葉巻が床に落ちたのにも気づかない。

「お上手ね。どこの女性があなたの雄弁に抵抗できるかしら、ソーンさん?」リリーは皮肉たっぷりに言ったが、急に自分自身がその雄弁さに魅了されたことを思い出し、胸と首のあたりが熱くなった。アヴェリーはまだ体をこわばらせたままだ。リリーのこめかみはどくどくと脈打っている。

「ここを出て、どこへ行くんだ？　これから何をするつもりなんだ？」

「そんなの、あなたにかかわりのないことでしょ――」

「大いにかかわりがあるよ！」アヴェリーは怒鳴った。「君に関するすべてのことが、僕の関心事なんだ」

リリーは思わず否定しようとしたが、アヴェリーの表情に気づいてやめた。緊張感の中、しばらくのあいだ、アヴェリーはリリーをじっと見つめていた。次に口を開いたときの声は低く、憤りとせつなさがあいまっていた。

「僕は、これから先君とベッドをともにしないとしても、名前を、家を共有しないとしても、全然かまわない――それでも、君は僕の関心事なんだ。ミス・ビード。君がここを出ていっても、僕の手の届かないところへ去っても、一生姿を消したままでも、それでも君は僕の――僕の関心事であることには変わりがない。それについては少なくとも、君に許可を求める必要はない」

衝撃的な言葉だった。リリーはこれからの数十年を見通せるような気がした。残りの人生、何をしていても、一瞬たりともアヴェリーの影から逃れられないということか。

「間違ってるわ。あなたの関心事は、ほかのところにあるべきよ」

「間違っていたところで、どうせ僕の関心事だからね」アヴェリーはきっぱりと言った。

「そんな……ばかげたことに、かかわっていられないわ」リリーは弱々しく言った。声が震えているのが情けなかった。「これからの身の振り方について、あなたに教えるつもりはないわ。わたしの人生ですもの。週末までにここを出ていくことぐらいしか教えられませんから」息が荒くなっていた。アヴェリーをちらりと見る。

アヴェリーは高くそびえるように立っていた。広い肩はどんな重荷も背負えそうで、表情には固い決意が表れている。こんな人に誰が勝てるかしら？ いつも、自分の求めるものを手に入れてきた人なのに。リリーは後ずさりした。

「どうでもいいよ」アヴェリーは冷笑した。「僕はいなくなるから。ジョン・ニーグルが、近くアフリカの奥地に向けて出発するんだそうだ。で、お供の荷物持ちが必要らしい」

また旅に出て命を危険にさらすつもりなの？ いちかばちかの賭けをすると？ 不安でリリーの胸の鼓動が速くなった。

「だめよ！」リリーは叫んだ。「わたしの言うこと、聞いてなかったの？ あなたっていう人は、理解力がないの？ 自分が強い人間だから、男性だからといって、何かがしたいからといって、勝手気ままなふるまいをしていいことにはならないわよ。わたしが出ていきます！」

アヴェリーは腕を固く組み、机の上に身を乗りだした。「これは僕が傲慢な男で、君が無力な犠牲者だというような、単純な話とは違うんだ。これは――」

そのとき部屋の扉が勢いよく開いて、バーナードが飛びこんできた。すさまじい形相だった。「今の話、聞いてました。アヴェリー兄さんに会いにきたら……二人のやりとりが聞こえたんです。行っちゃだめだ、ミス・ビード！　行けるはずがない！」顔は青ざめて、目はらんらんと燃えている。

リリーは嗚咽《おえつ》をこらえた。そのくぐもった声が、アヴェリーの中に残っていたわずかな自制心を打ちくだいた。ののしりの言葉をつぶやくと、椅子の背もたれから上着をつかみとり、息を切らしている少年を肩で押しのけてすたすたと歩いていく。

「バーナード、惑わされるな。何を言っても無駄だよ、どうせ出ていくんだから。そういう女《ひと》なんだ」アヴェリーは吐きすてるように言うと、部屋を出ていった。

リリーは一〇分間、なんとか持ちこたえることができた。だがついにこらえきれずに膝がくずおれ、机の前の椅子にへなへなと座りこんだ。バーナードはその大きな手で――アヴェリーの手にそっくりだ――髪をかきあげ、濃い金色の巻き毛をなでつけた。

「出ていっちゃだめです。どこにも行くあてがないのに！」

「そんなことないわ、大丈夫よ」リリーは少年を安心させようとつとめた。「友人もいるし、姉妹のようなつきあいをしている婦人参政権運動家もいるし――」

「だからどうだっていうんです?」バーナードは急に動きを止めて訊いた。息がわずかに荒くなっている。ひどく興奮して、みじめな顔つきだ。「その人たちの家を訪問するだけだ。お客として招待されるだけでしょう。あなたの家はここですよ!」

「いいえ、違うわ。ミルハウスはアヴェリーの家よ。勝負に勝ったのは彼で、わたしの負けなの。それが公平な――」

「アヴェリー兄さんはここにとどまるようにってすすめたんでしょう? 紳士として、あなたに出ていけとは絶対に言えないはずです。実際、そんなしうちはしないと誓ったんです、僕の前で」

「出ていけなんて、誰にも言われてないわ。そう、アヴェリーはここに残るようにって言ってくれた。だからわたしが出ていくのは、自分がそうしたいからなの」

「あなたには、ミルハウスが何よりも大事なはずなのに」バーナードの口調には絶望感が漂っていた。息づかいが乱れ、ぜいぜいいいはじめている。心配になったリリーは立ちあがり、机の角を回って少年のもとへ行った。

「そうよ」静かにバーナードの手をとり、椅子のほうへと引っぱっていく。少年はリリーの手をふりはらった。目つきが険しくなっている。

リリーはなんとかしてわかってもらおうと試みた。「確かにミルハウスは五年間、わたしの家だったかもしれない。でも実際にはわたしのものじゃないし――」

バーナードに詳しく話すわけにはいかない。わたしがアヴェリーの恋人としてでも妻としてでもなく、たったひと夜の情熱の思い出に胸を焦がしながら彼とともに暮らす生活。それはきっと、ダンテが『神曲』で描こうとした地獄よりも暗くつらい苦しみにちがいない。

「ここにお客として住むのはいやなの」

「なぜいやなんです？」少年はすごい勢いでふりかえり、両手で髪をかきむしった。「あなたが絶対に、喜んでくれると思ったのに」口の中でつぶやく。「二人が一緒にいるのが、一番の解決策だと思ったのに」

「解決策ですって？」

バーナードはどうかわかってほしいと言うように両手を投げだした。「そうです！　あなたがおじいさまの持ちかけた勝負に負ければ、アヴェリー兄さんがミルハウスを相続することになる。兄さんなら焼けた馬小屋だって修復できる財力がある。そしたら、ミルハウスを全部、いや一部でも売却する必要はなくなるんです。二人一緒にここで暮らせばいいから。だって、アヴェリー兄さんはあなたの面倒をみるって、どこかに行かせたりしないって、ちゃんと約束してくれたんだもの」

「まさか、バーナード……」リリーは驚愕の表情になった。謎が解けてきたのだ。「あなた、いったい何をしたの？」

「ごめんなさい！」少年は泣き叫び、よろめくようにリリーに向かってくると、彼女の手にすがった。「僕、あなたにここにいてもらいたかっただけなんです。アヴェリー兄さんと一緒になって、将来の幸せが保証されるようにと思って、それで——」

「あの花瓶、あなたがこわしたのね」

バーナードはうなずいた。アヴェリーにそっくりな、青みがかった緑の目から涙があふれ出ている。「僕が……やりました」息をあえがせている。

「それから、あの張出し窓のステンドグラスもあなたのしわざね。馬小屋に火をつけたのも――」

「干し草の山だけ焼ければいいって思ってたんです。馬小屋に火をつけようなんて、そんな恐ろしいこと、考えもしなかった。馬たちをそんな危ない目にあわせるなんて、絶対に――」

しゃくりあげながら告白するバーナードは、そのうち声がしゃがれ、ひどく咳きこみはじめた。ひゅーひゅーという息苦しそうな音が気管からもれている。椅子にぐったりと倒れこみ、頭を低く垂れて、膝に顔を埋めた。

なんてことだろう。バーナードはわたしが築きあげてきたものをすべて台無しにしてしまった。誰かが故意に花瓶や窓ガラスを割ったのではないかという疑いをフランチェスカが口にしたとき、リリーはまったくとりあわなかった。万が一ミルハウスの誰かがやったのだと仮定しても、女のもとで働くのを忌み嫌っているドラモンドぐらいしか思いうかばなかった。ポリー・メイクピースだって怪しいといえば怪しかった。リリーに敵対意識を持ち、恐れを抱いているからだ。

まさか、事もあろうにこの少年が……リリーが勝負に負けるよう、こっそり裏で工作していたとは……しかも、リリーの幸せを願って。

なんて男らしい行為かしら。

リリーはヒステリックな笑いが出そうになるのをかろうじてこらえた。少年は罪の意識にさいなまれていた。頭は低く垂れたままで、幅の狭い背中は震えている。

「いいのよ、バーナード。いいの……バーナード？」

少年は動かなかった。肩に触れると、ぐにゃりと力なく床に倒れた。白目をむいている。気管からは、こわれたバイオリンのように割れた音が聞こえる。

「バーナード！」少年は気を失っていた。どうしよう。狼狽《ろうばい》したリリーは反射的に体を起こして立ちあがり、扉のほうへ駆けだした。部屋を出て、人気《ひとけ》のない廊下をひたすら走り、玄関へ向かう。扉を開けて外を見わたすと、埃っぽい道を上っていく背の高い大柄な男性の姿があった。

「アヴェリー！」声をかぎりに叫ぶ。「アヴェリー！　助けて！」

すぐに応じてふりむくと、アヴェリーはリリーのほうへ走ってきた。歩幅が広いだけに速く、ものの数分で玄関前に着き、階段を駆けあがる。リリーは彼の袖をつかんで中に引きいれた。

「バーナードが、書斎で倒れて！　気を失ってるの！」

アヴェリーはリリーの前を通りすぎ、書斎へ急いだ。リリーが戸口に着くころには、すでに膝をついて、ぐったりとしたバーナードの背中に前腕をあてて支えていた。少年の細い髪は絨毯に落ちかかり、手は力なくだらりとしている。指の爪の半月のあたりが青くなっている。アヴェリーは自由になるほうの手で、少年の背骨の両側をどん、と叩いている。「バーナード？」アヴェリーは低いが激しい感情のこもった声で、年若いおとうと分の名を呼んだ。「バーナード、しっかりしろ」気管が通りやすくなるよう、少年の頭を低く保ちながら、その体をさらに引きよせた。

「どうすればいい？」リリーはささやいた。

リリーのほうを向いたアヴェリーの顔からは、傲慢さも自信もかき消えていた。美しいその目は恐怖におびえている。

「わからない」というかすれ声。日に焼けた頰を涙がいくすじも流れおちる。「僕には、わからない。祈ってくれ」

リリーは二人のそばにひざまずき、唇だけを動かして祈りを唱えた。アヴェリーはバーナードの背中を叩く動作をくり返し、そのあいまに体を揺すってやりながら、意識の回復を願って少年の名前を優しく呼びつづけている。リリーはなすすべもなく見守るしかなかった。

時が刻々と過ぎた。永遠のように思える時間だった。ついにバーナードは、ごろごろと喉を鳴らすような深い声をしぼり出し、うなり声をあげた。リリーと顔を見合わせたアヴェリーの目にも、輝きが少し戻ってきた。少年の喉からようやく、ごほんという咳が出た。

「水だ」アヴェリーのしゃがれ声。

リリーがグラスにいっぱいの水を入れて手渡すと、アヴェリーはそろそろと慎重にバーナードの体を起こした。胸に抱えこむようにして、少年の頭を少しずつ上げていく。

「ほら、飲んで。ちょっとずつ、ゆっくりだぞ。そう、深く息をして。腹から吸いこむんだ。吸って、五つ数えて。はい、吐きながら五つ数えて。よおし。いいぞ。よくできた」

アヴェリーに冷静さが戻ってきた。声は確信に満ちて、少しだけおだてて励ますような調子だ。だがリリーは、彼のまなざしを見ていた。それは、まだ仮面をつけきっていない素のままの、無防備な表情だった。

リリーは初めて、超人的で万能ではないアヴェリーを見ていた。人生で欲しいものはなんでももぎ取るようにして手に入れる強い男性としてではない。リリーと同じような欲求や疑念や恐れを持つ、普通の人間としてのアヴェリーだった。

アヴェリーが、どうしようもなくもろい存在に思えた。自分の愛する者の無事と幸せに関するかぎり、たとえどんなに心にかけ、手をつくしたとしても、自分の中ではけっして満足できないという意識に悩まされているように見えた。

今この場でさえ、アヴェリーはバーナードに、自分がどれだけ心配しているかを気づかせないようにしている。その心配が少年に伝染して、また発作が起きるのを恐れているのだ。

アヴェリーのような人は、もしわが子を奪われたら、破滅してしまうだろう。

「よし」アヴェリーはその大きな手で少年の背中をさすりながら言った。「この調子であと少し続けられたら、長椅子に座ってもいいからね。ああ、リリーはここにいるよ。彼女をちょっとおどかしすぎちゃったみたいだな」

「やっぱり？」バーナードはうろたえ、目をしばたたきながら訊いた。気管がひゅうひゅう鳴る音は小さくなったが、まだ続いている。「本当に、ごめんなさい。僕、馬小屋を焼いたりするつもりはなかったんだ。ミス・ビードにここに残ってもらいたかったんだ。だって、ここがいるべき場所なんだから」

「しっ、静かに」リリーはバーナードのかたわらにひざまずき、眉にかかった毛をなでてととのえた。「わたしのこと、信用してくれなくちゃ。自分がいるべき場所がどこかぐらい、わかるわよ」

少年はその言葉を約束と受けとったようだった。かすかな笑みを浮かべると目を閉じ、頼りになるアヴェリーの腕に支えられてゆったりとくつろいだ。

28

けっきょく、その後の対応で中心的な役割を果たしたのはポリー・メイクピースだった。牧場頭の娘であり、医療に関する経験が豊富なポリーは、アヴェリーに的確な指示を与えてバーナードを寝室へ運ばせた。少年が使うことになったのは、三階の南側にある海に面した子ども部屋で、ポリーは窓を大きく開け放ち、流れこむすがすがしく新鮮な空気でバーナードの気管支の詰まりが緩和されるよう気を配った。

表向きはエヴリンの話し相手として部屋に残っていたポリーだったが、実はバーナードにも沈着で注意深い目を向けていた。だからこそ、母親も息子もともに安らぎを得てくつろぐことができ、最後にはゆっくりと休めたのだ。

疲れきってやつれた表情のアヴェリーは、休息をとるべく一人で外へ向かった。しばらくして、果樹園で休んでいるのをリリーが見つけた。古いリンゴの木の幹に背中をもたせかけて座り、手首を膝にのせ、手の力を抜いて目を閉じていた。

リリーはアヴェリーから二メートルほどのところに静かに座り、熟しつつあるリンゴの甘くさわやかな香りを深く吸いこんで、眠っているアヴェリーの姿を見守った。どのぐらいそうしていただろうか。彼が目を開けるころには、空気中に漂っていたピリッとくる朝らしい匂いは抜けていた。

リリーがいるのに気づいたアヴェリーは、すぐに体を起こした。「バーナードの具合はどうだ？」

「大丈夫。まだ部屋で休んでるわ。わたし、あなたがどこへ行ったか気になって、探しに来たの」

「そうか」アヴェリーはうなずき、ふたたび木の幹にもたれかかった。

二人きりのこの瞬間が重くのしかかって、リリーは何から始めればいいかわからず、迷っていた。口火を切ったのはアヴェリーだった。リリーとしては蒸し返したくない話だから、またつらく耐えがたいやりとりになるのは目に見えている。だがジョン・ニーグルが言っていたようにアヴェリーは、たとえ自分を犠牲にしても、つねになすべきことをするつもりらしい。

「リリー。君がミルハウスを出ていこうとしているのは知っている。無理に引きとめることはできないけど、考えなおしてくれればと、心から願っているんだ」アヴェリーのまなざしは落ちついているが、疲れきっていた。「僕ら二人をこんな立場に追いやったホレーショおじの考えは公平を欠いていた。だが、君にとっては特に不公平なことになった。おじは最初から君が負けるのを前提としていたくせに、五年間、君にこの地所の経営をまかせ、懸命に働かせた。女性には男性と同等の能力がないということを証明するためだけに」

「知ってたわ。それでもとにかく、勝負することにしたの」リリーは静かに言った。

「もちろん、誰だってそうすると思うよ。誇り高く、知性にあふれ、少しばかり自暴自棄な——」アヴェリーの苦笑いで言葉のとげがやわらいだ。「そんな人なら、誰だって挑戦を受けて立つだろうね」

「あなたは別でしょうけどね」

「ふん、まさか」アヴェリーはあざ笑って、組んだ手で膝を抱えた。

「あなたなら、勝負に乗らないと思うわ」リリーは言いはった。「なぜって、あなたは遺言の意図を見抜けるからよ。ホレーショおじさまの挑戦が、家を持たない自己主張の強い娘に家を勝ちとるチャンスを与えるためでなく、青年に恥をかかせるための挑戦だと気づくでしょうから。それに、もしあなたが勝負に勝ったら、本来の跡継ぎであるバーナードの財産を奪う形になって、不公正な、道義にもとる行為をすることになるから」

「だけど、君が勝つとは誰も予想していなかったはずだ。僕が勝つ見込みのほうがありそうだったのに」

「それは、あなたにとって重要じゃなかったはずよ。さて、この質問に答えて、教えてちょうだい。もしあなたがわたしの立場だったら、あの遺言の条件を呑んだと思う?」

アヴェリーはリリーの目をまっすぐに見た。「いや」

リリーは頼りなげな笑い声をあげた。「少なくともあなた、道義心は男だけが持つ特質だ、なんていう主張はしなかったわね」

「以前は主張したかもしれないな。でもそれは、君を知る前のことだ」

「じゃあ、わたしは道義にもとる行いをすることによって、ほかの人たちの道義心の存在をあなたに教えたというわけかしら？」その辛辣な言葉は、アヴェリーよりリリー自身の胸に深くこたえた。

「君は五年前、あえてホレーショおじの挑戦を受けて立った。だからといって自分を責めなくていいんだよ、リリー」アヴェリーは優しく言った。「君はそのことで思い悩み、気をもんできた。今になってようやく、ミルハウスをめぐる責任の重圧から解放される口実ができたというわけだ。これでやっと、君の道義心を満足させられると」

「まあ、わたしたち、お互いずいぶん長いあいだ思案してきたものね」

アヴェリーの目はリリーの後ろのほうに向けられている。その視線の先にはミルハウスがあった。四角い建物は暖かい夏の日ざしを浴びて、穏やかな雰囲気をかもしだしている。壁面をおおうツタは濃い赤紫の色合いをかすかに帯びて、まもなくめぐり来る秋の訪れを予感させる。窓も、カーブした道も、日の光を受けてきらきらと輝いている。美しかった。

「ミルハウスは単なる家だ。でも、僕らそれぞれにとって、あの家に背を向けて逃げだすのは難しいだろう。なぜかというとあの家は、捨てようとしても捨てられないものを含んでいるからさ」

「何かしら？」リリーは唇を噛んだ。

「それは、家族だ」アヴェリーは穏やかに言った。リリーは答えない。アヴェリーは、傲慢さも押しつけがましさもいっさいない、落ちついた声で続けた。

「リリー、愛してる」

アヴェリーはふたたびほほえんだ。愛の告白でリリーの夢をかなえたというより、まるで希望を打ちくだいたかのように悲しみにあふれ、それでいて優しげなほほえみだった。

リリーは混乱して、次の言葉を待った。二人のあいだの距離はわずか二メートルほどだ。愛しているという告白の言葉。なのに二人のあいだには、大海が横たわっているように感じられた。

「ずっと前から愛していた……たぶん、実際に会う以前からだったと思う。初めて会ったとき、君の美しさにとまどった。そして、おなじみの不安が急に頭をもたげてきた。つまり、僕のほうに君が欲しいという気持ちがあっても、君が同じ気持ちを抱いてくれるはずはないと思ったんだ。ところが突然、君にキスされた。あれでどんなに心が乱れたか、どんなに衝撃を受けたか。とても言葉では言い表せない」

リリーは引きよせられるように前に身を乗りだした。最初から、こうして近くにいたかったのだ。「アヴェリー――」

アヴェリーは身を引いた。ほんのわずかな動きだったが、リリーの心は痛んだ。

「僕はたくさんの女性とつきあった経験がない。僕らのあいだには、欲望や、愛情や、やっかいな競争意識や、さまざまな感情が渦巻いていて、二人とも混乱している。今まで僕は、信じられないぐらい愚かなことをしでかしてきた。だが、その中で一番愚かだったのは、君を抱いてしまったことだった。あれは過ちだった」

「いいえ、違う」リリーは言い、手を差しのべた。「過ちなんかじゃない……すばらしかったわ」

アヴェリーは差しだされた手をとろうとはしなかった。

「すばらしかった？」おうむ返しに言い、その言葉の意味合いを確かめる。「そう、本当にすばらしかった。でも、愚かな行為でもあったし、痛ましい経験でもあった。なぜなら君は、結婚するつもりはないと断言していた。心にもないことを言わない君のことだ。ああ、本気なんだ、と悟らされたからね」アヴェリーは頭をそらした。太陽の光がその目に斜めに当たり、青みがかった緑の柱を形づくっている。

「愛しているよ、リリー。だけど、結婚しないまま一緒に暮らすことはできない」

リリーはいっしんに耳を傾けていた。アヴェリーの言葉の中に、約束や希望を超えるもの――真実を見いだしていた。

しばし沈黙したあと、アヴェリーはまた話しはじめた。「僕らが愛し合った結果生まれた子どもがいたら、親として守ってやりたい。生きていくうえで役に立つ環境を与え、恩恵を受けられるよう、せいいっぱいのことをしてやりたい。だが、もしそれができないなら、僕は『父』という名で呼ばれるにふさわしい人間にはなれない。僕は、君に対するのと同じだけの愛情を子どもにも注ぎたいと思う。わかってほしい」

アヴェリーは眉根を寄せ、視線を落として手を見た。膝のあいだに垂らした両手は固く組まれている。指の関節が白くなるほどに力が入っていて、リリーを驚かせた。

「リリー、君はいつも僕の心の中心にいる。要石《かなめいし》であり、かけがえのない仲間であり、恋人だ。僕が君を信頼しているのと同じように、君も僕を信頼してくれないだろうか？　僕を傷つけようと思うなら簡単だ。別れればいい。だけど、憶えておいてほしいんだ、リリー。僕の心の傷は、けっして癒えないだろう。なぜなら、君と同じような女《ひと》を見つけることはもう、二度とできないからだ。僕は世界じゅうを旅してきて、いつもふるさとに、わが家に帰りたいと願ってきた。それでここへ帰ってきたんだ。リリー、お願いだ。僕を追いださないでくれ」

アヴェリーはうつむいたまま語っていた。その目は固く閉じられている。リリーは気づいた。思いのたけを明かした今、ああして、張りつめた心で、沈黙の中で、わたしの答を待っているんだわ。

リリーの心が、初めて翼を見つけたかのように解き放たれた。安らぎが、癒しが訪れた。純粋で甘い喜びが心を満たした。リリーはアヴェリーのほうへにじり寄り、その体に腕を巻きつけると、頰を彼の胸に埋めた。鋼のような強さのたくましい腕が、リリーを抱きしめた。

「リリー、ばかだな。僕がどうして、君に触れようとしなかったか、わからないのかい？　一度君を腕の中に抱いてしまったら、二度と離したくなくなるってことぐらい、わからなかったのか？」

「もう言わないで、アヴェリー。わたしだって、二度と離したくない。あなたを、愛しているから」

「ああ、神さま」アヴェリーはつぶやいた。リリーをきつく抱きしめ、膝の上に引きよせると、柔らかなかすれ声で、愛の言葉をささやく。

「あなたに、わたしの心を捧げるわ、アヴェリー」リリーは消え入るような声で言った。

「過去も、将来も、何もかも、捧げるわ。何もかも、ずっと前からあなたのものだった。愛していたの。ただわたし、目をつぶって見えないふりをしていただけなのよ」

エピローグ

ミルハウスの裏庭の芝生は子どもたちであふれていた。いたずらっ子と評判のテレサの双子の女の子と、キャシーの上の女の子たちが、メリーの一番上の男の子を追いかけまわしている。みんな楽しくてたまらないらしく、有頂天ではしゃいでいる。

双子は、母親のテレサからの厳しいお達しで、六歳になるメリーの末娘だけは一人で放っておいた。すぐ泣くからというのがその理由だ。相手にされず、すっかりおかんむりの末娘は、神のように偉い存在の年上の子たちを感心させようと、家の角にそびえるイトスギの古木に登ることにした。

木のてっぺんに到達し、威勢のいい叫びをあげて地上を見おろした末娘は、自分がいかに高く登っていたかに急に気づいた。得意満面の大声が、恐怖におびえた叫びに変わった。

泣きじゃくる末娘を誰も助けようとしないのを見てとると、カール・ソーンは遺伝的資質のたまものである騎士道精神をあとさき考えずに発揮して、木に登りはじめた。

カールのこの行動は、八歳の末の妹パメラの注意を引いた。仕切りたがりやのパメラは、それまで抱っこしていたキャシーの一番下の赤ん坊をエヴリンおばさんの膝に托すと、イトスギの大枝の下へ走った。すでに半分ぐらいまで登っている兄のカールにあれこれ助言を与えている。

妹の気前のいい助言になぜか感謝できないカールは、木の上からいちいち応酬していたが、その発言の的を射ていることといったら、もし母親が聞いていたらきっと、息も絶え絶えになっていただろう——笑いすぎて。

まもなく残りの子どもたちも現れて、カールの勇ましい行動をこぞってほめたたえ、励ましたが、カール本人は気にくわず、ぶつぶつ不平を言っている。

この大騒ぎに無関心なのは、ソーン家の子どもたちの中で最年長で一番真面目なジェニーだけだった。水車池の岸近くに敷いた毛布の上に寝そべって、眉をしかめながらバーナードおじさんの著書の第一版を読みすすめている。本の題名は『手紙でたどる恋の軌跡——アヴエリー・ソーンとリリアン・ソーンの書簡集　完全版』だ。

ジェニーのまわりでは、大人たちがおしゃべりを楽しんでいた。よだれの分泌さかんなキャシーの赤ん坊を肩にかつぐように抱いているエヴリンおばさんは、児童労働に関する法律の進歩についてとうとうと自説を述べていた。一方ポリーおばさんは、カールのラグビー用の服をせっせとつくろっていた。

ジェニーはバーナードおじさんに目を向けた。おじさんはお母さんを（いつものように）じっと見つめている。両親は、この冬エジプトへ一緒に行こうとフランチェスカ大おばさんを熱心に誘っている。お父さんによる説得はまだ道半ばといったところだが、大おばさんの表情から察するに、そのうち説きふせられるだろう。お父さんは説得がうまいんだから、とジェニーは思う。太陽をなだめすかして明るく輝かせることだってできそうだ。

「ばかなことを言っちゃいけませんよ、フランチェスカ」父親の声。「冬のロンドンは不潔きわまりないですよ。去年だって、ロンドンにいたから流行性感冒にかかったんじゃありませんか。あんな街は逃げだすのが一番ですよ。それともなんですか、三週間も吐きっぱなしで過ごしたいんですか？」

「要するに、あなたのところの悪ガキ三人のお守り役としてついていってほしいだけなんでしょ」

お父さんはお母さんのほうをちらりと見た。家族みんなで「あの顔」と称している表情だ。

「ふむ。それもありますがね」

大おばさんは笑った。「ま、行ってあげてもいいわよ。ただし、夜ちょっと遊びに出かけていいなら……」

そのあとの会話は聞こえなかった。「一八九一年」の章を読みおえたジェニーが、ふん、とむかついたような声を出して本を閉じたからだ。

バーナードはジェニーを見た。少女は大急ぎで姿勢を正し、ズボンのすそを折りかえしはじめた。

「お嬢さん、どこかへ行くのかな？」バーナードは濃い金髪を輝かせながらジェニーのほうを向き、思いやり深く訊いた。

「水車池よ。水の中を歩いてこようかなと思って」

「へえ？　頭を冷やしに行くの？」

「うん」ジェニーはそう答えてバーナードおじさんを無視しようとしたが、うまくいかなかった。こっちはまだ一〇歳で不利だし、敵はギリシャ神みたいにすてきな男性なのだ。そう、バーナードはまさに、ギリシャ神を思わせた。

　背がすらりと高く、いつも冷静なバーナードは、ジェニーの父親に匹敵するほど鋭い洞察力の持ち主だ。だからこそ、ジェニーはがっかりしていた。バーナードの最新刊であるこの本に出てくる母親が、自分の愛する母親と違う感じに描かれていたからだ。

「どうして頭を冷やさなくちゃならないのかな？」バーナードは訊いた。

　無関心を装っていたジェニーは耐えられなくなって答えた。「この本の――お母さんがお父さんにあてて書いたっていう手紙ね」

「うん。手紙がどうしたんだい？」

「あれ、お母さんが書いたんじゃないでしょ。本物じゃないでしょ」

「ジェニー、お言葉を返すようで申し訳ないが、手紙は全部本物なんだ。この本の出版のために、お母さんが僕に、手紙を一語一句そのままに書きうつす許可をくださったんだよ」

「だけど、いったいなぜそんな許可をくれたんだろうね、お母さんは」二人の会話をもれ聞いたジェニーの父親が口をはさんだ。「わからないな。だいたい、他人の手紙なんか読みたがるやつがどこにいるんだ？　人のことなんだから、どうでもいいだろうに」

「何言ってるんですか、アヴェリー兄さん」バーナードはふだん見せないたぐいの笑みを浮かべて言った。「兄さんは著名人じゃありませんか。英国でも有数の探検家と、英国でも屈指の婦人参政権論者の雄弁家が、愛を語っている手紙なんですから。読みたいという誘惑に勝てる人がいますかね？」

「わたしなら、勝てるけど」ジェニーは断固として言った。

「それはなぜかな、お嬢さん？」バーナードは訊いた。

答える代わりにジェニーは膝をつくと、本のページをぱらぱらめくって、探していた箇所を見つけた。「ほら、ここよ。聞いて。『親愛なる好敵手どの。先日のお便りにあった、間抜けとしか思えない主張について意見を述べさせてください。〝女性とは、男性が暖をとるための暖炉のように暖かな、心のよりどころである――女性はその役割に満足を覚えなければならない〟ですって。とんでもない。もし男性が、体が冷たいというのなら、質のいい暖炉にお金を投じればいい。心が冷たいというのなら、ウイスキーの一杯も飲めばいいでしょう』」

父親は頭をのけぞらせて大笑いした。バーナードの笑みがさらに広がった。「まさに、君のお母さんらしいよ」

「ううん」ジェニーは反論した。「お母さんは、そんななまぬるい言い方はしないもの。そういうばかげたことを言いだした男の人は、誰でも切りきざんじゃうはずよ」

アヴェリーもバーナードも、リリーをちらりと見た。リリーはキャシーの息子を母親に返したあとまたもとの場所に座り、皆の会話に静かに耳を傾けていた。

黒々とした目を上げたリリーは、娘に言った。

「そうね、ジェニー。あなたの言うとおりよ」夫にほほえみかけながら静かに言う。「男性っていろいろ教えて、しつけてあげないとだめよね。でもね、しつけがいのあるすばらしい男の人に出会えれば、女性も優しくなれるのよ」

訳者あとがき

それは、二人の男女の運命を大きく変える、世にもまれな遺言でした。

「私ことホレーショ・ソーンの死後五年間、妻の姪であるミス・リリアン・ビードに、農牧場つきの邸『ミルハウス』の地所管理をまかせる。女性には男性と同等の能力があると主張するミス・ビードは、その主張の正しさを証明すべく地所経営に当たるべし。五年後、事業収支が黒字であればミス・ビードの勝ちと認め、ミルハウスを彼女に譲る。赤字の場合は甥のアヴェリー・ソーンに相続させるものとする」

私生児として育ち、長じて婦人参政権運動にたずさわるようになったリリーことリリアン・ビードには、この遺言にもとづく選択肢がふたつありました。

ひとつは、まったく経験のない地所経営に挑んで女性の能力の高さを証明し、住む家と自立した人生を手に入れられる可能性に賭ける道。

もうひとつは、「男の庇護のもと家庭を守るのが女のつとめである」と公に認めて婦人参政権運動から身を引き、それと引き換えに毎年十分な手当を受けとる道。

リリーは前者を選び、ホレーショ・ソーンの挑戦を受けて立ちます。

一方、少年時代からのあこがれだったミルハウスの相続権を一時的にせよ奪われ、期待を裏切られたアヴェリーは、英国を離れて旅に出ます。地所経営の勝負の結果が出るまでの五年間、世界各地の秘境を探検して過ごすつもりでした。

多彩な着想、細やかな心理描写で読者を魅了する実力派、コニー・ブロックウェイ。本書『ふりむけば　恋が』(原題 My Dearest Enemy) では、対抗意識と疑念が愛と信頼に変わっていく過程をみごとに描いて、ロマンス小説界でもっとも権威のあるRITA賞 (全米ロマンス作家協会賞) の一九九九年度ヒストリカル長編部門賞を受賞しました。

ヴィクトリア朝末期の英国を舞台とするこの物語には、モチーフとして手紙が効果的に使われており、死を目前にした老人ホレーショが甥のアヴェリーに遺言の内容を知らせる冒頭の私信をはじめとして、どの手紙もじつに印象的です。

男女同権を主張するリリーと、英国風の「紳士道」を貫こうとするアヴェリーは、ミルハウスをめぐる所有権争いの好敵手としてお互いを意識しつつ、書簡を通じて丁々発止の闘いをくりひろげます。辛辣な言葉のやりとりを続けながらも、二人はいつしか敬意を抱きあい、心を通わせるようになっていきます。

遺言で定められた五年の期限も間近となったある日、アヴェリーが英国へ戻ってきます。初めて対面した二人は、心ならずも強く惹かれあって……。

この物語の根底に流れるテーマとして「女性の自立」があります。ブロックウェイは、確固たる意志の強さで自立を貫こうとするリリーを描くことにより、ヒストリカルロマンスでは他に類を見ない斬新なヒロイン像を生みだしました。

ヴィクトリア朝時代の英国における女性の地位は低く、参政権や財産の優先的な相続権はおろか、結婚してもうけた子どもの親権さえ認められていませんでした。リリーの母親は、最初の夫と別れたとき子どもを取りあげられるという悲惨な経験をしたため、二人目の夫とは正式に結婚せず、リリーを私生児として産み育てました。私生児であれば親権は女親のみに属するからです。

そんな母親に影響を受けたリリーは男性に支配されない独立独歩の人生をめざし、「結婚は合法的な奴隷制度である」と公言して、一生独身を通す決心をしていました。

アヴェリーは幼いころに両親を亡くし、おじのホレーショの後見のもと、少年時代の大半を寄宿舎で過ごして育ちました。家族の愛情に飢え、わが家と呼べる場所に強い憧憬を抱きながら、ミルハウスが自分のものになる日を待ち望み、大勢の子どもたちに囲まれて暮らす幸せな家庭生活を夢見ていました。

家族もわが家もないという共通点を持ち、惹かれあってはいても、リリーとアヴェリーは地所の所有権を争う、いわば敵どうし。そのうえ結婚に対する考え方には大きな隔たりがありました。

そういった障害を乗り越えるまでの二人の葛藤と苦悩が、読む者の胸にせつなく迫ります。

その一方で、思わず笑みを誘われるユーモア漂う場面もあって楽しめます。また、脇役たちにより語られる二人の人物像には、はっとさせられる発見があることでしょう。リリーの凛とした潔さと、強さの中に見え隠れするもろさ。アヴェリーの意外な優しさと、包容力の大きさ。どちらにも共感をおぼえずにはいられません。真に心を揺さぶられる、珠玉の愛の物語です。

二〇〇八年四月

ライムブックス

ふりむけば 恋が

著 者　コニー・ブロックウェイ
訳 者　数佐尚美《かずさなおみ》

2008年4月20日　初版第一刷発行

発行人　成瀬雅人
発行所　株式会社原書房
〒160-0022東京都新宿区新宿1-25-13
電話・代表03-3354-0685　http://www.harashobo.co.jp
振替・00150-6-151594
ブックデザイン　川島進(スタジオ・ギブ)
印刷所　中央精版印刷株式会社

落丁・乱丁本はお取り替えいたします。
定価は、カバーに表示してあります。
 ISBN978-4-562-04339-2　Printed in Japan

コニー・ブロックウェイの大好評既刊

ブライダル ストーリー シリーズ　全二作

純白の似合う季節に

数佐尚美訳　900円

RITA賞受賞作! 駅で偶然に拾った切符で田舎町を訪れたレッティ。有名なブライダル・プランナーと間違われ、町の貴族たちに大歓迎される。時機を見てそっと町を出て行くつもりが、若き治安判事に恋をしてしまった! そんな彼女に追っ手が…!?

あなただけが気になる

数佐尚美訳　930円

仕事で失敗続きのブライダル・プランナーのエヴリン。彼女に訪れた名誉挽回のチャンス! それには顧客の希望通り、元軍人の大邸宅を式場用に何としても借りなくては…。しかしこの申し出を断られた彼女は、彼に取引を持ちかける…。

価格は税込